Une proposition très tentante

Les secrets d'une fiancée

NAIMA SIMONE

Une proposition très tentante

Traduction française de
PEGGY SASTRE

PASSIONS

HARLEQUIN

Collection : PASSIONS

Titre original :
TRUST FUND FIANCÉ

HARPERCOLLINS FRANCE
83-85, boulevard Vincent-Auriol, 75646 PARIS CEDEX 13
Service Lectrices — Tél. : 01 45 82 47 47 - www.harlequin.fr
ISBN 978-2-2804-4907-6 — ISSN 1950-2761

Composé et édité par HarperCollins France. Achevé d'imprimer en mai 2021.
par CPI Black Print - Barcelone - Espagne
Dépôt légal : juin 2021.

FSC
www.fsc.org
MIXTE
Papier issu de sources responsables
FSC® C159065

Pour limiter l'empreinte environnementale de ses livres, HarperCollins France s'engage à n'utiliser que du papier fabriqué à partir de bois provenant de forêts gérées durablement et de manière responsable.

- 1 -

Tout homme a ses petits plaisirs dans la vie.

Pour Ezekiel Holloway, dit Zeke, cela comportait entre autres s'affaler sur le canapé en cuir noir du salon de la luxueuse maison qu'il partageait avec son frère aîné, Luke, sur le domaine familial des Wingate, une bière glacée dans une main, une tranche de pizza pour carnivores dans l'autre, et l'équipe de football américain de Pittsburgh faisant le show dans son téléviseur à écran plat de quatre-vingt-cinq pouces. Il avait beau être un pur produit du Texas, son cœur appartenait pour toujours aux Steelers.

Et puis il y avait cet autre péché mignon qu'il assouvissait en ce moment même. Il leva le cigare brun foncé avec son emblématique étiquette noir et rouge, et étudia sa pointe fumante avant de le porter à ses lèvres et de garder une grande bouffée dans sa bouche. Il y avait là un soupçon de poivre et de chocolat, de noix de macadamia grillées et, bien sûr, la sombre saveur du cognac. Cela pouvait devenir une drogue… s'il se le permettait. Ces cigares coûtaient quinze mille dollars la boîte. C'est pourquoi il ne s'en autorisait qu'un par mois. Pas parce qu'il n'avait pas les moyens d'en acheter davantage. Non, c'était une question de discipline ; il était maître de ses pulsions, pas l'inverse.

Et dans un monde devenu soudainement étranger, froid et incertain, il avait besoin de croire qu'il pouvait contrôler quelque chose dans sa vie. Même si c'était quand il fumait un cigare.

Il soupira, posa une main sur un balustre du balcon et expira lentement dans l'air de la nuit. Derrière lui, le bourdonnement sourd des conversations filtrait à travers les portes vitrées fermées. Les invités s'étaient rassemblés dans la grande salle à manger derrière lui. James Harris, actuel président du Club des éleveurs du Texas – dont Ezekiel était membre – avait organisé un « petit » dîner. Riche éleveur de chevaux à Royal, au Texas, et homme d'affaires prospère, James attirait naturellement l'attention. Et, quand il invitait quelqu'un dans l'élégant palais qui lui servait de maison, personne ne pouvait refuser.

Même si cela signifiait devoir croiser les Wingate, les nouveaux parias de la région.

Ramenant le cigare à ses lèvres, le regard d'Ezekiel se perdit dans l'obscurité. Sous la couverture de la nuit noire et étoilée, il pouvait à peine distinguer les écuries, les corrals et la longue étendue de terre qui constituaient la propriété de James.

Il roula des épaules, comme si ce mouvement allait pouvoir le libérer du lourd fardeau d'inquiétude, de colère et, oui, de peur qui semblait pendre à son cou. C'était ridicule, mais il avait l'impression de sentir les ragots ramper sur sa peau à travers sa veste noire et sa chemise blanche comme un insecte aux mille pattes. La presse, les accusations valant condamnation jetées sur son chemin et celui de sa famille. Le poids de l'opprobre.

Même l'influence et le soutien de James Harris ne pouvaient rien changer.

Heureusement pour Ezekiel et sa famille que les habitants de la haute société de Royal faisaient passer leur envie d'assister à une soirée organisée par James devant leur désir d'ostraciser les Wingate.

Ezekiel renifla. Ses lèvres se crispèrent autour du cigare. *Merci, mon Dieu, pour ces petits plaisirs.*

— Et dire que je pensais avoir trouvé la cachette parfaite !

Ezekiel secoua la tête et se tourna en direction du gloussement rauque, mais très féminin, qui venait de le tirer de ses pensées. Sa bouche se courba en un sourire. Et pas le genre de mimique polie et complètement hypocrite qui l'avait accompagné toute la soirée. Non, un sourire traduisant une tendresse aussi profonde que sincère.

Reagan Sinclair sortit de l'ombre et s'avança dans la faible lueur débordant de la porte-fenêtre. Ce fut suffisant pour qu'il aperçoive son corps mince mais tout en courbes. Le renflement de sa poitrine aussi délicieusement menue que deux petites pommes. Le creux de sa taille soulignant ses hanches pleines et fascinantes. Alors qu'elle s'approchait de lui et qu'un parfum lui rappelant la fraîcheur du chèvrefeuille et la douceur sucrée de la crème Chantilly taquina ses narines, il se sermonna intérieurement.

À vingt-six ans, Reagan n'était que de quatre ans sa cadette, mais elle était l'une des meilleures amies de sa cousine, Harley, et il la connaissait depuis sa plus tendre enfance. Autrement dit, il valait mieux qu'elle s'éloigne de lui au plus vite, surtout dans son état d'esprit actuel.

Pas quand la seule chose qui pouvait encore lui changer – temporairement – les idées était une femme sexy et partante pour l'accompagner dans un moment aussi bref que sauvage de… Non, le mot qui lui venait spontanément ne convenait définitivement pas à Reagan.

Ezekiel expira bruyamment sa frustration. Oui, il multipliait les aventures sexuelles avec des femmes, mais depuis quand n'avait-il pas *fait l'amour* ? Depuis huit longues années.

Pourquoi hésitait-il encore ? Il n'y avait qu'une chose à faire : éteindre son cigare, saisir doucement Reagan par le coude et la raccompagner chez ses parents. Et au plus loin de lui.

Reagan avança la main.

Le contact de ses doigts délicats sur son biceps lui fit l'effet d'un baume rafraîchissant et cicatrisant. Comme si, subitement, sa colère, sa peur, s'étaient évaporées.

— Moi je sais pourquoi je me cache, dit-il d'une voix traînante en essayant d'injecter dans son intonation une pointe d'espièglerie qu'il était loin de ressentir. Mais toi, quelle est ton excuse ?

Oh ! ses yeux... Ils avaient la couleur du délicieux mélange de café et de chicorée que sa mère lui envoyait régulièrement de La Nouvelle-Orléans. Leur douceur, leur empathie, les rendaient d'autant plus beaux. Et insupportables.

Il détourna les siens.

Tu la connais quasiment depuis qu'elle est bébé. Tu n'as aucune raison de l'imaginer nue et luisante de sueur sous toi...

Bon sang ! Il concentra son regard au loin, sur le paysage blanchi par la lune entourant le ranch de James. Sauf que son sexe ne comprit absolument pas le message. N'avait-il pas suffisamment de choses à gérer avec la tempête qui s'annonçait dans sa vie, sa famille, dans Wingate Enterprises ? Fallait-il qu'il ajoute à cette convergence des catastrophes une aventure avec Reagan ? Non, il s'y refusait. Et il devait tenir bon.

Et qu'importe ce que pouvaient penser certaines personnes, il avait ses lignes rouges à ne jamais franchir sous aucun prétexte. Un sens de l'honneur qui avait été planté en lui par sa famille avant même qu'il ne soit assez vieux pour comprendre le sens du mot. Et malgré les coups et les bosses qu'affichait désormais le nom de Wingate, c'était toujours son nom.

Qui signifiait quelque chose à Royal.

Qui signifiait tant pour lui.

Elle fit la moue et pressa un doigt contre la pulpe parfaite de sa lèvre inférieure.

— Voyons voir. Tu veux que je te fasse une liste ? Alors, un, pour éviter que mes parents me présentent à chaque type ici présent entre vingt-deux et quatre-vingt-deux ans. Deux, pour échapper à l'ennui des discussions sur l'été qui est trop chaud – incroyable, nous sommes au Texas –, sur la différence entre les ongles en acrylique et le vernis gel semi-permanent, et, mon préféré, sur MTV qui devrait sérieusement songer à reprendre le tournage de *Laguna Beach*. Ce à quoi je réponds évidemment *non*. Et il y a aussi, trois, le karma : j'ai ignoré tous les appels de Tracy Drake la semaine dernière parce qu'elle est une atroce cancanière, et voilà que le plan de table me colle à côté d'elle pour tout le dîner. Ça te va ?

Il renâcla.

— Saleté de karma, dit-il en arquant les sourcils.

— Je ne te le fais pas dire.

Leurs rires ricochèrent dans l'air de la nuit, et pour la première fois depuis son arrivée ce soir le barbelé de stress qui le torturait sembla desserrer son étreinte.

Reagan ajouta :

— Et j'avais juste besoin de prendre l'air. Un air qui ne soit pas saturé de politique, de sous-entendus mesquins ou de fumée de cigare.

Elle lui glissa un regard de côté.

— J'en ai deux sur trois, ce n'est pas si terrible comme performance.

Encore une fois, le miracle se produisit et il éclata de rire.

— Merci, ça me touche. Je sais que j'aurais dû l'éteindre, quand tu es arrivée, en bon gentleman, mais, que veux-tu, c'est l'un de mes rares vices…

— Et quels sont les autres ? l'interrompit-elle, une fossette se formant sur l'une de ses joues.

Des joues à croquer.

Mieux valait ignorer sa question.

— Alors je vais le savourer, termina-t-il en la gratifiant d'un froncement de sourcils exagéré, comme pour la réprimander pour son insolence. De toute façon, plus personne ne croit que je suis un gentleman.

Oh non. Certes, il ne voulait pas attraper la perche que lui tendait Reagan, mais il ne voulait pas pour autant laisser échapper l'amertume qui le consumait. Il avait une autre réputation : celle d'être le rigolo, le plus insouciant des frères Holloway. Celui qui avait toujours une bonne blague en bouche et sur lequel les vicissitudes de l'existence semblaient glisser comme sur les plumes d'un canard. Sauf qu'il était arrivé au bout de sa bonhomie. Ces derniers mois l'avaient usé. Et transformé en quelqu'un qu'il avait peine à reconnaître.

Comme il avait du mal à admettre l'acidité des potins méchants et des accusations de corruption et de fraude. Et l'effet que tout cela avait eu sur lui.

Mais comment pouvait-il en être autrement quand vous chutez brutalement de votre piédestal et que des gens que vous pensiez connaître depuis des années, que vous pensiez être vos amis, révèlent leur vrai visage ?

Celui de requins, de vautours.

De prédateurs.

Il se força à sourire et reconnut sur les beaux traits de Reagan le sombre éclat de la tristesse. Non, il pouvait supporter bien des choses, mais pas qu'elle le prenne en pitié. Il fourra une main dans sa poche et serra nerveusement le poing.

— Oh ! tu sais, je crois qu'on surestime grandement les gentlemen, dit-elle d'une voix blanche, l'empêchant de laisser échapper des mots qu'il aurait immédiatement regrettés .

À la bonne heure, le calme de son ironie sembla étouffer le brasier de sa fureur. Une fois de plus, sa présence le submergea d'un sentiment de sérénité, de simplicité. Comme si la crasse accumulée ces derniers mois avait subitement disparu. Comme si sa peau, son cœur, son âme, étaient libérés de la gangue de plomb qui les étouffait. Reagan était décidément un enchantement de femme.

— Qui plus est, ajouta-t-elle, tu ne m'as pas répondu sur tes vices. Je veux tous les connaître.

— Oh non, jeune fille, je te jure que tu n'en as pas envie.

Incapable de se contenir, il tendit la main vers ses cheveux tombant en vagues épaisses sur ses épaules. Il y entrelaça ses doigts et pressa une mèche entre le pouce et l'index. Pas besoin d'avoir une imagination débordante pour se figurer la sensation de cette masse soyeuse sur son torse, son ventre, ses cuisses, son…

Il se raidit et retira sa main comme s'il l'avait posée sur la plaque d'une cuisinière allumée.

Pour se donner une contenance et le temps de bannir de son esprit ces pensées impures, il alla se servir un verre de cognac et porta le cigare à sa bouche. Avec un peu de chance, leur saveur allait lui faire oublier le mélange de chèvrefeuille et de vanille qu'exhalait la peau de Reagan.

— Tu es trop jeune pour ce genre de discussions, dit-il en gardant ses distances.

— Oh ! vraiment ?

Elle pencha la tête sur le côté.

— Tu sais que je n'ai que quatre ans de moins que toi, non ? Ou tu es d'un âge tellement avancé que tu ne sais plus à quoi on peut penser lorsqu'on a 26 ans ?

Il plissa les yeux.

— Sale gosse, gronda-t-il.

— Ce n'est pas la première fois qu'on me le dit, je te rassure.

Une ombre sembla passer dans son regard. Mais lorsqu'un large sourire étira sa bouche, il fut convaincu que ce n'était qu'une illusion, un sale tour joué par l'obscurité.

— Alors arrête avec ta fausse pudeur, je veux tout entendre. Commence par le mieux, et, quand je dis mieux, je veux bien sûr dire le plus sale.

Il expira et l'étudia derrière le panache de fumée piquante qu'il souffla à travers ses lèvres légèrement entrouvertes.

— Tu penses pouvoir m'exorciser, Ray ? railla-t-il, utilisant délibérément le surnom masculin qui avait le don de l'agacer.

En fronçant les sourcils, elle se planta devant lui.

— Allez, arrête de me faire mariner, je sais que tu en meurs d'envie.

D'envie ? Pour Reagan ? La chose était aussi certaine qu'elle lui était absolument interdite. Alors il opta pour une parade.

— Bon, très bien, je vais tout t'avouer. Premièrement, je peux m'envoyer une pizza à la viande à moi tout seul sans le moindre problème. Ensuite, je pourrais tuer si on me réveille avant 7 heures du matin, surtout s'il n'y a pas de café alentour pour apaiser mon courroux. Et le plus honteux de tous mes vices, tiens-toi bien, c'est que je m'achète peut-être cinq paires de chaussettes par mois. Il semblerait que mon sèche-linge ouvre sur une dimension parallèle qui les avale. Voilà, c'est…

— Tu es sérieux ? coupa-t-elle.

— Absolument, mentit-il. Alors à ton tour, ma petite Ray. Régale-moi de tes péchés.

Comme il s'y attendait, l'agacement fit briller ses yeux chocolat.

— C'est du lourd tout ça, je ne sais pas comment je vais pouvoir rivaliser.

L'épais sarcasme qui recouvrait ses mots le fit doucement rire. Elle poursuivit :

— Alors tous les soirs, quand la maison est endormie, je redescends à la cuisine pour me servir un scotch. Toute seule, comme une grande et sans personne pour me juger. Étant donné que mon rituel nocturne pourrait indiquer que je suive la voie tracée par mon oncle James et que je devienne alcoolique. Quoi d'autre ?

Elle fredonna en passant le bout de ses doigts sur sa clavicule et en baissant les yeux pour faire croire à une profonde réflexion. Mais Ezekiel n'était pas dupe. Il savait qu'elle avait déjà beaucoup songé à cela. Qu'elle avait déjà répertorié ses défauts bien avant cette conversation.

De l'acide tourbillonna dans son estomac et se fraya un chemin jusqu'à sa poitrine. Il se redressa de sa posture contre le pilier, prêt à étouffer l'aigreur dans l'œuf, mais elle le devança en parlant à nouveau. Et même si une partie de lui voulait lui dire d'arrêter, de ne pas dire un autre mot, l'autre partie… voulait entendre à quel point elle était imparfaite. En vérité, il en avait besoin. Parce que ça le faisait se sentir moins seul.

Plus humain.

— Je déteste les roses. Je veux dire, vraiment. Ce qui est important parce que ma mère les adore. Et chaque matin, des bouquets frais sont livrés à la maison pour toutes les pièces, y compris la cuisine. Et chaque jour, je lutte contre l'envie d'en renverser un juste pour les regarder se disperser sur le sol dans un désordre d'eau, de pétales et d'épines. Parce que je suis ce genre de sale gosse. Et enfin…

Elle inspira, se tournant pour le regarder. Ses yeux austères et magnifiques, dans leur intensité, le clouèrent à sa place contre la balustrade.

— Une fois par mois, je me rends à Joplin et fais la tournée des bars et restaurants pour trouver un homme à emmener à l'hôtel pour une nuit. Le sexe est toujours aussi torride que cradingue, puis je rentre à la maison pour redevenir la gentille petite Reagan Sinclair.

Il fut traversé de chaleur comme s'il avait été frappé par la foudre. Que venait-elle de lui avouer ? Le désir le consuma. Du désir, et de l'horreur. Pas parce qu'elle prenait en charge sa propre sexualité. Le préjugé était aussi tordu et injuste. Des hommes comme lui pouvaient multiplier les aventures, souvent avec l'assentiment et même la consécration de leur milieu, mais, lorsqu'une femme faisait la même chose, surtout lorsqu'elle était de la haute société comme Reagan, alors la chose était intolérable ? Sûrement pas. Ce n'était pas qu'elle prenne son plaisir en main qu'il lui reprochait.

Par contre, l'idée qu'elle arpente des établissements interlopes bourrés d'hommes ivres ? Qui n'auraient aucun scrupule à ne pas prendre le plus grand soin d'elle ? Voire de lui faire du mal ? Cette pensée, envahissante, le sciait.

Et puis, sous l'horreur, quelque chose d'autre l'agaçait. Quelque chose de plus sombre. De plus piquant. Quelque chose qu'il ne valait mieux pas déterrer ou examiner de trop près.

— Reagan…, murmura-t-il.

— Allez, détends-toi, se moqua-t-elle, passant une main sur son visage. J'ai inventé cette histoire. Mais c'est de bonne guerre, vu que je suis à 82 % persuadée que tu as menti sur au moins deux de tes aveux. Voire tous.

Il se figea et la fixa. Abasourdi. Sans voix. Des émotions contradictoires – l'hilarité et la colère – se disputaient en lui. Il ne savait pas s'il devait la réprimander pour lui avoir ôté vingt ans d'espérance de vie ou… éclater d'un rire si tonitruant qu'il risquait d'attirer l'attention des convives de l'autre côté des portes vitrées.

— Ce n'était pas très urbain, marmonna-t-il, les doigts tellement crispés sur son cigare qu'il n'allait pas tarder à se casser en deux. Mais la vengeance est un plat qui se mange froid, je te préviens.

— Je tremble dans mes Jimmy Choo, ronronna-t-elle.

Et cette fois, il ne put se retenir et s'abandonna au besoin de la toucher, ne serait-ce que d'une manière platonique. Il s'avança vers elle et glissa un bras autour de ses épaules, puis il serra Reagan contre lui, comme il avait l'habitude de le faire quand elle portait encore un appareil dentaire et des bracelets d'amitié.

Sauf qu'il n'y avait plus rien d'enfantin dans le corps qui s'alignait contre le sien. Et rien de platonique dans les frémissements de son torse, de ses tripes… et dans ce qu'il ressentait encore plus bas. Une nouvelle tension avait élu domicile dans son organisme. Quelque chose qui n'avait plus rien à voir avec les messes basses et les commérages qui l'attendaient dans la bonne société de Royal. Et tout à voir avec le parfum léger et taquin qui agaçait ses narines, la main posée sur son torse et les seins fermes qui se pressaient contre lui.

— Merci, Reagan, murmura-t-il avant de la relâcher.

Elle l'étudia. Il n'y avait rien de timoré dans son regard.

— Le plaisir est pour moi, dit-elle sans feindre un malentendu.

C'était encore quelque chose qu'il adorait chez Reagan Sinclair. Elle ne jouait pas. Du moins pas avec lui.

— C'est à ça que servent les amis, murmura-t-elle. Et qu'importe ce que tu peux penser en ce moment, tu as des amis, Zeke, je te le jure.

Il la regarda. La gentillesse irradiait son regard. Il aurait voulu la contredire. Lui déverser tout ce qu'il avait sur le cœur. Mais il préféra poser son cigare sur un cendrier qu'une bonne âme avait laissé sur une table en fer forgé et lui tendre la main. Sans la moindre hésitation, elle l'attrapa.

Alors qu'ils se rapprochaient pour une nouvelle étreinte, la porte du balcon s'ouvrit et Douglas Sinclair s'avança vers eux.

Ezekiel connaissait cet homme, le père de Reagan, car il était membre du Club des éleveurs du Texas. Grand, longiligne et portant généralement son stetson géant, il aurait pu être une version afro-américaine du Marlboro Man. Il avait les mêmes yeux bruns que sa fille. Des yeux subitement braqués sur eux et, plus précisément, sur leurs mains nouées.

Son père n'exprima pas son mécontentement à voix haute, mais Ezekiel ne put manquer le rétrécissement de ses pupilles et l'aplatissement de sa bouche. Non, Douglas Sinclair était trop poli pour dire à Ezekiel de retirer ses mains de sa fille. Certes, Ezekiel était lui aussi membre du Club des éleveurs du Texas, mais il n'avait pas pour autant le droit de badiner avec sa précieuse fille.

Pas quand la famille d'Ezekiel était accusée d'avoir falsifié les inspections des avions fabriqués par WinJet, une filiale de Wingate Enterprises. Pas quand trois de leurs ouvriers avaient été blessés dans l'incendie d'une de leurs usines de fabrication en raison d'un système de gicleurs défectueux. Pas quand ils avaient été poursuivis en justice parce que ces systèmes n'étaient en réalité pas à jour, contrairement à ce qu'indiquaient les rapports bidonnés.

Même en tant que vice-président du marketing pour Wingate Enterprises, Ezekiel n'avait pas réussi à épargner leur nom de l'opprobre. Plus personne ne voulait faire des affaires avec une entreprise si corrompue qu'elle privilégiait ses profits aux dépens de la santé de ses employés. Bien sûr, sa famille n'était pas coupable de ce péché. Mais aux yeux du public, c'était tout comme.

Et si la plupart des membres du club n'avaient pas renié les Wingate, Douglas n'avait pas pour autant manifesté ouvertement son soutien. Et encore moins qu'il était persuadé de leur innocence.

Rien d'étonnant à ce que l'homme ne saute pas de joie en voyant sa fille se cacher dans l'obscurité avec Ezekiel.

Ezekiel ne pouvait pas lui en vouloir, parce que Reagan aurait dû ne pas se trouver avec lui en ce moment. Mais probablement que ses raisons étaient à mille lieues de celles que son père avait à l'esprit.

— Reagan, dit Douglas, une main restant sur la porte et la tenant ouverte. Ta mère te cherche. C'est presque l'heure du dîner, et Devon Granger est impatient de t'accompagner dans la salle du banquet vu que tu es placée à côté de lui.

Ezekiel capta le léger soupir qui s'échappa de la bouche de Reagan, et sentit qu'elle se crispait. Mais quand elle parla son ton, fut aussi doux et respectueux que celui de n'importe quelle fille aimant et vénérant son père.

— Merci, papa. Je serai là dans un instant, murmura-t-elle.

— Je t'attends, répondit Douglas, implacable.

Ezekiel fit un pas de côté, et lâcha la main de Reagan.

— C'était agréable de te revoir, déclara Ezekiel.

Tournant son attention vers Douglas, il lui fit un bref signe de tête.

— Vous aussi, Douglas.

— Ezekiel.

Puis, tendant la main à sa fille, il insista :

— Reagan.

Reagan s'avança et glissa sa main dans celle de son père. Elle ne lui lança pas un dernier regard par-dessus son épaule. Ni un autre de ses sourires doux et taquins, ni même un ultime « au revoir ». Non, elle se contenta de disparaître par la porte-fenêtre et de le laisser dans l'obscurité.

Seul, une fois de plus.

Ce qui était pour le mieux.

Qu'importent les raisons pour lesquelles son père ne voulait pas la laisser seule avec Ezekiel, elles étaient parfaitement valables. Si quelqu'un d'autre avait remarqué qu'elle était avec lui sur le balcon, les ragots auraient décollé comme un feu de broussailles.

Car plus ils seraient restés seuls dans la douce obscurité de ce balcon, plus il aurait eu du mal à se rappeler qu'elle lui était interdite. À cause de leur histoire. Parce qu'elle était trop bien pour lui. Parce que ses parents lui cherchaient un bon parti.

Et Ezekiel – un homme avec un empire commercial en plein effondrement et des bagages émotionnels plus lourds que tous les avions fabriqués par WinJet – n'était pas un bon parti.

Vraiment pas.

- 2 -

Reagan gravit à petites foulées les quatre marches de pierre menant au manoir familial de Pine Valley. Une fois qu'elle eut atteint le portique qui s'étendait d'un bout à l'autre de la façade, elle s'arrêta. Sa poitrine se soulevait et se creusait en des respirations lourdes et profondes.

Qu'est-ce qu'elle détestait courir... Qu'importe le magnifique paysage des allées bien entretenues et des maisons à plusieurs millions de dollars autour de leur résidence, elle ne pouvait oublier la brûlure dans ses cuisses, son souffle pantelant ou même l'ennui qui l'engourdissait tout entière. Ce qui ne l'avait pas pour autant empêchée, comme tous les matins, d'être sortie de chez elle à 7 heures pour aller sillonner les rues où dormait encore la haute société de Royal. La corvée n'était pas une question de plaisir, de santé ou même un moyen de conserver une taille de robe précise.

Non, c'était une question de discipline.

Faire du jogging chaque matin était un moyen de ne jamais oublier ce qui pouvait se passer lorsqu'on perd le contrôle. Lorsqu'on permet à des désirs égoïstes de prendre le pas sur tout ce qu'il y a d'important dans la vie.

Tel était son rappel.

Sa pénitence.

Quelques instants plus tard, alors qu'elle finissait de s'étirer, la porte de la grande demeure s'ouvrit. Son père sortit et, une fois de plus, elle fut traversée par le flot d'émotions familier et complexe qui l'assaillait à chaque fois qu'elle était en présence de Douglas Sinclair.

De l'admiration. De la révérence. De la culpabilité. De la honte, de la colère, de la rancœur.

Et de l'amour.

— Bonjour, papa, le salua-t-elle en se redressant.

— Reagan.

Il la regarda, son large stetson n'arrivant pas à camoufler le froncement de ses sourcils et les plis réprobateurs de son front.

— Encore à courir, à ce que je vois. Je te rappelle que nous avons une salle de gym parfaitement équipée au sous-sol et, toi, tu t'acharnes à vouloir baguenauder dans le quartier.

« Baguenauder. » Si l'évidence de sa désapprobation ne lui rongeait pas les nerfs comme une râpe à fromage, elle aurait ri de ce terme vieillot. Mais tel était son père. Démodé. Traditionnel. Conservateur.

Se forçant à sourire, elle rétorqua :

— Je ne baguenaude pas, papa, je fais de l'exercice.

Avant qu'il ne puisse répondre quoi que ce soit, elle continua :

— Tu vas au bureau ? demanda-t-elle.

Elle connaissait déjà la réponse, tant elle aurait pu régler sa montre sur ses actions. Petit déjeuner à 7 heures. Départ pour le cabinet d'avocats à 7 h 45. Pour Douglas Sinclair, l'intégrité était une religion. Ce qui comprenait évidemment être au carré avec son temps et ses clients.

Il baissa les yeux sur sa montre.

— Oui. J'ai laissé un message à ta mère, mais, maintenant que je te vois, n'oublie pas que nous avons un dîner ce soir. Nous avons invité les Granger, et je veux que tu sois présente. Et à l'heure, insista-t-il. Sois prête pour 18 heures précises.

Non, il ne veut pas être condescendant. Ou autoritaire. Ou paternaliste. Il t'aime.

Elle se répéta le refrain dans sa tête. Encore et encore jusqu'à ce que les mots se mélangent. Il ne savait rien de ses projets sur le foyer pour filles mères de Colonial County. Ce n'était pas sa faute s'il la voyait à travers le prisme d'une autre époque – des traditions dépassées, des attentes inaccessibles…

Un père déçu.

— Devon sera là avec ses parents, poursuivit-il. Tu dois donc être à ton avantage ce soir. J'ai l'impression que vous vous êtes bien entendus à la soirée de James Harris, la semaine dernière. Avec sa famille, sa position dans l'entreprise de promotion immobilière de son père, et ses relations commerciales, il ferait un mari idéal.

Jésus. Et c'était reparti pour un tour. Reagan eut bien du mal à ne pas se pincer la crête du nez et à cracher un juron qui aurait pu faire tressaillir son père.

Non, jamais, il ne s'arrêtait jamais. Il ne la laissait pas respirer. Ni prendre une seule décision pour elle-même.

Depuis son vingt-sixième anniversaire il y a cinq mois, la voir mariée était devenu son obsession. Tout comme son frère, et sa sœur l'année précédente.

Ce qui était tellement ridicule. Vétuste. Étouffant. Elle était assez grande pour se trouver un mari si elle en avait envie.

Sauf qu'elle ne le voulait pas.

Bien sûr, elle aimait ses parents. Ils lui avaient toujours offert une maison plus que confortable, les meilleures écoles, une vie de famille stable et solide. Mais son père était sans conteste le chef de famille, et Henrietta Sinclair, bien que souvent médiatrice et voix de la raison, allait très rarement à l'encontre de ses décisions. Ce type de relation avait beau parfaitement fonctionner entre eux, Reagan ne pouvait s'imaginer permettre à un homme d'avoir autant de contrôle sur elle.

Même si elle l'avait déjà permis une fois. Qu'un homme dévore son monde – *soit* son monde. Ce qui s'était terminé en un spectacle des plus désastreux.

Non, elle ne voulait pas d'un mari qui ne lui donnerait qu'une maison et son ombre pour vivre.

— Papa, j'apprécie que tu te fasses du souci pour moi, mais j'aimerais que maman et toi arrêtiez avec vos tentatives de mariage arrangé. Je vous ai dit à tous les deux que le mariage n'est pas une priorité pour moi en ce moment. Alors je serai là pour le dîner ce soir, mais ne vous attendez pas à ce que cela fasse des étincelles. Devon Granger est peut-être très gentil et bon à marier, mais il ne sera pas *mon* mari.

Pauvre Devon. En réalité, le seul intérêt qu'elle lui avait trouvé était… qu'il se trouve à sa gauche et lui permette de ne pas trop parler à Tracy Drake, assise à sa droite.

Son père secoua la tête, son expression débordant d'exaspération.

— Ne sois pas ridicule. Je ne prévois pas qu'il mette un genou à terre à la fin de la soirée. Je veux juste que tu lui donnes au moins une chance.

Il jeta à nouveau un coup d'œil à sa montre, manifestement impatient.

— En tant que père, je veux te voir heureuse, installée. Avec un mari qui peut subvenir à tes besoins.

Il secoua la main qui ne tenait pas sa mallette.

— Ne sois pas naïve, Reagan. Tu ne crois pas que les

gens jasent de voir ta sœur, qui a trois ans de moins que toi, déjà mariée alors que, toi, tu…

— Je ne suis pas Christina, l'interrompit-elle, la voix calme malgré la douleur qui la traversait comme une feuille battue par le vent.

Elle savait ce que sous-entendait ce *toi* et elle n'avait pas besoin de l'entendre.

— Je ne suis pas Doug non plus, ajouta-t-elle, mentionnant son frère aîné. J'ai mes propres aspirations, et le mariage n'est même pas en tête de ma liste.

— Oh non, ne dis pas ça.

— Si, papa, et le plus simple, tu le sais très bien, serait que tu débloques l'héritage que m'a laissé mamie. Ainsi, je pourrais réaliser ces aspirations. Mener ma vie comme je l'entends.

Du bout des doigts, elle frôla la cicatrice qui lui barrait la clavicule.

— Nous en avons déjà parlé, et la réponse est toujours non, affirma-t-il. Ta grand-mère t'aimait si fort qu'elle t'a laissé cet héritage, mais elle a également ajouté la clause que tu connais pour une bonne raison. Nous savons tous les deux pourquoi, Reagan.

« Nous savons tous les deux pourquoi… Nous savons tous les deux pourquoi… »

Les mots résonnèrent dans l'air déjà chaud du matin.

Un avertissement.

Une accusation.

Comment pouvait-elle oublier pourquoi sa grand-mère bien-aimée, qui lui avait laissé suffisamment d'argent pour la transformer sur-le-champ en millionnaire, avait ajouté une clause dans son testament ? Reagan ne pouvait pas accéder à l'héritage avant d'avoir épousé un homme convenable ou, à défaut, son trentième anniversaire.

Pour être totalement indépendante, pour gérer sa propre vie, elle devait se lier à un homme, lui offrir son indépendance ou attendre quatre ans de plus avant de simplement pouvoir… vivre.

Telle était sa punition, sa pénitence. Pour s'être rebellée. Pour ne pas avoir suivi le scénario Sinclair. Pour avoir osé être moins que parfaite.

À seize ans, elle avait fait ce que la plupart des adolescentes font à cet âge – tomber amoureuse. Mais la chute avait été douloureuse.

La flamme du premier amour l'avait consumée pour un garçon de dix-neuf ans qui ne trouvait pas grâce aux yeux de ses parents. Alors, quand ils lui avaient interdit de le voir, elle l'avait quand même vu en cachette.

Elle lui avait tout offert : sa loyauté, son cœur, sa virginité.

Et était tombée enceinte.

Naturellement, ses parents avaient été horrifiés et déçus. Ils avaient voulu l'envoyer en pension pour le reste de sa grossesse, qu'elle donne naissance à son enfant et le fasse adopter. Mais Reagan avait voulu garder sa fille ou son fils à naître.

Aucun des deux souhaits contradictoires n'avait été exaucé. Elle avait fait une fausse couche. Et le Gavin avec qui elle était si sûre de passer le reste de sa vie avait disparu.

Le prix à payer pour sa stupidité obstinée ? Sa dévastation totale et la confiance de sa famille.

Et parfois… Quand elle n'arrivait pas à dormir, quand elle baissait la garde et qu'elle était incapable d'endiguer le flux de ses pensées et de ses souvenirs, elle se disait même qu'elle avait perdu un peu de leur amour.

Au fil des ans, elle avait essayé de se rattraper en étant la fille la plus obéissante, loyale et parfaite qu'elle pouvait être. Raison pour laquelle elle vivait encore dans la maison qui l'avait vue naître, alors qu'elle aurait pu prendre son indépendance depuis des années.

Mais qu'importe, dix ans plus tard, il lui arrivait encore de surprendre le regard inquiet de sa mère sur elle. Et de réaliser qu'elle serait pour toujours l'adolescente impétueuse et stupide qui leur avait causé tant de malheurs.

— Bon, souffla-t-elle. Je suppose que ce n'est pas encore aujourd'hui qu'on se mettra d'accord. Passe une bonne journée, papa.

Sur ces mots, elle tourna les talons et se dirigea vers l'intérieur de la maison sans lui donner le temps de répondre quoi que ce soit. Elle ne voulait pas risquer, une nouvelle fois, qu'il déchire sans le savoir un autre morceau de son cœur.

- 3 -

Ezekiel se pencha sur l'herbe encore verte, en équilibre sur la plante des pieds. Le soleil de fin d'après-midi ne pénétrait pas ce coin du cimetière où les branches d'un chêne centenaire masquaient le ciel bleu et ombrageaient le marbre de la pierre tombale. En retraçant le lettrage qui donnait l'impression d'avoir été gravé la veille et non pas huit ans auparavant, il fut étonné par la fraîcheur du matériau. S'il fermait les yeux, il pouvait imaginer un autre nom inscrit sur la tombe.

Pas celui de Melissa Evangeline Drake.

En poussant un soupir, il se releva et enfonça les mains dans les poches de son pantalon, sans jamais détacher son regard du monument rendant hommage à la femme qui avait autrefois tenu son cœur dans ses petites mains.

Un nom. Des dates. La naissance et la mort bien trop jeune. Fille, sœur, amie.

Pas *fiancée*. Pas *l'autre moitié de l'âme d'Ezekiel Holloway.*

Comment leur en vouloir ? Après tout, il ne l'avait eue dans sa vie que quatre courtes années, alors qu'ils en avaient vingt-deux. Elle leur appartenait plus qu'elle ne lui avait jamais appartenu. Mais pendant un moment, elle n'avait été que sienne. Sa joie. Sa vie. Son tout. Et elle lui avait été arrachée par un homme qui s'était dit que prendre le volant en étant plein comme une barrique était une bonne idée.

Un jour, ils étaient heureux de planifier leur avenir en commun. Le lendemain, il avait reçu un appel téléphonique dévastateur de son père. Elle n'était plus là. La seule bénédiction miséricordieuse avait été d'apprendre qu'elle était morte sur le coup, quand la voiture de l'ivrogne s'était encastrée dans la sienne côté conducteur.

Et une partie de lui était morte avec elle cette nuit-là. La partie qui lui avait appartenu, à elle et à elle seule.

— Je ne peux pas croire que cela fait huit ans jour pour jour que je t'ai perdue, dit-il à la pierre tombale comme si elle pouvait lui répondre.

Il avait désormais du mal à se rappeler à quoi ressemblait sa voix. Le temps ne guérit peut-être pas toutes les blessures, mais il obscurcit à coup sûr les détails qu'on tente de thésauriser comme un avare cache son précieux or.

— Je dois te dire que ce n'est pas l'anniversaire que j'imaginais passer avec toi.

Il exhala un petit rire sans humour.

— J'ai essayé d'appeler tes parents hier et ce matin, mais ils n'ont pas répondu. Je les comprends. Te perdre les a dévastés et je leur rappelle cette douleur. Pourtant…

Il s'arrêta, la mâchoire bloquée, essayant de formuler des mots qu'il ne pouvait dire qu'ici, devant la tombe de sa fiancée morte.

— Ils me manquent. J'ai eu tante Ava et oncle Trent après la mort de papa et maman, mais tes parents… Ils étaient gentils avec moi. Et j'ai détesté les perdre si peu de temps après toi. Mais non, je ne leur en veux pas.

Tout le monde faisait de son mieux pour continuer à vivre. Continuer à habiter le monde des vivants.

Pour sa part, il s'était noyé dans le travail et les activités à haut risque comme pour tenter le destin. Le parachutisme, l'escalade, la descente en rappel.

Et les femmes. Le sport permettait de consumer son agitation, mais il ne faisait rien pour la solitude. Le vide. Seul le sexe en était capable. Même si ce n'était que pour ces quelques heures bénies où il était à l'intérieur d'une femme et oubliait tout. L'adrénaline et le sexe. Telles étaient ses drogues préférées. Des ivresses temporaires.

Et si c'était sa façon de faire face au passé, à la perte, comment pouvait-il en vouloir aux Drake qui avaient choisi de le sortir de leur vie ?

— Je sais que cela fait plusieurs mois que je ne suis pas venu, mais tellement de choses se sont passées depuis…

— Zeke ?

Il releva la tête et, voyant la femme debout de l'autre côté de la tombe, il cligna des yeux. Sans doute que son cerveau hallucinait pour le narguer. Dans le cas contraire, comment expliquer la présence de Reagan Sinclair dans ce cimetière ?

Sans que sa volonté n'y puisse rien, son regard parcourut son corps élancé vêtu d'une robe jaune pâle qui dénudait ses épaules et ses bras, et moulait divinement ses seins. Pendant une seconde, il s'attarda sur le décolleté qui lui offrait un aperçu sur une poitrine lisse et galbée avant de poursuivre sa lecture sur la longue jupe fluide qui effleurait l'herbe et le bout de ses orteils. On aurait dit une déesse, une déesse à la peau brun mordoré et aux longs cheveux coiffés en une tresse reposant sur une de ses épaules. Et quand il leva son regard sur son visage, il ne put s'empêcher de parcourir les courbes vulnérables et sensuelles de sa bouche, l'inclinaison presque hautaine de ses pommettes et ses yeux café au lait.

Silencieusement, il jura, ramenant son regard sur la

pierre tombale. Il se détestait d'avoir détecté des détails sur cette femme qu'il n'avait pas *le droit* de remarquer. D'autant plus au-dessus de la tombe de la femme qu'il avait tant aimée.

— Hé, le salua-t-elle doucement, parfaitement inconsciente de l'amertume et du désir qui le harcelaient à parts égales.

— Que fais-tu ici ? demanda-t-il, d'un ton plus dur qu'il ne l'aurait voulu.

Elle s'agenouilla, sa jupe tourbillonnant autour d'elle, et déposa des fleurs devant la pierre tombale. Se redressant, elle s'arrêta, posa une main sur le marbre avant de reculer. Ce n'est qu'à ce moment qu'elle rencontra son regard.

Et à cet instant, il fut transporté huit ans en arrière. Ses souvenirs des funérailles de Melissa étaient flous, mais une image était nette dans son esprit : c'était Reagan qui l'avait trouvé couché sur cette même tombe fraîchement recouverte alors que tout le monde était parti pour le repas chez les Drake. Reagan qui avait glissé sa main dans la sienne et s'était simplement postée en silence à côté de lui. Sans le presser, sans parler. En étant simplement là. À l'époque, elle n'était que l'amie de sa cousine, mais elle était devenue la sienne ce jour-là.

Il étouffa un soupir et fit glisser une main sur son visage, sa barbe de quelques jours lui grattant la paume.

— Je suis désolé, murmura-t-il. Ce jour…

Elle secoua la tête, levant sa main pour empêcher le reste de ses excuses.

— Je comprends.

Elle s'arrêta puis reprit :

— Est-ce que ça devient plus facile avec le temps ? demanda-t-elle quasiment en chuchotant.

Était-ce le cas ? Un autre jour, à un autre endroit, il

lui aurait répondu par un cliché du genre « oui, le temps guérit tout », mais d'autres mots tombèrent sur sa langue.

— La plupart du temps, oui, confessa-t-il. La douleur s'émousse, donc on n'a plus l'impression que chaque respiration est comme un coup de poignard dans la poitrine. Mais il y a d'autres jours où…

Son regard dériva vers l'autre côté du cimetière. Ce que ses yeux ne pouvaient voir, son esprit le lui offrit. Deux pierres tombales assorties, côte à côte. Des gens enterrés ensemble dans la mort comme ils avaient voulu l'être durant leur vie.

Je me sens vide, poursuivit-il silencieusement. *Perdu. Seul. Abandonné.*

— Je ne me rappelais pas que tes parents étaient aussi enterrés ici, ajouta Reagan, la voix de plus en plus proche, les effluves de son parfum de plus en plus forts. Je me suis toujours demandé pourquoi ils n'étaient pas avec le reste des Wingate dans leur mausolée.

— Parce qu'ils n'étaient pas des Wingate, répondit-il, le regard toujours au loin et essayant d'étouffer l'aigreur qui l'assaillait perpétuellement lorsqu'il prenait conscience que dans la grande famille des Wingate et des Holloway son frère Luke et lui avaient toujours été à part.

— Mon père était un Holloway, le frère aîné de tante Ava. Il a fait un peu de scandale dans la famille et la société en épousant ma mère, une femme noire. Mais malgré les moqueries et l'ostracisation auxquelles ils ont dû faire face, parfois même au sein de sa propre famille, mes parents ont eu un mariage heureux. Mais ils se sont quelque peu éloignés du reste des Holloway.

— Ils protégeaient leur monde, murmura Reagan. Je pense qu'il n'y a rien de mal à cela.

— Ils étaient très prudents, protecteurs. Mais ils nous

ont quand même appris la valeur de la famille. Quand ils sont morts dans cet accident de voiture il y a onze ans, tante Ava et oncle Trent nous ont pris chez eux avec Luke. Même si, à ce moment-là, nous étions tous les deux à l'université et techniquement des adultes. Ils nous ont donné un nouveau foyer quand le nôtre avait été irrévocablement brisé.

Il se tourna vers elle.

— Ils nous ont peut-être accueillis et nous travaillons maintenant pour l'entreprise familiale, mais mes parents ne se considéraient pas comme des Wingate, donc Luke et moi ne les avons pas enterrés comme tels.

Elle acquiesça lentement. L'étudia avec le calme qui la caractérisait. Contrairement à la plupart des gens, elle ne semblait pas satisfaite de ne voir en lui que le charmeur, le chercheur de sensations fortes.

Ce qui ne lui plaisait guère. La pente était glissante.

— Et toi, tu voudras être enterré où ? Du côté Wingate ou Holloway ?

Son pouls résonna dans ses oreilles. Et à l'intérieur de sa poitrine, il sentit comme le tranchant d'une flèche. Il préféra changer de sujet. S'éloigner de l'histoire de sa famille. De son propre inconfort et de ses démons intérieurs.

— Que fais-tu ici ? demanda-t-il. Je suppose que tu ne viens pas juste fleurir la tombe de Melissa.

— Non, ma grand-mère repose juste là-bas. Je viens toutes les deux semaines. Cela fait seulement quelques mois que nous l'avons perdue, donc être ici…

Elle haussa les épaules et poursuivit :

— Cela me réconforte, c'est certain. Mais j'essaye toujours de prendre suffisamment de fleurs pour sa tombe et celle de Melissa.

— Merci, dit-il.

Sa paume le démangeait d'envie de caresser sa longue natte. Il glissa plutôt sa main dans sa poche.

— Et je suis désolé pour ta grand-mère.

Les problèmes avec WinJet et l'incendie dans l'usine de fabrication l'avaient englouti, et il avait travaillé comme un fou depuis. Il n'avait donc pas entendu parler de sa mort.

— Je ne la connaissais pas, mais elle devait être très spéciale.

Sa brève hésitation n'aurait sans doute pas été remarquée par la plupart des gens. Mais la plupart des gens ne prêtaient pas attention à la moindre respiration qui passait par les lèvres de Reagan.

— Nous étions très proches, déclara-t-elle.

— Mais ? proposa Ezekiel.

Il y avait certainement un *mais* là-dessous.

Sa taquinerie n'eut pas l'effet escompté – la dissipation des ombres qui s'étaient amassées dans son regard.

— Mais c'est difficile de découvrir que la personne que vous croyiez vous aimer de façon inconditionnelle ne vous faisait pas confiance.

Son ton – calme, presque nonchalant – ne correspondait pas à sa phrase. L'un ou l'autre relevait de la duperie. Par expérience personnelle, il misa sur le ton.

— Pourquoi tu penses qu'elle ne te faisait pas confiance ?

Le soupir qu'elle exhala marqua son exaspération.

— Pense ? Non, je sais.

Elle se tourna, et son profil lui donna une vue imprenable sur l'ourlet de ses lèvres. Elle porta la main à son cou et fit traîner ses doigts sur le côté gauche de sa clavicule. Il plissa les yeux en remarquant ce geste. Elle l'avait fait le soir de la fête. Était-ce quelque chose d'inconscient de sa part ? Il nota mentalement de l'analyser plus tard.

— Alors dis-moi pourquoi elle ne te faisait pas confiance.

— Tu savais que j'étais millionnaire ? demanda-t-elle, esquivant sa question – non, sa demande.

Ezekiel acquiesça.

— Je ne suis pas surpris. Ton père a beaucoup de succès dans ses affaires.

— Non.

Elle agita une main.

— Pas grâce à mon père. De mon propre chef, je suis millionnaire. Lorsque ma grand-mère est décédée, elle a laissé à chacun de ses trois petits-enfants suffisamment d'argent pour qu'ils n'aient plus jamais à s'inquiéter de rien de toute leur vie. Sauf qu'elle s'inquiétait pour moi.

Elle croisa les bras sur sa poitrine, et l'atmosphère sembla subitement glaciale.

— Et pour moi, elle a ajouté une clause spéciale. Je ne toucherai l'argent qu'à mes trente ans, ou avant si je me marie. Et pas avec n'importe quel homme. Un homme *convenable.*

Ses lèvres se crispèrent sur le mot *convenable.* Il résista à l'envie d'y faire passer son pouce pour les lisser et la débarrasser de l'amertume qui semblait couver en elle. Une émotion qui ne lui allait pas.

— Mais la clause ne veut pas dire qu'elle ne te faisait pas confiance. Peut-être qu'elle voulait juste s'assurer que tu sois parfaitement mature pour assumer la responsabilité et le fardeau qui viennent bien trop souvent avec un tel compte en banque.

Croyait-il réellement à ce qu'il racontait ? Non. Il savait que l'âge importait moins que l'expérience. Il y avait d'ailleurs des matins où il s'attendait à voir dans le miroir un vieil homme courbé et usé.

— Ce serait une explication valable si je n'étais pas le seul petit-enfant concerné. Doug et Christina se sont peut-être mariés, mais aucun d'eux n'avait cette restriction particulière dans leur héritage. Non, juste moi.

— Pourquoi ? demanda-t-il prudemment.

Il fut assailli de confusion et de colère. Il connaissait le frère aîné et la sœur cadette de Reagan. Tous deux étaient des gens normaux et gentils. Peut-être même frisant l'ennuyeux. Mais Reagan ? Elle était l'image parfaite d'une mondaine de Royal – posée, bien élevée et bien articulée, siégeant à plusieurs comités caritatifs, à l'abri de toute odeur de scandale, une réputation irréprochable. Alors quoi ?

Elle ne répondit pas immédiatement, et le regarda pendant un long moment.

— La plupart des gens auraient demandé ce que j'ai fait pour mériter ça.

— Je ne suis pas la plupart des gens, Ray, grogna-t-il.

— Non, effectivement, murmura-t-elle en scrutant son visage avant de hocher la tête. Le pourquoi n'a pas vraiment d'importance, n'est-ce pas ? Ce qui importe, c'est qu'à vingt-six ans je suis dans ce schéma d'attente. Où je peux voir tout le monde profiter de la vie qu'ils se sont façonnée. Et moi, je ne peux pas bouger. Soit je m'enchaîne à un homme que je connais à peine et que je n'aime pas pour accéder à mon héritage. Soit j'attends à stagner pendant encore quatre ans tandis que mes propres rêves, mes propres besoins et désirs se fanent et meurent.

Une fois de plus, elle avait adopté un ton placide, mais Ezekiel y détecta des traces de douleur et de colère.

— Je ne suis pas que la fille de Douglas Sinclair. Je ne suis pas que le membre de tel ou tel comité de charité. Non pas que je dénigre leur travail. C'est juste que… je veux… être libre, murmura-t-elle.

Il sentit qu'elle n'avait pas voulu que ces derniers mots sortent. Qu'il les entende.

Que voulait-elle dire par *libre* ? Ce n'était pas la première fois qu'il avait l'impression que le masque poli et amical de Reagan cachait des eaux plus profondes. Des secrets. Il n'aimait pas les secrets. Ils n'avaient pas leur pareil pour se réveiller au mauvais moment.

— Ton père peut sûrement trouver un moyen de faire annuler cette clause. Surtout si cela semble te pénaliser par rapport à ton frère ou à ta sœur, fit-il valoir.

Il envisagea même d'obtenir une copie du document et de la soumettre au service juridique de Wingate Enterprises pour déterminer ce qui, le cas échéant, pouvait être fait. Quelle faille pouvait être exploitée.

— Mon père ne va pas m'aider, admit-elle dans un souffle comme si elle était sur le point de s'évanouir. Ma grand-mère a ajouté un codicille. Elle a laissé le respect de la clause à la discrétion de mon père. Il peut décider de me remettre l'argent tout de suite ou respecter ses souhaits. Il a décidé qu'il préférait me voir mariée et installée. Que quelqu'un s'occupe de moi, voilà ce qu'il répète tout le temps. Comme si j'étais un enfant passant d'un tuteur à un autre. Comme des bagages. Ou un colis très fragile.

Elle s'esclaffa d'un rire amer, et la lourdeur qui émanait d'elle, la tristesse, fut comme un poing pressé contre la poitrine d'Ezekiel.

Subitement, il comprit. Et eut par la même occasion envie de saisir Douglas Sinclair par la gorge.

— C'est donc ça, tous les hommes que tes parents voulaient te présenter ? demanda-t-il.

Elle acquiesça.

— Le soir de la fête chez James Harris ? Oui. *Idem* pour les dîners qui se succèdent chez nous. Rien que la semaine dernière, il y en a eu trois. J'ai l'impression d'être une voiture de collection proposée aux enchères. Ou un cheval de course. Qu'est-ce que c'est humiliant !

Enfin, le feu éclata sous le calme. Que devait-il faire ? Applaudir l'émotion ou la prendre dans ses bras pour la tempérer ? Il ne fit ni l'un ni l'autre, conservant une prudente distance avec d'elle.

— Tout ce que je voudrais, c'est leur hurler d'aller au diable. Mais je ne peux pas. Parce que je n'ai pas l'argent, ni le mari dont je ne veux pas. Mais…

— … mais la loyauté familiale est une belle garce, coupa-t-il.

Un sourire apparut sur ses lèvres.

— Mais tellement ! Une sacrée sale garce.

— Ray.

Ce sourire. L'affreuse résignation qu'il y lisait… Il n'en pouvait plus de ne pas la toucher. Comblant le petit espace qui les séparait, il prit en coupe l'arrière de son cou, la rapprochant. Plaçant un baiser sur sa tempe, il murmura :

— Je suis désolé, ma puce. La famille peut être notre plus grande bénédiction et notre plus lourd fardeau.

Brossant ses lèvres sur ses cheveux une dernière fois, il laissa tomber son bras et recula de nouveau. Ignorant la douceur de ses cheveux contre sa bouche. Ou comment sa paume le démangeait de l'envie de reprendre sa nuque et de…

— Quoi que tu fasses, lui dit-il fermement, assure-toi que c'est la meilleure décision pour toi. Cette vie est bien trop courte pour la remplir de regrets.

Ses cils s'abaissèrent, mais pas avant qu'il ne saisisse une lueur d'émotion dans ses yeux.

Oh oui. Plus de doute possible. Des secrets habitaient là-dedans.

— Des regrets, répéta-t-elle à voix basse. Non, je n'en veux pas.

Secouant la tête, elle sourit sans le regarder.

— Bon, il se fait tard, je dois y aller. On m'attend à une réunion. Prends soin de toi, Zeke.

Après un petit geste de la main, elle tourna les talons et prit la direction de la sortie du cimetière. Son regard se fixa sur sa silhouette élancée et tout en courbes, puis se réorienta sur la tombe à ses pieds.

Son esprit était resté avec la femme qui venait de s'éloigner. Pas avec celle qui reposait dans la terre.

« Soit je m'enchaîne à un homme que je connais à peine et que je n'aime pas pour accéder à mon héritage. Soit j'attends à stagner pendant encore quatre ans tandis que mes propres rêves, mes propres besoins et désirs se fanent et meurent. »

Les mots tourbillonnèrent dans sa tête comme une tempête déchaînée. Dans l'œil du cyclone apparut son propre conseil.

« Cette vie est bien trop courte pour la remplir de regrets. »

Une idée… folle, commença à se former dans son esprit. Et s'il commençait par se l'appliquer à lui-même ?

- 4 -

Cela faisait quelques années que Reagan n'était pas venue au domaine Wingate.

Cinq exactement.

Les magnifiques collines et le grand manoir construit sur la plus élevée ravivèrent tant de souvenirs d'une époque plus heureuse et beaucoup moins compliquée.

Bien que Reagan ait deux ans de plus qu'elle, elle avait été très amie avec Harley Wingate. Et même pour certains, sa meilleure amie, toujours fourrées l'une chez l'autre, à comparer leurs journaux intimes, à bavarder de garçons, à partager leurs secrets.

Elle soupira.

Oui, une époque vraiment moins compliquée.

Quelque temps avant sa fausse couche, Harley avait quitté les États-Unis pour la Thaïlande. Reagan n'avait jamais révélé sa grossesse à son amie, sans compter que Harley était elle-même partie avec ses propres secrets – y compris l'identité du père de son bébé.

Le père de Reagan, par contre, avait été très fier que sa fille soit amie avec une Wingate.

Une fierté qu'elle avait déchirée en mille morceaux.

Allez, n'y pense plus.

Mieux valait effectivement se concentrer sur la raison de sa présence. Le mystérieux message qu'elle avait reçu un peu plus tôt d'Ezekiel Holloway. Il lui demandait de venir le rejoindre dans la maison d'hôtes qu'il occupait avec son frère dans le domaine. Que pouvait-il avoir à lui dire ? Et, surtout, pourquoi ne lui avait-il pas donné rendez-vous à son bureau de Wingate Enterprises ?

Et pourquoi son ventre avait-il effectué une triple vrille que n'aurait pas reniée Simone Biles juste en se remémorant le son de sa voix suave et rocailleuse à la fois ?

Elle secoua la tête, comme si le geste allait pouvoir atténuer la folie des sensations qui l'animaient lorsqu'elle était en présence d'Ezekiel. Même si les autres raisons pour lesquelles il lui était interdit – c'était un play-boy, un ami, il l'avait vue avec de l'acné et un appareil dentaire – disparaissaient, il restait qu'il n'avait toujours pas fait le deuil de sa fiancée morte.

Huit ans.

À quoi cela pouvait-il ressembler d'aimer quelqu'un ainsi ? Dans sa folie adolescente, elle avait cru partager ce genre de relation avec Gavin. Mais, vu la facilité avec laquelle il l'avait sortie de sa vie après sa fausse couche, sa naïveté n'aurait pu être plus évidente. Dans tous les cas, c'était la cicatrice de la perte de son enfant à naître qui lui faisait aujourd'hui le plus mal. Pas la perte de Gavin.

Contrairement à Ezekiel.

Se garant derrière une élégante Jaguar XJ noire, Reagan coupa le moteur et sortit de sa Lexus gris foncé. Comme un aimant, elle s'avança vers la bête rutilante. Les bouts de ses doigts la démangeaient, et elle ne tarda pas à les faire courir sur la carrosserie. Quel plaisir cela devait être de saisir le volant et d'entendre le moteur ronronner sous le capot.

— Je te laisse avec ma voiture pour un moment d'intimité, si tu veux ?

Captée.

Reagan grimaça, jetant un coup d'œil vers le porche où Ezekiel appuyait une épaule sur une colonne. À moins qu'il ne se prélasse chez lui en costume, il avait à l'évidence quitté depuis peu son bureau. Une chemise blanche tombait à la perfection sur ses larges épaules, sa poitrine musclée et son ventre plat, tandis qu'un pantalon de costume anthracite soulignait sa taille et ses longues et puissantes jambes.

— C'est une idée, dit-elle, les yeux de nouveaux braqués sur la Jaguar. C'est un V8 ?

Il acquiesça.

— Je ne te pensais pas fan de mécanique, remarqua-t-il, se redressant alors qu'elle s'approchait de lui.

Reagan gravit les quelques marches donnant sur le porche et haussa les épaules.

— C'est la faute de mon frère. Mon obsession a débuté quand il jouait avec moi aux Hot Wheels quand nous étions enfants. Et depuis que nous sommes adultes, nous sommes passés aux modèles grandeur nature. Nous faisons au moins deux salons de l'automobile chaque année ensemble.

— Que me caches-tu d'autre, Reagan ? murmura Ezekiel, ses yeux verts hypnotiques scrutant son visage.

Une sensation de chaleur prit naissance dans sa poitrine et se fraya un chemin jusqu'à son cou et… oh non, ses joues. Baissant la tête pour cacher sa réaction révélatrice, elle souffla un petit rire.

— Ce que je te cache ? Allez, ne te moque pas de moi, s'il te plaît. Je suis un livre ouvert.

Il ne répondit rien et, incapable de s'en empêcher, elle leva la tête et fut prise au piège de son regard. Son souffle devint haletant et, pendant un instant, elle eut l'impression de se noyer. Était-elle la seule à ressentir cela ?

Bonté divine, pourquoi cet homme devait-il être si sexy ?

Objectivement, elle comprenait pourquoi tant de femmes de Royal se disputaient pour l'avoir dans leurs bras, dans leur lit. Même pour quelques heures. Oh oui, sa réputation de « monogame d'une nuit » était bien connue. La rumeur disait-elle vrai ? Une partie d'elle voulait savoir.

Et l'autre ?

Eh bien l'autre ne voulait pas l'imaginer au lit avec une autre femme, point final. Pourquoi cette pensée lui tordait-elle autant l'estomac ?

— Allez, viens, l'invita-t-il en écartant la porte moustiquaire.

Hochant la tête, elle se glissa devant lui et entra dans la maison d'hôtes.

Ce n'était pas la première fois qu'elle marchait sur son vieux plancher. Après la mort de leurs parents, Luke et Ezekiel y avaient emménagé et ils étaient souvent dans les parages lorsqu'elle venait voir Harley. Sauf qu'à l'époque elle n'avait pas été personnellement invitée par Ezekiel. Et elle ne se retrouvait pas non plus seule avec lui.

Comme aujourd'hui.

Il la conduisit jusqu'au salon.

Ezekiel s'installa dans un fauteuil et lui désigna le canapé.

Lorsqu'il se pencha en avant, calant ses coudes sur ses cuisses musclées, sa chemise moula ses épaules et son torse. Mais elle n'eut pas le temps de fantasmer en s'imaginant l'arracher car ses yeux s'obscurcirent soudain pour l'emplir d'un profond malaise.

Un malaise mâtiné d'inquiétude.

— Quoi, qu'est-ce qui ne va pas ? chuchota-t-elle. Que s'est-il passé ?

Harley ? Ses parents ? Quelque chose concernant Wingate Enterprises ? Comme tout le monde à Royal – et même dans le pays –, elle avait entendu parler des problèmes dans leur usine de fabrication de jets. Mais, contrairement à ce que pouvaient susurrer les ragots, elle ne croyait pas aux accusations de corruption. Cela ne collait pas avec les gens qu'elle connaissait depuis des années. Et cela ne correspondait absolument pas à Ezekiel. Ils n'étaient peut-être pas proches, mais le garçon et l'homme qu'elle avait connu, connaissait et appréciait débordait d'intégrité et d'honnêteté. Jamais il n'aurait toléré de tremper dans une histoire de fraude ou d'escroquerie. Surtout de celles qui auraient pu coûter la vie à ses employés.

Il resta silencieux un long moment. Elle se prépara au pire.

Puis, enfin, il la fixa du regard et lui dit :

— Reagan, épouse-moi.

La respiration qu'elle avait retenue ne put que s'exhaler bruyamment.

Elle cligna des yeux.

Cligna de nouveau des yeux.

Sûrement, il… Non, il ne pouvait pas avoir…

— Pa, pardon ? bégaya-t-elle, le choc ralentissant son esprit et sa langue.

— Épouse-moi, répéta-t-il.

Son regard de jade ne flanchait pas. Son expression était solennelle. Déterminée.

— Sois ma femme.

Oh mon Dieu. Sa détermination dégela lentement la glace dans laquelle la surprise l'avait enveloppée, permettant à la panique de s'infiltrer. Il avait perdu la tête. Voilà, il avait craqué sous la pression de la tempête qui balayait Wingate. Quelle autre explication pouvait-il y avoir ?

— Ezekiel…

— Je ne suis pas fou, lui assura-t-il, ayant apparemment développé un talent de mentaliste.

Ou peut-être qu'il l'avait vue se tortiller sur le canapé et se lever à moitié, signe de son besoin de s'échapper. Il tendit une main, bloquant le mouvement.

— Reagan, écoute-moi. S'il te plaît.

Il avait l'air sain d'esprit. Calme, même. Mais cela ne voulait rien dire et ne changeait rien au fait que… l'homme en face d'elle venait de la demander en mariage.

Elle secoua nerveusement la tête. Et si c'était elle qui était en train de perdre la raison ? Oui, il ne pouvait pas en être autrement. Elle hallucinait. Ou alors elle rêvait, elle était encore dans son lit, il n'y avait pas eu de message, pas de Jaguar. Le réveil allait sonner, et tout rentrerait dans l'ordre.

Sauf qu'aucune alarme ne retentit et Zeke ne la quittait pas du regard.

— Je comprends ta réaction, dit-il d'une voix blanche. Vraiment. Mais laisse-moi t'expliquer.

De toute façon, ses lèvres étaient incapables de former le moindre mot intelligible. Elle le laissa poursuivre.

— J'ai beaucoup réfléchi à ce que nous nous sommes dit au cimetière il y a deux jours. Ta situation avec le testament, les arrangements matrimoniaux de ton père.

— J'appellerais plutôt ça un siège, grommela-t-elle.

Un sourire complice se dessina au coin de la bouche d'Ezekiel.

— D'accord, va pour un siège.

Une fois de plus, son visage devint sérieux et elle résista à l'envie de croiser nerveusement les bras devant elle. Parce que ce n'était qu'une vaine tentative de se protéger des mots qui allaient dans tous les cas sortir de sa bouche.

— La clause du testament de ta grand-mère dit que tu dois épouser un homme convenable pour recevoir ton héritage. Tu as aussi dit que tu ne voulais pas épouser un homme que tu ne connaissais pas. Quelqu'un qui essaierait de te contrôler.

Il relâcha une respiration rauque et irrégulière.

— Nous nous connaissons, nous sommes amis depuis des années. Et je n'ai aucun intérêt à te contrôler, ni même à vouloir de ton argent. Je suis même prêt à signer un contrat stipulant que ton héritage restera en ton nom seul, sans la moindre ingérence de ma part.

— Attends, attends.

Elle leva une main, paume tournée vers l'extérieur. Il fallait vraiment qu'il se taise. Qu'il lui laisse le temps de digérer ses mots. De les comprendre.

— Quoi, tu es en train de me dire que tu veux m'épouser juste pour que je puisse accéder à l'argent de ma grand-mère ?

— Oui.

— Mais pourquoi ? lâcha-t-elle.

Incapable de rester assise plus longtemps, elle se leva et s'éloigna de lui. Loin de l'intensité qu'il dégageait et qui brouillait d'autant plus ses pensées. Se dirigeant vers les larges baies vitrées, elle regarda fixement à l'extérieur, mais sans réellement voir les grandes écuries ou les chevaux dans le corral au loin. Cette fois, elle céda à la nécessité de croiser les bras sur sa poitrine. Qu'importe si le geste trahissait sa vulnérabilité, sa confusion.

— Pourquoi ? répéta-t-elle, plus douce mais non moins perplexe.

D'après son expérience, personne dans le monde ne faisait rien gratuitement. Qu'est-ce qu'Ezekiel attendait d'elle ? Comment allait-il pouvoir tirer profit de cette offre apparemment purement altruiste ?

— Je ne savais même pas que tu voulais te marier.

Quarante-huit heures plus tôt, elle l'avait vu penché

sur la tombe d'une femme avec laquelle il avait voulu sceller sa vie.

— Pourquoi voudrais-tu t'engager de ton plein gré avec une femme que tu n'aimes pas ?

— Je ne cherche pas l'amour, Reagan.

Elle sentit sa présence derrière elle lorsqu'il prononça ces mots.

La simplicité, la franchise, la tranquillité de cette déclaration n'auraient pas dû la secouer comme un tremblement de terre, mais c'est bien cependant ce qu'elle ressentit. Certes, elle ne cherchait pas non plus l'amour et avait appris à ses dépens à s'en méfier, mais l'entendre le dire...

— Non, vraiment pas, poursuivit-il. L'amour n'est pas inclus dans le marché, et je préfère le préciser dès le départ. Si c'est ce que tu espères de moi, j'annule l'offre. Je ne veux pas te mentir ou t'induire en erreur. Et encore moins te faire de mal.

— Je n'espère rien, murmura-t-elle. Mais cela ne répond toujours pas à ma question. Pourquoi ?

Son soupir lui ébouriffa les cheveux, et, alors qu'il se déplaçait derrière elle, sa poitrine effleura son omoplate. Mais plutôt que de se sentir acculée ou étouffée, elle ne put que lutter contre l'envie de se presser contre lui. De s'abandonner à la chaleur et à la force qu'il dégageait.

Alors elle se raidit et se pencha en avant.

— Est-ce que je peux tirer profit d'une alliance avec une Sinclair, avec tout ce qui arrive avec WinJet ? Oui, évidemment. Est-ce que j'apprécie ta compagnie ? Oui, aussi. Est-il difficile d'admettre que non seulement je me sens parfois seul, mais aussi que j'en souffre ? Oui, oui, oui. Mais ce ne sont pas les raisons principales de ma proposition.

Une *proposition*, nota-t-elle mentalement. Pas une

demande en mariage. Seigneur, elle était plus que bien placée pour savoir quel trou la solitude pouvait creuser dans un cœur. Et comment on pouvait être prêt à faire n'importe quoi pour y remédier.

— La liberté, dit-il. C'est ce que tu as chuchoté. Peut-être que tu ne voulais pas que je l'entende, mais je l'ai compris. Tu veux être libre, c'est ton rêve. Je ne sais pas pourquoi et je ne vais pas t'obliger à me le dire, cela n'a pas d'importance. Mais cette liberté, je sais que je peux te l'offrir. Si tu acceptes, tu pourras toucher l'héritage et tous tes rêves et objectifs ne stagneront pas pendant encore quatre ans.

Elle ferma les yeux et se sentit comme tétanisée. Il l'avait écoutée. Voilà quelque chose qui ne lui était pas familier. Quelqu'un l'avait écoutée. Avait prêté attention à ses désirs, ses besoins, l'avait considérée. *Elle*.

— Je ne sais pas si c'est très juste, hésita-t-elle. Que tu te lies comme ça légalement à moi, sans…

Elle baissa les yeux en silence et poursuivit :

— Le mariage, ce n'est pas quelque chose à prendre à la légère.

— Ce ne sera pas éternel, répliqua-t-il. Un an, dix-huit mois tout au plus. Juste assez longtemps pour que tu touches l'argent. Ensuite, on pourra divorcer à l'amiable et rester amis. Ray, c'est aussi simple que ça.

Il lui prit les épaules et la retourna doucement mais fermement pour lui faire face. Elle inclina la tête en arrière et rencontra son regard aussi indéfectible qu'ombrageux.

— Outre les raisons évidentes, je comprends pourquoi tu pourrais hésiter. Je suis peut-être lié aux Wingate, mais, avec l'incendie et la mauvaise presse, notre réputation n'est plus aussi impeccable qu'avant. Et tu pourrais très bien être salie par notre association…

Elle le coupa et agita la main entre eux.

— Comme si j'en avais quelque chose à faire, pouffa-t-elle. Non, ma préoccupation principale, c'est que ton histoire ne paraîtrait même pas crédible dans une sitcom. Personne ne va croire à notre union vu qu'on n'a jamais été vus ensemble comme un couple.

— Laisse-moi m'occuper des apparences et des histoires qu'il faudra raconter. Je suis vice-président du marketing, je te rappelle. D'autant plus qu'il n'y a en réalité qu'une seule personne à impressionner et c'est ton père. C'est lui qui tient les rênes de ton héritage. S'il approuve, la cérémonie pourra être aussi simple que rapide et tu n'auras pas à attendre longtemps avant de pouvoir toucher ton argent.

Reagan étudia la mâchoire d'Ezekiel recouverte d'une barbe courte. Était-elle réellement en train de prendre sa demande au sérieux ? Non, pas *demande*, se ravisa-t-elle mentalement, *proposition*.

Effectivement, ce qu'il avait conçu s'apparentait davantage à un accord commercial qu'à un mariage. Avec un contrat, une bague et…

Son cou et son visage s'enflammèrent de nouveau. Comment pouvait-elle envisager d'inclure le sexe dans le cadre de leur marché ? Ezekiel la considérait comme la meilleure amie de sa cousine, pas comme une femme désirable. Mais à des fins de crédibilité, il fallait quand même qu'il mette la pédale sur ses conquêtes le temps de leur mariage blanc.

Elle bredouilla :

— En ce qui concerne le…

— … le sexe ? demanda-t-il sans détour.

— Oui, murmura-t-elle. Si nous devons faire croire que nous sommes ensemble et amoureux, il ne faut pas que tu fréquentes d'autres femmes, si tu vois ce que je veux dire.

— Ray, regarde-moi.

Elle fit ce qu'il demandait.

— Tu me prends pour qui ? Je sais me contrôler.

Elle déglutit nerveusement.

— Pas besoin de rentrer dans les détails, je prends cela pour un oui, qu'il n'y aura pas d'autres femmes pendant la durée de…

Elle s'éclaircit la gorge et termina sa phrase :

— … de notre arrangement, dit-elle, en arquant un sourcil.

— C'est un oui, Ray.

Un sourire courba sa bouche, et elle ne put s'empêcher de se demander quel goût avaient ses lèvres. Il n'y aurait pas de sexe avec d'autres femmes durant leur union factice, mais entre eux ? Était-elle prête à prendre ce risque ?

Les battements de son cœur s'accélérèrent et, sans en avoir vraiment conscience, elle s'entendit dire comme on plonge la tête la première dans un étang glacé :

— D'accord, Ezekiel, marions-nous.

- 5 -

— Tu es vraiment sûr de vouloir faire ça ?

Reagan posa la question à Ezekiel pour, oh ! probablement la dix-septième fois depuis qu'elle avait accepté son… marché.

— Si tu changes d'avis, ce n'est pas trop tard, ajouta-t-elle alors qu'il tournait la clé dans le contact et coupait le moteur.

Même faire le trajet en Jaguar n'avait pas suffi à calmer ses nerfs, tant pis si la voiture avait tout d'un rêve à quatre roues.

Ses longs doigts s'enroulèrent tendrement autour du poing qu'elle serrait sur ses genoux. Il resta silencieux en attendant qu'elle éloigne son regard de leurs mains jointes et le porte sur son visage.

— Oui, je suis sûr, Reagan. Tout comme j'en étais sûr la dernière fois que tu m'as demandé. Et la fois d'avant, et aussi celle d'avant.

En riant, il lui serra la main une dernière fois avant de la relâcher et d'ouvrir la portière. En quelques secondes, il avait fait le tour du capot pour venir lui ouvrir. Il tendit une main vers elle, et avec un soupir résigné elle couvrit sa paume de la sienne.

Et ignora le grésillement qui semblait crépiter de leurs mains jointes pour remonter le long de son bras et descendre en un irrésistible picotement sur ses seins. Il allait vraiment falloir qu'elle s'habitue à sa présence sans qu'une tempête ne manque de l'emporter à chaque seconde. La chose était aussi gênante qu'irritante.

Mais aussi si excitante…

Il garda leurs mains jointes en gravissant les quelques marches menant à sa maison. Selon Ezekiel, mieux valait ne pas perdre de temps à fomenter un plan et se jeter tout de suite dans l'arène. Elle avait donc appelé l'administrateur du foyer pour jeunes filles et lui avait fait savoir qu'elle ne serait pas là aujourd'hui. Elle avait beau détester se faire porter pâle, Reagan était d'accord avec Ezekiel. Le plus tôt ils auraient passé l'étape de la présentation à sa famille, le mieux ce serait. Raison pour laquelle elle avait aussi appelé ses parents pour leur dire qu'elle dînerait avec eux et qu'elle avait une « annonce à leur faire » – sans mentionner cependant la présence d'Ezekiel.

— Chérie, regarde-moi.

Reagan s'arrêta sur la plus haute marche, sa poitrine agitée par une respiration saccadée. Puis elle inclina la tête en arrière et obéit à la douce demande d'Ezekiel.

Elle fit tout son possible pour ne pas tressaillir lorsqu'il prit sa mâchoire en coupe et fit glisser son pouce sur sa joue.

— Tout va bien se passer, Reagan, lui assura-t-il en frôlant le coin de sa bouche. Je serai à tes côtés quoi qu'il arrive. Promis.

Elle se raidit et réussit à piéger dans le silence de sa conscience les mots qui venaient d'y surgir : *Ne fais pas de promesses que tu ne pourras pas tenir.* Évidemment qu'il partirait. Que ce soit à la fin de cette soirée si elle se passait mal ou à la fin de leur mariage. Tous les hommes partent, à un moment donné. Gavin était parti. Le père affectueux et chaleureux avec lequel elle avait passé son enfance avait été remplacé par une version plus froide, sévère et intransigeante.

Il fallait qu'elle s'en souvienne, coûte que coûte. Pour ne pas être blessée quand Ezekiel finirait inévitablement par disparaître de sa vie.

— Allez, rentrons, ils nous attendent.

Un instant plus tard, la pression ferme et chaude de sa main s'installa sur le bas de son dos. Et la porte d'entrée s'ouvrit sur son père, aussi majestueux et impénétrable qu'à l'accoutumée.

— Reagan.

Il marqua une pause, étudiant Ezekiel sans laisser transparaître quoi que ce soit de ses pensées.

— Ezekiel.

Il tendit une main vers lui.

— C'est une belle surprise.

Alors que les deux hommes se serraient la main et se saluaient, Reagan inspira lentement et profondément.

Je vais y arriver, je peux le faire, je dois le faire, se répéta-t-elle.

Parce que les options qui s'offraient à elle – la reprise du défilé d'hommes tous les soirs, la déception grandissant dans les yeux de ses parents à chacun de ses refus, sa vie bloquée sur pause – étaient impossibles à accepter.

— Eh bien, entrez. On t'attendait, Reagan. Par contre, je vais aller demander à Marina d'ajouter un couvert supplémentaire pour notre invité.

— Merci, Douglas. J'apprécie que vous m'accueilliez à l'improviste, déclara Ezekiel.

Sa main ne quittait pas son dos. Il avait raison, sa grande silhouette avait tout d'une présence rassurante à ses côtés.

— Aucun problème.

Douglas ouvrit la voie vers le petit salon où ils retrouvèrent sa mère. Dès qu'ils entrèrent, elle se leva de son fauteuil préféré, celui installé près de la grande cheminée. À cinquante-cinq ans, Henrietta Sinclair possédait une élégance et une beauté défiant le temps. Ses cheveux sombres étaient à peine balayés de gris aux tempes et encadraient son beau visage dans un carré classique. Petite et élancée, elle avait beau paraître fragile, elle savait parfaitement jouer le rôle de médiatrice et de pacificatrice entre Reagan et son père. Elle était une force tranquille, souvent sous-estimée. À commencer par Reagan elle-même.

— Eh bien, s'exclama sa mère en la fixant du regard. On se doutait que ta grande annonce allait être surprenante, et pour l'instant c'est bien parti.

À ces mots, Henrietta traversa la pièce pour venir à leur hauteur.

— Bienvenue, Ezekiel.

Elle tendit ses bras vers lui, joignant ses mains aux siennes. Il baissa la tête et l'embrassa sur chaque joue.

— C'est si bon de te revoir.

— Le plaisir est partagé, madame Henrietta, fit Ezekiel. Merci de m'accueillir chez vous.

Il dégagea doucement ses mains des siennes et en retourna une à la base de la colonne vertébrale de Reagan.

Ce que le regard attentif de sa mère ne manqua pas.

— Allez, on arrête tout de suite les chichis. C'est Henrietta et c'est tout, le réprimanda-t-elle avec un sourire. Ma chérie, tu es magnifique ce soir.

Elle inspecta des yeux la robe fourreau violette de sa fille et ses sandales à talons hauts.

— Une raison particulière ?

— Toujours aussi subtile, maman, ironisa Reagan en secouant la tête.

Elle était aussi surprise que soulagée par la bonne

humeur qui s'était immédiatement installée dans la pièce, et oublia un peu de l'anxiété qui ne l'avait pas quittée depuis qu'elle était montée dans la Jaguar d'Ezekiel. Après tout, peut-être qu'elle s'était trompée, que cela n'allait pas être aussi difficile qu'elle l'avait imaginé…

— Pour tout dire, Zeke et moi aimerions vous parler avant le dîner.

Son père s'avança pour se poster aux côtés de sa mère, son visage tellement fermé qu'il aurait pu faire pleurer de jalousie le Sphinx.

Les nerfs de Reagan reprirent leur forme de pelote, et elle perdit la trace des mots qui avaient commencé à se ranger sur sa langue.

Bon sang, elle était adulte. Pourquoi l'approbation de son père comptait-elle toujours autant pour elle ?

Parce que cela fait longtemps que tu l'as perdue.

Tellement vrai. En dix ans, elle aurait pu se baigner dans sa déception et sa frustration. Cela faisait si longtemps qu'elle n'avait pas vu ses yeux scintiller d'une lueur de fierté. Pas depuis qu'une adolescente de seize ans avait brisé le cœur de son papa.

Est-ce qu'Ezekiel avait senti le torrent d'émotions qui tourbillonnait en elle ? Ou peut-être n'était-il simplement qu'un très bon acteur, mais dans tous les cas il déplaça sa main de son dos et enroula un bras autour de ses épaules. Il la tira ensuite doucement contre lui. Comme s'il lui proposait un abri. Ce qu'elle fut bien incapable de refuser.

Qu'importe qu'il soit aussi factice qu'éphémère.

Il s'éclaircit la gorge et commença :

— Douglas, Henrietta, comme vous le savez, Reagan et moi sommes amis depuis des années. Ces derniers mois, nous avons ravivé cette amitié et nous n'avons cessé de nous rapprocher. Tellement que, ce soir, je viens vous demander la main de votre fille.

Dans la pièce, l'humour et la décontraction laissèrent subitement place à un épais silence. Reagan se força à rester immobile malgré le poids du regard impassible de son père et des deux disques noirs qui avaient remplacé les yeux de sa mère.

— Eh bien, je…

Henrietta les regarda tous les deux, puis tourna la tête vers son père avant de revenir vers eux.

— Certes, je dois admettre que je m'attendais à ce que vous nous disiez que vous sortiez ensemble, mais là…

Elle ne termina pas sa phrase et resta bouchée bée en clignant rapidement des yeux.

— Je sais que ça semble rapide, maman, dit Reagan, abasourdie par la régularité de son ton alors que sous sa poitrine couvait un feu nourri alimenté par de l'inquiétude, de la peur, de l'incertitude. Mais si on prend en compte toute notre relation avec Zeke, finalement, on peut dire que nous avons pris notre temps.

Bon Dieu, les mensonges roulaient sans aucun souci sur sa langue. Elle allait aller en enfer, avec un M majuscule pour « menteuse » gravé au fer rouge sur sa poitrine.

— C'est vrai ? demanda son père, rompant enfin son silence. Dans ce cas, pourquoi est-ce la première fois que nous entendons parler de cette… relation ?

Reagan releva le menton, redressa ses épaules et se dégagea des bras d'Ezekiel pour rencontrer le regard de son père rétréci comme une meurtrière.

C'était leur cercle vicieux.

Ses reproches. Sa douleur. Ses provocations.

Puis sa mère interviendrait pour apaiser et arbitrer.

— Parce que nous avons décidé de la garder pour nous

jusqu'à ce que nous soyons prêts à en parler. La seule chose plus rapide que la machine à potins de Royal est la vitesse de la lumière. Nous voulions nous assurer que ce que nous avions était solide et réel avant de l'exposer au grand jour. Parce que nous sommes un Wingate et une Sinclair, tout simplement.

— D'ailleurs, ajouta Douglas en tournant son attention vers Ezekiel et en durcissant son expression, avec le pétrin dans lequel est aujourd'hui Wingate Enterprises, tu ne t'es pas dit que cela pouvait affecter Reagan ?

— Papa !

— Bien sûr, Douglas, intervint Ezekiel, son ton tranchant comme du silex. Jamais je ne voudrais l'exposer à un scandale ou à un manque de respect. Croyez-moi, j'ai assez souffert et je ne veux pas la soumettre à ça. La protéger est ma priorité. Mais si mon propre passé et cette situation m'ont appris quelque chose, c'est que la vie est trop courte et l'amour trop précieux pour permettre à des ragots ou à de la mauvaise presse de dicter nos vies. Sans compter que nous sommes innocents, même si le tribunal de l'opinion publique a rendu son verdict. La famille, nos vrais amis et les membres du Club des éleveurs du Texas nous croient et nous soutiennent. Et ils soutiendront et protégeront également Reagan. En tant que membre vous-même, vous comprenez le pouvoir et la force de cette influence.

Son père ne répondit rien, mais continua à étudier Ezekiel en silence.

— Et je crois moi aussi que les Wingate sont innocents, papa, ajouta Reagan. Nous les connaissons depuis des années, et ils ont toujours montré qu'ils étaient des gens honnêtes et bons. Ce qui se passe depuis plusieurs semaines ne va pas tout balayer d'un coup.

Elle prit une profonde inspiration et tendit la main vers Ezekiel. Avant qu'elle n'eût le temps d'entrecroiser ses doigts avec les siens, il l'avait déjà reprise contre lui, sous ses bras puissamment protecteurs.

— Ezekiel tient de sa famille. C'est un homme bon, un homme d'honneur. Je ne choisirais pas de me marier avec un homme s'il ne méritait pas mon cœur et ta confiance.

Dès que les mots quittèrent sa bouche, elle tressaillit, si désireuse de les rattraper. Mais, trop tard, ils étaient partis et commençaient à faire son œuvre. À voir la torsion des lèvres de son père, elle put lire dans ses pensées.

Oui, comme le dernier que tu nous as amené, n'est-ce pas ? Un champion du monde, qui t'a mise enceinte et t'a abandonnée. Alors pardon de ne pas faire confiance à ton jugement, encore moins à ta capacité de choisir un homme digne.

La fureur s'embrasa en elle. Une fureur nourrie par des blessures encore vives. De l'humiliation. Elle s'entendit hurler : *Quand allez-vous arrêter de me pénaliser pour mes erreurs ? Quand m'aimerez-vous à nouveau ?* Mais aucun son ne sortit de sa bouche.

— Et cette décision soudaine de te marier n'aurait bien sûr rien à voir avec le testament de ta grand-mère ? répliqua son père, la bouche débordant de sarcasme.

Hypocrite. Ses doigts se resserrèrent nerveusement sur la main d'Ezekiel. Comment osait-il lui demander cela alors qu'il n'avait cessé de vouloir la placer ces dernières semaines ? La seule différence, c'est que c'était elle qui avait trouvé Ezekiel. Ce n'était pas son père qui l'avait choisi.

— Papa, je n'ai pas besoin…

— Excusez-moi, Douglas, intervint Ezekiel, son étreinte toujours douce et ferme. Je suis sûr que je n'ai pas à vanter les qualités de votre fille devant vous. Elle n'est pas seulement belle, elle est gentille, généreuse, diablement intelligente. Et elle est parfois si sensible que j'ai envie de la cacher dans mes bras pour la protéger de gens sans scrupules qui pourraient profiter de son cœur trop tendre. C'est ce que je veux être pour elle. Un protecteur. Son champion. Et son mari.

Tout ceci est faux. C'est pour faire semblant, se rappela-t-elle en regardant Ezekiel. Et pourtant... Personne n'avait encore parlé d'elle en ces termes. Et personne ne l'avait ainsi défendue, surtout pas devant son père. Tant de fermeté, de détermination, d'éloquence... En ce bref instant, elle y aurait presque cru.

Mais n'y croyait-elle pas ?

Elle se mit sur la pointe des pieds pour atteindre son oreille.

— Je n'aime pas qu'on me coupe, mais, pour toi, je vais faire une exception parce que cela me fait très plaisir, murmura-t-elle.

Le demi-sourire qu'elle commençait à connaître se leva au coin de sa bouche et, quand il tourna son regard vers elle, elle ressentit là encore quelque chose de familier.

Des picotements.

Sa peau qui semblait s'embraser.

Son sang qui semblait s'affoler.

Son sexe qui...

Non non non non non. Son cerveau envoya un SOS à sa chair.

— Je ne sais pas si je mérite Reagan, mais je ferai tout ce qui est en mon pouvoir pour être à la hauteur, déclara Ezekiel en lui serrant les doigts.

Une profonde tendresse illumina ses yeux. Cette émotion, elle savait qu'elle n'était pas feinte. Il l'appréciait réellement, elle en avait eu souvent la preuve, et qu'il soit prêt à subir l'épreuve de ses parents en était une nouvelle.

— Je sais que vous avez des doutes et je ne peux pas vous en vouloir. Mais n'en ayez pas sur le fait que je prendrai soin de votre fille.

Son père continua à regarder Ezekiel en silence. Ezekiel ne broncha pas, ne baissa pas le regard. Peu d'hommes en étaient capables. Puis, enfin, elle détecta une lueur de respect dans les yeux de son père.

— Très bien, vous avez notre bénédiction, dit Douglas.

Il tendit la main vers Ezekiel.

Alors que les deux hommes scellaient leur approbation mutuelle, sa mère était aux anges.

— Eh bien, Dieu merci, ça, c'est fait, souffla-t-elle, manifestement soulagée.

Henrietta s'avança pour envelopper Reagan dans ses bras. Elle se laissa bercer par les effluves de vanille, de jasmin et de fleur d'oranger de Black Opium d'Yves Saint Laurent, un parfum qu'elle portait depuis des années. Puis, en desserrant son étreinte, Henrietta recula et sourit.

— Félicitations, ma chérie.

— Merci, maman, murmura-t-elle.

— Avez-vous déjà pensé à une date ? demanda sa mère. Au printemps, ça serait bien, non ? Les salons du club sont en général réservés des mois à l'avance, mais ton père n'hésitera pas à grossir son chèque pour s'assurer qu'ils nous reviennent. Ce qui fait qu'il faudrait envoyer les invitations sans trop tarder…

— Maman, l'interrompit doucement Reagan en jetant un coup d'œil à Ezekiel. On avait plutôt pensé à une cérémonie très simple, dans quelques semaines.

— Quoi ?

Henrietta semblait avoir du mal à respirer. Son expression horrifiée aurait pu être comique dans d'autres circonstances.

— Mais tu n'y penses pas ! Qu'est-ce que vont dire les gens ? Ta sœur a eu un mariage de princesse, *idem* pour ton frère. Alors toi, tu…

Elle porta une main à sa bouche.

— Oh non, Reagan, ne me dis pas que…

— Non, souffla Reagan, qui sut instantanément ce que sa mère avait en tête. Non, maman, je ne suis pas enceinte.

Et, tandis que le soulagement éclairait le visage de la mère, ce fut la colère qui assaillit la fille. Le désespoir la submergea. Quand cesserait-elle d'être la somme de ses erreurs aux yeux de ses parents ?

- 6 -

Ezekiel jeta un coup d'œil à son tableau de bord une fois garé.

21 h 21.

Il était tard, mais, en sortant de sa voiture et du parking de Wingate Enterprises, il savait que Luke serait toujours dans son bureau. Depuis l'incendie de WinJet, les poursuites judiciaires, la mauvaise presse et la chute de leurs activités, son frère aîné se démenait pour trouver de nouveaux investissements. En tant que vice-président du développement, sauvegarder l'entreprise et les emplois de leurs quelque deux cents employés était devenu une mission vitale pour lui.

Et Ezekiel se faisait du souci.

Habituellement, les rôles étaient inversés. À la mort de leurs parents, Luke avait été le seul à garder un œil sur Ezekiel, à prendre soin de lui alors qu'il n'avait que vingt et un ans et était lui aussi affligé du chagrin du deuil. Et quand Ezekiel avait perdu Melissa, Luke ne l'avait pas quitté d'une semelle. Il avait même installé un petit canapé convertible dans la chambre de son frère cadet pour s'assurer que, si jamais Ezekiel avait besoin de lui, il serait là.

Alors, oui, Ezekiel était habitué à être le destinataire de l'inquiétude. Mais désormais, à chaque fois qu'il passait près de la chambre de son frère et voyait son lit intact, l'appréhension s'enfonçait toujours plus profondément en lui. Être un génie créatif avait ses avantages et ses inconvénients. Luke pouvait proposer des idées et des projets incroyables. Mais il pouvait tout aussi bien plonger dans une obsession maladive, tant et si bien que le reste – y compris sa santé – était relégué dans la case « on verra plus tard ».

Traversant le hall vide, Ezekiel prit l'ascenseur jusqu'au sixième étage. Dès que les portes s'ouvrirent, il se dirigea directement vers le bureau de son frère. Sans surprise, il remarqua que Kelly Prentiss, l'assistante de Luke depuis cinq ans, était assise à son bureau, qu'importe l'heure tardive. Dévouée à son frère, elle était aussi là pour s'assurer qu'il mangeait et prenait soin de lui à peu près convenablement.

— Bonsoir, Zeke, le salua-t-elle avec un sourire chaleureux qui illuminait ses yeux verts. Vous savez où il est.

Elle hocha la tête en direction de la porte entrouverte adjacente à son bureau.

— Comment va-t-il ? murmura-t-il, conscient que son frère avait une ouïe de chauve-souris et n'allait pas apprécier de les entendre parler de lui derrière son dos.

Mais il savait aussi que, s'il posait à Luke la même question, il n'allait jamais recevoir de réponse honnête.

— Écoutez…

Elle fit une pause, plissant les yeux en direction de son bureau.

— La période n'est pas facile, mais je veille sur lui. Et si je suis encore là, c'est justement pour m'assurer qu'il rentre ce soir chez lui et n'enquille pas sur une nouvelle nuit blanche.

— Merci, Kelly. J'y vais. Si vous entendez des cris, restez tranquille. Ce sera juste moi qui le plaquerai au sol pour essayer de lui faire entendre raison. Comme d'habitude, quoi.

Elle rit, se retournant vers son ordinateur.

— Je n'entends rien et j'en sais encore moins ! Autant réviser mon discours au cas où je sois appelée comme témoin à décharge.

Il sourit et entra dans la fosse aux lions.

Luke était perché sur l'accoudoir du canapé du coin salon, des papiers éparpillés sur la table en verre devant lui. Un gobelet de café était posé bien trop près du bord avec les restes du repas qu'il s'était manifestement fait livrer. Il leva les yeux et épingla Ezekiel d'un regard noir.

— Essaye un peu de me plaquer au sol, qu'on rigole.

Ezekiel renâcla. De fait, ils avaient tous les deux fait de la lutte au lycée et à l'université, et, même si cela lui faisait mal de l'admettre, il n'avait jamais pu gagner contre son frère. Certes, Luke avait été en catégorie poids lourds et Ezekiel poids moyens, mais il ne manquait jamais une occasion de lui rappeler ses cuisantes et nombreuses défaites.

— Que fais-tu ici ? marmonna Luke, son attention réorientée sur le travail s'étalant devant lui.

Sachant qu'il ne possédait qu'une toute petite fenêtre avant de perdre complètement l'attention de son frère, Ezekiel s'installa dans le fauteuil faisant face au canapé.

— Comme rentrer à la maison et te parler là-bas n'était pas une option, il a bien fallu que je vienne jusqu'à toi. Je n'allais quand même pas dire à mon grand frère que je me marie au téléphone.

Luke se figea, sa main crispée sur une feuille de papier. Lentement, sa tête se leva et l'étonnement assombrit ses yeux. Il resta immobile, à part pour cligner des yeux.

Deux.

Trois fois.

Ezekiel aurait dû ressentir un peu de satisfaction à choquer son frère – un vestige du syndrome du benjamin. Mais il ne fut qu'assailli par la lassitude.

— Hein, quoi ? finit par lâcher Luke.

Ezekiel soupira et croisa les mains sur son ventre.

— Oui, je me marie. C'est une longue histoire.

— Alors commence par le début, ordonna Luke. Et n'oublie aucun épisode.

Au lieu de se braquer devant la demande de son frère, Ezekiel soupira de plus belle et s'exécuta. Il lui raconta sa – très – brève cour à Reagan Sinclair et, quand il finit avec le dîner tendu chez sa future belle-famille, Luke le fixa sans mot dire.

Lui avait-il cassé le cerveau avec son histoire trop incroyable pour en faire une sitcom ?

— Alors attends, dit Luke, qui se laissa glisser sur l'assise du canapé comme si le récit d'Ezekiel l'avait épuisé. Tu es en train de me dire que tu t'es mis tout seul dans un mariage arrangé ? Et même que tu as arrangé tout seul, si je comprends bien, avec une femme que tu connais à peine pour lui permettre de toucher son héritage ? Et cette femme se trouve être la fille de Douglas Pet-de-Sec Sinclair ? Pardon d'offenser ton futur beau-père, mais en même temps je te rappelle que c'est toi qui lui as trouvé ce surnom.

— On ne peut pas dire que je ne connais pas Reagan. C'est la meilleure amie de Harley.

— Ah, depuis combien d'années déjà ? interrompit Luke.

— C'est ce que je dis, ce n'est pas une étrangère, poursuivit Ezekiel malgré la coupure de son frère.

— Je te l'accorde, s'esclaffa Luke. Mais dis-moi, comment es-tu passé de : « Salut, j'ai été ravi de te revoir à cette soirée » à : « Ah tiens, si je t'épousais et qu'on faisait intimement connaissance ? »

Ezekiel renifla.

— Je ne prévois pas de la connaître *intimement*, si tu veux tout savoir. Il s'agit d'un arrangement purement platonique. Je l'aide, c'est tout.

Arrangement purement platonique. Au moment même où il prononçait les mots, son esprit hurla « menteur » comme un acte d'accusation. Oui, il n'avait pas prévu d'avoir de relation sexuelle avec Reagan. Mais les images qui avaient tourmenté ses nuits – elle sous lui, ses yeux bruns brillants de passion, son corps mince cambré, ses seins écrasés contre son torse, ses jambes écartées pour s'offrir à lui alors qu'il s'enfonçait en elle encore et encore... Non, aucune de ces images n'était platonique.

Dans son cas, non seulement la chair était faible, mais l'esprit n'était pas non plus bien vaillant.

Mais il ne l'avait pas demandée en mariage pour se trouver une nouvelle partenaire facile d'accès. Il pouvait garder ses mains – et tout le reste – dans ses poches. Le sexe n'allait faire qu'embrouiller des eaux déjà bien troubles.

Reagan avait fait semblant de comprendre qu'il ne cherchait pas l'amour, qu'il n'était plus capable d'en donner à quiconque. Mais il savait que ce n'était pas le cas. Il n'avait plus envie de rejoindre Melissa dans la tombe, mais sa mort l'avait marqué bien plus que celle de ses parents. À un moment donné, tous les enfants doivent faire face à l'inéluctabilité de perdre leurs parents. C'est une pensée qui peut même les obséder. La mort de sa mère et de son père avait été dévastatrice et douloureuse et, encore aujourd'hui, ils lui manquaient terriblement. Mais il savait que cela devait arriver tôt ou tard. Même s'il aurait évidemment préféré que cela se produise beaucoup plus tard.

À l'inverse, perdre une jeune femme non seulement qui avait toute sa vie devant elle, mais avec laquelle il pensait construire son avenir, avait été, en quelque sorte, plus tragique. Plus bouleversant. Elle n'aurait pas dû mourir. Selon les statistiques, elle aurait même dû lui survivre. Mais ce n'était pas le cas. Et il en restait une peur viscérale de l'éphémère. La conviction que rien ne dure pour toujours. Tout ce qui est important, tout ce à quoi vous tenez peut vous être arraché du jour au lendemain. Comme son cœur avait été arraché de sa poitrine.

Plus jamais il ne pourrait tolérer une telle douleur.

Et il se doutait bien qu'en *connaissant intimement* Reagan, il n'allait pas pouvoir séparer longtemps le sexe des sentiments. Alors, non, il était hors de question de prendre un tel risque. Pour le temps de leur mariage, il allait donc effectivement garder ses mains – et le reste – dans ses poches.

— Et toi, qu'est-ce que tu y gagnes ? demanda Luke, le tirant de ses pensées et le connectant de nouveau au présent. Je veux dire, autre chose qu'une canonisation accélérée ?

Ezekiel haussa les épaules.

— Une amie. La satisfaction de savoir que j'aide une femme, que je respecte et que j'apprécie, à atteindre ses objectifs. De plus, tu ne vas pas nier que les nouvelles de nos fiançailles et de notre mariage pourraient améliorer la réputation de la famille Wingate qui n'est pas au top en ce moment. Qui n'aime pas les romances dans cette foutue ville ?

Il expira lourdement et se pencha en avant pour caler ses coudes sur ses cuisses.

— Bon, je ne sais pas si ce que je raconte a un sens quelconque…

— Non, au contraire, c'est parfaitement logique, coupa Luke. Enfin pour moi. Mais je ne sais pas si c'est aussi clair pour toi.

Ezekiel fronça les sourcils.

— Qu'est-ce que tu veux dire par là ?

Luke se pencha en avant pour imiter sa posture.

— Ce que je veux dire, c'est que tu n'as pas réussi à sauver Melissa, alors tu essayes de sauver Reagan.

— N'importe quoi, claqua Ezekiel, une colère froide s'emparant de sa poitrine. Cela n'a absolument rien à voir !

Il se leva d'un bond et traversa le bureau jusqu'aux fenêtres qui donnaient sur Royal. Quelques secondes plus tard, il rebroussa chemin et s'arrêta devant Luke. La table basse qui les séparait aurait parfaitement pu être une *tumbleweed* roulant dans le décor poussiéreux d'un western.

— Tu m'accuses d'avoir un complexe du sauveur mais, jusqu'à preuve du contraire, ce n'est pas moi qui ai emménagé dans mon bureau en pensant que je suis le seul à pouvoir ressusciter cette entreprise. Alors commence par te regarder dans la glace avant de jouer les psys de comptoir !

La pièce s'était subitement remplie de tension, de colère et de silence. *Sa* colère. Car Ezekiel semblait parfaitement calme, désormais allongé sur le canapé, un bras sous sa nuque.

— J'ai touché une corde sensible, n'est-ce pas ? murmura-t-il en arquant un sourcil.

— Ferme-la ! souffla Ezekiel.

Son frère ne disait pas la vérité. Après Melissa, Ezekiel avait fait tout son possible pour éviter de s'impliquer trop profondément auprès de personnes extérieures à sa famille. Il n'était pas assez arrogant pour se penser capable de sauver des gens comme un super héros.

— Zeke.

Le soupir de Luke l'atteignit quelques instants avant qu'il ne se lève et ne fasse le tour de la table basse.

— Ce que tu fais pour Reagan, c'est super. Pardon si je n'ai pas été assez clair. C'est juste que je me fais du souci pour toi.

Il se redressa, se leva et vint poser une main sur l'épaule d'Ezekiel, l'obligeant à regarder le visage qui lui était aussi familier que le sien.

— J'ai besoin que tu fasses attention, d'accord ? Je ne veux pas te récupérer en miettes, tu comprends ?

Ezekiel secoua la tête.

— Il s'agit bien plus d'un arrangement commercial que d'une relation. Nous en sommes parfaitement conscients tous les deux. Tu n'as pas à te faire du souci pour moi. Je te promets, tout va bien se passer.

Luke acquiesça, mais le scepticisme qui assombrissait ses yeux ne se dissipa pas pour autant.

Ezekiel choisit de l'ignorer. Tout comme il avait choisi d'ignorer son envie inattendue de protéger Reagan contre son père. Et de mettre son bonheur avant ses propres préférences quand il avait accepté le souhait de sa mère de prolonger leurs fiançailles de deux semaines à six mois.

Reagan ne lui avait jamais semblé fragile. Elle avait beau être petite et menue, elle possédait une confiance et une assurance qui la rendaient incassable… intouchable. Mais ce soir ? Il y avait eu des moments où il aurait pu jurer que ses os avaient été changés en verre. Et, oui, il avait combattu l'envie folle de la protéger contre l'étrange tension qui avait surgi entre ses parents et elle.

Luke lui serra l'épaule.

— Me dire de ne pas m'inquiéter, c'est comme

demander à un chat d'aboyer, tu le sais bien. Cela ne va pas arriver de sitôt.

Ezekiel renâcla, et Luke retourna s'installer sur l'accoudoir du canapé devant sa pile de papiers. Avant de perdre complètement l'attention de Luke, Ezekiel récupéra le gobelet et les restes du repas à emporter. Puis il traversa la pièce et les jeta à la poubelle.

— Merci, Luke, dit-il en se dirigeant vers la porte du bureau.

— Pour quoi ? murmura son frère d'un air absent.

— Pour être là.

La tête de Luke se releva brusquement, ses yeux brun clair concentrés et perçants.

— Tu peux toujours compter sur moi.

Là-dessus, Luke avait raison, songea Ezekiel en sortant du bureau et en refermant la porte derrière lui.

Malgré tout, malgré toutes les épreuves, Luke avait toujours été là pour lui. Il ne l'avait jamais déçu.

Et ce, même quand Ezekiel avait failli.

- 7 -

Reagan sortit de l'ascenseur à l'étage exécutif du bâtiment de Wingate Enterprises, son attention à peine attirée par le mobilier de bon goût et coûteux ou par la décoration exquise.

Par contre, elle avait remarqué le silence.

Un silence qui n'avait rien de paisible comme celui du cimetière où elle avait croisé Ezekiel quelques semaines plus tôt.

Non, il y avait de la tension dans ce calme. Tellement qu'elle en devenait presque palpable.

Elle passa devant des bureaux où des gens avaient l'air de travailler dur, concentrés sur leurs écrans d'ordinateur. L'anxiété qui semblait imprégner l'atmosphère comme un parfum rance lui nouait l'estomac.

Elle avait vu les informations ce matin. Elle avait regardé fixement l'écran alors que des mots comme *drogue*, *contrebande*, *trafic* s'étalaient sur les bandeaux. Et que les visages des présentateurs semblaient s'illuminer d'une joie mauvaise d'avoir une histoire juteuse à narrer à leurs spectateurs.

Sa première pensée avait été pour Ezekiel. Aller le voir. Voir s'il allait bien. Pour… le protéger.

Arrivée devant son bureau, elle rencontra le regard dubitatif de la jolie femme qui devait être sa secrétaire. Lorsqu'elle la reconnut quelques secondes plus tard, elle lui sourit.

— Ah, bonjour, mademoiselle Sinclair. Vous allez bien ? Comment puis-je vous aider ?

Regardant la plaque dorée sur le bureau, Reagan rendit son sourire à la femme.

— Je vais bien, madame Reynolds. Je n'ai pas de rendez-vous, mais Ezekiel est-il disponible quelques minutes ? J'ai besoin de lui parler.

— Bien sûr. Je suis sûre qu'il appréciera une visite de sa fiancée ce matin. Il est peut-être en conférence téléphonique cependant, laissez-moi juste vérifier.

Elle décrocha le combiné de son téléphone et appuya sur un bouton.

— Monsieur Holloway, Mlle Sinclair est là.

Après avoir écouté les consignes d'Ezekiel, elle poursuivit :

— Très bien, monsieur, tout de suite.

Raccrochant le téléphone, elle hocha la tête.

— Il vous attend, et toutes mes félicitations tardives pour vos fiançailles.

— Merci, murmura Reagan, en direction du bureau d'Ezekiel.

Allait-elle un jour s'habituer à être la fiancée de quelqu'un ? Non, pas de quelqu'un. D'Ezekiel Holloway. Elle en doutait. Trois semaines s'étaient écoulées depuis qu'ils avaient annoncé leur projet à ses parents et, parfois, elle avait l'impression d'être dans un rêve. Ou un cauchemar.

Certains jours, elle avait du mal à trancher.

Même s'il l'attendait, elle frappa tout de même à la porte, puis baissa la poignée. Lorsqu'elle entra, elle repéra vite le bureau au fond de la pièce aussi spacieuse qu'une suite de palace, et y vit Ezekiel, assis derrière son écran d'ordinateur, les sourcils froncés. Pendant un court instant, elle eut envie de tourner les talons et de partir aussi vite – et aussi impulsivement – qu'elle était venue.

Mais Ezekiel leva les yeux et la fixa. Alors ses talons s'enfoncèrent dans la moquette et l'empêchèrent de bouger.

Dieu, qu'il avait l'air… épuisé. Sa peau brune se tendait sur le renflement acéré de ses pommettes et donnait plus de sévérité à son visage déjà anguleux. La netteté de ses traits ne faisait qu'amplifier la plénitude presque décadente de sa bouche. Elle se sentit coupable de l'avoir remarqué. Des cernes meurtrissaient la chair sous ses yeux, trahissant de trop longues heures passées sans sommeil.

Inspirant profondément et maudissant la folie qui l'avait amenée jusqu'ici, elle s'avança jusqu'à atteindre le fauteuil installé pour les invités devant le bureau aussi large que celui d'un ministre. Mais elle préféra cependant rester debout et prendre appui sur son dossier. C'était plus prudent, car en présence d'Ezekiel elle avait la malheureuse habitude de… perdre l'équilibre.

— Tu as vraiment une sale tête, dit-elle sans préambule.

C'était brutal, mais préférable à : « Tu as besoin d'un câlin ? »

Un faible sourire narquois tordit le coin de sa bouche et disparut aussitôt.

— Sympa, ça fait toujours plaisir. Mais je doute que tu aies fait tout ce trajet pour commenter ma mine abattue. Que se passe-t-il ?

— Je…, bredouilla-t-elle en serrant plus fort le dossier du fauteuil en cuir et en étouffant un soupir. J'ai vu les infos ce matin et je voulais m'assurer que tu allais bien.

— Est-ce que je vais bien ? répéta-t-il d'un ton sardonique qui la glaça. Voyons voir. De la drogue a été découverte dans l'usine WinJet, alors maintenant, en plus de falsifier nos rapports et de mettre nos employés en danger, nous sommes accusés de trafic de drogue. La DEA a été dépêchée, et nous faisons l'objet d'une enquête. Donc non, Reagan, je suis loin d'aller bien.

Il repoussa sa chaise en arrière et se leva d'un bond pour se diriger vers la grande baie vitrée donnant sur Wingate Enterprises et la ville de Royal au loin. La vue était belle, mais sans doute n'y voyait-il que ses propres démons.

— Pardon, je suis désolé, râla-t-il quelques secondes plus tard. Je ne voulais pas te parler comme ça. La journée a été rude, tu n'y es pour rien.

— Je ne peux qu'imaginer, murmura-t-elle.

Après une brève hésitation durant laquelle elle s'ordonna silencieusement de rester en place, elle se désobéit et traversa la pièce pour le rejoindre.

— Non, en fait, je ne peux pas imaginer. Et je suis désolée. Les dernières semaines ont dû être un enfer pour toi et ta famille.

— Les travailleurs blessés dans l'incendie nous ont fait un procès, et nous avons décidé de le régler au civil. Juste au moment où nous pensions que le pire était derrière nous, voilà que…

Il s'interrompit, sa mâchoire serrée si fort qu'un muscle tressaillit le long de ses tempes.

— C'est comme si nous étions maudits. Comme l'une de ces histoires qu'on raconte aux enfants sur une famille prospère et unie à laquelle une méchante sorcière décide de jeter un sort.

Sa poitrine se serra si fort qu'elle put à peine expirer.

— Je suis désolé, vraiment, souffla-t-il, frottant sa paume contre son visage.

Le son rêche de ses poils de barbe contre sa peau sembla résonner dans le silence.

— Merci d'être venue. C'était gentil de ta part. Très gentil.

— C'est ce que font les *amis*, répondit-elle, en insistant sur le dernier mot pour se rappeler à elle-même pourquoi elle ne pouvait pas le toucher.

— Et les fiancées ? demanda Ezekiel, un soupçon de taquinerie pointant sous la lassitude de sa voix.

— Bien sûr, répondit-elle avec un haussement d'épaules décontracté. Une vraie fiancée se jetterait sur toi pour te réconforter en nature, mais cela n'est pas dans notre contrat, n'est-ce pas ?

Oh bordel. Que n'avait-elle pas dit ?

Les joues en feu, elle se pressa d'ajouter :

— Je rigole, hein.

— Oui, fit Ezekiel d'une voix blanche. Tu n'es pas *vraiment* ma fiancée, n'est-ce pas ?

Elle ne put manquer son accentuation du *vraiment*. Essayait-il lui aussi de se rappeler à l'ordre ?

— Non, murmura-t-elle. Pas vraiment.

— Parce que nous sommes amis et que tu ne penses pas à moi comme ça, n'est-ce pas ? demanda-t-il.

Ses yeux perçants allaient-ils voir la vérité derrière ses mensonges ?

— Non, effectivement, parce que nous sommes amis.

Elle leva une main vers sa clavicule et frotta sa cicatrice à travers la soie de son chemisier. Il ne fallait pas qu'elle tarde à changer de sujet ou l'édifice de ses mensonges allait céder sous la pression de son désir.

— Que va-t-il se passer maintenant ? demanda-t-elle. Je veux dire, pour les entreprises Wingate ?

Il se tourna de nouveau vers la fenêtre.

— Je ne sais pas, admit-il dans un souffle rauque. Je suppose que, tant que durera l'enquête de la DEA, ils vont geler nos actifs. Confisquer tout ce qui, selon eux, est lié aux accusations. Sceller les portes du bâtiment. Arrêter tous ceux qu'ils considèrent comme suspects…

Il leva les bras derrière la tête et se frotta la nuque.

— Mais merde, grogna-t-il, comment est-ce qu'on en est arrivé là ?

— Zeke, calme-toi. C'est encore tout frais, laisse-leur le temps. Ils vont trouver qui a mis la drogue dans les avions pour vous nuire, et les Wingate seront blanchis.

Il lui lança un coup d'œil vif et secoua la tête.

— Mis la drogue pour nous nuire ? C'est fou, tu es la première personne à penser que nous ne sommes pas coupables de contrebande ou de trafic.

Elle agita une main en l'air.

— Arrête, c'est absurde. Ta famille ne pourrait jamais être impliquée dans un truc comme ça. Vous n'êtes pas des barons de la drogue !

Elle ne put s'empêcher d'éclater de rire. Parce que, oui, l'idée était tout simplement ridicule.

— Merci, Ray, dit-il en se retournant vers elle pour lui prendre la main. Tu ne sais pas quel bien cela me fait de t'entendre rire.

— Bon, d'accord, je n'aime pas qu'on me rouspète, mais je vais faire une exception et accepter tes excuses, dit-elle en répétant quasiment mot pour mot ce qu'elle lui avait dit chez ses parents.

À voir son sourire, il s'en rappelait. Malheureusement, son visage reprit aussitôt son expression terne et soucieuse.

— Ray, dit-il en baissant la voix. Si tu as des doutes sur notre mariage, je comprendrai. Tu n'as pas à avoir peur de me le dire.

— Hein ?

La surprise la traversa et elle fronça les sourcils.

— Pourquoi aurais-je des doutes ?

Il soupira, l'épuisement brouillant son expression.

— La clause de ta grand-mère stipule que tu dois épouser un homme convenable. Et quand ton père nous a donné sa bénédiction, il ne savait pas que ma famille allait bientôt être accusée d'être les épigones de Pablo Escobar. Il ne peut en aucun cas être satisfait de cette tournure des événements. Ou que sa fille soit contaminée par association.

— Je ne suis pas contaminée par toi, Zeke, claqua-t-elle, offensée.

Et, oui, son père était peut-être coincé et démodé, mais il restait un homme de droit et savait l'importance de la présomption d'innocence.

Elle croisa les bras sur sa poitrine.

— Et ceux qui le penseront sont des abrutis. Je vais m'occuper de mon père, mais je ne veux pas annuler les fiançailles. Toi si ?

Il la fixa du regard, et elle y détecta quelque chose qu'elle n'y avait encore jamais vu. Ses pupilles semblaient subitement plus brillantes, comme humides. Est-ce qu'il avait les larmes aux yeux ?

— Non, murmura-t-il, je ne veux rien annuler. Merci.

— Tu te répètes, lui rappela-t-elle.

— Non, parce que je ne t'ai pas remerciée d'être mon amie.

- 8 -

— Je dois avouer que ta soirée de fiançailles est un franc succès, observa Luke.

Ezekiel ne pouvait qu'être d'accord. Des dizaines d'invités en smoking et en robe de soirée se pressaient dans la grande salle d'apparat du Club des éleveurs du Texas. Leurs bavardages et leurs rires épaississaient l'air et, oui, il était manifeste que sa fête de fiançailles avec Reagan se déroulait sans accroc.

Quand il avait demandé à sa cousine Beth de l'aider à organiser la fête trois semaines auparavant, elle avait sauté de joie et fait en sorte que la plus belle salle du club soit disponible pour eux. L'endroit avait récemment subi un ravalement majeur, et le vieil esprit colonial, avec ses boiseries sombres et ses alcôves feutrées, avait été remplacé par quelque chose de plus léger et aéré, avec des couleurs plus vives, des fenêtres plus grandes et des plafonds plus hauts. Ce soir, toutes les portes-fenêtres avaient été ouvertes sur la nuit de juillet, et l'air chaud embaumant de parfums fleuris rendait l'endroit encore plus féerique.

Des fleurs, du blanc, de minuscules guirlandes et même une belle arche décoraient l'espace, ce qui rendait par contraste les parquets sombres d'autant plus brillants. Des chandeliers éphémères avaient été placés sur le patio, et les colonnes et les balustrades étaient baignées de lumière. Les tables drapées de nappes épaisses et décorées de bouquets de fleurs fraîches bordaient une généreuse piste de danse.

Tout était sophistiqué, luxueux et magnifique. Sa cousine avait réussi l'impossible en quelques semaines.

Pourtant, Ezekiel n'avait pas pris une seule respiration sereine de toute la soirée. Pas facile lorsque vous avez une épée de Damoclès au-dessus de la tête, prête à s'abattre sur vous à tout moment.

— Même tante Ava semble apprécier ton choix de fiancée, poursuivit Luke. Vu ses exigences, c'est un petit miracle.

Ezekiel renâcla, sirotant son gobelet rempli de whisky.

Luke n'avait pas tort. Sa tante était peut-être une femme mince, d'apparence quelque peu frêle avec ses cheveux blond foncé parsemés de mèches grises, mais, une fois pris au piège de son regard gris-vert, il était impossible de la dire fragile. C'était une femme forte et déterminée, qui avait été une épouse, une femme d'affaires et une mère.

Tous ses enfants auraient été d'accord pour le dire dans cet ordre. Mais la mort de l'oncle Trent avait été un coup dur, et elle commençait tout juste à sortir la tête de l'eau lorsque les problèmes avec WinJet étaient apparus.

— Je suis heureux qu'elle soit venue ce soir, déclara Ezekiel, les yeux rivés sur sa tante et l'homme à côté d'elle. Je vois qu'elle a amené Keith.

— Oui, il ne la lâche plus d'une semelle, marmonna Luke. Ça en devient gênant pour tout le monde.

Meilleur ami de son oncle, Keith Cooper était dans leur vie depuis des années. En surface, l'homme aux cheveux bruns clairsemés, aux yeux noirs et à la silhouette athlétique un peu ramollie par des excès de bourbon était un homme affable et décontracté, facile à vivre et à faire rire.

Marié et divorcé trois fois et sans enfants, il avait adopté les Wingate et les considérait comme sa famille.

Ou plutôt il s'était *incrusté* dans leur famille.

Ce qui n'était pas sans agacer Ezekiel et son frère.

Keith était toujours là. Dans l'ombre, comme un serpent. Son grand sourire plein de dents camouflait mal les yeux qu'il avait pour Ava et l'avarice qui n'était pas loin de donner la chair de poule à Ezekiel. Certes, Keith n'avait rien fait de manifeste pour mériter leur aversion, mais les frères Holloway ne lui faisaient pas confiance.

Pas du tout.

— Et sinon, j'ai préparé mon discours, dit Luke d'une voix traînante qui poussa Ezekiel à quitter sa tante des yeux.

Il fronça les sourcils.

— Quel discours ?

— Le discours du témoin. Beth a réservé un temps pour les toasts après le dîner. Avec tout ce qui se passe, j'ai pensé que tu n'avais pas encore eu le temps de me demander.

Luke lui lança un regard de biais.

— Mais je savais que tu demanderais, alors je me suis préparé.

— Eh bien, on peut dire que tu as la subtilité chevillée au corps, s'esclaffa Ezekiel. Évidemment que tu es mon témoin, sans compter que Sebastian a dit non.

Au regard renfrogné de Luke, il aboya un autre éclat de rire.

— Je blague ! Oh ! là, là ! je vais demander à Kelly de te préparer un lavement pour t'enlever le balai que tu as où je pense.

— Hilarant. Tu es tellement hilarant, grommela Luke, avec un sourire étirant néanmoins le coin de sa bouche. Ce doit être pour ton joli minois que Reagan t'apprécie, parce que, si c'est pour ton sens de l'humour, j'ai mal pour elle.

— Oh non, j'aime les deux, intervint Reagan, apparaissant aux côtés d'Ezekiel et glissant un bras autour de sa taille.

Elle inclina ensuite la tête pour la faire reposer sur son épaule.

En la voyant, avec sa beauté aussi rayonnante que son sourire, le commun des mortels y aurait vu une femme merveilleusement amoureuse. Bordel, il était même à deux doigts d'y croire. Si les œuvres caritatives finissaient par ne plus la passionner, elle pourrait toujours se reconvertir dans le cinéma.

Reagan était une énigme.

Un puzzle magnifique et sensuel dont il voulait s'éloigner prudemment avant que l'envie d'en connaître toutes les pièces ne le consume.

Qui était vraiment Reagan Sinclair ? Et pourquoi était-il si désespéré de le découvrir ?

Il porta de nouveau le whisky à sa bouche et en but une généreuse gorgée. Avec sa hanche pressée contre sa cuisse, il n'avait qu'une envie : la prendre dans ses bras, la faire monter sur ses épaules pour que tous les convives voient à quel point ils allaient bien ensemble.

En vérité, Reagan méritait un homme capable de lui donner tout son cœur. Un homme qui ne considérait pas l'amour comme un piège avec des mâchoires en lames de rasoir. Un homme capable de lui offrir une sécurité et un nom irréprochables.

Il n'était pas cet homme.

Et pourtant, il était bien là, à côté d'elle, à faire comme si elle était réellement sa fiancée et allait bientôt devenir sa femme.

Devant sa famille, ses amis et tout Royal.

Depuis quand était-il devenu si égoïste ?

Luke s'éclaircit la gorge et arqua les sourcils. Un sourire éclaira ses yeux bruns. Et quelque chose lui fit dire que son frère se moquait de lui.

— Qu'est-ce qu'il y a ? demanda-t-il, agacé.

— Tu es dans la lune ou dans ton verre ? Ta fiancée t'a posé une question.

Ezekiel ravala le grognement et le juron qu'il prévoyait pour son frère. Heureusement, Luke n'avait pas la moindre idée de ce qui peuplait ses pensées.

— Je suis désolée, ma chérie, s'excusa Ezekiel. Qu'est-ce que tu as dit ?

— Je t'ai demandé de m'avouer la vérité, lui dit-elle en lui lançant un regard réprobateur. Tu as engagé un bataillon d'organisateurs d'événements pour réussir cette prouesse ? Et ils ont œuvré nuit et jour comme les lutins du Père Noël ?

Il sourit, penchant la tête sur le côté.

— Je siège au conseil d'administration d'un conglomérat national extrêmement prospère, je te rappelle. Tu crois qu'organiser des fiançailles me fait peur ?

Elle lui rendit son sourire, en croisant les bras pour faire bonne mesure.

Son sourire à lui s'élargit. Depuis ce matin dans son bureau quelques semaines auparavant, ils se rapprochaient de plus en plus. Devenaient de plus en plus complices.

Ce qui tenait à la fois du paradis et de l'enfer.

— Allez, d'accord, je te révèle mes secrets. J'ai supplié ma cousine Beth de m'aider. Avec Gracie Diaz, elles ont un appétit et une compétence pour ce genre de choses qui me feraient presque peur. Et tout ce que j'avais à promettre en échange, c'était que tu les aides avec le bal masqué caritatif plus tard dans l'année. Tu vois ? On me donne un problème, je le résous !

— En d'autres termes, tu m'as collé l'organisation d'une autre fête sans me demander mon avis ? Tu as de la chance que je t'épouse. Mais rassure-toi, papa étant membre du CET, les bals de charité, ça me connaît. Je serai ravie de les aider.

— Alors c'est super. Surtout depuis que Beth m'a mis en garde. Il paraît que, si je n'apprends pas fissa à demander son avis à ma future femme, je vais devoir me commander une grande niche pour chien sur Internet et y emménager.

— Beth a toujours été brillante, s'esclaffa Reagan. Oh ! et puis, au fait, je viens de rencontrer tes cousins Sebastian et Sutton. Et je ne sais pas comment tu arrives à les différencier. Certes, ce sont de vrais jumeaux, mais tout de même c'est bluffant !

— M'en parle pas. Je les connais depuis toujours et j'ai parfois du mal à les distinguer si je ne les regarde pas d'assez près.

Luke renifla.

— Pas étonnant qu'ils aient eu l'habitude de faire des c… pardon, des bêtises quand ils étaient adolescents en se faisant passer l'un pour l'autre, commenta-t-il.

— Je ne peux qu'imaginer. Et ça va, Luke, dit-elle en souriant. Je suis une grande fille, j'ai déjà entendu le mot « conneries » plusieurs fois dans ma vie. Je ne vais pas m'évanouir et demander mes sels.

Luke gloussa, levant les mains pour former le signe séculaire de la reddition.

— Oui, mais, même si ma mère n'est plus avec nous, je n'ai pas envie que son fantôme vienne me taper sur les doigts pour avoir dit une grossièreté devant toi.

— Il n'a pas tort, ajouta Ezekiel en riant. Nina Holloway était à cheval sur les bonnes manières. Mais, pour revenir à mes cousins, Sebastian a une cicatrice dans le bas du dos qu'il s'est faite quand nous étions enfants. Chaque fois qu'ils essayaient de nous berner, j'en attrapais un par le col et descendais son pantalon à la recherche de la cicatrice. Après, c'est sûr, je te déconseille de faire cela aujourd'hui.

— Promis, j'attendrai la réception de mariage, pépia-t-elle.

Ezekiel aurait pu se baigner dans ce rire tellement il lui faisait du bien.

Oh oui, Reagan lui faisait beaucoup de bien. Parce qu'elle n'était pas seulement belle et drôle, elle était aussi fière, brillante et féroce.

Et leur relation avait beau n'être que de la comédie, il était sincèrement heureux de pouvoir faire croire au monde que cette femme allait devenir la sienne.

Ce qui ne cessait de le terrifier.

- 9 -

— Reagan, tu peux venir ? J'ai besoin de te parler, s'il te plaît.

Reagan s'arrêta alors qu'elle traversait le foyer de sa maison en direction de l'escalier, et jeta un coup d'œil à son père qui se tenait à l'entrée du salon.

Vérifiant sa fine montre en or, elle fronça les sourcils. 17 h 15. Douglas Sinclair n'avait pas pour habitude de rentrer avant 18 heures de son cabinet. L'avait-il attendue ?

— Bien sûr, papa. Mais cela prendra-t-il longtemps ? J'ai des projets pour ce soir.

Elle avait accepté d'accompagner Ezekiel à un dîner dans la propriété de sa famille à 18 heures. Mais elle avait perdu la notion du temps au foyer pour filles mères et n'était pas loin de se mettre en retard. Ce qui se produisait de plus en plus souvent, car ses responsabilités au foyer n'étaient plus seulement administratives, elle passait désormais aussi beaucoup de temps auprès de ses pensionnaires.

Ezekiel avait été très compréhensif lorsqu'elle l'avait appelé pour s'excuser et lui proposer de reporter leur rendez-vous. Elle aurait dû lui dire où elle passait la majeure partie de son temps, car, depuis la fête de fiançailles trois semaines auparavant, ils n'avaient cessé de se rapprocher et de gagner en complicité. Mais elle gardait toujours son travail au foyer secret, de peur qu'il lui demande pourquoi cela lui tenait tant à cœur.

Sauf qu'il n'était pas son père. Alors peut-être qu'elle lui dirait ce soir après le dîner. Elle ne lui dirait pas tout, certes. Mais une bonne partie.

Peut-être.

Son père ne lui répondit pas, mais se retourna et entra dans le salon, sachant qu'elle allait le suivre. Que se passait-il ? L'expression sombre de Douglas et la tension de son estomac n'auguraient rien de bon pour cette conversation.

— Assieds-toi, s'il te plaît, dit-il en lui désignant le canapé et en prenant place dans le fauteuil adjacent.

Même si elle aurait préféré rester debout – plus facile pour s'échapper –, elle se laissa tomber sur le canapé club qu'elle aimait tant.

— Qu'est-ce qui ne va pas, papa ?

Il croisa une jambe sur l'autre et appuya ses coudes sur les bras du fauteuil, plaçant ses doigts sous son menton. Le sentiment d'appréhension augmenta. Avec son frère et sa sœur, ils avaient appris à décrypter le langage corporel de leur père. Cette position, celle du penseur, anticipait en général un sermon ou une leçon sur un sujet désagréable.

— Reagan, j'ai d'abord accepté cette relation soudaine avec Ezekiel Holloway et je vous ai donné ma bénédiction pour vos fiançailles, mais maintenant je suis inquiet.

— À propos de ? demanda-t-elle pour combler son silence.

Son cœur battait à tout rompre contre sa poitrine, mais elle se força à rester calme. Douglas Sinclair détestait les simagrées. Et la dernière chose qu'elle pouvait se permettre était de l'entendre l'accuser d'être trop émotive pour prendre une bonne décision.

— Le nom Wingate était impeccable et irréprochable non seulement dans Royal, mais au Texas. Mais maintenant, avec les divers scandales de corruption, de falsification, les procès des employés et maintenant la drogue, pour l'amour de Dieu, je crois que cela a été souillé sans espoir de retour.

— Miles Wingate a prouvé que la famille n'était pas responsable de la falsification des rapports d'inspection, rétorqua-t-elle d'une voix qu'elle voulut assurée. Ce qui me fait douter de tout le reste, et d'autant plus de cette histoire de drogue. Tu connais la famille Wingate depuis plus longtemps que moi, papa. Tu devrais savoir qu'ils sont incapables de choses aussi répréhensibles.

— Je ne sais rien de la sorte, contesta-t-il. Et j'ai appris à me méfier des apparences. Trent Wingate était peut-être un homme en qui j'avais toute confiance, cela ne présume rien du reste de sa famille. Pas individuellement, en tout cas.

Il baissa les bras et se pencha de plus belle en avant, la fixant d'un regard implacable.

— D'ailleurs, aux yeux du public, ils sont coupables. Leur réputation est entachée. Je ne pense pas qu'il soit sage de lier ton nom – ou le nom de notre famille – au leur en ce moment.

Son estomac sembla sombrer dans son abdomen. Elle pensait bien que c'était pour cette raison qu'il lui avait demandé cette audience privée, mais entre le prévoir et l'entendre le dire…

— James Harris, le président du club et d'autres membres du CET soutiennent tous les Wingate. Ils ne sont pas inquiets de voir leur réputation *entachée*, ajouta-t-elle en insistant avec une ironie froide sur le vocabulaire élitiste qu'avait choisi son père.

— Tu es peut-être aveuglée par ton… affection pour Ezekiel, poursuivit Douglas. Mais je pense que la bonne décision à prendre, pas seulement pour toi, mais aussi pour cette famille, serait de rompre vos fiançailles. Tu imagines mon cabinet associé à des gens faisant l'objet d'une enquête de la DEA pour trafic de drogue ?

Sa bouche se retroussa de dégoût, ses pupilles se rétrécirent.

— Tu n'es pas la seule concernée. Sache que ta mère est en train de se faire ostraciser par certains membres de cette communauté parce que sa fille se marie avec cette famille.

— Cette famille ? répéta-t-elle, avec un rire sans humour. Papa, tu t'entends parler ? Cette famille est installée à Royal depuis des générations. Ils ont fait énormément de bien non seulement pour cette communauté, mais aussi en dehors de la ville avec leurs initiatives philanthropiques. Ce sont de bonnes personnes. Et à cause d'une seule accusation, d'une période difficile qu'ils traversent, tu vas tout oublier et les laisser tomber ?

Elle expira.

— Avant qu'Ezekiel ne soit mon fiancé, il était mon ami. Harley était ma meilleure amie. Je refuse de les jeter sous le bus simplement parce que des gens n'ont rien de mieux à faire de leur vie que de cracher sur d'autres en préférant des rumeurs aux faits. Si cette communauté te plaît, eh bien, moi, je n'en ferai pas partie.

— Tu n'as pas le choix, annonça-t-il d'un ton sévère. Le testament de ta grand-mère stipule que tu ne recevras ton héritage que si tu épouses un homme convenable. Et c'est à moi que revient la caractérisation du convenable. Ezekiel Holloway ne l'est pas. Tu peux poursuivre ton projet de mariage, mais tu n'auras pas un sou avant tes trente ans. N'essaye même pas de me convaincre que l'héritage n'est pas la raison de ce mariage expéditif. J'ai toléré tes mensonges au départ, mais plus maintenant.

La fureur s'empara d'elle. Lorsqu'elle se leva, elle tremblait comme une feuille. Seul le respect brida sa langue lorsqu'elle voulut déverser un flot d'insultes sur le père qu'elle aimait tant. Et comme elle ne se faisait pas confiance pour résister plus longtemps, elle pivota et sortit de la pièce.

— Tu vas annuler ces fiançailles, Reagan, lui ordonna son père derrière elle.

Elle ne prit même pas la peine de se retourner ou de lui jeter un coup d'œil par-dessus son épaule. Elle ne perdit pas non plus davantage de temps à remonter dans sa chambre pour se changer. Sans la moindre hésitation supplémentaire, elle sortit de chez elle, sans savoir quand elle allait y revenir.

Ezekiel était en train de boutonner sa chemise quand quelqu'un frappa à la porte de la maison d'hôtes. Ce devait être Reagan. Il avait reçu son texto laconique lui disant qu'elle était en route.

Elle l'avait précédemment appelé pour lui dire qu'elle serait en retard, mais elle finissait par avoir quinze minutes d'avance. Il n'avait pas eu besoin de réentendre sa voix pour deviner que quelque chose ne tournait pas rond.

Quelques secondes plus tard, en ouvrant la porte, ses soupçons furent confirmés. Si elle était toujours magnifique dans un ensemble pantalon à pont vert et chemisier blanc, son visage n'était plus éclairé par son sourire habituel. Et d'épaisses coulures de mascara cerclaient ses yeux.

Un malaise le parcourut, et il recula en l'invitant en silence à rentrer.

— Qu'est-ce qui ne va pas, Reagan ? demanda-t-il, fermant la porte derrière elle.

Elle se retourna, lui faisant face et, heureusement, ne le fit pas attendre avant de lui annoncer la nouvelle.

— Mon père m'a tendu une embuscade à mon retour à la maison.

Ses lèvres se tordirent en un sourire amer.

— Il est revenu sur son approbation quant à notre mariage. Apparemment, ce ne serait pas bon pour sa réputation ou son entreprise. Bordel !

Elle se frotta nerveusement les yeux et se mit à faire les cent pas dans le hall, ses chaussures vibrant sous sa colère. S'arrêtant devant un tableau représentant le domaine des Wingate, elle le regarda pendant de longues minutes.

— Je suis désolée, Zeke, murmura-t-elle. Je suis tellement fâchée. Et j'ai honte.

— Ray, regarde-moi, ordonna-t-il tendrement.

Quand elle se retourna enfin, il étudia ses magnifiques traits. Il y avait de la conflictualité dans ses yeux, de la tristesse dans l'ourlet de sa bouche. De la lassitude dans l'affaissement de ses épaules.

— Ton père n'a pas tort.

Le feu jaillit dans son regard, remplaçant la détresse. Bon sang, qu'elle était belle. Et son caractère passionné la magnifiait.

Pouvait-il en vouloir à Douglas ? Non, bien sûr. Dans les semaines qui avaient suivi leur visite pour lui demander sa bénédiction, Wingate Enterprises s'était écroulée. Le prix des actions avait chuté, la plupart de leurs contrats d'aéronavale avaient été annulés et leurs clients s'étaient même mis à boycotter leurs hôtels. Ils allaient bientôt devoir en passer par un plan social et licencier du personnel. Avec les actifs de l'entreprise gelés par la DEA, ils ne pouvaient pas les liquider pour garder la tête hors de l'eau et protéger leurs employés.

Donc non, Douglas avait effectivement le droit de s'inquiéter. Sa fille allait épouser un homme qui n'allait peut-être même pas pouvoir subvenir à ses besoins. Et dont le nom était bel et bien une infamie.

— Mais bien sûr qu'il a tort, trancha-t-elle. Et je ne t'abandonnerai jamais à cause de ragots et d'accusations sans fondement. Quel genre de personne cela ferait-il de moi ? Quel genre d'amie ?

Une amie intelligente. Les mots restèrent bloqués dans son esprit. Au lieu d'exprimer cette opinion, il glissa les mains dans les poches avant de son pantalon, et murmura :

— Tu ne m'as jamais dit pourquoi tu avais besoin de ton héritage, Ray. Pour en passer par des mesures aussi extrêmes qu'un mariage avec moi, tu dois avoir une sacrée raison.

Ses traits se lissèrent, et son visage devint le plus beau des masques.

— Je te l'ai déjà dit. Je veux ma liberté.

— Je m'en souviens, acquiesça-t-il, se rapprochant d'elle et ne s'arrêtant que lorsqu'ils furent à quelques centimètres l'un de l'autre. Mais au cours des semaines que nous avons passées ensemble, j'ai aussi appris à connaître une femme qui ne laisserait jamais quelque chose d'aussi futile l'empêcher de saisir cette liberté. Non, il y a autre chose.

Il fit une pause, penchant la tête sur le côté.

— Tu crois que je n'ai pas remarqué que tu disparaissais plusieurs fois par semaine toute la journée ? Autant je me rappelle la fille que tu étais, autant la femme que tu es devenue est encore parfois un mystère. Tu gardes des secrets, Ray. Et ce qui te pousse à vouloir aussi fort cet argent en fait partie.

Il glissa une main libre sur sa joue et pinça une mèche de ses cheveux entre son pouce et son doigt.

— Tu peux me faire confiance, ma puce, dis-le-moi.

L'indécision monta dans ses yeux avant que ses cils ne s'abaissent, lui cachant son émotion.

Mais il détecta le léger tremblement de ses lèvres avant qu'elles ne s'étirent en un sourire poli.

L'épaisse frange de cils se leva, et ses yeux le fixèrent d'un regard lourd. Puis sa bouche s'ouvrit.

— Je veux ouvrir un foyer pour filles mères. Pour les adolescentes enceintes ou avec des enfants en bas âge et qui n'ont pas les moyens de subvenir à leurs besoins. Des filles exclues de leur famille, aussi, à cause de cela.

Il était stupéfait. Parmi toutes les raisons qu'il avait pu imaginer, qu'elle veuille offrir un havre aux jeunes mères célibataires n'était même pas dans le top dix. L'admiration l'assaillit. À part dans sa famille, la plupart des mondains qu'il connaissait se contentaient de siéger aux conseils d'administration d'œuvres caritatives, mais très peu toléraient de se salir les mains.

Pourquoi cette cause ? Connaissait-elle une jeune femme enceinte ? Abandonnée ? Sans abri ? Les questions se pressèrent sur sa langue, mais, plutôt que de les poser, il prit son visage entre ses mains.

— C'est important pour toi, non ?

Reagan hocha la tête, et ses lèvres s'ouvrirent comme pour lui offrir une explication, mais, après une hésitation, elle les referma, déplaçant son regard sur son épaule.

— Non, ma puce, ne détourne pas les yeux.

Quand elle lui rendit son regard, il passa son pouce sur sa joue, et, pendant un instant, souhaita avoir préféré sa bouche pour se poser sur ce divin visage. Pour goûter sa peau si belle et douce.

— Merci.

— Pourquoi ? souffla-t-elle.

— Pour me faire confiance. Je suppose que tes parents ne connaissent pas tes plans ?

Elle secoua la tête, ses cheveux caressant le dos de ses mains et de ses poignets.

— Non. Ils… n'approuveraient pas.

— Ton secret est en sécurité avec moi. Et, Ray ?

Il posa un pouce sous son menton, penchant sa tête en arrière pour qu'elle n'eût d'autre choix que de croiser son regard. Son cœur battait à tout rompre contre son sternum, et il se maudit pour ce qu'il devait faire. Mais il n'avait pas d'autre choix.

— Ton projet est également en sécurité avec moi. C'est pourquoi je romps nos fiançailles.

Le chagrin et la colère s'emparèrent de son visage. Ses sourcils se froncèrent, et elle posa ses paumes sur sa poitrine. Elle le poussa, mais il resta inflexible et resserra son étreinte.

— Lâche-moi, Ezekiel, exigea-t-elle. Si tu ne veux pas…

— Et toi, tu veux quoi, Ray ? grogna-t-il. Tu veux avoir ta liberté, tes rêves sans devoir attendre encore quatre ans ? Tu veux briser tes liens avec ta famille ? C'est ça que tu veux ? Que tu l'admettes ou non, ton père et ta mère sont tout pour toi. On n'en a que deux dans la vie. Et je ne te laisserai pas t'éloigner d'eux.

Elle soupira, et la douce rafale effleura sa peau. Comme un baiser.

— Ce n'est pas vrai. Ce n'est pas juste, bégaya-t-elle, le visage baigné de larmes. Ce que je veux, c'est…

Les doigts qui essayaient de le repousser quelques secondes plus tôt s'agrippèrent à sa chemise.

— Ce que je veux, c'est…

Elle ne termina pas sa phrase, et il lui en fut reconnaissant. Parce qu'une partie de lui savait pertinemment ce qu'elle voulait. Car il le voulait aussi. Mais il savait qu'une fois cette ligne franchie il n'allait plus pouvoir jouer la comédie, pour peu qu'il l'ait jouée un jour.

— Et moi, posa Ezekiel, moi je veux que tu partes. Rentre avant que ta famille ne commence à s'inquiéter.

Elle acquiesça sans le regarder.

— Je n'ai pas vraiment mon mot à dire, n'est-ce pas ?

En silence, il hocha la tête.

— Très bien, accepta-t-elle. Je m'en vais. Prends soin de toi, Zeke.

— Toi aussi, Ray.

À ces mots, elle partit. Lorsqu'il entendit les pneus de sa voiture crisser sur le gravier, il expira et ferma les yeux.

Parce qu'il était soulagé. Sans savoir par contre si c'était parce qu'il avait évité que Reagan ne gâche sa vie ou parce qu'elle s'était approchée trop près d'une porte qu'il ne pensait plus jamais pouvoir ouvrir.

Celle de son cœur.

Cela n'avait pas d'importance. Elle était partie.

Et au final, c'était pour le mieux.

Pour eux deux.

- 10 -

Reagan poussa un soupir de soulagement en entrant dans le restaurant climatisé. Il ne restait que trois semaines avant le début de l'automne, mais la chaleur texane restait intense. Un sourire poli aux lèvres, elle se dirigea vers la réception.

— Bonjour, j'ai rendez-vous avec Douglas Sinclair. Il devrait déjà être là.

— Bien sûr, répondit le jeune homme en hochant la tête. Suivez-moi, je vous prie.

Elle avait dix minutes de retard, mais, vu que son père l'avait convoquée à peine une heure auparavant, pas moyen de faire autrement. Il pouvait s'estimer heureux qu'elle se soit débrouillée pour venir.

Elle avait accepté ce déjeuner surprise uniquement parce qu'il avait eu l'air de dire que c'était important. Urgent même. Cela faisait deux semaines que son père lui avait demandé de rompre ses fiançailles avec Ezekiel, et elle lui en voulait encore. Mais peut-être ce déjeuner serait-il un premier pas vers une réconciliation. Son père l'aimait ; au fond elle savait bien qu'il souhaitait le meilleur pour elle. Même s'il pouvait être autoritaire et têtu, elle n'en avait jamais douté…

— Reagan.

Douglas se tenait debout à une table à côté d'une immense fenêtre donnant sur le centre-ville de Royal.

— Nous t'attendions. Tu es magnifique.

Elle ne sentit pas le baiser qu'il lui déposa sur les cheveux, concentrée sur ce « nous ». C'était censé être un déjeuner en tête à tête. En voyant l'homme qui se levait de sa chaise pour la saluer, elle sentit un élan de colère et de tristesse lui poignarder le cœur.

Évidemment que son père n'avait pas juste voulu passer du temps avec elle. Il avait un plan.

— Reagan, je voudrais te présenter Justin McCoy. Justin…

Il adressa un grand sourire à l'homme debout à ses côtés, et reprit :

— … ma superbe fille, Reagan Sinclair.

Justin McCoy. Un homme blond, grand, beau, qui lui souriait et la parcourut rapidement de son regard bleu avant de planter de nouveau ses yeux dans les siens.

Mon Dieu ! Elle avait besoin d'une bonne douche. Elle jeta un regard assassin à son père.

— Je suis absolument ravi de vous rencontrer, Reagan, dit Justin en lui saisissant une main qu'elle n'avait pourtant pas offerte.

Il fit mine de la porter à ses lèvres, et elle sentit son estomac se retourner. Si elle n'avait pas senti le regard perçant de son père posé sur elle, elle aurait repris violemment sa main. D'autant qu'elle ne lui avait pas permis de la toucher.

D'ailleurs…

Elle retira sa main juste avant que Justin n'y pose les lèvres, ignorant le froncement de sourcils de son père et l'air choqué de Justin. Elle ne croyait pas dans l'idée de demander pardon après coup plutôt que la permission avant. Et si ni cet homme ni son père ne respectaient ses limites, alors elle n'allait pas s'obliger à laisser un homme qui était au mieux un coureur de dot poser sa main ou sa bouche sur elle juste pour épargner leur ego.

Elle sentit la colère monter, prit une profonde inspiration et fit un effort herculéen pour parler sur un ton poli :

— Monsieur McCoy, si vous voulez bien nous excuser un instant, je dois échanger quelques mots en privé avec mon père.

Sans attendre l'accord de l'un ou de l'autre, elle fit volte-face et se dirigea vers la sortie en claquant ses talons aiguilles poudrés. Elle poussa la porte et attendit que son père la rejoigne devant le restaurant.

Elle n'attendit pas longtemps.

— Comment oses-tu me faire honte comme ça, Reagan ? fulmina-t-il, les yeux étincelants de colère. Reviens immédiatement et excuse-toi !

— Non.

Il tressaillit comme s'il avait reçu une gifle, et pinça les lèvres. Elle l'avait choqué. Elle s'était choquée elle-même ! Son cœur battait à tout rompre, et un frisson d'effroi circula dans ses veines. Depuis son retour dans sa famille, sans son bébé, vide et honteuse, elle n'avait jamais défié ses parents. Et surtout pas son père. Et elle se mentirait si elle n'admettait pas qu'il lui faisait peur à cet instant.

Mais non. Non.

Apparemment, elle avait des limites et venait juste de les atteindre.

— Reagan…

— Je ne suis pas une idiote, papa, l'interrompit-elle. Je vois très bien ce qui se passe. C'est une embuscade. Encore un coup monté. Eh bien je refuse de collaborer. Pas cette fois. Et sûrement pas avec ce type.

— Oh ! mais détrompe-toi, Reagan, siffla-t-il en jetant un regard par-dessus son épaule, probablement pour s'assurer que personne n'était témoin de sa démonstration d'insolence. Je ne tolérerai pas que tu me manques de respect comme ça. Et je ne sais pas ce que tu crois savoir sur Justin McCoy…

— Ce n'est pas une question de ce que je crois savoir, coupa-t-elle. Cet homme a délibérément séduit une fille innocente qu'il a mise enceinte juste pour pouvoir s'introduire dans une famille riche. Vu notre histoire familiale, ça m'étonnerait que ce genre de stratégie soit une qualité à tes yeux, ricana-t-elle.

— Baisse d'un ton immédiatement ! ordonna-t-il en regardant de nouveau autour d'eux.

Cela lui fit l'effet d'un coup de couteau dans le ventre. Évidemment. Hors de question que quelqu'un entende parler de leur honteux secret de famille.

— Ce n'est pas toi qui disais de ne pas prêter attention aux rumeurs ? demanda son père.

— Des rumeurs ?

Elle éclata d'un rire amer.

— Il s'est servi de Julie Wheeler avant de l'abandonner, ce n'est pas un ragot. Et il a tenté de faire exactement la même chose avec Beth Wingate. Demande à Camden Guthrie ou à Bruce Wheeler. Je te promets qu'ils confirmeront qu'il est de notoriété publique que Justin McCoy n'a absolument aucun sens moral. Après tout, c'est la femme morte de Cam, et la fille de Bruce, qu'il a trahie.

— C'est mon rôle de père de décider de ce qui est le mieux pour toi, Reagan. Et j'ai peut-être failli autrefois, mais ça ne se reproduira plus.

Elle n'aurait jamais cru qu'il pouvait la faire souffrir davantage, et pourtant il était en train d'y parvenir. L'entendre affirmer qu'il pensait avoir échoué… Qu'elle avait échoué.

Sa gorge se serra, et elle ferma les yeux pour retenir ses larmes.

Elle aimait son père, mais à cet instant c'était lui qui la décevait, au moins autant que l'inverse. Douglas pensait qu'elle était restée obéissante et soumise pendant toutes ces années parce qu'il tenait les cordons de la bourse. Il se trompait. Elle avait recherché son approbation. Celle de sa mère aussi, mais surtout la sienne. Elle ne pouvait revenir à l'époque de l'innocence, où elle était la petite chérie de son père. Elle n'obtiendrait peut-être jamais de lui ce dont elle avait tant besoin. Mais maintenant, cela n'avait plus d'importance. Elle reprit :

— Que tu puisses penser qu'il vaut mieux qu'Ezekiel Holloway me sidère et me décourage.

Elle secoua la tête :

— Je t'aime, papa, mais ça suffit maintenant. Je sais que tu veux ce qui est le mieux pour moi, mais tu ne m'as jamais demandé mon avis. Tu t'en fiches. Et ça m'attriste encore plus.

Elle fit volte-face et partit. Il l'appela. Elle ne s'arrêta pas.

C'était fini, elle ne lui répondrait plus.

À partir de maintenant, elle déciderait elle-même.

— Monsieur Holloway, Reagan Sinclair est là pour vous.

Ezekiel leva la tête du rapport qu'il était en train d'étudier en entendant l'annonce de sa secrétaire à l'Interphone. Un signal d'alarme se déclencha dans sa tête. Il se leva d'un bond, contourna son bureau et s'élança vers la porte. Il n'y avait eu aucune communication d'aucune sorte depuis que Reagan et lui avaient rompu leurs fiançailles. Pourquoi réapparaissait-elle soudain ?

La porte s'ouvrit, et Reagan entra avant qu'il ait eu le temps de l'atteindre. Il fut saisi par l'émotion. Des semaines sans la voir, avait-il oublié à quel point elle était belle ? Ou avait-il tenté de se convaincre du contraire pour arrêter de penser à elle ? Dans les deux cas, échec total.

Tout en elle lui avait manqué – son rire, sa façon tranquille de l'écouter, son ton cultivé mais sensuel, son odeur… son amitié. Et, oui, rien que la regarder lui avait manqué. Elle portait une robe portefeuille sans manches qui moulait sa silhouette fine et féminine, et il se surprit bêtement à être jaloux du tissu posé sur ses adorables seins, qui épousait ses hanches et descendait le long de ses cuisses fines et parfaites. Ses doigts brûlaient de suivre les mêmes contours, d'explorer ce territoire inconnu. Et d'y planter sa bannière.

Mais elle n'était plus à lui. Même pas pour faire semblant.

Ce qui avait été inatteignable auparavant était devenu encore plus impossible.

Il reprit avec peine le contrôle de ses pensées et de son corps, et demanda :

— Reagan, que fais-tu ici ?

Il nota avec inquiétude la détresse dans son regard et la raideur de ses mouvements, d'habitude si souples.

— Quelque chose ne va pas ? demanda-t-il.

— Épouse-moi.

Il la regarda, muet de surprise. Des dizaines de questions se pressèrent dans sa tête.

— Quoi ?

— Épouse-moi, répéta-t-elle en se rapprochant dangereusement de lui.

Soudain, ses poings étaient posés contre le revers de sa veste, ses cuisses pressées contre les siennes et son parfum de chèvrefeuille l'enveloppait, parfum de nostalgie.

Il retint un grognement en la sentant si proche, son corps pressé contre le sien. Luxure, chaleur, envie le frappèrent droit au ventre et l'envahirent comme un torrent. Il fallait qu'il l'éloigne s'il voulait pouvoir penser correctement ; il la saisit par taille. Le contact fut explosif. Au lieu de la repousser, il l'attira contre lui et sentit que son corps reprenait le dessus. Deux semaines. Deux longues semaines.

— Reagan, grommela-t-il.

— Non, Zeke. Ne me donne pas la liste des bonnes raisons de ne pas le faire. Je m'en fous. Tu sais d'où je viens, là ?

Elle avait changé de sujet à une telle vitesse qu'il ne sut plus où il en était. Entre ça et sa verge appuyée tout contre son ventre, impossible de suivre.

— Je quitte juste le restaurant où mon père avait organisé un déjeuner avec Justin McCoy.

— Hein ?

Il resserra son étreinte. Douglas avait organisé un déjeuner avec ce tocard ?

Reagan hocha la tête, comme si elle lisait dans ses pensées.

— Apparemment, mon père estime qu'il est mieux pour moi que toi. Un type qui se sert des femmes avant de les jeter quand il n'en a plus besoin, plutôt que toi, un homme honorable, toujours gentil et respectueux. J'en ai assez de ses machinations. Je suis partie, j'en ai marre que ce soit lui qui décide de tout pour moi, qui fasse mes choix à ma place en me culpabilisant et en exploitant ma loyauté.

En la culpabilisant ? À quel sujet ?

Il mit cette interrogation de côté et se concentra de nouveau sur elle.

— Je comprends ta colère, crois-moi. Mais prends le temps de réfléchir avant de commettre une erreur que tu ne pourrais pas rattraper. Cette décision risque de te coûter ton héritage et de nuire à ta relation avec tes parents.

Est-ce que cette rébellion en vaut la peine ? Parce que tu n'es pas…

Il ne parvint pas à finir cette phrase.

— Non, Zeke, je ne suis pas amoureuse de toi, lui assura-t-elle, et il poussa une longue expiration.

Une émotion impossible à identifier lui tordit la poitrine.

— C'est peut-être un peu de la rébellion, reprit-elle, mais c'est beaucoup plus que ça. Je reprends le contrôle – de mes choix, de mon esprit, de ma vie. Je te respecte, Zeke. Mais ce n'est pas toi, c'est moi. Il faut que je devienne enfin la femme que j'avais si peur d'être et d'assumer. Donc à partir d'aujourd'hui, je prends mes propres décisions. Et tu es dedans. C'est toi que je choisis, Zeke. Et je veux que tu m'épouses.

Mon Dieu ! Avait-elle la moindre idée de la délicieuse tentation qu'elle représentait ? Comme ça avait été dur de ne pas la rattraper, le soir où il l'avait laissée partir ? Il lui avait fallu une force dont il ne se savait pas capable. Et le refaire…

Non, elle avait peut-être des certitudes, ici, dans son bureau, mais c'était sous le coup de la colère. Elle pourrait changer radicalement d'avis d'ici demain matin, d'ici quelques heures, même. Quand ils en auraient parlé, elle verrait…

Elle se hissa sur la pointe des pieds et posa sa bouche sur ses lèvres.

Bordel.

Il perdit toute volonté.

Le contact de ses lèvres eut le même effet qu'un jerrican d'essence sur un brasero. Il prit possession de la bouche de cette si jolie sirène qu'il posséda d'un coup de langue, long et humide. Qu'il corrompit en la suçotant avec un érotisme qui dévoilait tout ce qu'il attendait d'elle.

Et il voulait tout d'elle. À cet instant où la frontière entre l'amitié platonique et le désir se volatilisait entre leurs deux bouches collées et les gémissements de désir qu'elle poussait, il voulait tout ce qu'elle avait à lui donner.

Avec un grognement presque sauvage, il attrapa ses poignets et les lui maintint dans le dos d'une main. De l'autre, il saisit ses cheveux et fit basculer sa tête en arrière pour lui donner un baiser plus profond, plus luxurieux encore, tout en la serrant contre lui. Ses seins si doux et pleins s'écrasèrent contre son torse, et son ventre accueillit son érection. Il lui avait bloqué les jambes avec les siennes et n'hésita pas à se frotter à elle pour qu'elle sente à quel point elle lui faisait de l'effet. Comme il avait durci à cause d'elle.

Il la dominait physiquement, mais elle n'était pas soumise. Ça non. Sa bouche l'embrassait voracement comme s'il était son dernier repas. Elle lui mordillait les lèvres, et il sut que, lorsqu'ils auraient terminé, il aurait les lèvres aussi pulpeuses que les siennes. Elle répondait à chaque coup de reins qu'il lui donnait. D'égale à égal.

Il frissonna lorsqu'elle lui aspira la langue qu'elle se mit à sucer. Il l'implorait. Il ferait tout ce qu'elle voudrait, pourvu qu'elle ne s'arrête jamais.

Le bourdonnement de l'Interphone résonna dans la pièce comme une corne de brume, annonçant la voix de la secrétaire.

— Monsieur Holloway, désolée de vous déranger. Vous m'avez demandé de vous rappeler votre rendez-vous de 14 heures avec l'équipe marketing.

Ezekiel regarda Reagan, la poitrine haletante, la respiration saccadée. Il était aussi bouleversé qu'excité, et, bon sang, d'où venait ce désir, ce besoin ? Comment avait-il pu perdre aussi rapidement le contrôle ?

Tout ce qui était incontrôlable, sexy, addictif à ce point n'était pas une bonne idée. Pas pour lui. Pas alors qu'il lui fallait maintenir cette distance émotionnelle. Pas alors qu'elle pouvait vouloir davantage que ce qu'il était capable de donner.

Pourtant… Elle était venue à lui ; elle avait besoin de lui. Peut-être ne pouvait-il pas l'aider à toucher son héritage, mais il pouvait la soutenir inconditionnellement, être cette personne sur laquelle elle pouvait enfin s'appuyer. La sauver, encore une fois, chuchota une voix dans sa tête qui ressemblait étonnamment à celle de son frère. Possible. Probable. Mais elle l'avait assuré qu'elle ne désirait pas davantage que ce qu'il était capable d'offrir, qu'elle ne l'aimait pas. De toute évidence, elle avait autant envie de lui que lui d'elle – ce baiser incendiaire l'avait confirmé. Et comme elle venait de l'affirmer haut et fort, elle prenait ses propres décisions et savait ce qu'elle voulait.

Dans ce cas, peut-être pouvaient-ils tenter ce mariage, quand Douglas se serait calmé, qu'elle aurait son héritage et qu'ils pourraient faire l'amour comme des bêtes. Il pourrait l'avoir, elle, et partir le moment venu.

Parce qu'il n'y avait aucun doute là-dessus. Il partirait. Comme elle.

Il la relâcha doucement et retourna à son bureau. Il la regarda, une main posée sur le plateau. Elle n'avait pas bougé et le regardait, les lèvres humides et gonflées de ses baisers.

Ezekiel appuya sur un bouton de l'Interphone.

— Laura, merci d'annuler le rendez-vous et de réorganiser mon agenda pour la semaine prochaine. Je ne serai pas au bureau. Si on me demande, je me marie.

- 11 -

Ils l'avaient fait.

Depuis deux heures, elle était Mme Reagan Holloway, épouse d'Ezekiel Holloway. Elle regarda par l'immense fenêtre de la luxueuse suite les lumières étincelantes de Las Vegas. Ezekiel n'avait pas fait les choses à moitié pour leur lune de miel

Leur lune de miel. Elle luttait avec les émotions qui se bousculaient dans sa tête. Mon Dieu, c'était irréel. Autant que le trajet en coup de vent à Las Vegas après avoir quitté son bureau vingt-quatre heures auparavant. Que la cérémonie privée étonnamment charmante qui s'était tenue dans un belvédère incrusté de cristaux et éclairé à la bougie à l'arrière d'une chapelle de verre. Aussi irréel que cette suite élégante et richement meublée, avec son vestibule de marbre italien, son salon en contrebas et sa somptueuse chambre à coucher.

Était-ce ainsi qu'elle avait imaginé son mariage et sa lune de miel ?

Sûrement pas.

Et c'était très bien, car c'était son choix.

Elle avait du mal à comprendre que c'était hier qu'elle s'était ruée dans le bureau d'Ezekiel pour le demander en mariage. Ses doigts se resserrèrent autour du pied de son verre de vin. Elle avait du mal à croire que c'était bien elle.

Qu'elle l'avait embrassé.

En portant le verre à sa bouche, elle sentit ses entrailles faire le saut de l'ange. Un jour s'était écoulé, et elle gardait encore l'empreinte de ses lèvres sur les siennes. Il l'avait marquée. Elle ressentirait sûrement pendant des années la pression, le picotement de ce baiser farouche. Quelle tristesse de penser que ça avait été bien plus agréable que la meilleure expérience sexuelle qu'elle ait jamais eue. Ezekiel Holloway pouvait accaparer l'âme d'une femme juste avec sa bouche. Pas étonnant qu'il n'ait jamais manqué de compagnie. Pas étonnant que les femmes rivalisent pour passer ne serait-ce que quelques heures dans son lit.

Il fallait qu'elle cesse de penser à lui et à d'autres femmes.

Ou qu'avant la fin de la soirée Ezekiel et elle se laissent emporter par les affres de la passion.

Le ventre noué par des spasmes nerveux, parcourue de désir, elle soupira et tenta de se calmer. À en juger par ce baiser, Ezekiel était plutôt expérimenté sexuellement. Elle, pas tant que cela. Elle n'avait été qu'avec deux hommes ces dix dernières années. Et si les expériences avaient été plaisantes – un terme presque pathétique, finalement –, elle n'avait jamais eu l'impression que ses os se liquéfiaient ou que son cerveau partait en vrille, contrairement à l'effet que lui avait fait un simple baiser d'Ezekiel. À quoi s'attendre quand ils feraient l'amour ? Allait-il trouver qu'elle s'y prenait mal ? Et si…

— Arrête.

Elle se retourna brusquement en entendant cet ordre murmuré, et une éclaboussure de vin atterrit sur le dos de sa main. En se maudissant silencieusement pour sa maladresse, elle porta sa main à ses lèvres pour lécher les gouttes sur sa peau.

Son cœur battit à tout rompre lorsque les yeux d'Ezekiel

se posèrent sur ses lèvres. Ce regard vert à tomber lui brûla les poumons et lui coupa le souffle.

Elle s'éclaircit la gorge, détourna la tête et regarda la vue sur Vegas par la fenêtre.

Mais il était toujours là.

Il avait ôté la veste de costume noire de leur mariage, et sa chemise blanche tendue mettait ses larges épaules en valeur. La cravate bleu ciel avait valsé elle aussi, et les boutons défaits lui donnaient un aperçu de la peau hâlée et lisse de sa gorge. Le tissu moulait son torse solide et sa taille fuselée. Le pantalon noir couvrait de longues jambes musclées sans cacher leur force.

Force qu'elle allait connaître ce soir. Intimement.

Elle baissa les yeux et porta de nouveau le verre à ses lèvres. Ses doigts se posèrent inconsciemment sur la petite cicatrice de sa clavicule.

— Arrêter quoi ? finit-elle par demander dans un chuchotement.

Il ne répondit pas tout de suite, mais elle sentit un mouvement dans l'air. Quelques secondes plus tard, des doigts plus grands, plus rudes, remplacèrent les siens. Il caressait doucement la marque sur sa peau. Elle ne put s'empêcher de pousser une exclamation.

Un vague de chaleur irradiant de ses doigts tourbillonna en elle, comme une torche incendiaire, dans un combat contre la glace qui essayait de la recouvrir. La glace des souvenirs. De souffrances inimaginables.

Le regard d'Ezekiel passa de son décolleté à ses yeux, avec une intensité si perçante qu'elle se demanda si les patients ressentaient le même genre d'anxiété au moment d'être opérés. Cette même impression d'être exposé et vulnérable.

— J'ai remarqué que tu touchais cet endroit…

Il caressa sa cicatrice, et elle ne put s'empêcher de frissonner. Le feu et la glace, l'excitation et la honte s'entremêlaient au creux de son ventre pour se livrer à une danse lubrique.

— Tu l'as fait ce soir-là, sur le balcon et au cimetière. Chez tes parents. Et de nouveau dans mon bureau le jour où tu es venue me voir. Ça te trahit, Ray. Chaque fois que tu es gênée. Ou nerveuse. Peut-être effrayée.

Il déposa une dernière caresse sur sa peau avant de laisser retomber son bras. Mais il ne recula pas. À chaque inspiration elle sentait son parfum de terre, frais comme une brise qui traverse une forêt luxuriante, dont elle aurait voulu s'envelopper. La perspicacité de son observation la cloua sur place.

— Donc quoi qui te fasse ressentir ce genre d'émotion, arrête. Ou parle-m'en, que je puisse chasser ta peur.

Sa tentative de changer de sujet n'ayant pas fonctionné la fois précédente, elle ne tenta pas une diversion. Au moins ne lui avait-il pas demandé d'où venait cette cicatrice. Ça, elle ne pourrait jamais le raconter. C'était un secret qu'elle gardait soigneusement.

— Pourquoi ? murmura-t-elle.

— Pourquoi est-ce que je veux chasser ta peur ?

Elle hocha la tête.

— Parce que je l'ai trop vue dans tes yeux ces dernières semaines, et je n'aime pas ça.

Elle se raidit, prise de court. Il pencha la tête sur le côté, les yeux toujours braqués sur elle.

— Tu es contrariée que j'en parle ou que je l'aie remarquée ?

Du bout du doigt, il souligna la courbe de son sourcil avant de tracer un chemin le long de son nez puis de passer sous son œil comme une caresse.

— Ces magnifiques yeux marron ? Ils trahissent tout ce que tu penses. Que tu sois amusée, énervée, frustrée, pensive ou en colère. Dans un monde où les gens cachent toujours tout, tu es une rafraîchissante anomalie. Sauf que…

Il expira bruyamment, caressant toujours sa pommette du doigt.

— Tu as des secrets, Reagan. Tes yeux le trahissent. Je n'ai pas besoin de les connaître pour savoir qu'ils te font souffrir et barricader ce beau cœur que tu as.

Joignant le geste à la parole, il posa deux doigts sur sa poitrine. Sur ce cœur qu'il trouvait beau mais qui avait causé tant de souffrances et de désillusion.

Ce cœur qui désormais battait plus fort, pour lui.

Elle étudia ses sourcils foncés et droits, ses yeux vert clair vibrants qui semblaient tout voir, la sensualité de ses lèvres pleines, les poils qui recouvraient sa mâchoire et encadraient sa bouche. Il était beau. Si beau.

Et il était à elle. Pour l'année à venir, en tout cas.

Pour qu'elle le touche. Le prenne en elle. S'allonge à ses côtés.

Mais pas pour l'aimer. Son cœur appartenait à une femme morte, et il n'avait aucunement l'intention de le reprendre. Il l'en avait déjà avertie. Et cette chaleur entre eux, cette flamme qui menaçait de consumer tout bon sens, l'avertissait que, si elle n'y prenait pas garde, elle pourrait se retrouver une nouvelle fois comme à seize ans, prête à faire fi de toute prudence au nom de l'amour.

Plus jamais ça, s'était-elle juré.

Il reposa un doigt sur sa cicatrice. Celle qu'elle avait gagnée juste avant de faire une fausse couche et de perdre son bébé.

Cet arrangement avec Ezekiel, c'était jouer avec le feu. Mais pour se protéger, il suffisait qu'elle garde présent à l'esprit que douleur et amour étaient les deux faces de la même médaille et qu'elle ne dépasse pas cette frontière. Car elle se refusait à lui donner son cœur. Son corps en revanche ? Oh ! oui, il pouvait l'avoir.

Elle le regarda droit dans les yeux et posa lentement son verre de vin sur la table. Elle le contourna et se dirigea vers la somptueuse chambre où trônait un immense lit king-size devant une verrière donnant sur Vegas et le désert. Un coin salon meublé de deux chaises ouvragées et d'une petite table en verre occupait un des angles, tandis qu'une délicate table de toilette se dressait dans l'autre. Derrière une porte fermée se cachait une opulente salle de bains dotée de deux lavabos, d'une baignoire jacuzzi et d'une cabine de douche en verre assez grande pour accueillir tout un couvent.

Pourtant, quand elle se retourna, ce fut l'homme debout sur le seuil qui capta son attention. Il la regardait, muet, une épaule appuyée sur l'encadrement de la porte, les mains dans les poches. Il attendait.

Ils n'avaient pas évoqué la « consommation » de leur mariage ; elle avait évité la conversation, pas trop sûre que c'était une bonne idée. Mais elle en avait sacrément envie.

Nerveuse et excitée, elle descendit la fermeture Éclair de sa robe toute simple en le regardant droit dans les yeux. Le satin blanc s'ouvrit, et elle laissa glisser une bretelle sur un bras, puis l'autre. Son cœur battait si bruyamment et sa respiration était si forte qu'elle en entendait l'écho dans sa tête. Sa robe tomba au niveau de la taille. Un petit coup de hanches, et elle s'étala à ses pieds.

Elle lutta contre l'envie de courir jusqu'au lit et de se cacher sous les draps, et s'obligea à rester immobile, uniquement vêtue d'un soutien-gorge sans bretelles, d'un string assorti et de bas à l'attache en dentelle. Elle leva le menton et ordonna silencieusement à ses bras de ne pas bouger et à ses poings de ne pas se serrer.

En revanche, elle ne pouvait rien contre le frisson qui lui parcourait tout le corps. Ou la pulsation de son sang dans son cou. Ou la chair de poule sur ses bras.

Ou l'humidité qui commençait à sortir de son sexe et ne devait pas manquer de tremper ses très légers sous-vêtements. Il n'avait qu'à baisser les yeux et à regarder entre ses cuisses pour constater l'effet qu'il avait sur elle.

Le savoir la ravissait et la perturbait tout à la fois.

Elle leva les yeux du large torse qu'elle n'avait pas quitté du regard pendant son strip-tease impromptu. Ce qu'elle vit la fit tressaillir.

De la luxure, brute, animale, brûlait dans ces yeux verts. Elle sentit son ventre se nouer et y posa instinctivement la main. Il ferma les yeux, les rouvrit et s'ancra dans son regard. Elle ne put retenir un petit gémissement. Tant de désir.

Aucun homme ne l'avait jamais regardée comme si elle était nécessaire à sa survie, à sa santé mentale, à sa subsistance.

Non. Personne. Aucun de ses rares amants.

Pas même Gavin.

Que déduire de l'effet que lui faisait ce simple regard d'Ezekiel ? Que, si elle avait pu douter un instant qu'elle se donnerait à lui, cette expression affamée, féroce, déterminée dissipait tout vestige de doute ?

Lentement il se redressa, retira les mains de ses poches et s'avança vers elle, pour ne s'arrêter qu'à quelques millimètres.

Le mur de son torse robuste effleura ses mamelons et envoya des éclairs de plaisir jusqu'au creux de ses cuisses humides. Elle sentit les muscles de ses jambes appuyés contre les siennes, et contre son ventre… Elle frissonna, secouée de désir comme par un coup de foudre. Son sexe dur et épais se pressait contre son ventre et, sans prendre le temps de réfléchir, elle se serra davantage contre son impressionnant organe. Elle mourait d'envie qu'il la possède, entièrement.

— Tu joues avec le feu, Ray ?

Une de ses grandes mains agrippa sa taille et l'attira encore plus près. Pour se frotter à elle et lui donner encore un peu plus de ce qu'elle venait de prendre.

Elle se mordit la lèvre et battit des cils. Quand il passa les doigts dans ses cheveux, attrapa ses mèches et tira en arrière, elle sentit des picotements lui parcourir le cuir chevelu. Il ne prenait pas de gants avec elle, ne la traitait pas en petite fille fragile ou réservée. Et, Dieu, que c'était bon. Elle en voulait encore.

— Je ne joue pas, souffla-t-elle en faisant remonter ses mains le long de son dos et en plantant ses ongles dans ses muscles solides. Pas de jeu entre nous.

— Pas de jeu, répéta-t-il de la même voix inflexible. Quelle idée innovante.

Il baissa la tête et mordilla sa lèvre inférieure. Puis effaça cette mini-morsure d'un coup de langue.

Elle poussa un gémissement et bascula la tête en arrière, prisonnière de son emprise.

— Tu m'as montré ton joli petit corps, j'ai failli jouir juste en te regardant. Mais je veux t'entendre, bébé. Dis-moi que tu me veux, dans ton lit. À l'intérieur de toi. Dis-le…

Il pencha la tête et appuya son front contre le sien. Elle sentait son souffle sur ses lèvres et anticipait le sombre délice de son baiser.

— Dis-moi que tu ne le regretteras pas demain matin.

Elle se hissa sur la pointe des pieds et effleura sa

bouche. Leurs lèvres s'entrouvrirent et leurs langues se rencontrèrent, s'emmêlèrent, luttèrent. Lorsqu'elle se dégagea, tous les deux haletaient.

— Je te veux. Dans mon lit. À côté de moi. Sur moi. En moi. C'est mon choix, Zeke. Les yeux grands ouverts. Je ne regretterai pas de m'être donnée à toi.

Mon corps, mais pas mon cœur.

Elle avait ajouté cette promesse silencieuse, autant pour elle que pour lui. Il ne voulait aucun lien afin que dans un an, lorsqu'ils divorceraient, il n'y ait pas d'attache émotionnelle.

Eh bien c'est ce qu'elle voulait aussi. Ce dont elle avait besoin.

Il laissa échapper un grognement et lui tira de nouveau les cheveux en arrière. Il glissa la bouche sur sa mâchoire, le long de son cou qu'il mordilla doucement. Elle agrippa son dos et se cambra vers lui. Assoiffée de ce contact primal. Comme s'il lisait dans ses pensées, il racla son épaule avec ses dents avant de suivre le même chemin, cette fois avec ses lèvres douces.

Un sentiment de désespoir envahit Reagan qui se mit à défaire frénétiquement les boutons de sa chemise. Elle en avait ouvert quatre quand elle sentit sa bouche passer sur la cicatrice de sa clavicule.

Elle se raidit et resserra les doigts sur sa chemise, la gorge soudain serrée. Chaque parcelle de son corps lui hurlait de s'arracher à ces caresses et à ses souvenirs. Mais, lorsque le bout de sa langue passa sur la peau en relief, elle ferma les yeux et un soupir qui ressemblait à un sanglot s'échappa de ses lèvres. Il ne cessa pas mais resserra son emprise, comme pour lui transmettre sa force.

Son instinct de recul s'évanouit, remplacé par le besoin de s'appuyer sur lui, de poser sa joue sur sa poitrine. De le laisser entrer et dépasser ses secrets si bien gardés pour toucher son cœur. Elle réprima sans pitié cette envie mais chercha sa bouche, pour se perdre dans son animalité.

Il lui prit le visage dans les mains. Animée d'un appétit qui ne cessait de croître, elle finit de déboutonner sa chemise en un éclair et débarrassa son torse de cet encombrant tissu. Encombrant car il l'empêchait de toucher toute cette peau magnifique et tendue.

Elle détacha de nouveau sa bouche de la sienne pour regarder ses mains caresser ses épaules carrées et son large torse avec une sorte d'émerveillement. Tant de force et de puissance. Et de vulnérabilité, songea-t-elle, en griffant ses mamelons bruns du bout des ongles. Il frissonna et la saisit par les hanches.

— Recommence, ordonna-t-il en enfonçant son érection dans le creux de son ventre. Avec les dents.

L'écho de domination dans cet ordre alluma comme un incendie en elle. Elle ne put qu'obéir. Pas parce qu'il l'avait exigé… parce qu'elle en avait envie.

Elle baissa la tête et ouvrit la bouche pour la poser sur la petite perle brune. Elle y enroula sa langue avant de la mordiller doucement, de la titiller et de l'exciter. Il grommela un juron, et elle sentit une grande main se poser sur sa nuque et l'attirer encore plus près. Enhardie, elle se mit à sucer et à mordre, autant à la torture que lui. L'autre mamelon subit le même traitement. Au bout de quelques minutes elle sentit que son grand corps était agité de légers soubresauts.

— À mon tour, bébé.

Il la poussa doucement, l'obligeant à reculer. Lorsque l'arrière de ses genoux toucha le bord du matelas, elle tomba sur le lit et il se mit immédiatement à genoux devant elle avant de plonger entre ses jambes.

Un sentiment de gêne l'envahit un bref instant. Exposée comme elle l'était, il voyait tout. Son string ne cachait rien du tout, et même l'air frais de la chambre caressait l'humidité de son sexe, haut entre ses cuisses.

Toutes ses velléités de pudeur s'évanouirent lorsqu'il se mit à parsemer son ventre de baisers brûlants, puis le sommet de ses seins si sensibles et la vallée ombragée entre les deux. Il les saisit à pleines mains et les pétrit jusqu'à ce qu'une vague de plaisir la parcoure. Elle renversa la tête en arrière et ferma les yeux, savourant sa caresse experte. Ses doigts se crispèrent sur le couvre-lit, cherchant quelque chose à quoi se raccrocher dans cette tempête de luxure.

Il écarta le bonnet de son soutien-gorge et lui rendit la monnaie de sa pièce. Sa langue diabolique encerclait son mamelon, le caressait, l'aspirait. Était-il possible de devenir folle de plaisir ?

Incapable de résister, elle saisit sa tête et le serra contre elle tout en le regardant la tourmenter de sa bouche magique et maléfique. Vision érotique, presque trop sexuelle pour être supportable. Impossible pourtant de détourner le regard.

Il passa à l'autre sein tout en caressant le bout mouillé et à vif du premier du plat du pouce. Soudain, il leva les yeux et leurs regards se croisèrent. Il continua de la fixer tout en englobant son sein dans sa bouche. Captivée, elle le regardait la lécher et la sucer si fort qu'elle en ressentit la secousse jusque dans son sexe.

Trop. C'était trop.

Elle ferma les yeux. Ce fut une erreur : ne plus le voir ne fit qu'intensifier les grésillements qui parcouraient toutes ses cellules nerveuses.

Après une dernière succion, il abandonna ses seins et passa la langue sur son ventre, fit une brève pause au niveau du nombril et descendit, descendit, descendit, oh mon Dieu.

Le souffle d'Ezekiel baignait sa chair trempée, et sa tête retomba sur le matelas, les mains sur les yeux. D'instinct, ses cuisses s'étaient refermées, mais il les avait retenues. Il les écarta, et elle sut qu'il la regardait. Elle sentait la brûlure de son regard. Son intensité.

Elle se redressa sur les coudes et le regarda passer les doigts dans le fin élastique de son string et le faire descendre le long de ses jambes. Elle était nue, exposée, totalement vulnérable. Lorsqu'elle lut sur son visage le désir violent et farouche qui l'animait, ce sentiment disparut. Comment se sentir vulnérable quand il se concentrait sur elle comme si elle était sa seule raison d'exister à cet instant ? Non, non. Elle ne se sentait pas faible, elle se sentait… puissante.

Il avait autant envie d'elle qu'elle de lui.

Il passa son pouce entre ses replis, et elle vit qu'il le retirait luisant du témoignage de son désir.

Ezekiel la regarda droit dans les yeux et porta son pouce à sa bouche. Ses traits superbes se contractèrent, et un son presque animal sortit de sa gorge. Puis il posa les lèvres sur elle.

Un gémissement incontrôlable jaillit de la gorge de Reagan tandis qu'il plongeait dans son sexe. Sa langue répétait le tracé de son pouce, encore et encore. Il la lapait, la dévorait, la détruisait. Les bourdonnements du plaisir qu'il y prenait vibraient contre sa chair sensible et gonflée, et elle se tordait sous lui. Il ne laissa pas un millimètre de peau inexploré, se l'appropriant comme s'il la marquait au fer rouge. Ses lèvres se refermèrent autour de la pelote de nerfs au sommet de son sexe qu'il se mit à suçoter et à asticoter du bout de la langue.

À bout de nerfs, dépassée par la tension nerveuse,

elle enfonça les talons au bord du matelas, écarta les cuisses et appuya son sexe sur sa bouche qui ne cessait de s'activer. Des décharges électriques parcouraient sa colonne vertébrale, et l'espace d'un instant elle craignit la folle intensité de l'orgasme qu'elle sentait arriver. À mesure que le plaisir montait, elle tenta d'en prendre le contrôle, à la fois avide que l'explosion se produise et effrayée à cette idée. Mais Ezekiel ne lui laissa pas le choix. Il introduisit doucement un doigt, puis un autre, en elle. Son sexe se referma immédiatement autour d'eux, et elle poussa un cri, se cambra, les hanches électrisées. Suppliante, appelant cette invasion, cette complétude. De nouveau son cerveau lui murmura : « c'est trop », mais cette fois, au lieu de refuser, elle lâcha totalement prise et se mit à onduler des hanches, avalant ses doigts avec son sexe qu'elle collait toujours plus près de sa bouche.

— Encore. Encore. Encore !

— Laisse-toi partir, ma belle, l'encouragea Ezekiel, et elle se rendit compte qu'elle avait demandé tout haut. Laisse-toi jouir.

Ses mots et la caresse de ses doigts à un endroit précis en elle la catapultèrent vers l'orgasme. Elle explosa. Ses cris résonnèrent sur les murs de la chambre, et il ne s'arrêta pas jusqu'à ce qu'elle repousse faiblement sa tête, épuisée.

Une vague de léthargie l'envahit, et elle s'étala sur le matelas, incapable de bouger. Elle vit Ezekiel se mettre debout et finir de se déshabiller.

Découvrir son grand corps nu et musclé lui coupa le souffle. Elle avait déjà caressé et embrassé son large torse. Mais ces hanches étroites, ce V juste au-dessus, celui qui rendait les femmes folles de désir, ces cuisses puissantes et, mon Dieu, cette verge. Longue, épaisse, au gland gonflé qui atteignait presque son nombril. Elle aurait peut-être dû ressentir une sorte d'appréhension à l'idée qu'il la pénètre, mais non, une nouvelle vague de désir courait dans ses veines et elle mourait d'envie de le sentir à l'intérieur de son corps. Un désir si fort qu'il en était presque douloureux. Peut-être ce vide en elle allait-il se combler.

Ezekiel sortit son portefeuille de sa poche de pantalon avant de le jeter à terre. Des plis de cuir noir il sortit deux petits paquets en aluminium carrés. Il en jeta un sur le lit et ouvrit l'autre.

Elle attendait, partagée entre désir et nervosité. Aucun retour en arrière possible – et elle n'en avait pas envie. Elle ne se berçait pas de l'illusion qu'il puisse ne pas y avoir de conséquences à cette décision. Pour tous les deux.

Pourtant, lorsqu'il se fut protégé et qu'il monta sur le lit pour s'étendre au-dessus d'elle, elle ne se soucia pas de ce que cela lui coûterait. Pas avec ce regard brûlant qui plongeait dans le sien. Pas avec ces cuisses qui écartaient les siennes. Pas lorsqu'il plaça ses grandes mains autour de son visage.

Pas lorsqu'elle sentit sa verge chercher à s'introduire et la pénétrer doucement.

Cette intrusion tant désirée lui fit pousser une exclamation. Elle sentit qu'elle s'élargissait pour l'accueillir et poussa un gémissement. La sensation était brûlante. Elle s'agrippa à ses épaules.

— Zeke, chuchota-t-elle en enfouissant son visage au creux de son épaule. Je t'en prie.

Elle s'agitait sans cesse sous lui, sans arriver à soulager la pression à la fois faite de plaisir et d'une morsure douloureuse. Impossible de rester en place tandis qu'il lui donnait des coups de boutoir toujours plus profonds. Il lui fallait trouver la position, l'endroit qui soulagerait cette pression… ou la ferait monter davantage.

— Chuuuut, murmura-t-il en lui basculant la tête en arrière et en lui posant un baiser sur la bouche. Détends-toi, Ray.

Il balaya de nouveau ses lèvres avec les siennes tout en continuant à la pénétrer toujours plus avant.

— Détends-toi, accueille-moi, reprit-il. C'est ça, c'est bien.

Il ferma un instant les yeux alors qu'elle lui entourait la taille de ses jambes, lui permettant un accès en elle toujours plus profond.

— Bordel, c'est bon, bébé. Tellement bon, grogna-t-il.

Il se tint immobile au-dessus d'elle, sa bouche seule en mouvement, et sa langue répétait la possession qu'il avait prise de son corps. Elle lui rendait chaque baiser et se perdait en lui. Progressivement, la douleur s'apaisa, et seul le plaisir resta. Un plaisir pur, hallucinant.

Elle rejeta la tête en arrière dans le matelas, savourant de le sentir si profondément enfoui en elle. Impatiente, elle ondulait des hanches, exigeant qu'il se mette en mouvement. Qu'il la prenne.

Il se souleva un peu et plongea ses yeux verts dans les siens.

— Tu es prête ? grogna-t-il.

— Oui, murmura-t-elle en posant les mains autour de ses biceps. S'il te plaît.

Concentré sur son visage, il se retira, éveillant des nerfs dont elle ne soupçonnait pas l'existence. Elle grogna et se tortilla, elle en voulait encore. Elle détestait ce vide. D'un coup de reins, il combla son attente. Il plongea de nouveau en elle avec une force qui lui fit expulser tout l'air de ses poumons, toutes les pensées de sa tête.

Il la posséda, encore et encore, dans une folle chevauchée. Chaque fois qu'il entrait en elle, il massait au passage le point si nerveusement sensible au sommet de son sexe. Elle était devenue une créature sexuelle, vidée de toute pensée rationnelle, n'attendant plus que les élans d'extase. Avide, elle n'existait plus que pour les sensations qu'il lui procurait, suppliant qu'il ne retienne rien.

Et il obéissait.

Il écrasa sa bouche contre la sienne, passa la main entre eux et se mit à tracer des cercles sur son clitoris, une fois, deux fois, et, avant d'avoir pu finir la troisième, elle explosa.

Elle poussa un cri de jouissance et rejeta la tête en arrière, le corps secoué de spasmes de plaisir. L'espace d'une seconde, elle combattit cette toute-puissance, mais il continuait de s'enfoncer en elle et elle se soumit au plaisir jusqu'à la perte totale de tout contrôle.

Se sentant plonger dans les abysses, elle n'eut pas une hésitation, pas une inquiétude.

Elle sut que, pour l'instant au moins, elle n'était pas seule.

- 12 -

En remontant en Jaguar le long de la tranquille Pine Valley, Ezekiel jeta un œil à sa femme.

Sa femme.

Il se frotta la barbe et reposa la main sur le volant. Une part de lui n'arrivait toujours pas à croire que Reagan Sinclair – non, Reagan Holloway – était sa femme. Pas juste sa fiancée. Depuis, elle l'avait entraîné jusqu'à leur chambre et lui avait offert un strip-tease privé qui l'avait mis au supplice tant il mourait d'envie de poser les mains sur son joli corps. De caresser sa peau si douce. De goûter sa bouche et la tendre peau entre ses cuisses.

Ce n'était sans doute pas la meilleure des pensées à entretenir alors qu'ils se rendaient chez ses beaux-parents pour leur annoncer de mauvaises nouvelles.

La pensée de Reagan nue sous lui, les yeux voilés de plaisir, les lèvres gonflées demandant qu'il continue encore et encore, le fit se tortiller sur son siège.

Deux jours. Il aurait dû être de retour à Royal et à Wingate Enterprises depuis deux jours. Ils étaient censés aller à Vegas, se marier et revenir. Mais après cette première nuit avec Reagan, noyé dans une lubricité qui l'avait consumé des pieds à la tête, il avait prolongé la lune de miel. Qu'ils avaient passé dans leur suite. À parler. Rire. Manger. Baiser.

Et dormir.

C'était la première fois depuis Melissa qu'il dormait

avec une femme au lieu de quitter son lit ou de la faire partir. Il s'était attendu à être dévoré de culpabilité, mais non. Il avait à peine eu un vague sentiment de honte.

Pas suffisamment, en tout cas, pour l'arracher du lit de sa femme ou se détacher de son corps nu et chaud pour s'installer sur le canapé. Parce que, alors, elle n'aurait pas été assez proche de lui lorsqu'il se réveillerait, durci et affamé d'elle.

Il lui semblait qu'il ne pourrait jamais se repaître d'elle. Au lit ou ailleurs. Même si, pour être honnête, ils ne s'étaient pas tellement éloignés du lit.

Il étouffa un soupir. D'accord, ils avaient franchi le pont des relations platoniques et y avaient joyeusement mis le feu. Mais il n'avait pas perdu tout le contrôle de la situation. Ils pouvaient continuer à vivre des vies séparées, sans attache émotionnelle quelconque. Le sexe floutait un peu les frontières mais ne les abolissait pas. Et lui et Reagan avaient fixé ces frontières pour de très bonnes raisons.

Ni l'un ni l'autre ne pouvait se permettre de les oublier.

Un grain de malaise prit naissance au creux de sa poitrine. Elle lui avait déjà fait oublier ses priorités : sauver Wingate Enterprises. Ce genre d'exception ne devait pas devenir une habitude.

À côté de lui, Reagan ne tenait pas en place depuis un moment déjà. Il remarqua ses poings serrés sur ses genoux, et les recouvrit de la main.

— Ça va bien se passer, murmura-t-il.

Elle secoua la tête et esquissa un pauvre sourire.

— Je me suis enfuie à Vegas avec un homme que mes parents désapprouvent. Je ne sais pas ce qui va faire le plus craquer ma mère, la fuite ou Vegas. Et mon père…

Elle secoua la tête et laissa échapper un gloussement forcé.

— Je préfère ne pas imaginer sa réaction. J'ai initié tout ça pour avoir mon héritage et garder ma famille, et je vais peut-être perdre les deux.

— Tu dramatises peut-être, dit doucement Ezekiel. Ton père est austère et autoritaire, mais il t'aime. Il te soutiendra.

Elle poussa un soupir.

— Tu ne connais pas Douglas Sinclair. Moi, si. S'il y a une chose que je sais, c'est qu'il gère très mal les frustrations. Et qu'il n'oublie jamais rien.

Il lui jeta un rapide regard. Il y avait dans sa voix de l'amertume, de la tristesse… Ce n'était pas la première fois qu'il détectait ce genre de note, comme il remarquait parfois qu'elle caressait sa cicatrice, juste sous le cou.

Des secrets. S'il la regardait dans les yeux, il y verrait des fantômes.

Quelques instants plus tard, il remontait l'allée et s'arrêta devant la grande demeure.

— Reagan.

Il attendit qu'elle tourne la tête pour le regarder, et dit :

— Quoi qu'il arrive, je suis à tes côtés. Je ne te quitte pas.

Les lèvres de la jeune femme dessinèrent un sourire qui n'atteignit pas ses yeux ; ils restèrent sombres et tristes. Il ressentit une envie folle qu'elle déverse ses souffrances en lui, qu'elle le laisse les partager, au point d'en avoir la gorge serrée. Mais, avant qu'il ne puisse dire un mot, elle ouvrit la portière.

— On devrait y aller, murmura-t-elle.

Il la rejoignit en silence et lui prit la main. Lorsqu'il la porta à ses lèvres pour y déposer un baiser, il se rappela la nécessité de ne pas brouiller les frontières. Elle le regarda, un éclair de désir dans les yeux. Bien. N'importe quoi pourvu que les fantômes disparaissent.

Au moment où ils atteignirent la dernière marche, la porte s'ouvrit et Douglas Sinclair apparut. Il les dévisagea, observa quelques secondes leurs mains jointes puis avisa sa fille. Il ne les salua pas, mais recula en ouvrant un peu plus la porte. Rien dans son expression ne se voulait accueillant. Il voulait sans doute éviter que les voisins ne profitent du spectacle. La main posée sur les reins de Reagan, Ezekiel entra en lui insufflant sa force. La loyauté et l'acceptation familiales étaient de vraies valeurs à ses yeux. Mais il détestait la manière dont Reagan avançait, droite comme un I, la tête fièrement levée, et pourtant agitée d'un très léger tremblement qui résonnait dans sa paume.

— Reagan.

Henrietta se leva du canapé dès qu'ils entrèrent dans le petit salon. Elle traversa la pièce et saisit sa fille par les épaules avant de lui déposer un baiser sur la joue.

— Où étais-tu ? Ça fait des jours que nous essayons de te joindre. Ma chérie, nous étions si inquiets.

— Je suis désolée, maman, répondit Reagan en tapotant la main de sa mère. J'avais éteint mon téléphone. Je ne voulais pas t'effrayer.

Henrietta étudia sa fille un long moment avant de passer à Ezekiel.

— Ezekiel, le salua-t-elle d'un hochement de tête. Quel plaisir de vous revoir.

— Vous aussi, Henrietta, répondit-il en faisant remonter sa main des reins de Reagan jusqu'à sa nuque.

— Maman, papa, j'ai une annonce à vous faire. Zeke et moi…

Elle se tut et sentit qu'il exerçait doucement une pression rassurante sur sa nuque. Elle reprit :

— Zeke et moi nous sommes mariés. À Las Vegas. Je suis désolée de vous mettre devant le fait accompli, mais…

— C'est moi qui lui ai proposé, la coupa-t-il, mais elle secoua la tête en lui adressant un sourire triste.

— Ce n'est pas vrai. C'est moi qui lui ai demandé, et je sais que ce mariage à la hâte doit vous décevoir, mais c'était ma décision.

Elle se redressa, et ajouta :

— C'est mon choix.

Une expression de surprise et de peine se peignit sur le visage de sa mère qui ne tarda pourtant pas à reprendre ses esprits. Elle recula au niveau de Douglas, resté silencieux. Mais son expression austère, ses sourcils froncés valaient tous les sermons.

Tous les instincts protecteurs enfouis en lui rejaillirent soudain à la surface, et il se rapprocha de Reagan, face à son père. Elle lui appartenait, que ce soit clair. Et date limite ou pas, il la protégerait.

— Tu as délibérément agi contre ma volonté et maintenant tu te présentes ici pour demander quoi ? demanda-t-il d'une voix froide. Notre bénédiction ? Notre pardon ? Notre acceptation ? Tu n'auras rien de tout ça.

— Non, pas votre bénédiction, répondit Ezekiel sur un ton égal, sans pour autant cacher son hostilité. Et ni elle ni moi n'avons besoin d'être pardonnés d'avoir fait un choix éclairé entre adultes consentants. Est-ce que c'est important pour votre fille que vous acceptiez son mariage ? Oui. Mais ce n'est pas nécessaire.

— Ça l'est si elle ou vous voulez toucher son héritage, aboya Douglas. Ce qui n'arrivera pas. Sa grand-mère m'a donné l'autorité de juger qui me semble convenir, et ce n'est pas votre cas. Reagan le sait et elle a défié ma volonté sans tenir compte de la peine et de la honte qu'elle infligeait à sa famille.

— Douglas, chuchota Henrietta en posant sa main sur le bras de son mari.

— Non, Henrietta, il faut que les choses soient dites. Je...

— Non, il ne le faut pas, interrompit doucement Reagan. Ce n'est pas la peine, parce que, ces choses, je les sais déjà, papa. Tu exprimes très clairement depuis des années, dix ans, pour être précise, que je n'ai apporté que déception, gêne et souffrance à la famille. Dieu sait que j'ai tenté d'y remédier en jouant la fille respectable et obéissante, en suivant toutes les règles que tu avais fixées, en plaçant tes besoins et tes opinions avant les miens. Mais rien de ce que j'ai pu faire ou de ce que je ferai ne me rendra digne du nom de Sinclair. Je suis trop loin de la perfection.

— Ma chérie, gémit Henrietta en tendant la main vers sa fille, ce n'est pas vrai.

Une prémonition poussa Ezekiel à prendre Reagan dans ses bras pour la protéger de ceux-là mêmes qui étaient supposés l'aimer inconditionnellement. Parce qu'il ne s'agissait pas seulement d'une question de mariage hâtif ou d'héritage. L'énergie sinistre qui vibrait entre ces trois-là remontait à plus loin, à des racines plus profondes. Mais la blessure saignait comme si elle était du jour même.

— C'est vrai, maman, poursuivit Reagan d'une voix d'un calme presque effrayant. Nous avons juste fait bien attention à ne jamais en parler à haute voix.

Devant Douglas, Ezekiel lui hurlait intérieurement de prononcer les mots de réconfort dont avait besoin sa fille en souffrance. De descendre de ses grands chevaux et de lui dire qu'elle était aimée et acceptée. Précieuse.

— Si tu crois que ce genre de discours auto-apitoyé va me faire changer d'avis pour l'héritage, tu te trompes.

Sa voix était glacée et son visage gelé.

— J'espère que ton nouveau mari…

Il avait craché le mot.

— … pourra pourvoir à tes besoins malgré ses problèmes financiers et juridiques. Mais cet avenir me semble compromis.

Ezekiel sentit la fureur monter en lui et poser un voile rouge devant ses yeux.

— Faites attention, Douglas, avertit-il. Ne salissez pas mon nom et ma famille. Dont votre fille fait désormais partie. Je m'occupe des miens… je les protège avant tout le reste. Avant de juger les autres, demandez-vous si vous en faites autant.

— Je ne vous permets pas de me juger dans ce domaine, aboya Douglas. Tout ce que je fais, c'est pour ma famille. Vous avez tout reçu en héritage, vous ne savez pas ce qu'est le sacrifice. De travailler dur pour que votre famille survive et s'enrichisse. Ce que c'est que de s'élever pour dépasser tout ce dont les autres vous croyaient capable. Vous ne savez rien de tout cela, Ezekiel Holloway, alors ne vous permettez pas de mettre en doute mon amour pour ma famille. Parce que c'est justement cet amour qui me convainc que vous épouser était la pire décision que ma fille pouvait prendre.

Sous la peau d'Ezekiel, une flamme de colère détruisait tout et laissait un sillage calciné dans son cœur et son âme.

— Je suis peut-être un Holloway, mais je n'en reste pas moins un Noir à Royal, Texas. Quand les gens me regardent, ils ne voient pas mon père blanc. Ils voient un Noir qui devrait s'estimer heureux d'être né au sein d'une famille blanche et puissante. Quand ils découvrent où je travaille et ce que je fais, ils pensent que je le dois au fait que je sois le neveu d'Ava Holloway Wingate, pas parce que j'ai bossé comme un fou pour grimper les échelons dans l'entreprise tout en étudiant à la fac pour obtenir un master.

Il expira bruyamment et reprit :

— Alors ne me parlez pas de travail ou de sacrifice, parce que j'ai souvent renoncé à beaucoup de choses pour que d'autres se sentent à l'aise en s'asseyant à la même table que moi. J'ai dû travailler dix fois plus dur pour gagner la même chose et obtenir le respect que d'autres reçoivent uniquement grâce à la couleur de leur peau.

Il s'obligea à desserrer le poing.

— Je n'ai jamais douté de votre amour pour votre famille. J'émets simplement des réserves sur la façon dont vous le manifestez.

— Zeke, murmura Reagan en s'appuyant sur lui.

Pour le soutenir ou le réconforter ? Elle n'en était pas sûre. Les deux peut-être.

— S'il vous plaît, calmons-nous un moment, supplia Henrietta dont le regard passait de l'un à l'autre. Avant que quelqu'un dise quelque chose qu'il regretterait.

— Maman, j'ai bien peur qu'il ne soit déjà trop tard, dit Reagan avec une lassitude qu'Ezekiel détesta. Je suis désolée de te faire de la peine. Encore une fois.

Elle prit une profonde inspiration.

— À toi aussi, papa.

Elle fit volte-face et sortit de la pièce, Ezekiel sur les talons, sans regarder en arrière. Lui serait loyal à la femme qu'ils venaient de rejeter avec tant d'égoïsme.

Et merde. Dorénavant, il serait sa famille.

Elle l'avait, lui. Et, même si leur union était temporaire, il lui donnerait une nouvelle famille.

- 13 -

Incroyable qu'il soit possible de souffrir autant et pourtant d'arriver quand même à marcher, à respirer, à vivre. Depuis son arrivée chez ses parents, elle n'était plus que chagrin, souffrance et colère. Elle réussit à attraper un petit sac de voyage, à descendre les marches, à monter dans la voiture d'Ezekiel, à boucler sa ceinture et à ne pas craquer tandis qu'ils s'éloignaient de sa maison natale.

Tel un film d'horreur, la scène se répétait en boucle dans son esprit.

Reagan ferma les yeux et serra les poings sur ses genoux. Rien n'y faisait. Elle savait que son père lui reprochait ses erreurs passées, qu'il ne lui avait jamais pardonnées. Ses accusations et son silence le confirmaient. Mais Dieu, comme cela faisait mal. Au point qu'elle avait envie de se rouler en boule et de disparaître.

Sois forte.

Ne montre ni faiblesse ni émotion.

Sois irréprochable et jamais inconvenante.

Tel avait été son credo, en tant que Sinclair. Et, sauf lorsqu'elle était tombée en disgrâce à seize ans, elle avait fait de son mieux pour être à la hauteur. Mais aujourd'hui, à force de vivre sous pression, avec tant de fissures, elle voulait voler en éclats. Et ne plus jamais se reconstruire.

Et que resterait-il ? Qu'allait-elle devenir ?

Elle n'en avait aucune idée.

Pathétique.

— Reagan.

La voix d'Ezekiel pénétra le marasme de ses réflexions. Elle leva la tête. Il se tenait debout devant la portière. Elle ne s'était pas rendu compte qu'il s'était arrêté, qu'il était sorti de la voiture.

— Descends.

Il tendit la main vers elle, ses yeux verts pleins d'inquiétude. Lentement, elle glissa sa paume dans la sienne et le laissa l'aider à descendre. Il s'était garé sur un chemin tranquille et désert.

Elle le reconnut. Parmi les nombreuses routes qui traversaient Royal, certaines desservaient les ranchs et d'autres les champs couverts de fleurs sauvages. Celle-ci était à plusieurs kilomètres de la propriété fermée de ses parents. Un virage et un bosquet d'arbres les abritaient des regards de la route d'accès. Ezekiel ferma la portière derrière elle, la fit se retourner, s'appuya sur la Jaguar et la prit dans ses bras. Cette demi-intimité la soulagea.

— Vas-y, bébé, murmura-t-il en l'enveloppant, une main dans ses cheveux, et en la pressant contre son torse. Tu peux te laisser aller. Personne ne te voit. Je suis là pour toi.

Le nœud dans sa poitrine se resserra, comme si tout son corps s'opposait à la tempête qui se levait en elle. Soudain les digues rompirent et un torrent s'en échappa. Un effroyable sanglot la secoua, et elle enfouit son visage dans la poitrine d'Ezekiel au moment où les premières larmes jaillirent.

Une fois lancée, plus rien ne l'arrêta. Combien de temps pleura-t-elle pour cette jeune fille de seize ans, abandonnée par le garçon qu'elle aimait et par sa famille, elle n'aurait su le dire. À la fois une éternité et quelques secondes. Les poings serrés sur sa chemise, elle s'accrochait à lui, devenu son port d'attache au milieu d'une tempête qui couvait depuis des années.

Elle finit par se calmer, et ses sanglots se changèrent en larmes silencieuses le long de ses joues. Même elles se tarirent. Ezekiel lui mit un mouchoir dans la main.

— Merci, dit-elle d'une voix rauque.

Il lui caressa le dos pendant qu'elle réparait les dégâts de sa crise de larmes.

— Je suis là si tu veux parler. Ou pas. C'est comme tu veux, Reagan, chuchota-t-il.

Elle était déchirée entre les exigences de secret imposées par sa famille, son sentiment de culpabilité et son besoin de vider son sac. Mais Dieu, comme elle était fatiguée. Oui, elle avait du mal à faire confiance aux autres, à se faire confiance. Mais peut-être pouvait-elle tenter d'y croire, de croire en lui…

— À seize ans, je suis sortie avec un garçon qui en avait dix-neuf. Mes parents ne l'aimaient pas. Avec le recul, je comprends pourquoi. Mais à l'époque, j'étais juste follement amoureuse et j'aurais fait n'importe quoi pour lui. Et je l'ai fait. Je me suis révoltée contre mes parents. Je le voyais en cachette, je faisais le mur la nuit. J'étais consumée, c'était un premier amour… Mais…

Elle ferma les yeux, avala sa salive.

— … je suis tombée enceinte.

Ezekiel se raidit, et elle se prépara au choc. À son incrédulité. À sa pitié. Qu'elle allait se prendre comme un coup de poing dans le plexus.

Il s'appuya contre la voiture et l'attira entre ses cuisses, pour qu'elle soit tout à fait incrustée dans son large corps musculeux et dur. Des doigts à la fois doux et implacables saisirent son menton et renversèrent sa tête en arrière.

— Ouvre les yeux, bébé. Regarde-moi.

Elle s'obligea à obéir et sentit son souffle se couper. Compassion. Tendresse. Tristesse. Pas de la pitié ni de la déception.

— Tu n'as pas à avoir honte, alors ne baisse pas les yeux en me racontant ça.

Elle le regarda. Ne pas avoir honte. Personne – ni ses parents ni son frère ou sa sœur – ne lui avait jamais dit une chose pareille. Cet homme, oui. Elle ferma les yeux quand même. Pour qu'il ne voie pas l'impact de ses mots. Il avait dit que ses sentiments se lisaient dans ses yeux, et elle ne voulait pas identifier cette émotion qui la poussait à reculer mentalement. Qui l'inondait de terreur, jusqu'aux os.

Elle fourra toutes ces émotions dans une boîte profondément enfouie en elle, prit une grande inspiration et ouvrit les paupières pour croiser ce regard vert et perçant.

— Évidemment, mes parents n'ont pas bien réagi. Et, oui, j'étais terrifiée. Mais je croyais mon copain quand il m'assurait qu'il ne me quitterait pas. C'était sans compter le chèque que mon père lui a collé sous le nez. Papa l'a soudoyé et il a disparu. Et mes parents… m'ont expédiée dans une maison pour jeunes filles, en Géorgie.

— Je me rappelle, dit Ezekiel. C'était juste avant la fin de l'année, et Harley était contrariée que tu ne sois pas là avec elle pour l'été. Elle n'a jamais dit…

— Elle ne savait rien, l'interrompit Reagan en secouant la tête. Personne n'a su, sauf ma famille. Mes parents ne voulaient surtout pas que cela s'ébruite. J'étais supposée aller dans ce foyer, accoucher et faire adopter le bébé. Moi je ne voulais pas l'abandonner, mais ils ne me laissaient pas le choix. Ils avaient honte. Leurs mots avaient le goût de cendres. Surtout mon père. Nous étions proches, avant. J'étais sa chouchou, et il était tout pour moi. Mais après… il n'arrivait même plus à me regarder, murmura-t-elle.

— Et ça ?

Il repoussa avec douceur les doigts qu'elle frottait inconsciemment sur sa cicatrice.

— Au bout de quatorze semaines de grossesse, j'ai eu des contractions. Les deux premiers jours, je ne l'ai dit à personne. Mais au matin du troisième, j'ai eu si mal dans le bas du dos que je me suis pliée en deux, au bord de l'évanouissement. Je suis tombée et me suis cognée sur la commode.

Elle porta de nouveau les doigts à la marque qui lui rappellerait toujours le pire jour de sa vie.

— Je suis restée à terre, roulée en boule, ma clavicule saignait, et j'ai senti quelque chose de mouillé entre mes jambes. Je faisais une fausse couche.

— Oh ! Ray, chuchota Ezekiel en posant son front contre le sien, son haleine tout contre ses lèvres. Je suis désolé.

— On appelle ça un avortement spontané, poursuivit-elle, prise du besoin de tout dire, de se purifier de la souillure du secret. Ils m'ont dit que je n'aurais rien pu faire pour l'empêcher, mais je me sentais responsable. C'était ma punition pour avoir désobéi à mes parents, pour ne pas être la fille qu'ils méritaient, pour avoir couché sans me protéger, pour ne pas être suffisamment valable pour que mon petit ami reste avec moi, qu'il m'aime…

— Bébé, non, s'exclama-t-il, les sourcils froncés. Rien de tout cela n'est vrai. Ce sont des choses qui arrivent. Ma mère a fait deux fausses couches. Une avant moi et une après. Ça arrive à des femmes très bien, qui auraient été des mères merveilleuses et aimantes. C'est un phénomène biologique, pas une punition.

Un éclair d'inquiétude traversa ses yeux.

— Est-ce qu'il y a d'autres conséquences douloureuses ?

— Tu veux dire, est-ce que je peux encore avoir des enfants ? Oui.

Le soulagement détendit ses traits.

— Mais est-ce que j'en ai envie ? Je… je ne sais pas.

Cette vérité, elle ne l'avait jamais admise à haute voix. Tout cela datait de dix ans, certes, mais la douleur, la peur, le vide terrible… Elle posa une main sur son ventre.

— Je ne l'oublierai jamais. Et je suis terrifiée à l'idée de revivre ça. Je ne veux pas. Perdre encore un enfant…

Elle détourna la tête pour éviter son regard pénétrant.

— Je ne sais pas si je le supporterais.

— Reagan. Bébé. Regarde-moi, tu veux ?

Au bout de quelques secondes, elle obtempéra. Il lui posa une main sur la nuque et lui caressa le cou du pouce, l'autre main toujours posée sur sa joue.

— Tu n'as pas à t'expliquer ou à te justifier avec moi. Je comprends. Quand mes parents puis Melissa sont morts, l'idée d'aimer quelqu'un que je risquais de perdre à nouveau m'a paralysé. Personne ne vous explique qu'un jour un être que vous chérissez vous sera peut-être injustement arraché. Personne ne m'y a préparé, comme personne ne t'a préparée à l'idée de perdre ton bébé avant que tu aies eu la chance de le prendre dans tes bras. Et on doit se débrouiller tout seul avec ça.

Il lui caressa la joue du pouce, et son regard s'adoucit.

— Est-ce que je crois que tu serais une mère aimante et attentive, qui aimerait et protégerais ton enfant aussi farouchement qu'une maman ourse ? Oui. Est-ce que je pense que tu mérites de connaître la joie de tenir un petit dans tes bras, de respirer son odeur, de l'entendre t'appeler maman ? Oui, mon cœur. Tu mérites tout ça, et plus encore. Mais je n'irai jamais te dire que tu as tort d'en avoir peur. Et, Reagan… ?

Il fit une pause, scruta son visage, sa bouche, son nez pour finir par ses yeux. C'était comme une caresse sur sa peau.

— Si personne ne te l'a dit, je veux te dire que je suis désolé. Je suis désolé que tu aies perdu ton bébé. Désolé que ce garçon – qui ne mérite pas d'être appelé un homme – en qui tu croyais t'ait abandonnée. Désolé que ta famille t'ait laissée tomber. Et je suis désolé que personne ne t'ait dit que malgré ces épreuves, ou plutôt à cause d'elles, tu étais quelqu'un d'encore plus précieux qu'avant.

Elle brûlait d'envie de lui dire que lui aussi méritait mieux. Ezekiel méritait une femme qui l'adorerait au-delà de la raison. Qui serait un havre de paix, un roc sur lequel s'appuyer par mauvais temps. L'imaginer seul, avec le cœur qu'il gardait si farouchement pour unique compagnon, l'attristait plus qu'elle ne pouvait le dire sans trahir des émotions qui les mettraient tous les deux mal à l'aise.

Alors elle se hissa sur la pointe des pieds et posa sa bouche sur la sienne, dans une tentative de lui communiquer sa gratitude pour sa compassion et sa gentillesse. Pour expliquer tout ce qu'elle était trop troublée pour dire à haute voix.

Il réagit immédiatement. De sa joue, sa main glissa jusqu'à ses cheveux, et le contact de ses ongles sur son cuir chevelu déclencha des frissons chauds directement vers ses seins, son ventre et entre ses cuisses.

Tristesse et souffrance cédèrent la place à la chaleur et à un désir jamais éteint. Pour Ezekiel Holloway, ses sens étaient toujours sur le qui-vive.

Il poussa un grognement que Reagan absorba avec avidité, encore secouée par le tourbillon émotionnel de l'heure écoulée qui l'incitait à se noyer en lui, et par ce plaisir écrasant qui était sa marque de propriété.

— Ray.

Il grogna son nom, mais ses mains descendirent jusqu'à ses épaules comme pour la repousser.

— Bébé.

— Non.

Elle lui caressa les hanches et le dos, agrippa sa chemise et l'attira vers elle.

— J'ai envie de toi. Ne me refuse pas ça, Zeke.

C'était une exigence. Une supplique.

Il plissa les yeux. Après ce qui sembla une éternité à Reagan, il la fit soudain pivoter et la jucha sur le capot de la Jaguar, en se tenant debout entre ses cuisses ouvertes. Il appuya les paumes sur le métal de chaque côté d'elle jusqu'à ce qu'elle place ses mains à côté des siennes et bascule la tête en arrière.

— Je n'ai rien à te refuser, grogna-t-il.

Puis il écrasa sa bouche sur ses lèvres.

Il regretta aussitôt d'avoir prononcé ces mots. Ils en disaient trop. Il n'aurait pas dû se dévoiler autant.

Mais avec la bête furieuse et assoiffée de luxure qui grondait en lui, il n'en avait plus rien à faire. Alors que la langue de Reagan luttait avec la sienne, l'aspirait comme si elle ne pouvait s'en repaître. Quand elle le mordillait comme pour laisser son empreinte. Qu'elle le léchait comme s'il était une saveur qui l'excitait sans jamais la satisfaire.

Ce qu'il comprenait tout à fait.

Car lui aussi suçait, mordillait et léchait, pour les mêmes raisons.

Cette femme... Bon sang, elle le perdait, avec sa bouche de pécheresse, sa langue maligne et ses gémissements affamés. Même maintenant, il ne pouvait se rappeler le baiser ou le parfum d'une autre. Ces pensées traîtresses auraient dû le remplir de colère et de honte. Peut-être plus tard. Mais maintenant ? Maintenant, tout ce qu'il pouvait faire, c'était plonger les mains dans ses cheveux et lui maintenir la tête tandis qu'il prenait possession de sa bouche tout entière au point d'en faire vibrer sa verge de désir.

Rien d'autre n'importait qu'elle, et entrer en elle.

Il glissa les doigts sous sa mâchoire, sur sa gorge, s'attarda sur la cicatrice maudite et descendit jusqu'au nœud de sa ceinture qui maintenait le haut de sa robe. Il tira dessus, le défit et passa les mains à l'intérieur du vêtement pour le faire descendre jusqu'à la taille et aux poignets.

Reagan s'apprêta à lever les bras, mais il arrêta son mouvement. Il lui saisit les poignets et les plaça derrière son dos. Coincée par sa robe et ses doigts fermes, le dos arqué, elle lui était magnifiquement offerte en sacrifice. Mais lorsqu'il baissa la tête pour faire courir sa langue vers le sillon ombragé et parfumé de ses seins, c'était lui qui était prêt à se jeter sur l'autel de son désir d'elle.

Bon sang, il n'en avait jamais assez. Ce parfum de chèvrefeuille semblait incrusté dans sa magnifique peau hâlée, et lui était un chercheur d'or qui ne cessait de revenir vers elle. Il retraça la courbe de son sein et ne résista pas à la tentation d'y passer les dents. Le ravissement l'envahit en sentant qu'elle frissonnait. En quelques jours, il avait appris son corps par cœur et pourtant, chaque fois qu'il découvrait une nouvelle zone qui la faisait trembler ou gémir, il avait envie de hurler de joie. Il ne se lassait pas de susciter de nouvelles réactions en elle.

Ce qui était problématique, puisque dans un an il devrait la laisser partir.

Il étouffa cette pensée et se concentra de nouveau sur la chair qui dépassait de la dentelle bleu foncé de son soutien-gorge. Et sur la pointe dressée, en dessous. De sa main libre il baissa le bonnet et libéra son sein. Puis, tout en pinçant et en asticotant le mamelon encore couvert par la dentelle, il attira son jumeau dans sa bouche.

Il ne put se retenir de grogner de plaisir pendant qu'il la caressait, qu'il la léchait et la suçait. Une part de lui se savait obsédée par elle – les quatre derniers jours en étaient la preuve. Il prenait son temps, traçant des cercles autour de la perle dressée, réapprenant son corps alors qu'il l'avait possédée le matin même, à l'hôtel, avant de prendre l'avion pour rentrer.

L'autre part de lui voulait s'agenouiller pour la supplier de le repousser, de lui interdire son lit afin qu'il puisse se sevrer d'une addiction qui ne pouvait que les détruire tous deux.

— Zeke, balbutia Reagan, en se tortillant sous lui et en appuyant sa chair dans sa bouche, exigeant son plaisir. J'ai envie de toi, chuchota-t-elle d'une voix mourante de désir.

Bordel que c'était bon à entendre. Tous ces bruits qui lui transmettaient la faim qu'elle avait de lui.

Il ne pouvait rien lui refuser.

Il libéra l'autre sein et l'engloba de ses lèvres. Il en caressa la pointe encore et encore, dans tous les sens, comme une prière, une adoration.

Car elle méritait d'être adorée.

Et pas seulement à cause de ce corps qui en aurait converti plus d'un, mais pour sa force de caractère et cette colonne vertébrale d'acier cachée sous une façade de douceur. Parce qu'elle avait eu sa part de drames et qu'elle envisageait maintenant d'offrir un refuge à des filles traversant les mêmes épreuves.

Parce que c'était une bonne personne, tout simplement.

Inexplicablement, il sentit le désespoir l'envahir et il passa la main dans son dos pour dégrafer son soutien-gorge, qu'il ôta en même temps que le haut qui lui entravait les poignets. Il se rendait à cette nécessité de sentir ses bras autour de lui.

Il ne savait pas comment lui demander – alors il lui prit tout simplement les mains et les plaça autour de son cou. Puis il enfouit son visage au creux de sa gorge et inspira son odeur, ouvrit la bouche et savoura la pression de leurs poitrines collées.

Oui, il avait couché avec un nombre incalculable de femmes, mais aucune ne l'avait pris dans ses bras. Il ne l'avait pas permis. Maintenant, avec Reagan, il en avait autant envie qu'il avait besoin de la pénétrer jusqu'à la garde. Et ce besoin l'incitait à se tenir éloigné d'elle, mentalement et physiquement, alerté par son instinct d'autoprotection en plein affolement.

— Zeke ? murmura-t-elle, mais il arrêta sa question avec sa bouche, et ses mots se transformèrent en grognement.

Tandis que leurs bouches s'engageaient dans une bataille brûlante, elle entreprit de déboutonner sa chemise. Quelques secondes plus tard, elle la jetait sur le capot derrière elle et faisait courir ses ongles sur son torse nu. Sur ses mamelons. Ses abdos. Jusqu'à la ceinture.

Il se mit à respirer bruyamment lorsqu'elle l'ouvrit d'un coup sec. Il ne put l'arrêter – il avait déjà du mal à respirer, encore plus à bouger – lorsqu'elle baissa la fermeture Éclair et plongea la main dans son caleçon noir.

Il poussa une expiration sifflante en sentant ses doigts se refermer sur sa verge, et baissa la tête pour poser sa joue contre la sienne et saisir le bord de sa robe. Une onde de plaisir courait sur son échine et bloquait tout son corps. Serrant les dents, il baissa un peu plus le regard et apprécia la vision érotique de ses doigts fins et élégants enroulés autour de son membre. Les bouts de ses doigts se touchaient presque, et le gland gonflé dépassait de sa main. Ils regardèrent ensemble une perle apparaître, et il manqua s'étrangler lorsqu'elle l'étala sur sa peau à vif.

Ezekiel faillit jouir sur l'instant lorsqu'elle porta son pouce à sa bouche et le suça.

— Qu'essaies-tu de faire, Reagan ? grogna-t-il en lui dévorant la bouche. Tu veux que ça s'arrête avant que j'aie pu te prendre ?

Il lui mordilla la lèvre pour la punir.

— Tu veux me voir perdre la tête ?

La question était presque une accusation, et un petit sourire diabolique apparut sur ses lèvres.

— C'est tout à fait ça. Je veux te faire perdre tout contrôle.

Elle le reprit en main et se mit à le caresser de bas en haut. À le serrer. De haut en bas, son poing le gainait, le chevauchait, l'entraînant au bord de la chute. Lui faisait perdre tout contrôle, comme elle l'avait prédit.

Son estomac tressaillait à chaque va-et-vient, à chaque mouvement de son poignet. Il était assailli par des élans de désir qui grésillaient dans ses veines pour se retrouver dans ses bourses. Si proche. Bon Dieu, si proche.

Mais il ne voulait pas venir sur sa main ; quand cela allait arriver, il n'y avait qu'un endroit où il voulait être. Profondément enfoncé en elle.

Il attrapa son portefeuille dans sa poche arrière, en sortit un préservatif et l'enfila en un temps record, les dents serrées pour combattre la pression qui s'accumulait en lui. Avec des mains douces et pleines de vénération, malgré son envie sauvage, il remonta le long de ses cuisses jusqu'à son sexe caché par la dentelle.

Pendant un moment il faillit se laisser totalement dominer par son désir d'elle et son envie de la posséder violemment. Mais son affection tempéra son ardeur, et il la débarrassa de sa culotte avec une délicatesse exquise. Il glissa sous elle la chemise qu'elle avait jetée, pour éviter à sa peau le contact du métal chaud de la voiture. Il lui écarta les cuisses et regarda son membre entier entrer en elle, la regarda s'ouvrir pour lui et l'accueillir.

Il leva les yeux, passa de ses seins tremblants à son visage. Et dut exercer un contrôle surhumain sur lui-même en constatant qu'elle aussi avait les yeux fixés sur son entrejambe où leurs deux sexes se rejoignaient.

— Tu vois ce que tu me fais, bébé ? chuchota-t-il.

Elle le regarda dans les yeux, et la chaleur monta d'un cran.

— Tu es parfaite. Tu es faite pour ça. Et moi pour être en toi.

Il se tut… obligé de consacrer chaque bribe d'énergie, chaque muscle, chaque tendon, chaque cellule, à s'enfouir dans les replis tendus de sa chair. Il était agité de tremblements et lutta contre le besoin de donner des coups de reins comme un animal sauvage.

— Ne te retiens pas, Zeke, souffla-t-elle, allongée sur le capot, en laissant courir ses mains le long de son corps jusqu'à celles de Zeke posées sur ses cuisses. Viens. Lâche-toi.

Sa demande, son ordre, brisa la corde qui le retenait. Il tomba sur elle, et aspira son téton en lui assénant des coups de boutoir, encore et encore. Les bras et les jambes de Reagan l'enlaçaient, ses hanches se soulevaient et venaient à la rencontre de chacun de ses mouvements. Et ses cris rauques qui le suppliaient de continuer l'aiguillonnaient tandis qu'il la chevauchait.

Il aurait aimé se dire qu'il pouvait s'arrêter si elle l'avait voulu, mais avec les ongles de sa belle enfoncés dans la peau de ses épaules nues, ses talons appuyés sur ses fesses, il était vraiment content qu'elle ne teste pas sa résistance. Pas alors que la sueur perlait sur sa peau, que le désir le tendait comme une corde de violon, et que le plaisir cavalait en lui comme un train fou dont les freins auraient lâché.

— Laisse-toi aller bébé, grogna-t-il en se détachant juste assez pour glisser sa main et frotter le petit bouton au sommet de son sexe serré.

Elle s'arc-bouta et, quelques secondes plus tard, se referma sur lui dans un spasme d'un érotisme presque douloureux. Il se vida en elle, et elle le reçut, en jouissant et en le faisant jouir.

Il sentit une léthargie l'envahir jusqu'aux os et, plus profondément encore, un intense contentement. Il sortit de Reagan, enleva le préservatif, l'aida à se rhabiller et en fit autant. Ils ne parlaient pas mais communiquaient quand même. Elle lui prit les mains et déposa des baisers sur son menton et sa mâchoire. Il lui prit la bouche, comme pour lui dire à quel point il la trouvait belle et désirable.

Un long moment plus tard, il lui ouvrit la portière et l'aida à monter avant de la refermer et de passer de l'autre côté. Il ne pourrait plus jamais conduire cette Jaguar sans penser à ce qu'ils avaient fait dessus aujourd'hui. Et le fait qu'il en souriait aurait dû l'inquiéter. Peut-être plus tard, quand il serait moins détendu après cet épisode sexuel, le meilleur de sa vie.

Son téléphone portable sonna au moment où il prenait le volant. Zut. Il avait oublié qu'il l'avait rallumé deux heures auparavant pour la première fois depuis leur départ pour Vegas. Il n'avait jamais été déconnecté pendant aussi longtemps, mais ne se sentait pas prêt à tout affronter de nouveau. Il jeta un œil à l'écran pour voir de qui il s'agissait avant de basculer l'appel vers la messagerie. C'était son frère. Il hésita.

Luke. Probablement inquiet.

Ezekiel porta l'appareil à son oreille.

— Salut, Luke.

— Où diable étais-tu passé ? gronda son frère.

Il se pinça l'arête du nez et constata que Reagan le regardait, les sourcils levés.

— À Vegas. J'ai demandé à Laura de dire à tout le monde que je serais absent quelques jours et de tout repousser, dit-il calmement. Au fait, je me suis marié.

— Félicitations, répondit Luke d'un ton contraint. Laura a dit deux jours, pas quatre.

— Oui, j'ai pris deux jours de plus, dit Ezekiel en essayant de rester calme. C'est quoi le problème, Luke ? D'accord, on est dans les ennuis, mais la boîte ne va pas s'effondrer juste parce que je suis en vacances.

Le silence accueillit cet éclat.

Un silence de mauvais augure qui imprima un frisson glacé à sa colonne vertébrale.

— Luke ?

Ses phalanges blanchirent sur son téléphone.

— Qu'est-ce qui se passe ? Qu'est-ce qui ne va pas ?

Un gros soupir retentit à l'autre bout de la ligne.

— Je suis désolé, Zeke. Désolé de t'avoir parlé sur ce ton.

Luke fit une pause, et, parce qu'ils étaient si proches l'un de l'autre, Ezekiel put facilement l'imaginer se frotter la tête de frustration.

— J'aurais aimé te donner de meilleures nouvelles au retour de ta lune de miel, mais… Zeke, on est dans la merde.

— Quoi ?

Le cœur d'Ezekiel battait si fort dans sa poitrine qu'il entendait à peine ce que disait son frère.

— Bordel, Luke, dis-moi ce qui se passe.

— Nos actifs étant gelés, la boîte n'a pas pu honorer ses dettes. Le domaine notamment.

La voix de Luke devint plus grave, et Ezekiel sentit sa gorge se nouer.

— Zeke, la banque a saisi la maison. Tout le monde a dû partir. Harley vit chez Grant jusqu'à ce qu'ils retournent en Thaïlande. Beth est partie vivre avec Camden. Sebastian et Sutton louent une maison ensemble, et moi je suis chez un ami en dépannage. Mais tante Ava…

Luke fit une nouvelle pause, et Ezekiel entendit la colère qui l'animait à l'autre bout du fil.

— Elle s'est installée chez Keith.

— Bordel ! cria Ezekiel.

Il vit, sur le côté, la tête de Reagan se pencher vers lui. Elle tendit le bras et lui saisit sa main libre.

— Il profite d'elle, Luke, il profite de la situation pour se servir d'elle. Juste quand on commençait à l'aider à redevenir elle-même après la mort d'oncle Trent. Et maintenant elle est…

Il ne finit pas sa phrase et ferma les yeux.

— Comment tout ça a-t-il pu se produire ? chuchota-t-il. Pourquoi…

— Je ne sais pas, Zeke, répondit sobrement son frère. Vraiment pas.

- 14 -

— Reagan, je ne te dirai jamais assez à quel point j'apprécie ton aide pour ce bal masqué.

Beth Wingate serra la main de Reagan de l'autre côté de la table de la petite salle de réunion du Club des éleveurs du Texas. Ses jolis yeux verts pétillaient.

— D'autant plus que Zeke t'a inscrite sans rien te demander. Tu sais, j'ai bien dit à mon cousin de ne pas en faire une habitude ! poursuivit-elle.

Reagan se mit à rire.

— Ça ne me dérange absolument pas. Ça fait tellement longtemps que papa fait partie du club, je donne souvent des coups de main. Vraiment, je suis heureuse de pouvoir aider.

— Tant mieux, je m'en réjouis.

Beth serra une dernière fois la main de Reagan.

— Et comme je n'ai pas encore eu l'occasion de te féliciter pour ton mariage, tous mes vœux.

Son sourire se voila, et une ombre passa dans ses yeux. Elle reprit :

— Je sais que tu ne t'attendais pas à être accueillie comme ça. Je suis désolée que tu sois confrontée à… tout ça.

Reagan n'eut pas besoin de lui demander à quoi elle faisait allusion. Deux semaines auparavant, l'aînée des filles Wingate vivait au domaine familial. À présent elle vivait avec son fiancé, Camden Guthrie, car les biens de sa famille avaient été saisis.

Beth, blonde et mince, charmante et élégante, incarnait le summum de la grâce. Ses traits trahissaient pourtant une certaine fatigue malgré les retrouvailles avec son premier amour, plusieurs mois auparavant. Les épreuves familiales lui pesaient. Et devoir organiser ce bal masqué de charité était une pression supplémentaire.

— Le bal sera le mois prochain, en octobre, et, même si certains ont décidé de ne pas venir à cause de notre… lien avec le projet, la vente de billets se passe bien. Heureusement, l'attrait de l'événement dépasse l'envie de tourner le dos à la famille Wingate.

Les lèvres de Beth se pincèrent, et elle secoua la tête.

— Ça me désespère que nos problèmes de famille jettent une ombre sur votre mariage, Reagan.

— Ne t'excuse pas, Beth. Nous sommes unis « pour le meilleur et pour le pire » ; on commence juste par un bout du pire, c'est tout.

Reagan haussa une épaule, mais le nœud dans son estomac était bien là.

— En plus, ce n'est pas comme si nous étions un couple hyper traditionnel.

— Comme la plupart d'entre nous, non ?

Harley, son amie d'enfance, mettait son grain de sel. Elle pencha la tête sur le côté, ses longs cheveux châtains tombant sur son épaule.

— Je veux dire, Beth a retrouvé son ancien amour après des tonnes de mensonges. J'ai eu tout un scandale avec mon histoire de bébé secret. Et au final on se retrouve avec des hommes qu'on aime et qui nous aiment.

— Tu es tellement amoureuse que tu vois de l'amour partout, gloussa Reagan.

Elle était ravie de retrouver son ancienne amie après cinq ans d'absence, mais elle avait oublié à quel point elle était têtue.

— Harley, mon histoire avec Zeke n'est pas un conte de fées. On s'est mariés pour que je puisse toucher mon héritage, c'est tout.

Objectif compromis, d'ailleurs.

Harley agita la main.

— Je sais, je sais, c'est la version officielle entre toi et Zeke. Quoi qu'il en soit, je suis ravie que mon cousin et ma meilleure amie soient ensemble. Vous faites un super couple, bien assorti.

Avant que Reagan ne puisse répondre, Gracie Diaz surgit, légèrement haletante.

— Salut, tout le monde ! Désolée d'être en retard.

Reagan se souvenait d'avoir vu Gracie Diaz chez les Wingate. Gracie, qui avait deux ans de plus qu'elle, était la fille d'un ouvrier de ranch et avait été engagée par Beth pour l'aider à gérer les événements caritatifs qu'elle organisait. Malgré leur différence de statut, elles s'entendaient très bien. Gracie venait de devenir une célébrité nationale après avoir gagné soixante millions de dollars à la loterie Powerball.

Reagan étudia la magnifique brune qui se laissa tomber sur une chaise. La beauté des cheveux noirs et épais de Gracie et de ses adorables yeux marron était indéniable, mais Reagan remarqua qu'elle avait les yeux cernés et un peu gonflés, comme si elle avait pleuré.

— Aucun problème, Gracie.

Beth fronça les sourcils, se rapprocha de son amie et lui posa la main sur l'épaule. Elle l'attira vers elle pour la serrer dans ses bras et lui dit :

— Ne le prends pas mal, ma chérie, mais tu n'as pas bonne mine.

Gracie grogna.

— Le bal masqué peut attendre. Qu'est-ce qui se passe ?

Gracie posa les coudes sur la table, les paumes sur le front.

— Je vous jure que, depuis que j'ai gagné, j'alterne entre une gratitude éperdue et le regret d'avoir eu les bons chiffres.

Le soupir qu'elle poussa trahissait un tel épuisement que Reagan grimaça de compassion.

— Quand j'étais petite, je ne comprenais pas pourquoi on disait que l'argent pouvait être un problème, vu que nous n'en avions pas. Maintenant…

— Gracie, qu'est-ce qui se passe ?

Harley se pencha vers elle et lui saisit le bras.

— Tu n'as pas dû voir les infos aujourd'hui, répondit Gracie en se passant la main dans les cheveux. Mon cousin prétend que c'est lui qui a acheté le billet de loterie et que je le lui ai volé. Il réclame plus de la moitié de mes gains. C'est ridicule. Je ne l'ai pas vu depuis des années, et voilà que tout d'un coup je deviens une voleuse qui lui pique ses sous.

Reagan sortit son téléphone de son sac à main et trouva rapidement la vidéo sur la page d'accueil du site d'informations locales. Le drame familial de Gracie semblait avoir temporairement supplanté celui des Wingate. Elle regarda, muette, un journaliste interviewer Alberto Diaz devant la mairie de Royal. Il se prétendait dévasté et furieux d'être trahi par sa propre cousine. D'un air affligé, il disait pardonner Gracie tout en exigeant la moitié de l'argent. Puis le même journaliste se précipitait pour parler à Gracie en train d'ouvrir sa portière. Celle-ci récusait rageusement l'accusation, s'engouffrait dans sa voiture et démarrait.

— Il ment, déclara Reagan en reposant son téléphone.

— Évidemment, abonda Harley, les yeux féroces. Je n'arrive pas à croire qu'ils le laissent dire ça à la télé. Ils répandent ces ordures comme de vrais tabloïds.

— Malheureusement les gens adorent ça. C'est plus simple de croire des ragots que la vérité.

Gracie leva les mains au ciel.

— Je suis désolée. Je ne voulais pas vous imposer ça. Je ne peux rien y faire pour l'instant.

— Tu vas te défendre ? demanda Beth.

— Carrément ! rétorqua Gracie. Je veux bien aider la famille : j'achète une nouvelle maison à maman en Floride pour qu'elle se rapproche de sa sœur, et je paie l'école privée de mon frère pour qu'il puisse réaliser son rêve. Si Alberto m'avait demandé une aide, j'aurais été heureuse de la lui accorder. Mais m'accuser de vol pour m'extorquer la moitié de mes gains ? C'est du chantage et je ne céderai pas.

— Bravo ! la félicita Reagan qui admirait son courage. Et si on peut faire quoi que ce soit pour toi, dis-le-nous. On est avec toi.

Pour la première fois depuis qu'elle était entrée dans la pièce, Gracie sourit.

— Merci, Reagan. Merci à toutes.

Elle posa les mains sur la table.

— Bon, ça suffit, mes problèmes de famille. On en est où avec le bal masqué ?

Beth passa un papier à Harley.

— J'allais justement parler à Harley et à Reagan des loteries Cendrillon.

— Tant qu'il y a Cendrillon dedans, je suis pour ! s'amusa Reagan en prenant le papier que Harley lui tendait.

Beth sourit.

— Les détails sont là ; l'idée, c'est que la station de radio locale offre un relooking total à l'heureuse gagnante. Chaque billet coûte mille dollars, c'est une super opportunité. C'est la station qui a trouvé le nom de Loterie Cendrillon. Ce n'est pas génial ? Ça fera encore plus de pub et d'argent pour le bal. On croise les doigts : ça devrait être un grand succès cette année.

La réunion se prolongea pendant deux heures et, lorsque Reagan arriva dans la petite maison qu'elle avait louée avec Ezekiel, elle se sentait à la fois satisfaite et excitée. Travailler avec les filles Wingate et Gracie lui avait donné des idées de levée de fonds au bénéfice du foyer de jeunes filles où elle travaillait bénévolement. Tant que son père retenait son héritage, elle ne pouvait construire son propre foyer, mais ça ne voulait pas dire qu'elle ne pouvait pas aider les adolescentes enceintes d'autres manières. En donnant de son temps, par exemple.

Tant qu'Ezekiel et sa famille tentaient de sauver ce qu'il restait de Wingate Enterprises, elle aurait moins de temps car elle allait devoir trouver du travail. Hors de question de se tourner les pouces pendant que son mari s'épuisait à l'entretenir.

Certes, ce n'était pas un mariage d'amour, mais elle était sincère quand elle avait dit à Beth qu'ils étaient unis pour le meilleur et pour le pire. Malgré la date de péremption de leur union, elle le soutiendrait tant qu'elle porterait son nom. Même après.

Elle descendit de la voiture et remonta l'allée.

— Reagan !

Elle se retourna et sourit en voyant Piper Holloway, la tante d'Ezekiel, s'approcher les bras chargés d'un gros paquet recouvert de papier kraft.

— Laissez-moi vous aider, dit Reagan en se hâtant de la rejoindre.

Piper se mit à rire.

— Pas besoin. Gérer une galerie d'art pendant des années m'a donné des muscles que tu ne soupçonnes pas.

Elle claqua un rapide baiser près de la joue de Reagan.

— J'ai un petit cadeau de crémaillère pour toi et mon neveu le cachottier. Tsss ! S'enfuir pour se marier sans rien nous dire ! Si je n'étais pas aussi heureuse pour vous, je serais contrariée de ne pas avoir pu être à vos côtés ce jour-là.

— On l'a fait sur une impulsion, sinon on aurait voulu que vous soyez là, murmura Reagan.

C'était vrai. Si Ava Wingate pouvait se montrer un peu hautaine, sa petite sœur Piper était incroyablement ouverte et chaleureuse. Harley avait préféré la compagnie et l'affection de sa tante aux fréquentes critiques de sa mère.

— Merci pour le cadeau. Il ne fallait pas venir de Dallas pour nous le donner.

— Mais si. Je voulais vous féliciter en personne de toute façon.

— Eh bien, Zeke sera ravi de vous voir, dit Reagan en déverrouillant la porte. Entrez.

Elle laissa passer Piper.

— Zeke, je suis rentrée, annonça-t-elle en fermant la porte derrière elle. Regarde qui j'ai trouvé dehors.

Elle s'arrêta net. Ezekiel n'était pas seul.

— Oh ! pardon, je ne savais pas qu'il y avait quelqu'un avec toi.

— Bonjour, chérie, la salua Ezekiel en venant vers elle.

Il posa un rapide baiser sur ses lèvres, prit le paquet des mains de sa tante et la serra de son bras resté libre. Les lèvres de Reagan se mirent à la picoter, elle se força à ne pas les toucher. *Il faut donner le change*, se dit-elle.

— Tante Piper, je ne savais pas que tu venais.

— Je suis si malpolie que je viens sans être invitée, plaisanta-t-elle en passant un bras autour de la taille de son neveu.

Ezekiel rit.

— Tu es toujours la bienvenue. Tu connais Brian Cooper ?

Il se tourna vers le grand homme brun debout à côté du canapé.

— Reagan, tante Piper, voici Brian Cooper, il est avocat à Dallas. Son oncle, c'est Keith Cooper.

Reagan cacha sa surprise. Que faisait le neveu de Keith chez eux ? Surtout quand on savait les sentiments d'Ezekiel à l'égard de l'homme qui avait emménagé avec sa tante Ava.

— Brian, poursuivit Ezekiel, je vous présente ma femme, Reagan, et ma tante, Piper Holloway.

— Enchanté.

Brian traversa la pièce pour leur serrer la main.

Son regard s'attarda sur Piper.

Intriguée, Reagan les étudia avec attention. Piper, grande, mince, avec sa coupe courte et ses yeux vert foncé, était une belle femme mûre et sophistiquée. Apparemment, Brian, qui n'arrivait pas à en détacher son regard, était du même avis. Ils faisaient un couple magnifique. Et, vu comment Piper essayait en vain de ne pas scruter le jeune homme, elle avait forcément remarqué à quel point l'avocat était beau et athlétique.

Comme s'il lisait dans ses pensées, Brian lui jeta un

regard et Reagan haussa un sourcil, un sourire au coin des lèvres.

— Donc vous êtes également de Dallas ? demanda-t-elle. Piper y possède la plus prestigieuse galerie d'art de la ville.

— La Galerie Holloway, dans le centre ? demanda Brian.

— Absolument, reconnut Piper. Vous êtes déjà venu ?

— Oui, une ou deux fois.

Il glissa les mains dans les poches de son pantalon.

— La galerie n'est pas très loin de mon cabinet. On pourrait peut-être boire un café un de ces quatre.

— On verra, murmura-t-elle avant de diriger son attention vers son neveu. Comme je n'ai pas été invitée au mariage – ne crois pas que je vais l'oublier –, j'ai apporté une toile pour ta nouvelle maison.

La demi-heure suivante passa comme un éclair. Quand Piper et Brian partirent, Reagan ferma la porte derrière eux et se tourna vers Ezekiel.

— Je crois que ton ami a craqué pour ta tante.

— J'espère pour lui que non, parce qu'elle lui a mis un râteau.

— C'est clair. Pourquoi, à ton avis ? Piper n'arrêtait pas de le regarder en coin.

Reagan fronça les sourcils.

— Tu crois que la différence d'âge la gêne ? Ce serait idiot. Il est plus jeune, mais c'est une femme magnifique, vivante et qui a réussi. N'importe quel homme aurait de la chance qu'elle le regarde comme ça.

— Ma chérie, tu es vraiment en train de me demander de réfléchir à la vie sentimentale de ma tante ? Parce que, en ce qui me concerne, elle est vierge, s'amusa Ezekiel.

Reagan le rejoignit en riant. Après une brève hésitation, elle se serra contre lui et passa les mains autour de son cou.

Elle se hissa sur la pointe des pieds, l'embrassa et sentit le désir qu'elle avait de lui en permanence s'enflammer en un brasier ardent.

Ils n'avaient édicté aucune règle pour ce nouveau tournant de leur relation, ça lui allait très bien. Pas de règle signifiant qu'elle pouvait faire ce qu'elle voulait, comme le toucher, par exemple. Une part d'elle avait pourtant besoin de savoir ce qu'ils faisaient. Parce que, chaque fois qu'elle l'embrassait, le touchait, se réveillait à ses côtés, elle en voulait encore. Son cerveau avait beau la mettre en garde qu'elle ne récolterait qu'un cœur brisé, ce dernier semblait ne pas en faire le moindre cas.

Car son cœur l'avait choisi. Peut-être était-ce quand elle l'avait vu rendre visite à la tombe de sa fiancée. Peut-être quand il avait posé la tête sur ses genoux et lui avait permis de l'aider à soulager une partie de son fardeau. Peut-être quand il ne l'avait pas jugée, après qu'elle lui avait révélé son passé.

Était-ce vraiment important de savoir quand ? Son imbécile de cœur s'était livré à lui, et lui était intouchable. À seize ans, son coup de foudre pouvait être imputé à son immaturité. Mais ce plongeon, terrifiant, vertigineux ? Elle s'élançait en sachant pertinemment qu'Ezekiel ne voulait pas de son avenir ni de son affection en dehors du lit, et sûrement pas de son amour.

Et pourtant…

— Comment s'est passée ta journée ? demanda Ezekiel en lui plantant un dernier baiser sur la bouche.

— Bien.

Elle se força à sourire, les lèvres tremblantes.

— Je suis passé au foyer des filles, ensuite au club pour une réunion avec Beth, Harley et Gracie au sujet du bal masqué. Je nous ai acheté des billets, d'ailleurs, avant qu'il n'y en ait plus… Quoi ? Qu'est-ce qu'il y a ?

— Rien. Continue.

Ezekiel haussa les épaules et se dirigea vers le salon.

Elle n'avait pas rêvé cet éclair de malaise dans ses yeux ni la crispation de sa bouche. Il s'était passé quelque chose. Elle se répéta mentalement ce qu'elle venait de dire en regardant ses larges épaules.

— Zeke, si c'est à cause des billets… Si tu préfères ne pas aller au bal, je comprends très bien. C'est juste que le reste de ta famille y va, je me suis dit que tu voudrais y aller aussi. Mais je peux…

— Ray, dit-il d'une voix douce mais ferme. On va y aller. Tout va bien.

Non. Tout n'allait pas bien, mais il ne voulait rien lui dire. Depuis son retour de Vegas, Ezekiel était de plus en plus distant. Pas physiquement – il restait passionné et insatiable. Plus qu'avant, même. Comme si un élément de désespoir s'était immiscé dans leurs relations sexuelles. Mais un mur s'était dressé autour de ses émotions. Comme maintenant. Il ne se tenait qu'à quelques centimètres d'elle, mais il aurait tout aussi bien pu être de l'autre côté de la ville. Ou au bureau, où il travaillait jusque tard dans la nuit à tenter de sauver l'entreprise familiale.

Et d'ailleurs…

— Que fais-tu à la maison si tôt ? demanda-t-elle. Il n'est que 18 heures. Il s'est passé quelque chose ?

Il secoua la tête, un petit sourire relevant le coin de ses lèvres sensuelles.

— Non, bébé. Tout va bien. J'ai juste demandé à Brian de me retrouver ici plutôt qu'au bureau. Je voulais lui parler des problèmes juridiques de ton héritage. Et je ne voulais pas faire ça au bureau.

— Tu es sûr de pouvoir lui faire confiance ? Je sais ce que tu penses de son oncle.

Ezekiel frotta son menton rugueux.

— Il me plaît vraiment, malgré ses liens familiaux. Je l'ai déjà rencontré, il m'a semblé être un type bien. Et c'est un super avocat. Il a promis de regarder le testament de ta grand-mère et de voir s'il y a moyen de contourner le blocus de ton père sur ton héritage.

— C'est super. Tu crois que tu pourrais lui demander de regarder autre chose ?

Elle raconta l'histoire de Gracie et de son cousin.

— Savoir quels droits a réellement son cousin pourrait lui donner quelques munitions.

— Mince, c'est vraiment la plaie pour Gracie. Cet argent devrait l'aider, pas être un problème.

Ezekiel prit son téléphone.

— J'ai mieux. Je vais demander à Miles s'il peut trouver quelque chose sur son cousin. Si lui n'y arrive pas, alors c'est qu'il n'y a rien à trouver.

Miles Wingate, le cousin d'Ezekiel, possédait Steel Security, une entreprise de protection physique et virtuelle de clients puissants. Il serait capable de trouver n'importe quelle information sur Alberto Diaz.

— Merci, Zeke. Gracie te sera reconnaissante.

— Elle fait partie de la famille, répondit-il simplement.

Pour lui, c'était suffisant.

— Oh ! j'ai peut-être de bonnes nouvelles, annonça Reagan en contournant Ezekiel et en saisissant les tasses à café sur la table basse. J'ai expliqué à la responsable du foyer que je ferais moins de bénévolat car j'allais chercher un travail, et elle m'a dit qu'un poste administratif allait se libérer et qu'elle me recommanderait. Elle pense qu'avec mon expérience je correspondrai à ce qu'ils cherchent. Ça me permettrait de travailler dans un endroit que j'aime.

— C'est merveilleux, bébé, murmura-t-il. J'espère que ça va marcher.

De nouveau cette note dans la voix. Cet éclair d'émotion sur son visage et dans ses yeux.

— Zeke, dit-elle, avec l'impression que les tasses dans ses mains pesaient des tonnes.

— Reagan.

Il s'approcha d'elle, lui prit le visage dans les mains. Il déposa un tendre baiser sur son front, puis lui leva le menton pour la regarder dans les yeux.

— Sérieusement, avec ta passion pour leur projet, ils seraient dingues de ne pas se jeter sur toi.

Il lui prit les tasses des mains.

— Et si on sortait dîner ce soir ?

Il lui embrassa la tempe et partit dans la cuisine, la laissant debout, immobile.

Il ne pouvait la tromper. Il y avait un problème.

Pourquoi ne pas lui en parler ? Quel était ce secret qu'il ne lui disait pas ?

Et pourquoi ce nœud soudain au creux du ventre ?

- 15 -

Ezekiel sirota une gorgée de son verre de whisky, les yeux fixés sur la fenêtre de son nouveau salon. Il était si tard qu'on ne voyait pas grand-chose, mais il savait ce qu'il y avait de l'autre côté. Le minuscule jardin clos et son patio miniature étaient à des années-lumière des collines verdoyantes qui se déroulaient à l'infini dans le ranch où il avait vécu pendant tant d'années.

« Je vais faire moins de bénévolat car je vais chercher du travail. »

« Je nous ai acheté des billets, d'ailleurs. »

Il leva le bras, posa la main sur le mur et baissa la tête. Mais les mots ne firent que s'amplifier dans sa tête. *Bordel.* Il se redressa et finit son verre d'une traite. L'alcool traça un sentier de feu dans sa gorge avant d'enflammer sa poitrine. Tout était meilleur que la terreur et cet abominable sentiment d'inéluctabilité qui y résidait ces derniers temps.

Il n'était certes pas de ces hommes qui préféraient que leurs femmes ne travaillent pas. Elles aussi avaient besoin de s'épanouir et de se sentir utiles. Mais ce n'était pas pour ça que Reagan cherchait du travail. C'était à cause de lui. Du scandale et des répercussions qui menaçaient l'entreprise et la réputation de sa famille et ses propres investissements. Ils vivaient sur ses économies en ce moment, et ils étaient loin d'être dans le besoin, mais pour Reagan…

Il poussa un soupir de frustration.

Le père de sa femme avait eu raison. Ezekiel était peut-être capable de s'en occuper mais pas de la protéger des ragots, des condamnations, du mépris. Il l'avait épousée pour qu'elle puisse être libre, et l'avait condamnée à être prisonnière d'un homme et d'une famille marqués par le scandale. Il l'avait laissée tomber à tous les niveaux. Il avait été obligé d'appeler un autre homme et de lui demander de l'aider à résoudre le problème de sa femme. Parce que lui en était incapable.

Aujourd'hui, ils avaient dû licencier de nouveaux employés de Wingate. Des gens dont la survie dépendait de lui et de sa famille. Et tout ce qu'il pouvait faire, c'était s'asseoir au bureau à essayer vainement de trouver un moyen d'être utile. De faire quelque chose. *Merde.*

S'il n'arrivait pas à sauver l'entreprise familiale, comment pourrait-il aider Reagan à sauver son héritage, à réaliser son rêve de fonder un foyer pour filles mères ici, à Royal ? À avoir la vie qu'elle voulait ?

La réponse était simple.

Il ne le pouvait pas.

Il avait laissé tomber Melissa des années auparavant. Puis les Wingate.

Et maintenant Reagan.

Et son cœur si beau et blessé, son esprit indomptable et sa force méritaient mieux que ça. Tellement mieux. Un homme qui la protégerait des horreurs de la vie et tiendrait ses promesses.

Un homme assez courageux pour l'aimer sans peur.

Cet homme, ce n'était pas lui.

— Zeke ?

Il se retourna. Reagan se tenait dans l'entrée, une nuisette noire moulant ses courbes sensuelles. Il ne fut pas surpris par l'uppercut de désir qui lui frappa l'estomac. Il avait accepté qu'il ne pourrait jamais la regarder sans avoir envie d'elle.

Il se tourna de nouveau vers la fenêtre.

— Que fais-tu debout, Reagan ?

Il avait attendu qu'elle s'endorme, leurs peaux encore humides de sexe, avant de sortir du lit.

— Je pourrais te poser la même question. Qu'est-ce qui se passe, Zeke ?

Quelques instants plus tard, elle saisit la main qui tenait le verre vide. Elle lui prit avec douceur et le posa sur la table.

— Ne me dis pas encore une fois que tout va bien. Je vois bien que tu es stressé. Fatigué. C'est à cause de Wingate ?

Il ne répondit pas immédiatement, cherchant le moyen d'organiser ses pensées et ses mots. Mais quand il ouvrit les lèvres, rien de simple n'en sortit.

— Quand j'ai parlé de nos fiançailles à Luke, il m'a accusé d'essayer de te sauver. Parce que j'avais échoué avec Melissa.

— Échoué avec Melissa ? Zeke, elle est morte dans un accident de voiture.

— Oui.

Il hocha la tête. Des images de cette nuit lointaine traversèrent son esprit.

— Ce que tu ignores, reprit-il, c'est que j'étais censé être dans la voiture ce soir-là. C'était moi qui devais conduire. Et si je l'avais fait, alors peut-être…

Il ne termina pas, ce ne fut pas nécessaire. Il s'était

si souvent répété ces mots au fil des ans qu'ils étaient gravés dans son âme.

— Alors peut-être seriez-vous morts tous les deux, dit Reagan en lui saisissant le bras et en le tirant jusqu'à ce qu'il détourne le regard de la fenêtre pour la regarder.

Il n'avait pas voulu ça. Il aurait voulu éviter de voir son beau visage, parce que ces yeux sombres, ces pommettes élégantes et cette bouche pulpeuse finissaient de défaire sa volonté déjà bien entamée.

— Il n'y a aucune garantie que tu aurais pu la sauver. La seule personne responsable de sa mort, c'est le chauffard ivre qui lui a foncé dessus. Ce n'est pas à toi de porter ce fardeau, Zeke.

Il l'entendait – ces mots, Luke, Harley et Piper les lui répétaient depuis des années. Ils s'enfonçaient profondément en lui, jusqu'au fond des os.

— Tu sais, quand j'ai dit à Luke que je t'avais demandée en mariage, il m'a accusé d'avoir un complexe du sauveur – d'essayer de te sauver parce que j'avais échoué à le faire pour Melissa. Je lui ai dit que ce n'était pas vrai. Je le croyais, à l'époque. Melissa n'avait rien à voir avec toi, et je n'étais pas en train d'essayer de te sauver. Mais maintenant…

Il retira gentiment la main de Reagan de son bras.

— Maintenant je crois qu'il n'avait pas tort et que je me trompais moi-même en pensant que je pouvais t'aider. M'occuper de toi. Te protéger. Je ne le peux pas, Reagan. Ton père avait raison, et nous le savons tous les deux.

Le choc mit un voile devant ses yeux. Elle poussa une exclamation qui résonna dans la pièce, et il dut se forcer pour ne pas la saisir dans ses bras. Quand il avait suggéré cet arrangement plusieurs mois auparavant, son objectif était d'éviter cette souffrance dans son regard.

Et maintenant, en être lui-même la cause… Il ferma les yeux et les rouvrit au bout de quelques secondes. Ce serait lâche de se défiler.

— Quand je t'ai demandé de m'épouser – quand tu as dit oui –, ce n'était pas la vie que tu envisageais, et ce n'était pas celle que je t'avais promise. Ton père a dit que je ne pourrais pas prendre soin de toi, que je ne t'apporterais que des épreuves et le scandale ; il avait raison. Je t'ai volé la vie que tu mérites. À cause de moi, tu es fâchée avec ta famille et tu n'as pas récupéré ton héritage.

— Tu ne sais pas ce que tu dis, Zeke.

— Mais si. Je t'ai laissée tomber, Reagan, et la seule chose que je puisse t'offrir pour réparer ça, c'est un divorce. Tu pourras te raccommoder avec tes parents et obtenir l'argent que ta grand-mère te destinait. Tu pourras réaliser ton rêve et ouvrir le foyer pour jeunes filles que tu es faite pour diriger. Je refuse de te prendre tout ça.

— Est-ce que je suis si facile à écarter de ta vie, Zeke ? chuchota-t-elle, les doigts posés sur sa cicatrice.

— Ray, non, murmura-t-il. Rien n'est facile.

À l'intérieur, il était en miettes.

— Ce n'est pas vrai !

Il tendit le bras, pour enlever sa main de cette marque qui symbolisait son drame, mais elle fit un pas en arrière pour ne pas qu'il la touche.

— Mon ex. Mes parents. Toi. Qu'est-ce qui ne va pas chez moi pour que ce soit si simple de m'abandonner ?

Elle s'éloigna de lui et passa la main dans ses cheveux. Elle éclata d'un rire vide.

— Non, je retire ce que j'ai dit. Ce n'est pas moi. Cela n'a jamais été moi, dit-elle tout bas, presque pour elle-même.

Elle fit volte-face, et il fut soufflé par sa beauté et la fureur dans son regard.

— Ça fait trop longtemps que je me reproche ce que font les autres quand ils m'abandonnent. C'est fini. Et je ne te permets pas de l'utiliser comme excuse pour partir en courant et ne pas être à la hauteur de tes propres engagements.

— Mais que crois-tu que je sois en train de faire ?

Il fit un pas vers elle et s'arrêta net.

— Tu crois que c'est facile pour moi d'admettre que je t'ai laissée tomber ? Que je ne pouvais pas te donner tout ce que j'avais promis ? Que je n'étais pas…

Il ne finit pas sa phrase. Elle le fit à sa place.

— … à la hauteur ? Que tu n'avais pas été à la hauteur pour sauver Melissa ? Pour sauver Wingate ? Pour me sauver, moi ?

L'espace d'un instant, son expression s'adoucit avant de se changer en un masque glacé, qu'il ne lui avait jamais vu avant ce soir.

— J'ai un scoop, Zeke. Je ne t'ai rien demandé. Ce n'est pas moi que tu cherches tant à protéger, c'est toi. Je menace cette souffrance et cette culpabilité auxquelles tu t'es tellement habitué qu'elles font partie de toi. Parce que, admettre que je suis plus qu'une mission humanitaire, ça voudrait dire gérer la réalité, qui est que tu t'empêches tout seul de trouver l'acceptation et l'amour. Il faut que tu regardes la vérité en face : tu es seul par choix, pas à cause d'un destin cruel.

Il sentit la colère le prendre, brûlante et sauvage. Et la peur. Mais il attisa les flammes de sa fureur et étouffa les autres. Non, il n'avait pas peur. Elle ne le connaissait pas. Ne savait pas tout ce qu'il avait souffert et perdu. Comment aurait-il pu ne pas élever une armure autour de son cœur ? Pour se protéger de ce genre de ravages ? Même maintenant, savoir qu'il la laissait partir, qu'il la mettait dehors, transformait le sang dans ses veines en des flots de douleur. Mais ce serait tellement pire s'il lui arrivait quelque chose…

Non. Tant pis s'il était lâche. Égoïste. Il ne pourrait pas revivre ça.

— Zeke.

Il releva ses yeux braqués au sol et la regarda.

La furie sur ses traits avait cédé la place à une tristesse qui lui fit tout aussi mal. Elle soupira, secoua la tête.

— Tu es à la hauteur. Tu es plus qu'à la hauteur. Mais je ne peux te forcer à l'accepter ou à le croire, alors je pars. Pas parce que être lié à toi est un problème. Je pars parce que, la première fois que tu m'as « libérée » pour mon bien, je t'ai laissé faire. Et je suis revenue et t'ai supplié de m'épouser. Je ne le referai pas, et je ne resterai pas avec un homme qui ne me veut pas au point de décider de se battre pour moi. Pour nous. Et il est hors de question que je le supplie de me laisser rester.

Elle passa devant lui, et il leva le bras, dans une vaine tentative de la toucher, d'essayer de lui faire comprendre pourquoi il n'était pas une bonne idée. Pourquoi il la plaçait avant ses désirs et ses besoins. Elle se trompait, il la voulait. Trop.

Mais elle ne vit pas sa main, ou ne voulut pas qu'il la touche, car elle passa comme une flèche devant lui jusqu'au vestibule qui menait à leur chambre. Il ouvrit la bouche pour la rappeler, mais elle s'arrêta sur le seuil sans se retourner, les épaules en arrière.

— Je n'ai pas besoin que tu sois mon super héros. Je suis tout à fait capable de me sauver toute seule. J'avais besoin que tu sois mon ami, mon amant, mon mari.

J'avais besoin que tu m'aimes davantage que tu ne chéris ta peur de rouvrir une nouvelle fois ton cœur. Tout comme mon amour est plus fort que ma peur d'être de nouveau abandonnée. Sache que tu valais la peine que je prenne ce risque. Mais cette fois je pars. Parce que, moi aussi, j'en valais la peine.

Et elle partit. Comme elle l'avait promis.

- 16 -

Reagan gravit les marches de la maison de ses parents et, en tournant la poignée, ouvrit la porte d'entrée. Comme sa mère l'attendait pour le déjeuner, il n'était pas nécessaire de frapper.

Dans le vestibule silencieux, elle regarda autour d'elle comme si elle n'était pas venue depuis des années et non pas des semaines. Depuis cette confrontation avec son père, elle n'avait pas mis les pieds dans la maison qu'elle habitait depuis sa naissance. La seule raison qui l'avait fait venir aujourd'hui était un appel téléphonique de sa mère. Il fallait qu'ils parlent, elle l'avait suppliée. Et le « tu me manques » à la fin avait fini de convaincre Reagan. En règle générale, il était difficile de dire non à Henrietta Sinclair. Alors quand elle battait le rappel des sentiments dans la guerre émotionnelle ? Impossible.

L'odeur familière du citron et des roses l'enveloppait, aussi réconfortante qu'un câlin. Et dire qu'il n'y avait pas encore si longtemps elle détestait le parfum des roses. Mais maintenant ? Il lui manquait autant que sa famille.

D'autant plus qu'il n'y avait plus personne d'autre dans sa vie.

Enfin, ce n'était pas tout à fait vrai. Elle avait Harley, qui l'avait amicalement invitée à dormir chez elle, avec Grant, jusqu'à ce que son nouvel appartement soit disponible la semaine suivante. Elle avait aussi Beth et Gracie, qui avaient été tellement tristes d'apprendre la nouvelle de sa rupture avec Zeke. Mais qui lui avaient aussi rapidement assuré qu'elle serait toujours de la famille à leurs yeux.

Et, bien sûr, c'était là l'essentiel, elle avait elle-même.

Cette nuit avec Ezekiel avait été une sorte de révélation. Elle avait enfin compris que, même si son passé avait pu façonner la femme qu'elle était devenue, elle n'était pas la somme de ses erreurs. Tout comme elle l'avait dit à Zeke, elle n'avait pas besoin d'être sauvée ; elle n'était pas une demoiselle en détresse. Et son rêve de foyer pour filles mères à Royal n'allait pas s'effondrer simplement parce que son père avait pris son héritage en otage. Son rêve n'était pas né à cause de son père ni d'Ezekiel, donc personne ne pouvait – ni n'allait – en causer la mort.

Elle l'aimait… Dieu, comme elle l'aimait. Un amour enraciné dans l'amitié, l'admiration, le respect et un désir que même sa douleur si profonde n'avait pas réussi à faire disparaître. Mais elle appréciait davantage qui elle était et ce qu'elle avait apporté à leur mariage. Qu'il ne puisse pas voir comment elle était assez forte pour s'occuper de lui, comme elle s'était occupée d'elle…

Elle secoua la tête. Après tout, peut-être que leur rupture était pour le mieux. Ce manque de respect pour elle aurait sûrement empoisonné leur relation bien avant qu'il ne décide que la date d'expiration de leur arrangement était dépassée.

Prenant une grande inspiration, elle repoussa ces pensées et la douleur qu'elles envoyaient se réverbérer dans tout son corps.

— Maman ? appela-t-elle en s'avançant dans la maison, vers le petit salon que sa mère occupait toujours à cette heure de la journée, affairée à ses nombreux projets caritatifs et autres responsabilités de comité.

— Ici, Reagan.

Ce n'était pas sa mère. Le choc la traversa comme une balle de ping-pong lancée à pleine vitesse, et elle se figea instantanément. Il lui fallut plusieurs secondes avant de pouvoir de nouveau bouger les pieds et de réorienter sa route vers le grand salon. Elle avait entendu la voix de son père, mais le voir debout au milieu de la pièce l'avait stupéfaite comme si elle avait été prise dans un déluge de glace.

— Papa, dit-elle, étonnée que sa voix soit restée calme alors qu'à l'intérieur elle était exactement le contraire. Que fais-tu ici ? J'étais censée déjeuner avec maman.

Il s'éclaircit la gorge et ferma les mains derrière le dos. Oh ! comme il lui avait manqué. L'homme était réservé, dominateur et souvent sévère au point d'être implacable. Mais il était aussi protecteur, aimant à sa manière et prêt à donner sa vie pour sa famille. Voilà ce qui caractérisait Douglas Sinclair. La distance qui s'était étirée entre eux avait laissé une place vide et froide dans son cœur.

— Pardon pour la duperie, mais je lui ai demandé d'arranger cette…

Il agita nerveusement la main et poursuivit :

— … réunion. Sinon, je ne pense pas que tu serais venue.

Les mots étaient sur le bout de sa langue. Oui, elle serait venue, mais au dernier moment, juste avant qu'ils ne sortent de sa bouche, elle les ravala. Si elle l'admettait, allait-elle avoir une nouvelle fois droit à l'un de ses sermons ?

— Bon, dit-elle simplement, je suis là. Qu'est-ce qui se passe, papa ?

Au lieu de répondre, il fouilla dans sa veste de costume et retira une enveloppe. Il franchit la courte distance qui les séparait et la lui tendit. Elle détourna le regard et baissa les yeux sur le courrier.

— S'il te plaît, insista-t-il. Ouvre.

Avec un froncement de sourcils, elle acquiesça.

Quelques minutes plus tard, le papier tremblait dans sa main. Avait-elle bien compris ce qu'elle avait lu ? Pour en avoir le cœur net, elle recommença. Mais non, les termes ne pouvaient pas être plus clairs. L'héritage de sa grand-mère venait de lui être versé.

Son père le lui avait versé.

— Papa, souffla-t-elle, stupéfaite par l'énormité du geste.

Mais c'est alors qu'une vilaine idée se glissa dans son esprit. Elle baissa le papier sur le côté.

— Est-ce parce que j'ai quitté Zeke ? demanda-t-elle. Parce que je ne veux pas être récompensée pour ça. Cela n'avait rien à voir avec…

— Non, Reagan, l'interrompit Douglas. Cela n'a rien à voir. J'avais décidé de débloquer ton héritage voici déjà plusieurs semaines. Il m'a juste fallu le temps que je dépasse mon orgueil pour t'en parler.

Il soupira. Une nouvelle fois, l'étonnement la paralysa. Des émotions qu'elle ne l'avait encore jamais vu manifester – la tristesse, la douleur, le regret – humidifiaient ses yeux et étiraient sa bouche en un sourire inversé. Son cœur battait à tout rompre contre son sternum.

— L'amour d'un parent pour son enfant…

Il secoua la tête.

— C'est tellement difficile à expliquer, mais je veux essayer.

Il fit quelques pas vers la grande cheminée, et fixa silencieusement le tas de cendres froides avant de se retourner vers elle. Et, même si son expression, si sérieuse et familière, était toujours là, les émotions qu'elle avait détectées quelques secondes plus tôt n'avaient pas disparu.

— Être noir au Texas a été… difficile pour ta mère et moi. Surtout à l'époque où nous étions de jeunes adultes. Et pénétrer le monde des affaires a comporté son lot d'obstacles et d'injustices. Mais pour toi, ton frère, ta sœur et ta mère, je suis prêt à repasser par là s'il le faut et je me battrai. Vous valez toutes les insultes, toutes les brimades, toutes les embûches racistes que j'ai eu à ignorer ou à franchir. Mais je me suis aussi juré que jamais mes enfants n'auraient à subir ce genre de douleur, de difficultés et de discrimination. Je voulais mieux pour toi… parce que je t'aime tellement !

Il reprit son souffle pendant quelques instants et poursuivit :

— Tu peux y voir une obsession, mais c'est ce qui m'anime. Surtout après ta grossesse quand tu avais seize ans. Je me sentais tellement… impuissant ! Ma petite fille souffrait, on avait abusé de sa naïveté et j'avais l'impression que je n'avais pas réussi à te protéger. Et je sais que je n'ai pas bien géré la situation. Je ne regrette pas d'avoir payé ce garçon parce qu'il n'était pas bon pour toi. Par contre, je m'en veux terriblement qu'à cause de ma douleur et de mon impuissance je t'ai fait croire que je ne t'aimais plus. Que tu valais moins à mes yeux. C'est tout le contraire. Je voulais te mettre à l'abri, te protéger, plus que jamais.

Il s'arrêta un moment et se déplaça pour faire face à la grande baie vitrée. La vue sur Pine Valley était magnifique, mais sans doute ne la regardait-il pas vraiment. Pour sa part, elle ne pouvait pas se concentrer sur autre chose que son père et les mots qui lui faisaient autant de mal que de bien.

— Mais vu que je n'ai pas su te protéger…

— Papa, arrête, ce n'est pas vrai, objecta farouchement Reagan.

Il secoua la tête et leva une main.

— Non, à mes yeux, je n'ai pas fait mon travail de père. Tout ce que je voulais pour toi, c'était une vie où tu n'aurais jamais à te soucier de ce genre de choses. Si quelque chose devait m'arriver demain, je n'aurais pas à m'inquiéter car je saurais que tu es hors de danger.

Il sembla sourire.

— Ce qui, pour moi, signifiait un mari capable de subvenir à tes besoins, prendre soin de toi, te protéger avec son nom, sa richesse et ses relations, de sorte que tu ne sois plus jamais pauvre, méprisée ou abandonnée. Que ton si précieux cœur ne soit plus jamais maltraité ou manipulé.

Il baissa de nouveau la tête, et soupira.

— Mais en manquant te perdre à cause de ma propre obsession, de mon aveuglement, j'ai compris que j'étais allé trop loin. J'étais tellement préoccupé par le fait que tu sois blessée par la société, par le monde, que j'ai fini par être celui qui t'a blessée. Dans ma volonté de te protéger de l'amour, j'ai oublié la compassion. La compréhension. Le pardon. La pitié. Tous ces éléments qui forment l'amour que j'ai tant vanté. J'ai aussi oublié que les épreuves peuvent façonner une personne, la rendre plus forte. Cela nous aide à devenir meilleurs. Et même si je déteste ce que tu as vécu, cela a fait de toi une personne meilleure, plus forte, et…

Il revint vers elle. Des larmes brillaient dans ses yeux.

— Je t'aime. Et je suis fier de toi.

Il leva les bras, les ouvrit lentement et, sans hésiter, elle s'y précipita.

Et à ce moment, alors que ses bras s'enroulaient autour de sa taille, sa joue pressée contre sa poitrine, la fille de seize ans qu'elle avait été et la femme qu'elle était aujourd'hui convergèrent en une seule.

— Moi aussi je t'aime, papa.

- 17 -

— Mais qu'est-ce que c'est ?

Ezekiel regarda, éberlué, le mail de son comptable personnel. Plus précisément, les chiffres qu'il contenait. Il y avait une tonne de zéros dans le nombre mentionné.

— Non, ce n'est pas possible…

Tout en murmurant, il relut le message. Tout était là, noir sur blanc.

Il était millionnaire.

Pour la première fois depuis que Reagan s'était éloignée de lui et avait quitté la maison, il ressentait autre chose qu'un chagrin imprégné de douleur. Comme après la mort d'un être cher. À la seule différence qu'il n'y avait pas de pierre tombale à venir fleurir.

Tu as fait ce qu'il fallait faire. La seule chose qui était possible.

Cette phrase était devenue son mantra depuis une semaine. Il se la répétait à chaque fois qu'il vacillait, qu'il était sur le point de craquer et de reprendre contact avec elle. Il se souvenait qu'il avait fait ce qui était le mieux pour elle.

Et le mieux pour toi.

— Qu'est-ce qui n'est pas possible ? demanda une voix aussi familière qu'inattendue.

Ezekiel releva la tête et vit Luke fermer la porte de son bureau derrière lui puis traverser la pièce pour le rejoindre. Même si la journée de travail n'avait que quelques heures,

Luke avait déjà remonté les manches de sa chemise jusqu'aux coudes, défait le bouton du haut et desserré son nœud de cravate.

L'inquiétude éclipsa momentanément le choc d'Ezekiel. Personne dans cette entreprise ne travaillait plus dur que Luke pour la sauver. Les cernes sombres sous les yeux de son frère marquaient un manque de sommeil, une fatigue que révélaient également les pommettes creuses et les rides encadrant sa bouche.

— C'est quand déjà que tu es rentré chez toi et que tu as passé une bonne nuit de sommeil ? demanda Ezekiel.

Luke balaya sa question d'un geste de la main.

— Ne change pas de sujet. Qu'est-ce qui est impossible ? insista-t-il. Tu as reçu de bonnes nouvelles ?

— Oui, dit Ezekiel.

Secouant la tête, il reporta son attention sur l'écran d'ordinateur et le message ouvert.

— Je viens de recevoir un message de mon comptable.

Il expira. L'incrédulité l'assaillit une fois de plus.

— J'ai quelques investissements personnels en dehors de Wingate et, apparemment, l'une des sociétés dans lesquelles j'ai investi vient de se vendre pour des milliards. Des milliards, Luke. Et je suis millionnaire à cause de ça.

La joie illumina les yeux marron clair de son frère et y éclipsa l'épuisement.

— Bordel, Zeke !

Luke sourit et passa derrière le bureau pour tirer Ezekiel de sa chaise et le serrer dans ses bras.

— C'est merveilleux ! Je suis si heureux que nous ayons enfin de bonnes nouvelles dans ce bouge !

— Je suis toujours sous le choc. Je ne sais même pas quoi faire maintenant, murmura Ezekiel.

— Moi si, tu vas te bouger pour récupérer Reagan.

Le menton d'Ezekiel se souleva et recula sous le coup de poing verbal de Luke.

— Mais quoi ?

Entendre son nom… C'était comme du sel jeté sur ses plaies à vif.

— De quoi tu parles ?

— Je parle d'aller trouver ta femme, de te mettre à genoux si besoin et de la supplier de revenir avec toi, déclara catégoriquement Luke. Je t'aime, Zeke, mais tu as merdé dans les grandes largeurs.

Un grognement vibra dans sa poitrine, roula jusqu'à sa gorge, mais au dernier moment il ne laissa pas sa réplique colérique sortir de sa bouche. Luke l'aimait et voulait bien faire. Mais quand bien même… Ezekiel ne voulait pas entendre cela.

— Luke, merci, mais…

— Non, coupa Luke en secouant énergiquement la tête. Il n'y a pas de *mais*. Tu es mon frère et la personne la plus importante au monde pour moi. Raison pour laquelle je peux te dire la vérité même si tu ne veux pas l'entendre.

Ezekiel se détourna, et seul son amour pour son frère l'empêcha de s'éloigner. Dans tous les cas, il était certain que Luke n'allait pas se laisser ignorer.

Luke soupira et passa une main sur sa nuque.

— Je sais que je t'avais déconseillé d'épouser Reagan quand tu m'avais parlé de votre projet pour la première fois. J'étais inquiet pour vous deux. Mais quand je vous ai vus tous les deux à la fête de fiançailles, j'ai changé d'avis. Vous êtes faits l'un pour l'autre. Et je peux d'autant plus le dire que je me souviens comme tu étais avec Melissa. Je l'aimais. C'était une fille super, gentille et qui t'aimait. Mais Melissa est morte, et tu as la chance de pouvoir construire un avenir avec une femme qui non seulement t'a défendu comme une lionne mais qui sait te tenir tête. Qui te rend meilleur. Qui t'aime. Et toi, que tu veuilles ou non l'admettre, tu l'aimes aussi.

— Tu me parles d'amour ?

Ezekiel éclata de rire, un rire amer qui lui irrita le fond de la gorge.

— Tu oses me parler d'amour quand il a détruit tant de gens autour de nous ? Quand on aime quelqu'un, on ne part pas, gronda-t-il.

Il scella ses lèvres, regrettant ce qu'il venait de laisser échapper. Mais le mal était fait, impossible d'empêcher les images des personnes qu'il avait perdues se précipiter dans son esprit.

Oncle Trent. Ses parents. Melissa.

— En outre, expliqua-t-il, mes raisons de divorcer d'avec Reagan sont toujours bonnes. Je lui fais plus de mal que de bien en restant marié avec elle. De cette façon, elle ne sera pas ostracisée par la bonne société de Royal, ni séparée de sa famille. Et elle aura la chance d'obtenir son héritage.

— Tu te fous de moi.

Ezekiel lança un regard noir à son frère, qui le gratifia du même.

— Oui, tu te fous de moi, répéta Luke entre ses dents. La vérité, c'est que tu as la trouille. C'est ton quotidien depuis huit ans. Tu parles de Melissa et de maman et papa comme s'ils étaient des mises en garde. Mais le mariage de maman et de papa est un objectif, pas un avertissement ! Leur amour était la quintessence du courage, du sacrifice et de l'amour. Et tu souilles tout ça quand tu t'en sers pour justifier tes peurs, Zeke.

Luke plaça une main sur l'épaule d'Ezekiel et la serra.

— Tu es sur le point de jeter ton avenir à la poubelle à

cause d'un truc que tu ne peux pas contrôler. Tu as peur d'avoir peur ! Évidemment, Reagan pourrait mourir dans un accident tragique comme Melissa et maman et papa. Mais tu pourrais aussi avoir une femme et une famille, et t'épanouir comme jamais. Comme tu en as toujours rêvé sans te l'avouer ! Elle en vaut le risque. Tu en vaux le risque.

Ezekiel regarda son frère, mais ce furent les mots de Reagan qui résonnèrent dans ses oreilles.

« Ce n'est pas moi que tu cherches tant à protéger, c'est toi. Je menace cette souffrance et cette culpabilité auxquelles tu t'es tellement habitué qu'elles font partie de toi. Parce que, admettre que je suis plus qu'une mission humanitaire, ça voudrait dire gérer la réalité, qui est que tu t'empêches tout seul de trouver l'acceptation et l'amour. Il faut que tu regardes la vérité en face : tu es seul par choix, pas à cause d'un destin cruel. »

Ezekiel ferma les yeux, et Luke agrippa son autre épaule.

Bon sang.

Il l'aimait.

Il aimait Reagan Sinclair Holloway de tout son cœur. De tout son être.

Car, dans le cas contraire, il ne serait pas aussi terrifié d'être avec elle. Elle avait raison. Elle avait menacé sa volonté, ses convictions sur lui-même, sa détermination à interdire à quiconque de s'approcher trop près. D'aimer trop fort.

Et il avait échoué.

Mais pas en épousant Reagan.

En la laissant franchir les hauts murs qu'il avait construits autour de son cœur.

Elle avait même infiltré son âme si complètement qu'elle en était propriétaire. Il ne pouvait pas l'expulser. Et… il n'en avait pas la moindre envie.

Croyait-il soudain être digne d'elle ? Non, mais sa force, son esprit guerrier lui donnaient envie d'essayer.

Avait-il peur ? Non. Il s'était toujours dit qu'un homme devrait être assez courageux pour l'aimer sans peur et qu'il n'était pas cet homme. Mais il avait eu tort. Un homme devrait juste être assez courageux pour aimer. Tout court. La peur de la perdre n'allait jamais disparaître, mais il ne pouvait pas la laisser dicter sa vie.

Cet homme, ce pouvait être lui.

À partir de maintenant. Tout de suite.

— Tu vas la rattraper, n'est-ce pas ? demanda Luke, un large sourire s'étalant sur son visage.

— Oui, dit Ezekiel.

Et il fut subitement libéré d'un poids qu'il ne savait même pas oppresser sa poitrine.

— Et si elle veut de moi, je la ramène à la maison.

- 18 -

Reagan se tenait à l'arrière de la longue file d'attente du nouveau *food truck* branché de Street Eats. C'était de loin le plus populaire de la ville. Le panneau à côté du menu annonçait fièrement que sa propriétaire, Lauren Roberts, privilégiait les circuits courts et les produits biologiques.

Lauren s'occupait elle-même du service, et Reagan put admirer la beauté de la femme d'affaires. La loterie Cendrillon comprenait un après-midi de soins et de maquillage en plus du billet gratuit pour le bal de charité, mais elle n'en avait manifestement pas besoin. Sa peau lisse et éclatante, de jolis yeux bruns, des cheveux noirs tirés en queue-de-cheval et des courbes que Reagan enviait complétaient l'image d'une femme belle, confiante et accomplie.

Reagan attendit que la file soit réduite à quelques personnes avant de s'avancer vers elle. Lauren lui sourit.

— Bonjour, qu'est-ce qui vous ferait plaisir ?

Reagan lui rendit son sourire.

— En fait, je ne suis pas là pour manger mais pour vous parler. Vous auriez quelques minutes à m'accorder ? Je m'appelle Reagan Sinclair. Je fais partie du comité d'organisation du bal masqué du Club des éleveurs du Texas cette année. Et j'ai le plaisir de vous annoncer que vous êtes la gagnante du concours Cendrillon.

La surprise écarquilla les yeux de Lauren.

— Vous plaisantez ?

— Non, pas le moins du monde. Vous avez gagné un billet et une journée de soins et de maquillage gratuits, lui assura Reagan.

— Attendez une seconde. J'arrive tout de suite.

Tenant parole, Lauren sortit du camion quelques instants plus tard, tenant deux gobelets.

— Du thé glacé offert par la maison ! dit-elle en tendant un gobelet à Reagan.

Sirotant son propre thé, Lauren secoua la tête.

— Je n'arrive toujours pas à croire que j'ai gagné ! Puis-je vous dire le fond de ma pensée ?

— Bien sûr.

Reagan porta ses lèvres à la boisson. C'était si rafraîchissant avec ce qu'il fallait de sucre et de menthe.

— C'est délicieux !

— Merci, acquiesça Lauren en souriant.

Mais son sourire perdit de sa puissance quand elle conduisit Reagan à un banc. Une fois assise, elle croisa les jambes et se tourna pour faire face à Reagan.

— Je suis un peu gênée, parce que je ne me suis pas inscrite au concours. C'est une amie qui l'a fait pour moi.

Elle laissa échapper un petit rire.

— Mais je suis ravie d'avoir gagné, c'est clair. Seulement je ne m'y attendais pas. Je ne peux pas laisser passer cette opportunité de réseauter avec des clients et des investisseurs potentiels. Et puis…

Elle leva les mains, un large sourire étirant de nouveau sa bouche.

— … quelle femme n'aime pas se faire chouchouter en institut de beauté ?

— Et gratuitement, en plus, taquina Reagan ! Après,

je vais moi aussi vous dire le fond de ma pensée, vous n'en avez pas besoin. Vous êtes magnifique.

Lauren hocha la tête, ses yeux brillants de gratitude.

— C'est gentil, mais je sais que le travail m'épuise. Alors je ne vais pas cracher sur ce temps de détente !

— Alors je suis très heureuse de vous avoir apporté la bonne nouvelle. Et j'ai hâte de vous voir au bal !

— Merci, madame Sinclair, dit Lauren en se levant du banc.

— Reagan.

Elle se leva également en souriant.

— Vous pouvez m'appeler Reagan, et on peut même se tutoyer. Et merci encore pour le thé !

— Tout le plaisir est pour moi.

Lauren jeta un coup d'œil au *food truck* où la file de clients s'était encore allongée.

— Bon, il faut que j'y retourne. Merci encore, Reagan. Je te vois au bal !

Reagan resta encore un moment pour terminer sa boisson, puis se dirigea vers sa voiture garée de l'autre côté de la rue. Un agréable sentiment d'accomplissement la remplit. C'était toujours merveilleux quand de bonnes choses arrivaient à de bonnes personnes. Et, même si elle venait de rencontrer cette femme, Lauren lui semblait honnête, travailleuse et gentille. Reagan avait hâte de la voir au bal…

C'est alors qu'elle trébucha et se figea.

Ezekiel.

Ezekiel lui faisait face, appuyé contre la portière avant de sa voiture.

La douleur et la colère prirent ensuite possession d'elle.

Bordel, ce n'était pas juste. Pas juste du tout.

Après la façon dont il l'avait rejetée, les seules émotions

à bouillonner en elle auraient dû être la fureur et le dédain. Elle avait peut-être pris la décision de partir, mais il n'avait rien fait pour la retenir. Ce qui, plus que tout, prouvait ce qu'il ressentait pour elle.

Ou, plutôt, ce qu'il ne ressentait *pas*.

Pourtant, sous la fureur, il y avait aussi une douleur et un chagrin épouvantables, pour la fin non seulement de leur mariage mais aussi de leur amitié.

Et ce désir toujours présent… Il avait suffi d'un coup d'œil à son corps, grand et puissant, vêtu d'un de ses costumes parfaitement ajustés – celui-ci était bleu foncé – et ce beau visage fort avec ces yeux verts fumés… Juste un regard et cela avait suffi à ranimer l'envie et les souvenirs, aussi décadents que cruels.

Lentement, il se redressa et elle obligea ses pieds à bouger et à la porter de l'autre côté de la rue. Sur la courte distance, la colère remplaça toutes les autres émotions qui tourbillonnaient en elle comme une tempête de fin d'été au Texas. S'il venait prendre de ses nouvelles après lui avoir brisé le cœur, autant qu'il aille au diable. Elle n'avait pas besoin de sa pitié. Elle refusait d'être un baume pour apaiser sa mauvaise conscience.

Merci, mais non merci.

Elle aurait voulu être sa femme, pas un acte de contrition.

— Que fais-tu ici, Zeke ? demanda-t-elle, la voix délibérément froide, même si cela était en parfaite contradiction avec les nœuds qui se tordaient dans son ventre et dans sa poitrine.

— Je voulais te voir, dit-il laconiquement, son regard parcourant son visage comme s'il voulait en agripper les moindres détails.

— Eh bien, tu m'as vue.

Reagan le contourna et tendit la main pour ouvrir la portière.

— Maintenant, si cela ne te dérange pas, j'ai une réunion.

Ce n'était pas un mensonge. Elle avait rendez-vous avec un agent immobilier pour trouver un terrain pour le foyer qu'elle comptait construire.

— Reagan, murmura Zeke, tendant une main vers elle.

Mais, quand elle arqua un sourcil, le défiant de terminer son geste, il l'abaissa et la glissa dans sa poche.

À la bonne heure. Si son esprit lui dictait de résister, son corps et son cœur allaient avoir énormément de mal s'il mettait ses mains, ses mains magnifiques, dans l'équation.

— Reagan, répéta-t-il. Je sais que je n'ai aucun droit de te le demander, mais puis-je te parler ? Seulement quelques minutes, je t'en prie, je voudrais…

— Laisse-moi deviner, coupa-t-elle. Tu voudrais t'excuser, c'est ça ? Me dire que tu n'as jamais voulu me faire de mal, que tu voudrais trouver un moyen pour qu'on redevienne amis et bla-bla-bla.

Elle inspira, tentant de se blinder contre un nouvel afflux de chagrin qui la submergeait.

— Alors voilà, je t'excuse, super, je ne te dois plus rien et toi non plus. Maintenant laisse-moi, je n'ai vraiment pas le temps.

Elle reprit la poignée de la portière, mais cette fois ses doigts recouvrirent les siens.

Elle s'immobilisa. Elle voulut lui dire : « Ne me touche pas », mais les mots restèrent bloqués sur sa langue. Elle ne pouvait pas parler, pas bouger. Toutes ses terminaisons nerveuses grésillaient, comme si son corps était sur le point de prendre feu.

Pourquoi lui faisait-il encore cet effet-là ? Combien d'années allait-elle devoir attendre avant qu'il ne diminue ?

Avant que son corps n'oublie la sensation d'être possédée par lui ?

Elle craignait tellement la réponse à ces questions.

— S'il te plaît, ma chérie, murmura-t-il, retirant sa main, puis reculant d'un pas. Écoute-moi, après je te laisse tranquille.

— Très bien, concéda-t-elle.

De toute façon, il n'allait sans doute pas vouloir partir avant de lui avoir dit ce qu'il était venu lui dire. Alors autant en finir au plus vite.

Elle recula d'un pas. Mieux valait jouer la prudence.

— Mais ne me touche plus.

— D'accord, promit-il.

Elle fit semblant de ne pas voir l'éclat de douleur dans ses yeux.

— Reagan.

Il détourna une seconde le regard, puis la fixa de nouveau.

— Je voulais que tu saches que Miles a contacté Gracie. Il a pu retracer les achats par carte de crédit de son cousin et a trouvé qu'un paiement avait été fait chez un dépanneur en même temps que le ticket gagnant. Cette transaction a été faite hors de l'État, pas ici à Royal. Miles a réussi à récupérer les images de vidéosurveillance de la boutique, et Alberto était là, en chair et en os, pour payer son achat. Comme il est scientifiquement impossible qu'il ait été à deux endroits à la fois, il a rapidement abandonné sa plainte contre Gracie lorsque Miles lui a montré les preuves. Elle est hors de danger maintenant.

— C'est merveilleux, Zeke. Merci d'avoir demandé à Miles. Gracie doit être si heureuse.

Le soulagement pour son amie la réconforta, et elle nota mentalement de l'appeler. Puis elle pensa immédiatement à autre chose.

— C'est ça que tu voulais me dire ?

Non, ce n'était pas de la déception qui s'était écrasée contre son sternum. Pas du tout.

— Non, ce n'est pas ça. Mais j'ai eu besoin de te raconter cela le temps de rassembler suffisamment de courage pour te demander…

Il se racla la gorge.

— … non, te supplier de me pardonner, poursuivit-il.

Supplier ? Elle cligna des yeux. Elle avait beau essayer de se figurer la scène, elle ne pouvait pas imaginer Ezekiel Holloway supplier qui que ce soit pour quoi que ce soit.

— Oui, je te demande pardon, mais j'essaye aussi de me demander pardon à moi-même. J'étais tellement noyé dans ma propre douleur, ma propre peur et ma culpabilité que je me suis convaincu que je faisais ce qui était le mieux pour toi. Quand, en réalité, je n'ai fait que penser à moi. Mais je me suis trompé, Reagan.

Elle soupira.

— Je sais. Pendant vingt-six ans, on a pris des décisions pour moi en pensant ne chercher que mon bien. Mais personne n'a jamais pris la peine de me demander mon avis. Certes, je suis en partie fautive, car je n'ai jamais protesté de peur d'être rejetée, mais j'en ai assez. Je n'en peux plus et je ne tolérerai plus cela, Zeke. De n'importe qui. Et je ne peux pas être avec quelqu'un qui me respecte si peu qu'il me croit incapable de faire mes propres choix.

— Oui, tu as raison, Reagan. Quiconque te sous-estime est un idiot. J'ai été cet idiot, ajouta-t-il doucement. Ce n'est pas que j'aie sous-estimé ta force, ton intelligence ou ta motivation. Non, c'est moi, j'ai sous-estimé l'effet que tu avais sur moi. Sur ma vie, sur mon cœur.

— Je… je ne comprends pas.

— Moi non plus. Jusqu'à aujourd'hui. Je pensais

pouvoir te contenir dans une de ces boîtes avec lesquelles je compartimente ma vie. Mais toi…

Il souffla un petit rire.

— Tu ne peux être contenue nulle part. Tu débordes. Tu as cette force féroce et puissante. En général, les gens ne la voient pas parce qu'elle est enveloppée dans ta beauté, ta grâce et ta compassion. Je n'avais aucune chance contre toi, Ray. Et c'est ce qui m'a fait peur. J'ai lutté contre l'emprise que tu avais sur moi de toutes mes forces parce que, la vérité, c'est que tu me fais peur, ma chérie. J'avais si peur de t'aimer et un jour de te perdre. Je ne pouvais pas le supporter.

T'aimer. Les mots résonnaient dans sa tête et gagnaient en force comme une tornade. Détruisant toutes les pensées possibles sur son chemin sauf une. *T'aimer.*

Oh mon Dieu, non. L'espoir. Cette émotion, imprudente et si têtue, enfouie profondément en elle, remonta à toute vitesse à la surface. Elle ferma les yeux. Il fallait qu'elle se coupe de son visage. Mais elle ne pouvait pas fermer les oreilles. Et elles continuèrent à l'écouter avec une attention qui la terrifia.

— J'ai choisi la solution facile, celle du lâche, poursuivit-il en s'avançant vers elle, diminuant ainsi la distance entre eux. Mais maintenant, je suis là et je te le dis. Je ne vis plus dans le passé. Parce que tu es mon avenir.

— Zeke, arrête, murmura-t-elle en ouvrant les yeux.

Elle n'en pouvait plus. L'amour qu'elle avait pour cet homme, contenu dans sa poitrine, menaçait de tout faire éclater. Mais elle n'était toujours pas capable de parler.

— D'accord, chérie, murmura-t-il, en passant une main dans ses cheveux. Je m'en vais, mais une dernière chose. Certains de mes investissements se sont révélés fructueux, et j'ai assez d'argent pour financer ton rêve de foyer pour filles mères, ici à Royal. La moitié de cet argent t'appartient. Si nous divorçons, je vais m'assurer qu'il te revienne, mais sache que ce n'est pas ce que je veux. Je te veux toi, je veux que tu restes ma femme, pour de vrai, et que nous fondions une famille. Quoi que tu décides, je le respecterai, mais il fallait que je te le dise.

— Arrête, Zeke, je ne veux pas de ton argent, dit-elle.

Il hocha la tête, son regard assombri par la douleur.

— Non, non, non, bredouilla-t-elle, tu ne comprends pas. Je n'ai pas besoin de cet argent, mais j'ai besoin de toi. C'est tout ce dont j'ai envie. De toi, de nous.

— Quoi ? demanda-t-il d'une voix blanche. Tu veux dire que…

— Oui je t'aime. De tout mon cœur et de toute mon âme, je t'aime, murmura-t-elle.

— Ma chérie.

Il la regarda fixement, sa respiration haletante et irrégulière.

— J'ai le droit de te toucher, maintenant ?

— Oh oui, je…

Mais sans lui donner le temps de terminer sa phrase, il fit un pas vers elle, le dernier qu'il restait entre eux, et prit son visage en coupe, inclinant sa tête en arrière. Une vague de plaisir la parcourut alors que sa bouche s'écrasait contre la sienne, pour la chercher, la goûter, confirmer leur amour.

— Je croyais…

Il grogna, roulant son front contre le sien.

— Je pensais t'avoir perdue. Je t'aime tellement, Reagan Holloway. Tu es à moi, et je ne te laisserai plus jamais t'éloigner de moi.

— Promis ?

— Promis, jura-t-il en pressant un baiser ferme et passionné sur ses lèvres.

— Ramène-moi à la maison et prouve-le, dit-elle en riant, incapable de contenir la joie qui bouillonnait en elle. Mais d'abord, j'ai cette réunion et j'aimerais tant que tu m'accompagnes.

De fait, elle ne pouvait pas imaginer commencer ce projet qui la faisait tant vibrer sans l'amour de sa vie à ses côtés.

— Très bien, acquiesça-t-il, lui saisissant la main et l'éloignant de sa voiture. Nous prendrons ma voiture, puis on reviendra récupérer la tienne.

Quand ils arrivèrent à côté de la Jaguar, il lui lança les clés.

Elle le regarda bouche bée.

— Oh mon Dieu. Tu dois vraiment m'aimer, haleta-t-elle.

En riant, il tapota le capot de la voiture. Celui-là même où il lui avait fait l'amour.

— Pour toujours, Ray.

YAHRAH ST. JOHN

Les secrets d'une fiancée

Traduction française de
SOPHIE WATINE-VIEVARD

PASSIONS

HARLEQUIN

Titre original :
SECRETS OF A FAKE FIANCÉE

- 1 -

Morgan Young n'aurait pas pu imaginer un endroit plus parfait pour célébrer un mariage que cette plage de La Jolla par une magnifique soirée de printemps. Les vœux que son employeur, Dane, venait d'échanger avec la jeune mariée, Iris, l'avaient beaucoup émue. D'autant que leur fils, Jayden, se trouvait aux côtés du couple, sa petite main glissée dans celle de son père. Ce père qu'il ne connaissait que depuis quelques mois, mais grâce auquel il avait guéri d'une leucémie aiguë nécessitant une transplantation de moelle. Par chance, Dane et le petit garçon étaient parfaitement compatibles, et la délicate intervention avait pu avoir lieu. Et Morgan avait ensuite joué un rôle actif dans l'histoire d'amour de ses parents.

Et pourtant, Dane Stewart n'avait aucune idée de la véritable identité de Morgan.

Elle était sa petite sœur.

Sur son lit de mort, sa mère, Crystal, lui avait révélé que son père s'appelait Henry Stewart ; elle avait eu une aventure avec lui, et avait ensuite élevé sa fille seule. Depuis un an que Morgan travaillait avec Dane en tant qu'assistante, elle avait gardé cette information secrète, prenant son temps pour enquêter sur son père. C'est ainsi qu'elle avait découvert qu'il n'en était pas à sa première infidélité et qu'il ne voyait jamais son autre demi-frère,

Ayden. Elle se demandait s'il arrivait à cet homme d'assumer les conséquences de ses actes.

C'est ce qu'elle comptait découvrir ce soir.

— Puis-je avoir un whisky ? demanda-t-elle au serveur qui se tenait derrière le buffet.

Puis elle observa Dane et Iris découper le gâteau avant de s'avancer sur la piste pour lancer le bal.

— C'est une boisson plutôt costaude, commenta une voix grave et masculine.

Elle tourna la tête vers son interlocuteur, et eut le souffle littéralement coupé. Jamais elle n'avait vu un homme aussi beau que lui. La peau mate, des traits à la fois parfaits et virils, des yeux couleur de nuit, d'épais sourcils et une grande bouche sensuelle. Très élégant dans son smoking noir, il la dominait d'une tête, elle qui était plus grande que la plupart des femmes.

— Je tiens bien l'alcool.

— Vraiment ? dit-il avant de se tourner vers le serveur. Je prendrai la même chose que madame, s'il vous plaît.

— Bien, monsieur.

— Alors, qu'est-ce qui vous amène ici ? reprit le bel inconnu. Vous êtes une amie de la mariée ou du marié ?

— Des deux, répondit Morgan avant d'avaler une gorgée de son whisky.

— Je suis surpris que Dane ait laissé une femme aussi belle que vous lui échapper.

— Nos relations sont plutôt du genre fraternel, dit-elle d'un ton détaché. Et il n'aurait pas pu choisir une meilleure épouse. Iris est une mère merveilleuse. Sa façon de s'occuper de son fils malade est tout simplement héroïque. Jayden a de la chance d'avoir une maman pareille.

Le serveur s'approcha avec un verre qu'il fit glisser vers l'inconnu.

— J'ai l'impression que vous parlez d'expérience, dit-il après avoir bu une généreuse gorgée.

Le regard de Morgan alla se poser sur Henry Stewart, qui dansait avec sa fille Fallon, et elle ressentit une douleur dans la poitrine.

— C'est vrai, dit-elle avant de vider son verre et de le poser sur le buffet. Si vous voulez bien m'excuser, j'ai une affaire urgente à régler.

Le moment était venu qu'elle dise enfin à Henry qu'elle était sa fille. Il fallait qu'elle saisisse sa chance.

Jared Robinson regarda l'incroyable beauté s'éloigner. Qui pouvait-elle bien être ? Elle prétendait connaître Dane et Iris, et pourtant il ne l'avait jamais rencontrée. Bien sûr, la dernière fois qu'il avait vu Dane remontait à l'année précédente, quand son ami avait fait un passage éclair à Austin. Il lui avait dit qu'il avait rencontré quelqu'un mais ne s'était pas étendu sur le sujet. Mais Jared n'avait pas dû attendre longtemps pour avoir des détails. Dane étant un acteur vedette de Hollywood, ses moindres faits et gestes étaient épiés et commentés dans les médias. La presse avait eu vent que Dane avait fait un don de sperme et qu'un enfant était né. Personne n'aurait pu prévoir que son vieux copain allait tomber fou amoureux de la mère de son enfant, et pourtant c'était ce qui était arrivé.

De son côté, Jared n'était absolument pas attiré par le mariage et, s'il était présent ce jour-là, c'était uniquement pour soutenir son ami dans l'épreuve. À une époque, Dane et lui avaient été considérés comme les ratés de leurs familles respectives, des fauteurs de troubles toujours en train de s'attirer des ennuis. Au point que son père, Clay, avait décidé de mettre Jared en pension, histoire de le calmer. Mais il en avait au contraire profité pour multiplier les conquêtes féminines.

Il savait s'y prendre avec les femmes et n'en éprouvait aucune honte. Il les aimait toutes, quelle que soit la couleur de leur peau, leurs formes, leur taille. Mais il devait admettre qu'aujourd'hui, à ce mariage, aucune des convives n'arrivait à la cheville de la femme avec laquelle il venait de boire un verre.

Elle avait la peau couleur caramel, de longs cheveux bruns qui lui tombaient jusqu'au milieu du dos, de grands yeux noisette très expressifs et une bouche aux lèvres pleines sur lesquelles Jared aurait été plus que ravi de poser les siennes. Les fines bretelles de sa robe rouge se croisaient sur son dos aux lignes aussi souples que tout le reste de son corps élancé. Elle s'était éclipsée alors que Jared aurait volontiers poursuivi la conversation, mais il réglerait ce menu problème avant la fin de la soirée. Il avait supporté le mariage de Dane ; il avait bien le droit de s'amuser un peu, et sa récompense, ce serait elle.

Morgan était fermement décidée. Ce soir, elle allait révéler sa véritable identité à Henry Stewart. Elle ignorait comment il allait réagir à la nouvelle, mais elle n'allait pas tarder à le découvrir.

Mais elle fut interceptée par l'organisatrice du mariage qui dirigeait les invités vers le parking, où une Rolls-Royce enrubannée attendait le jeune couple. Entraînée par la foule, Morgan se retrouva bientôt à côté de la voiture, et on lui tendit un cierge magique afin de saluer le départ des mariés. Elle vit Dane et Iris embrasser Jayden et étreindre tous les membres de leurs familles avant de se diriger vers la limousine, et ses yeux se remplirent de larmes. Elle aurait dû se trouver au milieu d'eux. Elle avait eu tort d'attendre si longtemps pour dire la vérité aux Stewart. Si elle l'avait fait, peut-être ne se serait-elle pas sentie comme une étrangère alors que sa famille ne se trouvait qu'à quelques pas d'elle. Elle allait s'éloigner quand Dane vint à sa rencontre en écartant la foule et la prit dans ses bras.

— C'est grâce à vous que tout ça arrive, lui murmura Dane à l'oreille. Vous nous avez aidés à nous retrouver. Merci.

— Je vous en prie, dit Morgan en laissant une larme s'échapper de ses yeux.

Mais quelques secondes plus tard, Dane s'était déjà éloigné pour aider Iris à monter dans la Rolls-Royce, et Morgan vit son demi-frère s'installer au volant sous les regards émus de tout le clan Stewart.

C'était le moment idéal. Il fallait qu'elle en profite.

Fendant la foule, elle alla jusqu'à eux. Elle avait les jambes tremblantes et se sentait aussi incertaine qu'un poulain venant de naître. Fallon et son mari Gage s'étaient lancés à la poursuite de leur fils Dylan, un enfant très remuant. Ayden et Maya avaient eux aussi disparu, mais Henry et sa femme, Nora, n'avaient pas bougé. Henry portait un smoking et Nora une robe de soirée noire dont une épaule était dénudée. Ni l'un ni l'autre ne remarqua sa présence avant que Morgan ne s'éclaircisse la gorge.

— Vous désirez ? demanda Nora en levant un sourcil.

Morgan décida de ne pas tenir compte du regard plein de dédain que Nora lui lançait. Après tout, Whitney, la publiciste de Dane, l'avait mise en contact avec un couturier réputé qui lui avait loué la robe qu'elle portait ce soir ; donc il n'y avait aucune raison que Nora la regarde de cette façon.

— Je souhaiterais parler à M. Stewart.

— C'est un événement familial, répliqua Nora. Si vous voulez parler travail, vous ferez ça à un autre moment.

— Tout va bien, dit Henry en souriant à sa femme. Après tout, Dane vient de se marier. Nous avons toutes les raisons d'être de bonne humeur, et je peux bien accorder un peu de mon temps.

— D'accord, soupira Nora. Mais ne sois pas trop long.

Puis, soulevant les côtés de sa robe, elle se dirigea vers la tente de réception.

— Merci, dit Morgan tandis qu'elle et Henry s'écartaient de la foule pour aller vers la plage.

Quand ils s'arrêtèrent, elle prit un instant pour vraiment regarder son père.

Elle ne le connaissait que par des photos, et, même si elle les avait longuement scrutées à la recherche de ressemblances avec cet homme, c'était autre chose de le voir en chair et en os. Ses cheveux courts étaient un peu plus grisonnants, mais ses yeux étaient comme les siens, couleur noisette. Son père n'était pas beaucoup plus grand qu'elle, mais elle n'en était pas moins impressionnée.

— Alors, jeune fille, que puis-je faire pour vous ?

Morgan avala sa salive. Elle avait la bouche sèche, comme remplie de coton.

— Je… Heu…

— Eh bien, allez-y. Je n'ai pas toute la journée.

Elle qui avait attendu cet instant toute sa vie, voilà qu'elle ne savait pas comment dire ce qu'elle avait à révéler. Le mieux était encore de se jeter à l'eau.

— Je suis votre fille.

— Pardon ? s'écria Henry en lui jetant un regard paniqué.

— Je vous ai dit que j'étais votre fille.

— Vous racontez n'importe quoi ! Je ne sais pas à quel

petit jeu vous jouez, mais ma fille, *Fallon*, est là-bas, vous voyez, dit-il en pointant du doigt l'autre côté de la pelouse.

— Vous en avez eu une autre, dit Morgan. Avec Crystal Young, que vous avez rencontrée à Las Vegas, où elle était danseuse dans un spectacle au Tropicana. Vous avez passé une nuit ensemble, et j'en suis le résultat.

— Non, non, c'est faux, hurla Henry en secouant vigoureusement la tête avant de baisser la voix parce que les gens commençaient à regarder dans leur direction. Vous dites n'importe quoi, je n'ai jamais trompé ma femme.

Morgan commençait à perdre patience.

— Franchement, Nora ne serait pas la première femme que vous auriez trompée.

— Comme ça, vous avez fait votre petite enquête ? Ça ne veut rien dire. Tout ce qui s'est passé pendant mon premier mariage avec Lillian est de notoriété publique, de toute façon.

Morgan remarqua que de plus en plus de gens les observaient, et que Nora et Fallon se dirigeaient vers eux au pas de charge.

— Donc, vous niez avoir passé la nuit avec ma mère au Tropicana ?

Henry jeta un rapide coup d'œil à Nora, qui n'était plus qu'à quelques mètres d'eux.

— Oui. Je ne sais absolument pas de quoi vous parlez. Vous faites erreur.

— Non, je ne me trompe pas, hurla Morgan. Vous êtes mon père.

Des chuchotements parcoururent l'assemblée et, soudain, la musique du bal s'interrompit. Tous les regards étaient rivés sur eux. Nora semblait profondément choquée, et Fallon, elle, affichait une mine dubitative.

Henry se précipita vers sa femme, mais elle avait fait volte-face et s'en allait déjà en courant.

— Fallon ? dit-il en se tournant vers sa fille.

— Pas maintenant, papa, dit Fallon en levant une main pour l'empêcher de parler. Je vais d'abord chercher maman.

Morgan se retrouva seule face à son père.

— Vous ! s'écria-t-il en la menaçant du doigt. Tout ça, c'est votre faute ! C'était un jour de bonheur pour ma famille et vous êtes venue ici pour semer la discorde. Je ne sais pas qui vous êtes, mais jamais je ne vous reconnaîtrai en tant que ma fille. Et vous devriez vous en aller. Vous n'êtes plus la bienvenue ici.

Sur ces mots, il s'élança à la poursuite de Nora.

Morgan le regarda alors qu'il s'enfuyait littéralement loin d'elle. Une fois qu'il fut hors de vue, elle regarda autour d'elle et s'aperçut que tous les invités l'observaient.

Tout le monde.

Qu'est-ce qu'ils attendaient d'elle ? Qu'elle se ridiculise encore un peu plus ? Eh bien, ils allaient être déçus. La fête était finie. Baissant la tête, Morgan se fraya un passage à travers la foule et alla directement jusqu'au buffet. Les gens s'écartaient comme les eaux de la mer Rouge dans la Bible, comme si elle avait été porteuse d'une maladie hautement contagieuse. La seule chose qui la réconfortait, c'était d'avoir attendu que Dane et Iris soient partis avant de parler à Henry.

S'était-elle imaginé qu'il allait être heureux et lui ouvrir grand les bras ? Bien sûr que non. Mais elle ne s'était pas attendue non plus à ce qu'il la rejette avec une telle violence.

Une fois arrivée devant le buffet, elle articula le mot *whisky* à l'intention du serveur, qui lui apporta immédiatement la bouteille. Alors qu'il s'arrêtait à la dose habituellement requise, elle lui fit signe de remplir son verre à ras bord.

Morgan prit une gorgée, et la douce brûlure du liquide lui fit instantanément du bien. Bien sûr, ça ne laverait pas complètement l'humiliation qu'elle venait de subir, mais c'était un début.

— Il n'a pas eu la réaction que vous espériez ?

C'était l'inconnu de tout à l'heure. Elle avait l'impression qu'il s'était écoulé une éternité depuis qu'ils avaient bu un verre ensemble, et pourtant cela faisait à peine une demi-heure. Morgan leva les yeux vers lui, notant qu'il avait retiré sa cravate et défait plusieurs boutons de sa chemise.

— Je ne suis pas d'humeur à supporter les commentaires du public.

— Vous auriez dû me demander conseil, dit-il avec un léger sourire. Je vous aurais dit que le moment pour faire votre *révélation* était particulièrement mal choisi.

Morgan avala une nouvelle gorgée de whisky.

— Il n'y aurait jamais eu de bon moment, et il y a assez longtemps que j'attendais.

— Apparemment, pas assez longtemps.

— Inutile de m'enfoncer. J'ai eu ma dose pour ce soir.

— Excusez-moi, dit-il en souriant. Et si on reprenait tout depuis le début ? Je m'appelle Jared.

Elle se tourna vers lui. Difficile de rester en colère contre un homme aussi beau. Elle se pencha pour trinquer avec lui, et s'aperçut que son verre était vide.

— Un autre verre pour Jared, dit-elle au serveur. Nous allons faire un peu connaissance.

Jared tombait à point nommé pour l'aider à oublier cette affreuse soirée.

- 2 -

— Moi, je m'appelle Morgan.

La belle s'en était tenue à son prénom. Jared était surpris qu'elle tienne à rester, étant donné la scène qu'elle venait d'endurer et le fait que Henry lui avait demandé de s'en aller, mais elle semblait avoir besoin de se distraire un peu pour soigner ses plaies et ça lui convenait parfaitement. Il était plus que partant pour s'amuser sans avoir à s'embarrasser de sentiments. L'engagement, ça n'était pas pour lui.

La plus longue de ses relations avait duré trois mois, et la plupart de ses petites amies ne le restaient qu'un mois. Une fois que l'excitation du désir était retombée, il passait à la suivante. Il aimait les belles femmes, et Morgan n'était pas seulement belle. Il percevait chez elle une fragilité qui faisait écho à sa propre virilité. Il n'avait rien d'un héros, il le savait pertinemment, mais il était prêt à être *le sien* le temps d'une soirée.

Un autre whisky apparut, et Jared l'accepta sans hésiter.

— Très heureux de faire votre connaissance, Morgan, dit-il en faisant tinter son verre contre le sien.

Leurs regards se croisèrent et restèrent rivés l'un à l'autre durant de longues secondes. Jared éprouva une sensation étrange au creux de l'estomac, et fut le premier à détourner les yeux. Il posa son verre sur le buffet.

— Et si nous dansions ?

— Pour que tout le monde me regarde ? Non merci.

— Désolé de vous enlever vos illusions, mais ils ont déjà tous eu largement le temps de le faire au moment où vous avez annoncé au monde entier que vous étiez la fille de Henry Stewart.

Un léger sourire se forma sur les lèvres de Morgan.

— Vous avez raison, dit-elle avant de vider son verre et de prendre sa main.

— Vous devriez ralentir un peu sur le whisky. Sinon, vous allez avoir une sacrée gueule de bois demain matin.

— Je sais ce que je fais.

Jared n'en aurait pas juré, mais, allez savoir pourquoi, il n'avait qu'une envie : lui tenir compagnie pour vérifier qui aurait raison.

Quand les doigts de Jared enlacèrent les siens, Morgan eut l'impression qu'un brasier s'allumait dans son ventre. Elle leva les yeux, et constata qu'il avait ressenti la même chose. Ses yeux s'étaient faits plus sombres et son regard un peu vague. Un peu nerveuse, elle le suivit jusque sur la piste de danse installée sur la pelouse.

Indifférent à tous les regards médusés qui se posaient sur eux, Jared l'entraîna jusqu'au milieu de la piste et posa ses mains sur les hanches de Morgan. Elle enroula ses bras autour de son cou, et son corps épousa tout naturellement les mouvements de Jared. C'était un excellent danseur.

— Vous dansez très bien.

Jared lui adressa un sourire éclatant.

— Vous ne vous débrouillez pas mal non plus.

— Je danse depuis que je suis toute petite.

Il sourit en l'imaginant petite fille avec ses ballerines aux pieds.

— Votre maman vous a fait prendre des cours de danse classique, c'est ça ? Ou alors plutôt du hip-hop ?

Morgan éclata de rire. Son enfance ne ressemblait pas du tout à ce qu'on voyait à la télévision. Sa mère n'était pas la Clair Huxtable du *Cosby Show*.

— Rien d'aussi chic que ça. Je traînais dans les coulisses pendant que ma mère dansait dans un spectacle au Tropicana de Las Vegas.

— Étonnant, dit-il en lui relevant le visage de son pouce pour que leurs regards se croisent.

Ses yeux d'onyx étaient pleins de désir.

— Et si vous m'en disiez un peu plus ?

— Je n'ai aucune intention d'en raconter davantage…

— Une femme avec des secrets. J'adore, dit Jared en pressant son corps contre sien.

Une onde de chaleur remonta le long du dos de Morgan. Elle n'avait pas l'habitude de ça. En général, quand une tension sexuelle naissait entre elle et un homme, elle calmait le jeu immédiatement. Mais pas ce soir. Jared n'était pas comme les autres. Elle baissa la tête, et enfouit son visage dans son cou, se laissant envahir par son odeur épicée, si enivrante.

Jared plaqua alors sa main contre son dos nu, et Morgan vacilla légèrement, mais il la maintenait fermement, allant et venant sur la piste comme s'ils avaient été en train de danser. Mais Morgan savait qu'il s'agissait d'un ballet bien différent. C'était une sorte de danse nuptiale. Pourtant, avec Jared, elle n'avait pas peur comme avec les autres hommes. Peut-être pouvait-elle lâcher prise, juste pour ce soir. Peut-être serait-il capable d'éloigner tous ses mauvais souvenirs et de lui permettre d'être enfin la femme qu'elle était vraiment au fond.

Jared baissa la tête vers elle.

— Vous savez, Morgan, vous avez beaucoup bu, et quelque chose me dit que vous n'avez pas l'habitude de vous comporter de cette façon.

Morgan leva les yeux vers lui, profondément gênée. Donc, il s'était aperçu qu'elle était complètement novice au petit jeu de la séduction ? Était-ce pour cette raison qu'il n'avait pas l'air pressé de la ramener jusqu'à sa chambre pour passer un peu de bon temps ? Elle avait déjà complètement loupé sa grande révélation tout à l'heure. Apparemment, elle n'était pas davantage capable de séduire un homme.

Elle s'écarta légèrement, et Jared fronça les sourcils.

— Qu'est-ce qui ne va pas, Morgan ?

— Désolée de vous avoir importuné. Je me suis trompée sur l'intérêt que vous me portiez, dit-elle en quittant la piste de danse.

Heureusement, il commençait à se faire un peu tard et il y avait moins de monde. Personne n'avait remarqué qu'elle venait de se faire rejeter pour la seconde fois de la soirée.

— Morgan, attendez ! s'écria Jared en la rejoignant près du buffet. Ce n'est pas ce que vous croyez.

Elle commanda un whisky et demanda au serveur de remplir son verre, qu'elle vida en une seule longue gorgée.

— Écoutez, Morgan. Vous venez de passer une soirée difficile, et je n'ai aucune envie que vous fassiez quelque chose que vous regretterez demain matin.

— Alors, laissez-moi, rétorqua Morgan. Je n'ai pas besoin d'un héros. Je me débrouille toute seule depuis très longtemps et je compte bien continuer. Allez-vous-en, Jared.

Après l'avoir regardée pendant plusieurs longues secondes, Jared tourna les talons et s'éloigna. Bon débarras. Il était sans doute trop parfait pour être sa *première fois*, de toute façon.

Jared aurait voulu étrangler Morgan, serrer son adorable cou. Ce n'était pas en buvant qu'elle allait résoudre ses problèmes, mais, bien sûr, elle refusait d'écouter la voix de la raison.

Et d'ailleurs, pourquoi se posait-il en parangon de vertu ? *Parce que…* il n'avait jamais profité d'une femme avant ce soir et ça n'allait pas commencer aujourd'hui. Morgan était complètement bouleversée et semblait avoir la ferme intention de se soûler pour tout oublier. Jared l'avait souvent fait quand il était plus jeune, mais c'était une époque révolue. Et quand il couchait avec une femme, il aimait qu'elle s'en souvienne ensuite parce qu'il était un amant attentionné et généreux.

Comme elle le lui avait demandé, il la laissa seule, mais il ne s'éloigna pas beaucoup et engagea la conversation avec une de ses connaissances, au bord de la piste de danse.

— Alors, il paraît que vous avez intégré Robinson Holdings, commença son interlocuteur.

Milton Brooks siégeait au conseil d'administration de l'entreprise de sa famille et était au courant de tout ce qui s'y passait.

— Oui, je travaille au service du marketing et des relations publiques.

— Votre frère Chris a eu un sacré flair en achetant ce lotissement de La Shore.

— En effet, Chris est doué pour ce genre de choses, dit Jared tout en surveillant Morgan du coin de l'œil.

C'est alors qu'il vit Pete Harris, un individu sans scrupules que Dane et lui fréquentaient dans le passé. Il était en train de parler à Morgan, ce qui plaisait modérément à Jared.

— On peut dire que votre frère a l'œil, poursuivait Brooks. Il a un grand avenir devant lui.

Ce dernier commentaire acheva d'agacer Jared. Son

frère aîné, Chris, était le fils préféré de leurs parents, et entendre cet homme le couvrir d'éloges était on ne peut plus irritant. Chris dirigeait Robinson Holdings depuis que leur père, Clay, s'était retiré des affaires un an plus tôt. Dans cet intervalle, Chris avait doublé les bénéfices, et leurs affaires n'avaient jamais mieux marché.

— Tout ce que touche Chris se transforme en or, confirma Jared, en se retournant juste à temps pour voir Pete poser sa main sur l'épaule de Morgan qui le repoussa vivement.

Mais Pete n'était pas homme à se laisser décourager pour si peu et il revint à la charge.

— Si vous voulez bien m'excuser, j'ai une petite affaire à régler, dit-il en prenant brusquement congé du vieil homme.

Il se hâta de rejoindre le buffet. Pete avait maintenant passé les mains autour de la taille de Morgan. Jared l'attrapa par le col et le repoussa.

— Hé..., commença Pete avant de s'apercevoir qu'il s'agissait de lui. Oh ! salut, Jared. Cette jeune femme et moi avions une petite discussion.

Il tendit la main, mais, en voyant le regard hostile que lui lançait Jared, il la mit prestement dans sa poche.

Jared se tourna vers Morgan. Elle avait le visage en feu, et il lut de la peur dans son regard.

— Dégage ou tu risques de le regretter.

Pete leva les mains en signe d'apaisement et se hâta de s'esquiver.

— Est-ce que ça va ? demanda Jared.

Morgan prit une longue inspiration avant de répondre.

— Oui. Ça va, maintenant. Merci pour votre aide, dit-elle en lui adressant un sourire un peu contraint.

Mais quand elle reposa son verre sur le bar, il vit que ses mains tremblaient.

— C'est ce que font les héros, dit-il avec un large sourire.

— Oui. Merci.

Elle se passa nerveusement la main dans les cheveux, puis se tourna vers le buffet et fit signe au serveur de lui servir un autre verre.

Jared fit un pas en avant et posa la main à plat sur son verre vide.

— Vous avez assez bu.

Elle lui lança un regard plein de colère.

— Ça n'est pas parce que vous venez de me tirer d'un mauvais pas que ça vous autorise à me dire ce que j'ai à faire.

— Il se trouve que vous n'êtes pas en état de décider par vous-même, dit en lui prenant le bras et en la guidant vers l'entrée de l'hôtel située près de la plage. Je vais vous raccompagner jusqu'à votre chambre et ensuite je m'en irai.

— Vraiment ? demanda Morgan d'un ton narquois, comme si elle savait parfaitement combien il la désirait et ne croyait pas une seconde qu'il s'en irait. Ça, j'en doute.

Puis elle dégagea son bras et prit quelques pas d'avance sur lui, lui laissant tout loisir d'admirer la vue délectable de son dos à moitié dénudé.

Bon sang. Lui qui tenait à se conduire en parfait gentleman, elle ne lui facilitait pas les choses.

Après avoir traversé le hall de l'hôtel, Morgan appuya sur un bouton pour appeler un ascenseur. Ils attendirent dans un silence tendu. Quand les portes s'ouvrirent, ils prirent tous les deux place dans la cabine. Elle était vide, et l'air se chargea immédiatement. Leur désir à tous les deux était presque palpable. Morgan entra la première et appuya sur le bouton de son étage tandis que Jared allait se caler le plus loin possible d'elle.

Il savait que, s'il s'approchait, il perdrait tout contrôle. Il sentait le désir envahir chaque cellule de son corps. Mais il savait aussi que Morgan n'était pas comme les femmes avec lesquelles il avait l'habitude de sortir et qui étaient plus expérimentées. Elle cherchait à donner le change, mais il y avait une forme de candeur dans son attitude qui le retenait de céder à la tentation.

L'ascenseur tinta, ils sortirent et remontèrent le couloir menant à sa chambre. Morgan prit sa clé dans sa pochette et ouvrit la porte.

— Eh bien, je vais vous…

Jared n'eut pas le temps de terminer sa phrase ; Morgan le tira à l'intérieur et claqua la porte derrière eux.

Morgan n'aurait pas pu expliquer pourquoi elle avait attiré Jared dans sa chambre. Tout ce qu'elle savait, c'est qu'elle n'avait pas pu faire autrement. Elle voulait qu'il la touche, elle voulait sentir le goût de sa bouche. À peine la porte refermée, elle se pressa contre lui, leva la tête et prit ses lèvres avec les siennes, surprise de les trouver aussi douces, surprise par le tourbillon dans lequel il l'entraînait.

— Vous n'auriez pas dû faire ça, dit Jared d'une voix rauque en relevant la tête.

Puis il l'attira plus près de lui, pressa le bas de son ventre contre le sien. Il lui caressa les cheveux, puis se pencha, et cette fois ce furent ses lèvres qui vinrent exercer une douce pression sur les siennes avant que sa langue ne se glisse dans sa bouche. Et Morgan sentit dans tout son corps se réveiller une chose qu'elle faisait taire depuis si longtemps.

Le désir.

Tremblante, elle s'agrippa à son cou et se lova contre lui, comme pour se fondre tout entière en lui. Elle aimait le goût de ses baisers, la façon dont il la touchait. Les mains de Jared glissèrent jusqu'à ses hanches, et il la plaqua contre lui. Elle sentait sa puissante érection sur son ventre et les muscles durs de son torse contre ses seins.

Avec un gémissement sourd, Jared plongea plus profondément encore dans sa bouche, lui faisant perdre tout contrôle, provoquant une contraction au fond de son ventre telle qu'elle n'en avait jamais ressentie. Habituellement, la proximité d'un homme la faisait se refermer, mais avec Jared ça avait tout de suite été différent. D'abord quand ils avaient dansé et maintenant avec ce baiser. Elle se sentait comme envoûtée et elle répondait à son baiser avec fougue et une forme d'avidité. Leurs langues se mêlaient dans un ballet frénétique, et elle aurait voulu que ça ne s'arrête jamais. Jared avait littéralement mis le feu à son corps, et elle voulait plus encore. Malheureusement, à ce moment-là, elle sentit que la nausée l'envahissait.

Elle se détacha de Jared, se précipita aussi vite que possible dans la salle de bains et arriva juste à temps. C'était atroce de savoir que l'homme de ses rêves se trouvait de l'autre côté de la porte pendant qu'elle était malade d'avoir bu trop de whisky. C'était lui qui avait raison. Elle aurait dû s'arrêter de boire bien avant et maintenant elle allait en payer le prix.

Ce furent ses dernières pensées conscientes avant de poser la tête sur le carrelage froid et de perdre connaissance.

— Morgan ?

Jared toqua à la porte de la salle de bains. Elle était là-dedans depuis un bon moment et, malgré le bruit de la ventilation, il avait bien entendu qu'elle avait été malade. Il avait bien essayé de l'empêcher de trop boire, mais elle avait obstinément refusé de l'écouter.

Il se passa la main dans les cheveux. Décidément, le sort s'acharnait. En raccompagnant Morgan jusqu'à sa chambre, ça avait été avec la ferme intention de la laisser devant sa porte et de ne pas la toucher. Mais quand elle l'avait attiré à l'intérieur puis embrassé, il avait perdu le contrôle. Il avait envie d'elle au point que son ventre en était encore douloureux. Il fallait à tout prix qu'il s'en aille d'ici, mais avant ça il devait s'assurer que tout allait bien.

En ouvrant la porte, il découvrit Morgan gisant sur le sol.

— Morgan, s'écria-t-il en se précipitant pour prendre son pouls.

Elle allait bien. Elle était juste passablement ivre. Il la souleva dans ses bras, la porta dans la chambre et la déposa sur le lit. Elle avait l'air si jeune et innocente avec sa robe rose et ses cheveux noir de jais étalés sur l'oreiller. Jared se dit qu'ayant été malade Morgan préférerait éviter que sa robe soit tachée.

C'était décidé. Il la souleva légèrement pour descendre sa fermeture Éclair et il lui retira sa robe. C'est à peine si Morgan réagit. Mais Jared, lui, dut retenir son souffle. *Elle ne portait pas de soutien-gorge.* Ses seins ronds étaient menus mais splendides. Son ventre était plat et ses jambes délicatement fuselées. Un minuscule morceau de tissu voilait sa féminité, mais pas de quoi éteindre son désir. Il se hâta de prendre la couette et d'en recouvrir son corps presque nu.

Demain matin, le réveil serait difficile, il le savait. Il appela donc le room service, et plaça l'aspirine et la bouteille d'eau bien en vue sur la table de chevet. Puis il quitta la chambre. Une fois dans le couloir, Jared s'adossa à la porte et ferma les yeux. Heureusement que c'était lui qui avait raccompagné Morgan et pas Pete. Quand elle se réveillerait le lendemain matin, elle saurait que son héros avait été assez correct pour ne pas profiter de la situation.

- 3 -

— Aïe, ma tête, se dit Morgan en se réveillant le lendemain. Quelle heure est-il ?

Elle jeta un coup d'œil au réveil sur la table de chevet, et constata qu'il était presque midi. Elle avait dormi toute la matinée, mais maintenant les souvenirs de la soirée revenaient comme un tsunami. La rebuffade de Henry à la réception, puis son arrêt au buffet où elle avait bu whisky sur whisky. Et enfin, Jared.

Comment aurait-elle pu oublier Jared ?

Grâce à la présence de son mystérieux inconnu, la soirée n'avait pas été un fiasco total. Elle se rappela leur conversation sur le ton du flirt, leur danse lascive sous la tente de réception et enfin ce merveilleux baiser contre la porte de sa chambre. Elle jeta un coup d'œil vers la scène de crime. En fermant les paupières, elle put à nouveau sentir la pression de sa bouche, de ses lèvres sur les siennes et ensuite… l'horreur absolue.

Elle avait été malade. Alors qu'elle se trouvait sur le point de faire l'amour avec le type le plus sexy qu'elle puisse imaginer, elle avait tout gâché en se précipitant dans la salle de bains. Mais ensuite ? Que s'était-il passé ? Elle se tourna légèrement : l'autre côté du lit était impeccable. Jared n'avait pas daigné passer la nuit avec elle. Mais c'était normal, non ? Comment aurait-il pu avoir envie d'elle après l'avoir vue se mettre dans un état aussi lamentable ?

Sur la table de chevet, il y avait une bouteille d'eau et de l'aspirine. Intérieurement, elle remercia Jared pour cette délicate attention. Elle prit deux cachets qu'elle fit passer avec un peu d'eau. Il aurait parfaitement pu profiter de son état et pourtant il ne l'avait pas fait.

Il s'était comporté en véritable héros.

Lentement, elle se redressa pour s'asseoir sur son lit, et c'est alors qu'elle vit qu'elle était *nue*. Soulevant la couette, Morgan constata qu'elle portait encore sa culotte, mais ça ne voulait rien dire. S'était-elle trompée ? Jared avait-il commis l'irréparable ? Elle ne se sentait pas différente de la veille. Elle aurait dû, pourtant, non ? S'ils avaient eu une relation sexuelle, elle le saurait. Puisqu'elle était encore vierge.

Oui, une des dernières représentantes d'une espèce en voie de disparition, Morgan en était certaine. À vingt-cinq ans, la plupart des gens avaient déjà eu des relations sexuelles, mais évidemment tous ces gens n'avaient pas été élevés par une mère comme la sienne. N'empêche que, s'il ne s'était rien passé entre Jared et elle, ça signifiait qu'il l'avait déshabillée, qu'il l'avait vue nue et qu'il était parti malgré ça. Morgan aurait aimé trouver cette attitude admirable, mais elle ne pouvait s'empêcher d'être un peu vexée que de la voir nue n'ait provoqué aucune réaction chez lui.

Rejetant la couette, elle se rendit dans la salle de bains. Tout en se brossant les dents, elle décida de prendre les choses du bon côté. Jared était un homme bien qui l'avait sauvée d'une situation périlleuse. Qui sait ce qui aurait pu se passer s'il n'était pas intervenu ? Une fois débarbouillée, elle passa sous la douche. Il fallait absolument qu'elle se débarrasse des relents de cette soirée.

Elle ne buvait pas beaucoup. Du moins, pas habituellement. Mais la journée de la veille avait été très particulière. Ce n'était pas tous les jours que le père que vous aviez attendu toute votre vie vous rejetait comme une malpropre. Elle avait eu des raisons de boire, mais Morgan se jura que plus jamais elle ne se retrouverait dans une telle situation.

Après sa douche, elle alla chercher dans le placard un jean et un T-shirt noirs. C'était sa tenue habituelle. Elle s'habillait comme ça tous les jours pour aller au bureau travailler avec Dane. Elle était certaine qu'après ce qui s'était passé elle pouvait dire adieu à son travail avec lui, mais elle avait des diplômes et trouverait sans problème un emploi qui payerait les factures.

En attendant, son rôle dans la vie de Dane lui procurait encore quelques avantages. Morgan était en effet au courant du planning des Stewart. Elle savait par exemple qu'ils avaient prévu de repartir pour Austin le jour même et qu'il lui faudrait donc se rendre sur leur territoire pour disputer cette bataille. Parce qu'elle n'avait aucune intention de s'enfuir ni de disparaître. Elle était sa *fille*, et Henry avait des devoirs envers elle. Il lui faudrait compenser toutes les fêtes d'anniversaire et tous les Noëls qu'il avait manqués. Il lui était redevable parce qu'il n'avait jamais pris soin d'elle et n'avait pas veillé à ce qu'elle ait une enfance heureuse, pleine d'amour.

Et elle comptait bien réclamer son dû.

— Tu n'as pas écouté un mot de ce que j'ai dit, dit sa mère à Jared alors qu'il prenait place au déjeuner du dimanche qu'il partageait avec ses parents.

Ces déjeuners étaient une tradition familiale depuis qu'il était petit. Et cette tradition avait perduré même après la crise cardiaque de son père suivie d'une opération à cœur ouvert un an plus tôt.

— Excuse-moi, maman. Tu disais ? demanda Jared.

Toute la semaine, il avait été un peu distrait et il supposait que c'était à cause d'une certaine jolie brune qu'il ne réussissait pas à se sortir de la tête. Depuis leur rencontre, il passait des nuits agitées à se retourner dans son lit en pensant à la belle aux yeux noisette.

Il se demandait comment elle allait. Les liens de parenté entre Morgan et Dane avaient fuité dans la presse, et les journaux à scandales s'en étaient donné à cœur joie. Alors que Dane était toujours en lune de miel, Morgan, elle, avait disparu.

— Je te demandais si tu savais où était ton frère, répéta Mary Robinson. Ça n'est pas le genre de Chris de manquer le déjeuner du dimanche.

— Je n'en sais rien, non. Son assistante a dit qu'il avait pris une semaine pour raisons personnelles.

— Chris est comme moi, un acharné du travail, intervint le père de Jared. Mais je suis heureux qu'il ait appris une leçon de ce qui m'est arrivé et qu'il prenne un peu de temps pour lui.

— Et Dane ? poursuivit sa mère. J'ai essayé d'appeler Nora pour savoir si ce que disent les journaux au sujet de la fille illégitime de Henry est vrai, mais elle ne répond pas. Tu penses que c'est vrai, toi ?

— Je t'en prie, Mary, tu ne vas pas croire à ces ragots.

— Ce ne sont pas des ragots, papa, dit Jared.

Son père fonça les sourcils.

— Qu'est-ce qui te permet de dire ça ?

— J'ai rencontré Morgan au mariage. On a discuté, et c'est une jeune femme adorable.

— Qui en veut sûrement à la fortune des Stewart. Mais elle risque d'être très déçue en la matière. Ça fait des années que Henry a de grosses difficultés, dit son père. Si son gendre, Gage, et Fallon n'étaient pas aussi doués pour les affaires, il y a des années qu'il aurait déposé le bilan.

— Tout ne se ramène pas à l'argent, dit Jared. Morgan cherche juste à être reconnue.

— Vous en êtes déjà à vous appeler par vos prénoms ? demanda sa mère en levant un sourcil.

— Tu sais bien que notre fils est incapable de résister à un joli minois. C'est sûrement une bombe.

Jared se raidit sous l'affront, s'essuya la bouche avec sa serviette et se leva de table.

— J'ai perdu l'appétit. Si vous voulez bien m'excuser.

— C'est ça, fuis. Comme toujours, rétorqua son père.

— Je suis désolé que ton fils préféré n'ait pas pu être présent pour le déjeuner, mais ça n'est pas une raison pour t'en prendre à moi, dit Jared avant de déposer un baiser sur la joue de sa mère. Je t'appelle plus tard, maman.

Jared ne prit pas la peine de dire au revoir à son père. Sachant que jamais ils ne seraient proches, il avait cessé de faire des efforts depuis longtemps. S'il était curieux de savoir ce que devenait Morgan, il se dit qu'il valait sans doute mieux qu'ils ne se soient pas revus depuis cette fameuse soirée. Il ne se reconnaissait plus depuis quelques jours et il savait que, si leurs chemins se croisaient à nouveau, il était perdu.

Morgan était assise dans sa voiture devant la demeure des Stewart. Il lui avait fallu une semaine pour mettre ses affaires en ordre et, entre autres, entamer les démarches pour changer de nom et devenir Morgan Stewart. Il était temps qu'elle ait droit à son nom et à sa place dans la famille. Elle avait également envoyé sa lettre de démission à Dane. Dans les jours qui avaient suivi le mariage, la nouvelle s'était répandue qu'elle travaillait pour Dane Stewart, et depuis les journalistes campaient littéralement devant son petit appartement de Culver City. Heureusement, elle avait déjà fait ses cartons et pris la décision de se rendre à Austin en voiture. Elle était économe, et Dane la payait bien ; elle aurait donc eu largement les moyens de prendre l'avion, mais ça aurait été moins discret et elle préférait garder cet argent en attendant de retrouver du travail.

Et maintenant elle était là, à attendre que l'agent de sécurité veuille bien l'autoriser à pénétrer dans le saint des saints. Elle fulminait. Elle était une Stewart, après tout, et elle ne supportait pas d'être traitée comme une étrangère. *Mais n'était-ce pas ce qu'elle était ?*

Elle n'avait pas grandi dans cette propriété comme Dane et Fallon. Eux, ils avaient eu droit à tout. Une belle maison. Des vêtements de luxe. Des voitures. Une excellente éducation. Tandis que, elle, elle n'avait rien. Elle avait le droit d'être ici. Henry allait bien devoir assumer son rôle de père, et Morgan ne comptait rien lâcher à ce sujet.

L'agent de sécurité raccrocha le combiné et se pencha à la fenêtre de la guérite.

— Désolé, madame, on me dit que vous n'avez pas rendez-vous. Il va falloir faire demi-tour.

— Vous n'avez pas le droit de m'empêcher d'entrer, insista Morgan. Il faut que je parle à mon père.

— Désolé, mais vous allez devoir vous en aller. Sinon, je serai obligé d'appeler la police pour violation de domicile.

— Quoi ? s'insurgea Morgan. Ça, c'est la meilleure. Vous imaginez ce que dirait la presse s'ils apprenaient que Henry Stewart a interdit l'accès de sa propriété à sa propre fille ?

Un coup de klaxon retentit derrière elle qui la fit sursauter. Une Audi rouge se gara le long de sa Honda Accord. La vitre se baissa, et Fallon se pencha à la fenêtre, mais elle n'était pas seule. Ayden, leur frère aîné, était assis à côté d'elle.

— Tout va bien, Drew. Elle est avec moi.

— Vous êtes sûre ? Votre père a donné l'ordre de ne pas la laisser entrer.

— Je réglerai ça avec lui, répondit Fallon d'un ton calme. Morgan ? Suivez-moi.

Morgan acquiesça silencieusement, redémarra et suivit l'Audi rouge le long de l'allée impeccablement entretenue. Quand ils se garèrent devant la demeure de deux étages, Morgan en resta bouche bée.

Elle coupa le moteur, et sortit de sa voiture pour aller rejoindre Fallon. Cette dernière était particulièrement élégante avec son jean, ses bottes de marque et son long trench. Tout ça sortait probablement de l'atelier d'un créateur, alors que Morgan ne pouvait s'offrir que du prêt-à-porter. Même si Dane la payait bien, Los Angeles était une ville chère et elle n'avait pas les moyens de se payer des vêtements de créateur.

Debout près de Fallon, Ayden la détaillait tranquillement du regard. Morgan aurait tant aimé que la situation soit différente et qu'il la prenne dans ses bras comme le grand frère qu'il aurait dû être. *N'était-ce pas ce qu'elle avait toujours désiré ?* Avoir une famille qui ne se serait pas limitée à Crystal et elle et aux hommes qui défilaient dans la vie de sa mère.

— Je crois que nous avons beaucoup de choses à nous dire, dit Fallon en la regardant de ses grands yeux noisette, ces mêmes yeux qu'elle voyait tous les jours en se regardant dans la glace.

— Sans vouloir être désagréable, il ne s'agit pas de nous, dit Morgan en croisant les bras. C'est à votre père que j'ai besoin de parler. À *notre* père, voulais-je dire.

— Je ne suis pas d'accord, intervint Ayden. Nous sommes tous concernés. Henry doit s'expliquer, et c'est pour ça que nous sommes là tous les deux. Pour avoir des réponses.

— Et moi, je suis là pour jouer les médiateurs, ajouta Fallon. Je sais que l'un et l'autre avez des raisons d'en vouloir à papa, mais depuis votre révélation de la semaine dernière ma mère est désespérée. Inconsolable. Elle est même venue s'installer chez Gage et moi, et m'a demandé de lui rapporter quelques affaires.

— J'en suis vraiment désolée, dit Morgan, mais je ne me sens pas responsable. Ce n'est pas moi qui l'ai trahie, mais Henry.

— Et ça ne serait pas la première fois, marmonna Ayden dans sa barbe.

Fallon lui lança un regard furieux.

— Tout ça est peut-être vrai, dit-elle à Morgan, mais vous n'étiez pas obligée de faire cette révélation devant toute une assemblée.

Morgan poussa un soupir. Fallon avait raison.

— Je… je ne savais pas comment faire. Il n'avait aucune idée de qui j'étais, et je me doutais qu'il me rejetterait. Comme on peut le constater, je ne m'étais pas trompée.

— C'est parce qu'il est blessé. Il ne sait plus ce qu'il fait.

— Vous lui cherchez toujours des excuses comme ça ? s'étonna Morgan.

— Oui, confirma Ayden en hochant la tête.

Fallon éclata de rire.

— Je sais que papa n'est pas parfait.

— Peut-être, mais c'est mon père à moi aussi, et il est temps qu'il le reconnaisse.

— Allons à l'intérieur pour discuter, mais je vous préviens qu'il n'est pas de bonne humeur.

Morgan leur emboîta le pas. Ils franchirent d'immenses portes aux poignées plaquées or et pénétrèrent dans un vaste hall. Elle était impressionnée par la beauté de cette demeure, avec ses sols en granito étincelants, son majestueux escalier à double révolution, ses plafonds cathédrale décorés de moulures baroques. On avait l'impression d'être dans un château français. Fallon guida Morgan jusqu'à un salon doté d'une immense cheminée sur deux étages où trônait un piano quart-de-queue.

Fallon prit place sur une méridienne, et Ayden s'assit à côté d'elle. Morgan enviait leur apparente complicité et espérait qu'un jour elle ferait partie de ce cercle intime elle aussi.

— Qu'est-ce qui vous fait croire que c'est votre père ? commença Fallon.

Morgan poussa un soupir. Elle n'avait aucune envie de se justifier, mais visiblement elle allait devoir en passer par là.

— Ma mère a rencontré Henry alors qu'il était venu assister à une convention à Las Vegas. Ils ont passé une nuit ensemble et me voilà. C'est aussi simple que ça.

— Mais pourquoi n'a-t-elle rien fait ? Elle aurait pu faire un procès et obliger mon père à vous reconnaître et à lui verser une pension. Personnellement, c'est ce que j'aurais fait.

— Je te rappelle que ma mère non plus ne s'est pas battue pour obliger Henry à prendre ses responsabilités, intervint Ayden. Ça n'est pas une démarche facile à entreprendre.

Morgan apprécia son soutien, d'autant que leurs histoires se ressemblaient.

— Merci, Ayden, dit-elle. Je doute que ma mère savait où le trouver. Elle m'a dit qu'elle ignorait de qui il s'agissait avant la sortie d'un article sur Stewart Technologies. Et ensuite, elle ne m'a rien dit… Elle a attendu d'être sur son lit de mort à l'hôpital.

— Oh ! je suis désolée, dit Fallon.

— Tout va bien. Ma mère et moi n'étions pas particulièrement proches, et c'est d'ailleurs pour ça qu'un père m'a tellement manqué.

— Pourquoi ne pas nous avoir dit la vérité plus tôt, alors ? Ça fait plus d'un an que vous travaillez pour Dane.

— Fallon a raison, dit Ayden. Nous vous aurions accueillie à bras ouverts.

— J'avais peur de votre réaction à tous. Dane est une star. Étant donné sa position, il aurait pu s'imaginer que j'essayais de lui causer du tort.

— Et ce n'est pas ce que vous faites ?

La voix était à la fois puissante et dure. Morgan se retourna. Elle ignorait depuis combien de temps Henry était là, à écouter leur conversation.

Son père entra dans le salon, et Morgan pouvait sentir son aura négative jusqu'à l'endroit où elle était assise. Elle l'enveloppait telle une cape sombre.

— Vous êtes là pour réclamer ce qui vous est dû, c'est bien ça ?

— Papa, dit Fallon en se levant pour accueillir son père.

Henry embrassa sa fille sur la joue sans quitter Morgan des yeux un instant.

— Je suis ici parce qu'il est temps que vous reconnaissiez que je suis votre fille, dit Morgan d'une voix tranquille.

— Je ne sais pas ce que votre menteuse de mère vous a raconté, mais je ne suis pas votre père.

— Prouvez-le, dit calmement Morgan. Faisons un test ADN. Si je me trompe, mais ça m'étonnerait vraiment, je suis prête à déclarer publiquement que j'avais tout inventé. Mais si j'ai raison, vous devrez me reconnaître.

— Rien ne m'oblige à faire ça, fulmina Henry en avançant vers elle d'un air menaçant. Pour qui vous prenez-vous ? Comment osez-vous vous immiscer dans nos vies, vous introduire chez moi et exiger quoi que ce soit ?

— Laisse-la, dit Ayden.

Morgan était très touchée que son grand frère soit prêt à la défendre contre le grand méchant loup, mais elle était capable de disputer ses propres combats.

— Je suis votre fille, dit Morgan d'une voix brisée. Comment pouvez-vous me traiter de cette manière ?

Fallon vint se placer entre eux deux et repoussa son père.

— Papa, je t'en prie… ne rends pas les choses plus difficiles. Tu ne vois pas à quel point maman souffre ? Je sais que tu n'es pas un saint, mais avoue au moins ce que tu as fait. Peut-être qu'elle pourra te pardonner. Mais si tu continues à te conduire comme si rien ne s'était passé, tu vas t'enfoncer encore plus.

— Je comprends que tu essaies de nous aider, Fallon, mais ma relation avec Nora ne regarde que moi. Je n'ai pas besoin que tu t'en mêles.

— Au contraire, répliqua Fallon avec véhémence en désignant Morgan. Regarde-la ! Elle a les mêmes yeux que nous, papa. Je suis surprise de ne pas l'avoir remarqué plus tôt, d'ailleurs.

— Avoue que tu as trompé Nora, tout comme tu as trompé ma mère, s'écria Ayden. Un peu de courage, bon sang. Assume ce que tu as fait !

Henry s'avança vers Ayden, et Morgan se dit que, si un regard pouvait tuer, les deux hommes seraient déjà étendus, raides morts.

— Ne te mêle pas de ça et ne commence pas à déterrer le passé, Ayden. Nous sommes arrivés à un consensus, alors ne va pas réveiller le chien qui dort.

— Je ne te laisserai pas rejeter un autre de tes enfants, dit Ayden en secouant la tête. Pas cette fois. Pas alors que je suis au courant.

— Mais pourquoi est-ce que vous vous liguez contre moi ? demanda Henry en regardant Ayden et Fallon. Est-ce que cette fille n'a pas fait assez de mal en détruisant mon mariage ?

— *Cette fille ?* – les yeux de Morgan se remplirent de larmes. Cette fille a grandi dans la pauvreté. Je n'avais rien à moi. Pas d'amis. On n'arrêtait pas de déménager en fonction des emplois que ma mère trouvait, mais ça n'est pas facile pour une danseuse de Vegas vieillissante de trouver du travail. Les hommes défilaient dans sa vie. Et donc, dans la mienne. Donc, je n'ai pas eu de père et pas de vraie maison non plus. Et une fois qu'il n'y a plus eu les hommes, il y a eu la drogue… jusqu'au moment où son corps a fini par lâcher.

— Je suis désolé que vous ayez eu à subir tout ça. Sincèrement. Mais je ne vous dois rien. Et si vous êtes de son côté – Henry regarda ses autres enfants –, autant vous en aller tout de suite parce que, pour moi, cette conversation a assez duré.

Choquée, Morgan regarda cet homme dont elle avait tellement attendu sortir de la pièce. Elle avait l'impression qu'on lui avait planté un poignard dans le cœur, mais elle se redressa courageusement.

— Ce type ne cessera jamais de m'étonner, dit Ayden. Quand je crois qu'il a atteint le fond de l'ignominie, il trouve le moyen de descendre plus bas.

— Je m'en vais, dit Morgan en se dirigeant vers la porte.

— Attendez, s'écria Fallon en la retenant par le bras. Ne partez pas. Laissez-moi le temps de lui parler. De lui faire entendre raison.

Ayden hocha la tête.

— S'il écoute quelqu'un, ce sera Fallon. C'est sa préférée.

— Ayden…, dit Fallon, le regard noir.

Il leva les mains en signe de reddition.

— Restez, dit doucement Fallon. On va régler tout ça. Comme une *famille* doit le faire.

Morgan eut un petit rire plein d'amertume.

— Vous n'avez pas entendu ? Je ne fais pas partie de cette famille. Je ne suis rien. Personne. Alors, laissez tomber. Je ne veux plus rien avoir à faire avec vous tous !

Elle dégagea son bras et sortit de la maison en courant.

Quand elle s'assit dans sa voiture, elle était en hyperventilation et des flots de larmes coulaient sur ses joues. Elle frappa des deux poings sur le volant.

Qu'il aille au diable !

Et d'ailleurs, pourquoi se mettait-elle dans des états pareils ? Elle était arrivée bien décidée à se montrer forte et à exiger ce qui lui revenait de droit, et résultat : Henry Stewart avait clairement fait comprendre qu'il n'avait aucune intention de la reconnaître en tant que sa fille. Il préférait garder la tête dans le sable et faire comme si elle n'existait pas.

Morgan en avait assez d'être gentille. Elle allait aller trouver les médias et leur expliquer qui était vraiment le grand Henry Stewart. Plus jamais elle ne lui permettrait de la traiter comme quantité négligeable.

- 4 -

— J'ai besoin de te voir immédiatement, dit Ruth Robinson à Jared un peu plus tard ce même soir.

Il n'avait pas l'habitude de recevoir des ordres de sa grand-mère. En fait, il faisait en sorte de l'éviter autant que possible. Comme son père, sa grand-mère aurait voulu qu'il ressemble davantage à son frère. Chris était le plus intelligent, il était doué pour les affaires et fait pour diriger Robinson Holdings. Chris n'avait jamais causé aucun souci à ses parents. Il faisait exactement ce qu'on attendait de lui. Était allé à Harvard. Avait brillamment réussi son MBA. Avait ensuite rejoint les rangs de Robinson Holdings. Toute sa vie jusqu'à maintenant avait été un parcours sans faute.

Jared, en revanche, était un raté. Il avait eu sa licence de marketing d'extrême justesse parce qu'il avait été bien trop occupé à faire la fête avec sa fraternité Kappa Alpha Psi et à coucher avec des filles pour se donner la peine d'aller en cours. Et après ses études, il s'était accordé un an pour voyager en Europe avant de rentrer au bercail et d'intégrer l'entreprise familiale.

Après avoir traversé les collines de Westlake qui dominent Austin, Jared franchit les grilles de la propriété de sa grand-mère et gara sa Porsche Cayman GTS. Le parc était méticuleusement entretenu par les employés de la vieille dame, et la maison elle-même n'avait rien à envier à un château.

Il descendit de voiture, se dirigea vers la porte principale et sonna. Un majordome en uniforme vint lui ouvrir.

— Bonsoir, Antoine, dit-il en donnant une tape amicale sur l'épaule du vieil homme avant de pénétrer dans l'immense demeure.

Antoine travaillait au service de sa grand-mère depuis des années et était totalement dévoué à la vieille dame.

— Où est grand-mère ?

— Dans la bibliothèque. Je vous y emmène.

— Inutile. Faisons simple. Retournez à vos occupations, je connais le chemin.

Jared suivit un long couloir jusqu'à la bibliothèque aux murs habillés de panneaux d'acajou, où il trouva sa grand-mère assise dans un fauteuil doré à la feuille.

— Regardez qui daigne enfin me rendre visite, dit-elle en se levant pour l'embrasser sur la joue.

Ruth Robinson avait des allures de reine. À soixante-quinze ans, elle était sublime avec son chemisier de soie d'un blanc immaculé, son pantalon noir et ses perles. Ses cheveux gris coupés au carré lui descendaient jusqu'aux épaules.

— Ça me fait plaisir de te voir, répondit Jared. Je te sers un verre ?

— Avec plaisir.

Jared traversa la pièce jusqu'à un petit bar installé dans un coin. Il se versa un scotch, servit un verre de sherry à sa grand-mère et revint s'asseoir sur le canapé de cuir un peu fatigué. Il se cala confortablement et but une gorgée.

Sa grand-mère le regarda droit dans les yeux.

— Tu vas devoir apprendre la valeur du temps quand ce scandale va éclater.

— De quoi est-ce que tu parles ? demanda-t-il en se redressant.

— Mon amie Mimi, qui possède un des quotidiens d'Austin, m'a appelée pour m'annoncer qu'un article exclusif allait paraître dans leur journal demain.

— Ah, oui ? Et de quoi s'agit-il ? demanda Jared en portant son verre à ses lèvres.

— Ton frère a mis une stripteaseuse enceinte, répondit sèchement sa grand-mère.

Jared en recracha sa gorgée de scotch.

— Pardon ?

— Pour l'amour du ciel, Jared, dit sa grand-mère en levant les yeux au ciel, nettoie-moi ça.

Jared se leva d'un bond et alla chercher quelques serviettes en papier pour absorber le liquide qui avait dégouliné sur sa chemise. Puis il revint vers la vieille dame.

— Assieds-toi.

Il ne songea même pas à discuter, et obtempéra.

— Je ne comprends pas, dit-il.

— Je t'ai dit tout ce que je savais. Chris était aux abonnés absents la semaine dernière. Il devait se douter que l'affaire allait sortir. Mais le pire, c'est qu'il ait mis cette jeune femme enceinte. C'est du dernier ridicule. Dire que je mettais tellement d'espoirs en ton frère. J'imagine que nous n'avons plus le choix et qu'il va falloir se rabattre sur toi maintenant.

Jared se sentait de plus en plus mal à l'aise.

— Qu'est-ce que tu veux dire par là, au juste ?

— Chris a fait preuve d'une imprudence coupable. S'il est incapable de gérer sa propre vie sentimentale, comment pourrait-il gérer une entreprise qui brasse des milliards de dollars ? La réponse est simple. Il ne peut pas.

— Mais bien sûr que si, répliqua Jared. Il a mis une fille enceinte, et alors ? Ça arrive. Ça n'est pas la fin du monde. Tu donnes bien trop d'importance à tout ça.

— Pas du tout. Ton grand-père et moi avons travaillé très dur pour nous bâtir une réputation de respectabilité qui rassure nos investisseurs. On ne peut pas laisser la conduite indigne de ton frère impacter négativement l'entreprise. C'est fini pour lui. À toi de jouer maintenant.

— Moi ? dit Jared d'un ton incrédule. Tu plaisantes ? Chris a été formé pour diriger l'entreprise. C'est lui qu'il vous faut. Qui plus est, ça ne m'intéresse pas.

Il vida son verre, le posa sur la table basse devant lui, et se leva.

— Rassieds-toi, dit sa grand-mère d'une voix impérieuse.

— Mais…

— Je t'ai dit de te rasseoir, Jared, et je ne le répéterai pas.

Jared poussa un soupir mais fit ce que sa grand-mère lui ordonnait.

— Je ne suis pas taillé pour ça. Je n'ai aucune idée de la façon dont on dirige une entreprise. Je fais du marketing.

— Si tu es bien entouré, tu apprendras vite.

— Non, dit Jared en secouant la tête. Je n'en suis pas capable.

— Non seulement tu en es capable, mais tu vas le faire. Cela fait trop longtemps qu'on t'autorise à faire l'idiot. Maintenant, c'est terminé. Tu vas devoir assumer tes responsabilités, comme ton père et ton frère avant toi.

Jared n'avait aucune envie de s'opposer à la matriarche de la famille, mais il n'aimait pas non plus être poussé dans ses retranchements et en outre ce qu'elle lui demandait était ridicule.

— Tu commenceras demain, conclut-elle d'un ton sans appel.

Pour elle, il était évident qu'il allait prendre le relais de Chris.

— J'ai déjà demandé qu'on me fasse passer le dossier

sur les dernières acquisitions qu'a faites ton frère. Tu vas en prendre connaissance ce soir, et nous en discuterons demain.

Elle se leva et alla chercher une pile de dossiers qu'elle lui tendit.

— Donc, tu ne plaisantes pas ? demanda Jared, incrédule.

— Bien sûr que non. Et tu me connais assez pour savoir qu'une fois que j'ai décidé quelque chose c'est irrévocable.

Oh oui, Jared le savait et c'était bien ce qui l'inquiétait. Mais il n'était pas fait pour diriger Robinson Holdings. Il était très doué avec les femmes et il était capable de travailler quand l'envie lui en prenait, mais *ça*, non, c'était trop. Et il ne voyait absolument pas comment se sortir de ce guêpier. Autrement dit, la période s'annonçait mouvementée pour la famille et l'entreprise.

Après avoir pris congé de sa grand-mère et en route vers son penthouse, Jared appela Chris. Mais il tomba directement sur sa boîte vocale.

Mais que se passait-il, enfin ?

Le silence de Chris était tout à fait inhabituel. En général, quand Jared l'appelait, le plus souvent pour que son frère le tire d'un mauvais pas, Chris répondait immédiatement. Là, la situation était différente. Sur le trajet du retour, il passa par les divers endroits où aurait pu se trouver son frère : le club de sport, le bureau, son club… mais il n'était nulle part. Manifestement, il ne voulait pas qu'on le trouve.

Jared ne comprenait pas comment son frère pouvait renoncer à tout ce pour quoi il avait travaillé si durement. Et pour quoi ? Une femme ? Aucune d'elles n'était irremplaçable, ou en tout cas ne l'avait jamais été pour lui. Jamais il n'avait rencontré une femme qui lui ait donné envie de tout risquer par amour. Parce que telle était la situation de Chris : leur grand-mère était prête à le déshériter à cause de ses frasques.

Et cette fois, c'était Jared qui allait devoir tenir le fort. Habituellement, c'était l'inverse : Chris assurait tandis que Jared s'attirait des ennuis. Cette fois, c'était sur lui que sa grand-mère comptait. Et franchement, ce nouveau rôle ne lui plaisait pas du tout.

Elle venait de lui poser sur les épaules une responsabilité dont il éprouvait déjà l'énorme poids et qu'il ne se sentait absolument pas en mesure d'assumer. Comment pourrait-il réussir là où Chris venait apparemment d'échouer ? Il devait faire ses preuves pour mériter le respect de sa grand-mère, mais il se demandait s'il serait à la hauteur de la tâche.

Morgan était pelotonnée sur le canapé de sa chambre d'hôtel avec un pot de glace Ben & Jerry's qu'elle avait achetée en rentrant de chez les Stewart. Elle avait déjà mangé une demi-pizza et bu deux bières. C'était la seule solution qu'elle avait trouvée pour calmer son anxiété.

La semaine qui venait de s'écouler avait été épique. Dans le mauvais sens du terme. Le seul moment heureux avait été de voir Dane et Iris se marier et ensuite s'en aller pour leur lune de miel. Peut-être avait-elle eu tort de parler à Henry tout de suite après la cérémonie, mais elle s'était imaginé qu'en l'abordant en public elle lui forcerait un peu la main. Qu'elle l'obligerait ainsi à admettre la vérité, à savoir qu'il avait trompé Nora et avait eu un enfant avec une autre femme.

Jamais elle n'aurait pu imaginer que Henry allait réagir aussi brutalement, qu'il la repousserait avec aussi peu de ménagement et refuserait de reconnaître qu'elle était sa fille, même quand ses enfants l'avaient imploré de dire la vérité.

Peut-être valait-il mieux ne pas avoir de père, finalement.

Aucun des hommes que sa mère avait fait entrer dans leur vie n'avait semblé taillé pour le rôle de père. Tout ce qui les intéressait était d'utiliser Crystal pour leur propre plaisir. Pour Morgan, il avait été insupportable de voir sa mère si dépendante affectivement qu'elle s'accrochait au premier venu. Y compris à *lui*.

Tout en plongeant sa cuillère dans la glace crémeuse à un rythme soutenu, Morgan se remémorait ces hommes. L'un d'eux en particulier. Troy Wilkins. Il lui arrivait souvent de passer la nuit chez elles, et, quand c'était le cas, Morgan verrouillait toujours la porte de sa chambre. Elle l'avait détesté au premier regard. Il était grand et maigre, et son regard salace traînait toujours sur elle. Morgan faisait tout pour l'éviter, mais un jour, en rentrant du lycée, elle l'avait trouvé seul dans leur appartement. Troy lui avait dit que Crystal était sortie faire quelques courses.

Morgan avait immédiatement inventé une excuse et essayé de s'en aller, mais Troy avait été plus rapide qu'elle. Il avait claqué la porte d'entrée et mis la chaîne. Morgan avait été terrifiée de se retrouver enfermée seule avec lui. Et elle avait raison. Troy lui avait dit qu'il fallait qu'elle se montre un plus gentille avec lui, l'avait saisie par le bras et entraînée dans sa chambre.

Là, il l'avait jetée sur le lit et s'était couché sur elle avant qu'elle ait eu le temps de réagir. Elle se rappelait encore l'odeur de tabac froid qui imprégnait sa peau et la puanteur de son haleine chargée d'alcool. Puis il avait soulevé son T-shirt et s'était mis à malaxer brutalement sa jeune poitrine tout en se frottant contre elle d'une manière obscène. Morgan avait tenté de le repousser ; elle savait que, sinon, il allait la violer. Mais il était trop fort. Ses mains étaient déjà en train de fouiller sous son jean quand ils avaient entendu du bruit sur le palier. C'était sa mère qui criait pour qu'on vienne lui ouvrir.

— Si tu en parles à ta mère, je dirai que tu mens. Et à ton avis, elle croira qui, hein ?

Jamais Morgan n'oublierait le regard que cet homme avait eu. À ce moment-là, elle avait compris qu'elle ne pouvait pas rester. Il fallait qu'elle s'en aille. Sinon, il recommencerait, et la fois prochaine elle n'aurait peut-être pas autant de chance. Alors, elle s'était enfuie. Elle avait pris les quelques affaires qui lui appartenaient et elle était partie. Elle était allée chez une amie de sa mère, Marilyn, danseuse elle aussi, et l'avait suppliée de la laisser dormir sur son canapé. Même si Marilyn avait deux enfants, c'était mieux que de vivre dans la peur.

Marilyn l'autorisa à rester si elle s'engageait à faire la cuisine, le ménage et à s'occuper des deux petits les soirs où elle dansait. Morgan accepta avec joie. Et le plus curieux dans tout ça, c'est que Crystal n'avait pas réagi au départ de Morgan. On aurait dit qu'elle était contente d'être débarrassée d'une fille trop grande qui la vieillissait.

Après avoir achevé le lycée, les bonnes notes de Morgan lui permirent d'obtenir une bourse couvrant ses frais d'université en Californie du Sud.

En fait, à bien y réfléchir, tous les combats qu'elle avait dû mener dans sa vie étaient dus au fait que ni sa mère ni son père n'avaient jamais assumé leurs responsabilités de parents.

Elle posa le pot de glace sur la table basse et prit son iPad. En cherchant sur Internet, elle trouva l'adresse d'un blog spécialisé dans les rumeurs concernant les personnages puissants d'Austin.

Il était grand temps que l'un de ses parents – en l'occurrence Henry Stewart – paye enfin pour sa négligence.

- 5 -

« Jared, ton père ne peut pas revenir. Son état de santé est encore trop fragile. »

Le lundi matin, dans l'ascenseur qui le menait jusqu'au dernier étage des bureaux de Robinson Holdings, Jared songeait à ce que sa mère lui avait dit la veille.

De son côté, son père avait été on ne peut plus clair :

« Il va falloir que tu deviennes enfin adulte et que tu fasses ce qu'il y a à faire. »

Il leva les yeux au ciel en se remémorant le ton particulièrement condescendant de son père. D'accord, il savait que ça ne serait pas facile de prendre la suite de Chris, mais il semblait bien que personne d'autre que lui, Jared, ne pouvait le faire.

Quand il sortit de l'ascenseur dans un de ses nombreux costumes sur mesure, il se sentait néanmoins différent de d'habitude. Cette fois, il posait sur les gens un regard neuf. Et au lieu de se contenter d'aller passer quelques heures en dilettante dans son bureau, il allait devoir prendre des décisions. La vie matérielle de la plupart des gens qu'il croisait dépendait de lui, et c'était un sentiment effrayant.

En ouvrant la porte de son bureau, il eut la surprise d'y trouver sa grand-mère.

— Grand-mère, je ne m'attendais pas à te voir.

Fait extraordinaire, elle sourit.

— Étant donné que la santé de Clay l'empêche de

travailler et que ton frère est Dieu sait où avec sa strip-teaseuse, je suis venue en renfort.

— Je croyais que tu t'étais retirée des affaires depuis des années.

— Je fais toujours partie du conseil d'administration et je viens de temps à autre. Ça me permet d'entretenir mes petites cellules grises et de ne pas vieillir trop vite.

— Tu ne fais même pas cinquante ans.

— Inutile de me faire du charme, Jared. Réserve ça aux femmes dont tu brises le cœur à travers toute la ville. Il y a une réunion dans une heure. Mettons-nous au travail.

Deux heures plus tard, Jared avait déjà envie de jeter l'éponge. La réunion avait été une vraie foire d'empoigne, et de nombreux participants avaient spéculé sur l'avenir de l'entreprise maintenant que le P-DG avait disparu dans la nature. C'est alors que sa grand-mère avait lâché sa bombe : à savoir que *Jared* reprenait le poste de son frère Chris, durant l'absence de ce dernier. Certains administrateurs s'étaient révoltés, et d'autres avaient ouvertement éclaté de rire, croyant à une plaisanterie.

— Jared ne connaît rien à la gestion d'une entreprise de cette importance. Sa spécialité, ce sont les grosses voitures et les jolies femmes, avait même raillé un des membres les plus âgés du conseil d'administration.

— Jared manque peut-être un peu d'expérience, avait répondu Ruth, mais, quoi qu'il en soit, nul autre qu'un *Robinson* ne sera jamais à la tête de Robinson Holdings. Et j'ajoute que je serai sur place pour l'assister.

— Vous mettez la société en danger, intervint un autre membre du conseil d'administration.

— N'ai-je pas pris un risque également quand je vous ai embauché ?

Après cet échange, la réunion s'était poursuivie plus calmement, sa grand-mère menant les débats de main de maître. Ils étaient maintenant revenus dans son bureau et discutaient de la suite des événements autour d'un café.

— En tant que dirigeant, il va te falloir rester discret et surtout ne pas provoquer de scandale. Je ne tiens pas à ce qu'il se passe la même chose qu'avec ton frère.

— Je ne suis pas Chris, rétorqua Jared, qui avait l'habitude d'être très discret sur sa vie amoureuse.

— Tant mieux, parce que, tu l'as constaté, ils recherchent tous l'autorité. Donc, étant donné ta réputation d'homme à femmes, je crois qu'il est grand temps que tu te trouves une épouse.

— Je ne suis pas prêt pour le mariage. Peut-être un jour, mais en tout cas pas maintenant.

— Le conseil d'administration te suivrait bien plus volontiers si tu te rangeais, poursuivit-elle sans tenir compte de ce qu'il venait de dire.

— Ça n'est pas plutôt toi que ça rassurerait ?

— C'est du pareil au même.

— Tu n'as aucune raison de t'inquiéter, j'ai déjà une petite amie.

Seigneur, mais pourquoi avait-il dit ça ? En fait, Jared le savait parfaitement. Bien sûr, il aimait son frère, mais il en avait plus qu'assez qu'on le compare sans arrêt à Chris.

Sa grand-mère écarquilla les yeux.

— Et pourquoi n'ai-je jamais entendu parler de cette personne ?

— Parce que c'est récent.

Jared persistait dans le mensonge. Mais avait-il vraiment le choix ?

— Et comme les médias tournent toujours autour

de moi comme des mouches, nous préférons que notre relation reste secrète.

— J'aimerais la rencontrer.

— C'est prématuré, grand-mère.

— Ridicule. Tu vas me l'amener et me la présenter, dit Ruth tout en prenant une pile de dossiers sur le bureau. Allez, au travail. Tu as un déjeuner d'affaires avec un client potentiel que Chris jugeait particulièrement intéressant, et il faut que tu te prépares.

Pour sa grand-mère, le sujet était peut-être clos, mais ça n'était pas le cas pour Jared. Il n'avait pas de petite amie. Ni même personne en vue. La plupart des femmes de son répertoire téléphonique n'étaient pas de celles qu'on ramène à la maison pour les présenter à sa grand-mère. Il allait falloir se mettre en quête parce qu'il lui fallait une fausse petite amie dans les plus brefs délais !

En route pour le très chic restaurant où elle avait rendez-vous avec la blogueuse Ally Peters, Morgan se sentait sûre de son fait. Elle était convaincue de faire ce qu'il fallait. Une fois qu'elle aurait révélé au grand public que Henry Stewart était son père, ce dernier ne pourrait plus cacher la vérité. Il serait contraint d'affronter la réalité et de prendre ses arguments en compte. Il se pouvait bien sûr qu'il ne réagisse pas, mais, d'après ce qu'elle avait appris de Nora Stewart, elle savait que cette dernière tenait beaucoup à sa réputation. Elle ne supporterait pas de voir le nom de leur famille traîné dans la boue. Donc, d'une manière ou d'une autre, la vérité éclaterait et plus personne n'oserait traiter Morgan d'affabulatrice.

Mais à quel prix ? demanda sa petite voix intérieure. La veille au soir, Fallon l'avait appelée, et Ayden lui avait envoyé des SMS. Tous les deux venaient en paix et ne voulaient que parler, mais l'heure n'était plus aux discussions. Il était temps de passer à l'action. La presse commençait déjà à se demander si son histoire était véridique. Heureusement, elle était rarement prise en photo et n'était pas sur les réseaux sociaux, donc personne n'avait pu trouver de photo d'elle récente. Un anonymat relatif qui lui convenait parfaitement.

Morgan gara sa Honda, et un voiturier apparut instantanément. Elle entra dans le restaurant, très élégante dans sa robe rayée courte, ses bottes et son Borsalino préféré.

— J'ai rendez-vous avec Ally Peters, annonça-t-elle à l'hôtesse.

La blonde sculpturale la guida jusqu'à un box en arc de cercle, où la journaliste l'attendait déjà. Ally Peters était très populaire, et son blog comptait plus de deux millions de followers.

La jeune femme rousse se leva à son arrivée pour la saluer.

— Installez-vous. J'ai déjà commandé de l'eau pétillante. J'espère que ça ne vous ennuie pas.

— Pas du tout.

— J'ai hâte que vous me racontiez tout, dit Ally en se frottant les mains, son visage en cœur illuminé par un grand sourire. Vous disiez avoir une révélation à faire concernant une riche famille d'Austin ?

— En effet, dit-elle avant de s'interrompre à l'arrivée d'une serveuse.

Après avoir commandé une sangria à la pêche, elle poursuivit :

— J'espère que vous pourrez enfin faire connaître la vérité. J'ai l'impression d'avoir été muselée jusqu'à présent.

— Je comprends. Et je vous écoute.

Morgan se penchait vers Ally quand une voix familière

la coupa dans son élan. C'était impossible. Ils ne s'étaient vus qu'une fois, mais Morgan savait qu'elle n'oublierait jamais la voix de l'homme avec qui elle avait failli finir la soirée au lit. Quand il tourna la tête dans sa direction, le doute ne fut plus permis.

Jared.

Morgan retint son souffle. Il avait toujours ce regard langoureux, ces lèvres sensuelles dont les baisers avaient électrifié tout son corps.

— Vous disiez, Morgan ?

Ally interrompit le cours de ses pensées pour la ramener à leur conversation, mais l'esprit de Morgan était ailleurs. Elle ne pouvait détacher son regard de Jared, de sa bouche. Elle avait un peu la tête qui tournait. Elle s'était imaginé que jamais elle ne le reverrait. Quelle était la probabilité que leurs chemins se croisent à nouveau ? C'était sûrement le destin qui était à l'œuvre.

Puis Jared leva les yeux et son regard s'accrocha au sien de l'autre bout de la salle. Il était si brûlant et si profond que Morgan sentit ses joues rougir et un grand frisson lui parcourir l'échine. Ce fut elle qui détourna le regard la première.

— Qui regardez-vous avec autant d'intensité ? demanda Ally en se retournant pour explorer le restaurant des yeux.

Puis elle eut un grand sourire.

— Est-ce qu'il y a quelque chose entre Jared et vous ? Oh ! mon Dieu, ça serait si amusant. Ce matin, les journaux ont sorti un article sur son frère Chris qui se serait enfui avec une stripteaseuse. Et maintenant, ça…

— Il n'y a rien entre lui et moi, dit Morgan si précipitamment que la curiosité d'Ally n'en fut qu'attisée. Je le regardais parce que je le trouve très séduisant. Rien de plus.

— Et lui vous regardait aussi. Je suis sûre qu'il se passe quelque chose.

— Mais non. Et j'aimerais qu'on revienne à…

Morgan n'eut pas le temps d'achever sa phrase ; Jared était brusquement apparu devant leur table. Il était toujours aussi beau que le soir où elle l'avait rencontré, mais elle fut un peu étonnée par le costume gris et la cravate rayée bleu et blanc qui faisaient très homme d'affaires.

— Morgan, dit Jared.

Il n'avait d'yeux que pour elle et ne prêta aucune attention à Ally, qui était littéralement surexcitée.

— Jared.

— Est-ce que je peux m'asseoir ? demanda-t-il sans attendre de réponse et en prenant place en face de Morgan.

— Mais bien sûr, dit Ally.

Morgan, elle, était incapable de prononcer un mot, tout à son émotion de revoir en chair et en os le très sexy inconnu qui la faisait fantasmer depuis la soirée du mariage.

— Qu'est-ce que vous faites, Morgan ?

— Ally et moi bavardons au sujet d'un grand secret que je veux lui révéler.

Il fronça les sourcils.

— Vous pensez que c'est sage ?

— Ça ne vous regarde pas, dit vivement Morgan. Si j'ai bon souvenir, vous n'aimez pas jouer les preux chevaliers.

Le regard de Jared s'assombrit, et la tension sexuelle entre eux devint presque palpable. Morgan se passa la langue sur les lèvres, très sèches tout à coup, et Jared ne put s'empêcher de la regarder mais détourna bien vite le regard. Il semblait redouter de céder à la tentation.

Il se tourna vers Ally.

— Seriez-vous d'accord pour décaler votre rendez-vous avec Morgan ?

— Mais non…, commença Morgan, stoppée net par le regard noir que lui lança Jared.

— Mais bien sûr, dit Ally en récupérant son sac et sa tablette avant de se lever.

Morgan savait que la chroniqueuse mondaine se régalait d'avance de ce qu'elle allait pouvoir raconter sur Jared et elle, et qu'elle se moquait bien de Henry Stewart désormais. Jared était en train de tout gâcher. Pourquoi avait-il fallu qu'il se trouve dans ce restaurant justement aujourd'hui ?

Ally fouilla dans son sac et en sortit une carte de visite qu'elle tendit non à Morgan mais à Jared.

— Appelez-moi. J'adorerais bavarder un peu plus longuement avec vous, lui dit-elle avec un clin d'œil avant de gagner la sortie du restaurant.

Morgan fulminait sur place.

— Non mais de quel droit…

Elle n'eut pas le temps d'en dire davantage : Jared s'était glissé à côté d'elle et déjà sa bouche était sur la sienne.

Jared était incapable de se contrôler quand il s'agissait de Morgan, et, quand il l'avait vue en compagnie de Ally, la célèbre chroniqueuse mondaine, son cœur s'était mis à battre violemment dans sa poitrine. Il savait ce qu'elle s'apprêtait à faire. Elle allait mettre sa vie en l'air. *Il fallait qu'il l'en empêche*. Il n'avait bien sûr pas prévu de l'embrasser, mais maintenant il ne pouvait plus se rassasier d'elle. Il aurait pu rester des heures à l'embrasser. À goûter l'arôme fruité de ses lèvres, si douces. N'y tenant plus, il força un peu sa bouche et leurs langues se rencontrèrent. Instantanément, il eut envie d'elle. Mais ils étaient dans un lieu public ; il fallait qu'il se contienne.

Les joues rosies et la bouche encore humide de leur baiser, Morgan le regardait.

— M'avez-vous embrassée pour me faire taire ?

— Peut-être, dit-il en souriant. Ça a marché ?

Morgan se mordit les lèvres, et Jared sentit le désir l'envahir.

— Vous savez très bien que oui. Mais m'empêcher de parler avec Ally ne changera rien. J'ai la ferme intention de faire toute la lumière sur ce qui s'est passé.

— Et dans quel but ? Ce n'est pas ce qui incitera Henry à vous accepter. Je pense même que lui et les autres Stewart pourraient vous en vouloir de ternir leur réputation. Est-ce que vous y avez songé ? Avez-vous pensé à votre frère Dane ?

— À son retour, il trouvera ma lettre de démission. Je ne peux pas continuer à travailler pour lui après tout ce qui s'est passé.

— À mon avis, c'est une erreur. Dane aura certainement envie de mieux vous connaître. Mais au-delà de ça, vous ne pensez pas qu'il a assez souffert de son exposition dans les médias l'année dernière sans que vous révéliez un autre secret de famille ?

Morgan demeura silencieuse. Il espérait qu'elle allait entendre raison. Les médias avaient littéralement harcelé le pauvre Dane quand on avait découvert qu'il était tombé amoureux d'Iris, une femme qui avait utilisé son don de sperme anonyme pour tomber enceinte. Leur histoire d'amour avait fait les choux gras de la presse, et il ne voulait pas que son ami ait de nouveau à subir ça. Ni Morgan.

— Qu'est-ce que vous voudriez que je fasse ? finit-elle par demander.

— Que vous soyez patiente et que vous m'écoutiez. Parce que j'essaie de vous sauver de vous-même. Puis-je vous rappeler vos exploits au mariage ? Vous avez fait votre grande révélation au plus mauvais moment, vous

vous êtes enivrée et vous avez tenté de passer la nuit avec un parfait inconnu.

— Vous n'êtes plus un inconnu, répondit Morgan. Maintenant, je connais votre nom. Jared Robinson.

— C'est vrai, dit-il, sans pouvoir réprimer un sourire.

— Dites-moi, monsieur Robinson, pourquoi êtes-vous parti sans…

— Sans vous avoir fait l'amour ?

Morgan rougit, visiblement embarrassée par son franc-parler.

— Pourquoi ? N'importe quel autre homme aurait profité de l'occasion.

— Je ne suis pas n'importe quel homme.

— Non, c'est vrai.

— Merci. Et je vais continuer à vous étonner en vous proposant un marché que vous ne pouvez pas refuser.

— Et lequel ?

— J'ai besoin d'une petite amie. Pour la galerie. Et je pense que vous seriez parfaite dans ce rôle. Qu'en dites-vous ?

- 6 -

Morgan éclata de rire. Vraiment, elle ne savait pas quoi penser de Jared Robinson. Parfois, il était le séduisant inconnu qu'elle avait rencontré à un mariage. Et à d'autres moments, il était un preux chevalier qui s'élançait à son secours. Il n'arrêtait pas de souffler le chaud et le froid, et elle ne parvenait pas à le percer à jour.

— Qu'y a-t-il de si drôle ? dit Jared, les sourcils froncés.

— Vous plaisantiez, non ? demanda Morgan après avoir vaincu son fou rire.

— Pas du tout.

Jared s'était rembruni, et Morgan comprit qu'elle s'était méprise.

— Vous êtes sérieux ? Vous voulez que je joue votre petite amie ? Mais pourquoi ? Si j'en crois Ally, vous collectionnez les conquêtes. Il n'y a aucune raison que vous ayez besoin d'une fille comme moi.

— Peut-être que je n'ai pas *besoin* d'une fille comme vous mais que vous êtes la fille que je *veux*.

Le cœur de Morgan fit un bond.

— Mais pourquoi ?

— Ça me paraît évident. Vous êtes une très belle femme, et je suis très attiré par vous, Morgan. Et, si je ne m'abuse, cette attirance est réciproque. Nous pourrions donc profiter mutuellement de la compagnie de l'autre tandis que vous m'aideriez à améliorer mon image.

— Pourquoi votre image est-elle soudain devenue si importante ?

— Mon frère Chris, qui gérait l'entreprise, a pris la poudre d'escampette avec une stripteaseuse. Il est parti sans laisser d'adresse, et la famille et le conseil d'administration attendent de moi que je comble le vide. Et, étant donné ma réputation, la pilule serait sans doute plus facile à avaler pour eux si j'étais un peu plus… *posé.*

— C'est-à-dire engagé dans une relation ?

Il pointa le doigt vers elle.

— Vous avez tout compris.

— Et quel serait l'intérêt pour moi ?

Il eut un sourire séducteur.

— De passer du temps en mon agréable compagnie. En tant que petite amie, vous ne manqueriez de rien. Et en prime, vous pourriez profiter de la famille que vous avez toujours désirée – *la mienne* - pour une période limitée. Une fois que le conseil sera calmé, nous mettrons un terme à notre association.

— C'est surtout vous qui avez tout à y gagner, dit Morgan avant de prendre une petite gorgée de sa sangria. Et aussi tentante que soit la proposition de passer du temps avec vous et d'emprunter votre famille, je vais devoir décliner l'offre.

— Pourquoi ? Avez-vous quelque chose d'urgent à faire ailleurs ? Ou un amoureux dont vous ne m'auriez pas parlé ?

Morgan eut un petit rire. Elle n'avait jamais eu de petit ami parce qu'elle n'avait jamais autorisé aucun homme à devenir vraiment proche d'elle. Depuis le viol dont elle avait failli être victime, elle avait peur de l'intimité avec les hommes. À l'université, elle avait vu ses amies tomber amoureuses puis rompre pour mieux chercher une autre âme sœur, mais à elle ça ne lui était jamais arrivé. Elle avait même craint de ne pas être normale de ce point de vue-là. Jusqu'à Jared. Jusqu'à cette nuit où elle avait embrassé un inconnu.

— Alors ?

Il attendait toujours la réponse à sa question.

— Il n'y a personne d'autre.

Ses épaules ne s'étaient-elles pas visiblement détendues ? se demanda Morgan. Mais peut-être projetait-elle ses sentiments.

— Alors, pourquoi non ?

— Parce que j'essaie de comprendre quelle est ma place dans ce monde. Peut-être qu'elle n'est pas parmi les Stewart, mais elle n'est pas avec vous non plus.

— Je comprends. Mais vous n'avez pas dit que vous aviez donné votre démission à Dane ? Donc, vous n'avez pas de travail en ce moment. Alors, pourquoi ne pas rester un peu à Austin ? Ensuite, quand nous reprendrons chacun notre liberté, je pourrais vous aider. J'ai de nombreuses relations et, quels que soient vos objectifs, je peux vous aider à les atteindre. Allez, dites-moi comment vous convaincre d'accepter.

Morgan leva les yeux vers lui. Son visage à la mâchoire bien dessinée était à la fois si viril et si parfait. Et la coupe impeccable de son costume lui conférait un je-ne-sais-quoi de rassurant et de confortable. Morgan se sentait comme hypnotisée. *Était-ce pour ça qu'elle se surprenait à songer sérieusement à sa proposition ?* Allait-elle jeter aux orties tout sens commun et se lancer dans l'inconnu ?

Non. Il fallait qu'elle réfléchisse. Qu'elle reste logique. Arrachant son regard au sien, elle baissa les yeux un moment. Il n'avait aucun scrupule à lui faire cette offre choquante parce que, dans son univers à lui, les femmes n'étaient que des objets dont il pouvait se débarrasser quand il en avait fini avec elles. Avant d'accepter, Morgan devait s'assurer que sa situation s'en trouverait améliorée, parce que rien ne garantissait que Henry finirait par l'accepter au sein de la famille Stewart. Ce qui signifiait qu'elle devait se débrouiller toute seule. Maintenant qu'elle avait démissionné, elle allait devoir retrouver du travail et elle se refusait à demander l'aide de son frère.

— Je veux travailler pour une plate-forme Internet ou dans la production audiovisuelle, dit Morgan.

Elle adorait le cinéma.

— J'ai travaillé pendant un an avec Dane et j'ai beaucoup appris. Sans oublier que j'ai étudié l'écriture de scénarios à l'université.

— Je ferai en sorte que ça marche, répondit Jared. Donc, je peux vous considérer comme ma petite amie à compter de maintenant ?

— Oui. On se serre la main ?

— J'ai une meilleure idée.

Il se rapprocha d'elle sur la banquette, et elle comprit ce qu'il avait en tête. Il se pencha vers elle, et sa bouche vint prendre possession de la sienne.

Jared n'avait pas pu résister à l'envie de l'embrasser. Morgan était à la fois si douce et si honnête. Il appréciait sa franchise. Trouvait ça particulièrement excitant. Son baiser fut donc passionné, et la façon dont Morgan l'attira à elle et dont ses lèvres tremblaient lui prouva qu'elle était aussi soumise à son désir que lui. Puis il se redressa doucement pour la regarder.

— C'est réglé. Vous êtes à moi.

Mais son ton possessif sembla contrarier Morgan ; la

passion qu'il lisait un instant plus tôt dans ses grands yeux noisette disparut d'un coup.

— Je n'appartiens ni à vous ni à personne. Je vais vous aider et en retour vous m'aiderez à exercer le métier de mes rêves.

Morgan ne ressemblait pas aux femmes qu'il fréquentait habituellement. Elle était largement aussi belle, bien sûr, mais il la trouvait trop spontanée. En général, ses maîtresses avaient des manières plus raffinées et les conversations avec elles étaient plus convenues. Ces femmes l'accueillaient volontiers dans leur lit à cause de son nom et de sa réputation dans ce domaine précis, mais il y avait une pureté chez Morgan qui lui laissait penser que son comportement à La Jolla avait été très inhabituel pour elle.

— Bon. Quelle sera ma première mission ?

— De convaincre ma grand-mère, Ruth, que notre relation est bien réelle.

— Ça ne devrait pas être trop difficile de convaincre une gentille vieille dame que nous sommes en couple, dit-elle avec un sourire.

— On voit que vous ne la connaissez pas. C'est une femme de caractère. Elle a aidé mon grand-père à fonder l'entreprise.

— Ça doit être une femme formidable.

— En effet. Et elle est très intelligente aussi. Il va falloir être très performants si on veut qu'elle nous croie. Autrement dit, il faudrait qu'on apprenne à bien se connaître. Sinon, elle sentira que quelque chose cloche.

— Étant donné que j'ai démissionné, mon emploi du temps n'est pas très chargé, dit Morgan en s'adossant à la banquette.

Il prit son iPhone dans sa poche.

— Parfait. Donnez-moi votre numéro. J'ai une réunion,

mais je vous appelle ensuite, dit-il en se levant. Nous allons faire une bonne équipe, vous et moi.

Puis il sortit du restaurant au plus vite. Morgan était la tentation incarnée, et il risquait de se laisser distraire en essayant de la séduire. Il allait falloir qu'il s'assure qu'ils ne seraient pas seuls trop souvent. Sinon, il était convaincu que leur petit arrangement prendrait un tour bien trop personnel.

Venait-elle réellement d'accepter de prétendre être la petite amie de Jared ? se demandait Morgan en pénétrant dans le hall de son hôtel cet après-midi-là. Et à quoi est-ce que ça l'engageait, exactement ? Ils n'étaient pas entrés dans les détails ; il avait seulement dit qu'il s'occuperait d'elle. Est-ce que ça signifiait qu'il allait payer sa note d'hôtel ?

À peine était-elle rentrée dans sa chambre, qu'elle entendit toquer à la porte. Pourtant, elle n'attendait pas de visite. Pieds nus, elle alla jusqu'à la porte et regarda par le judas. C'était Ayden.

— S'il vous plaît. J'aimerais qu'on discute.

Morgan ouvrit.

— Pourquoi voudriez-vous me parler alors que je fais comme si vous n'existiez pas ?

— Parce que vous êtes ma sœur, dit Ayden en entrant sans y être invité.

Morgan referma la porte et se tourna vers lui, les bras croisés. Son frère était un bel homme, il ressemblait à leur père.

— Donc, vous me croyez ?

— Bien sûr, dit-il en fronçant les sourcils. Pourquoi Henry n'aurait-il pas trompé Nora comme il trompait ma mère ?

— Merci, souffla-t-elle en allant s'installer dans le coin salon.

Ayden s'assit à côté d'elle.

— Il y a des années, j'ai promis à Fallon de devenir un meilleur grand frère… Je suis ici pour ça aujourd'hui aussi. La vie n'a pas été facile pour vous.

Morgan ne put réprimer un petit sourire. Elle n'avait aucune envie de l'apprécier, mais elle n'arrivait pas à s'en empêcher.

— Ayden…

— Peu importe ce que dit notre père, vous êtes sa fille… Ma sœur.

— Pourquoi refuse-t-il de reconnaître la vérité ?

Ayden haussa les épaules.

— Par orgueil, sans doute. J'aime autant vous prévenir, Henry n'est pas quelqu'un de facile à aimer.

— Comment avez-vous pu lui pardonner après tout ce qu'il vous a fait ?

Morgan connaissait l'histoire d'Ayden : Henry avait divorcé de sa mère, Lillian, pour épouser Nora, avec qui il la trompait. Il avait donné un peu d'argent à Lillian et n'avait reconnu Ayden que très récemment.

— Je ne lui ai pas pardonné, répondit Ayden. J'ai juste appris à accepter les choses que je ne peux pas changer pour préserver la paix dans la famille, mais je n'ai rien oublié. Comme avec vous, il n'a jamais reconnu qu'il avait quelque chose à se reprocher.

— Je ne suis pas sûre d'être aussi magnanime.

— Que se passera-t-il si Henry ne vous reconnaît jamais ? Non, Morgan, il faut continuer à avancer. Vous ne pouvez pas passer toute votre vie à attendre une chose qui n'arrivera peut-être jamais. Croyez-moi. Je parle d'expérience.

— En tout cas, merci d'être venu me voir. Ça me touche beaucoup.

— Fallon voulait venir, mais Dylan est malade et elle est restée avec lui. Tous les deux – et Dane aussi, j'en suis sûr –, nous sommes de votre côté.

— Vous avez des nouvelles de Dane, au fait ?

Ayden secoua la tête.

— Ça m'étonnerait qu'on en ait. Après avoir été sous les feux de la rampe pendant six mois, lui et Iris aspiraient à quelques semaines de tranquillité. Les parents d'Iris s'occupent de Jayden, dit-il en lui prenant la main. Dane vous en voudra peut-être un peu au début, mais il finira par vous accepter, tout comme Fallon et moi.

— Vous vous débrouillez plutôt bien comme grand frère, dit Morgan avec un sourire.

— J'ai de l'entraînement, dit-il en se levant. Bon, je vous laisse, mais, si vous avez besoin de quoi que ce soit, je suis là.

Il s'avança vers elle et la prit dans ses bras.

Morgan n'aurait jamais cru avoir un tel besoin de tendresse fraternelle. Un nœud se forma dans sa gorge quand il se détacha d'elle.

— On se revoit très vite, d'accord ? dit Ayden en lui caressant la joue.

Quand il fut parti, elle songea qu'Ayden devait savoir mieux que personne ce qu'elle avait vécu. Avait-il raison ? Devait-elle renoncer au désir d'être reconnue par son père ? Morgan n'était pas sûre de pouvoir y parvenir, mais elle allait essayer.

- 7 -

Le reste de la semaine, Jared surprit à la fois sa grand-mère et le conseil d'administration en travaillant douze heures par jour. Bien sûr, en tant que directeur du marketing, il était au courant des affaires en cours, mais il n'avait jamais été impliqué dans le stade de développement d'un projet, pas plus que dans sa phase finale.

Mais avec l'aide de Ruth, il était en train d'apprendre tout ça. La peur se mêlait à l'excitation, mais le respect qu'il lisait à présent dans les yeux de ses pairs lui donnait peu à peu confiance en lui. Il n'était plus le dilettante que tous avaient connu. Il mettait les mains dans le cambouis et découvrait à sa grande surprise que ça lui plaisait beaucoup.

Au point que le vendredi en fin de journée, il réalisa que la semaine s'était écoulée sans qu'il ait contacté Morgan. Il se sentait un peu minable de ne pas lui avoir donné de nouvelles, mais il comptait bien se rattraper et tenir sa part du marché.

Il était presque l'heure de dîner. Non seulement ce serait agréable de passer la soirée avec une belle femme, mais sa grand-mère ne manquerait pas de remarquer toute anomalie, aussi fallait-il également qu'il s'assure que Morgan et lui pourraient assurer le spectacle. Il prit son téléphone et composa son numéro.

— Ah. Vous ne m'avez pas oubliée, finalement ?

— Vous oublier ? C'est impossible. Mais la semaine

a été très chargée au bureau. Mon frère avait pas mal de projets en cours, et je n'ai pas arrêté une seconde. Êtes-vous libre pour dîner ce soir ? Je me suis dit que nous pourrions aller manger un morceau dans mon restaurant préféré.

— Bien sûr. À quelle heure ?

— Je peux passer vous prendre dans une heure.

— Parfait. Je peux vous retrouver directement là-bas. Donnez-moi l'adresse.

Pourquoi fallait-il qu'elle soit si obstinée ?

— Je ne suis pas du genre à laisser mon amie arriver seule au restaurant, répondit Jared. Ça étonnerait tout le monde. Je passerai vous prendre à 19 heures.

— Très bien.

Morgan lui donna l'adresse de son hôtel, et il sourit. Elle commençait à comprendre : il obtenait toujours ce qu'il voulait.

En ouvrant la porte, Morgan se prit à espérer que son maquillage et ses cheveux étaient parfaits parce que le Jared qui se tenait face à elle avait tout de l'homme de pouvoir, avec son costume sur mesure mettant en valeur ses larges épaules.

Il sourit, et ses fossettes et ses lèvres pleines achevèrent de la faire craquer. Il était irrésistible.

Sexy. Vraiment trop sexy.

Sous son regard qui balayait son corps, son cœur se mit à battre la chamade.

— J'espère que ce que je porte convient à l'endroit où nous allons.

— Vous… Heu… C'est bien, dit-il d'une voix un peu étranglée.

— Bien ? Je m'attendais à un commentaire plus enthousiaste.

Jared s'éclaircit la voix tandis que son regard suivait lentement les courbes de son corps moulé dans une robe noire sans bretelles. Sa mâchoire se crispa légèrement.

— Que diriez-vous de *sexy* ?

Elle leva les yeux vers lui et, quand leurs regards se rencontrèrent, elle sentit comme des papillons dans son estomac.

— Ça me va, dit-elle, avant de sortir dans le couloir et de refermer la porte de sa chambre.

Pas question qu'elle le laisse entrer. Il la regardait avec un air trop gourmand.

Une main posée au creux de son dos, Jared marcha à ses côtés jusqu'à l'ascenseur. Bizarrement, Morgan ne trouvait pas son attitude déplacée. Au contraire, elle se sentait comme protégée.

À sa grande surprise, une fois dans le hall de l'hôtel, Jared lui prit la main et elle ne retrouva son souffle qu'une fois installée sur le siège passager de sa Porsche.

Il fallait qu'elle se reprenne. Tout ça n'était que de la comédie. Jared ne la voulait pas elle. Il avait juste besoin d'une petite amie pour donner le change à sa grand-mère… Ce qui n'empêchait pas une partie d'elle d'avoir envie que tout ça soit réel.

Jared l'emmena dans un restaurant à la fois bar et club de jazz qui n'avait rien de l'endroit clinquant où elle pensait passer la soirée. Elle s'était imaginé qu'il voudrait être vu par les célébrités du coin, mais non.

— Ça ne va pas ? lui demanda Jared après que le propriétaire des lieux les eut installés à une petite table discrète. Le restaurant ne vous plaît pas ?

— Si, j'adore, dit Morgan avec un sourire. Mais je n'aurais pas pensé que vous aussi.

— Parce que je suis un sale gosse de riches ?

Elle éclata de rire.

— Il n'y a rien de mal à apprécier les choses raffinées. C'est comme ça que vous avez été élevé.

— Mais j'aime aussi la bonne cuisine simple, répondit Jared en consultant la carte.

— Je ne voulais pas vous blesser. C'est juste que je pensais que vous voudriez qu'on nous voie. C'est d'ailleurs pour ça que j'ai choisi cette robe.

— Et elle est parfaite. Quant au restaurant, j'avais envie que nous puissions discuter tranquillement à l'abri des oreilles indiscrètes.

— Merci.

Le patron arriva avec une bouteille de vin rouge et leur servit deux verres.

— Portons un toast à cette soirée, dit Jared, où je compte en apprendre un peu plus sur vous.

Morgan fit tinter son verre contre celui de Jared. Elle aussi avait hâte de découvrir ce que cette soirée leur réservait.

Par-dessus son verre, Jared contemplait Morgan. Ce soir, elle avait relevé ses cheveux en un élégant chignon qui dégageait son cou et son visage à la peau couleur caramel. Le maquillage *smoky* de ses yeux les rendait encore plus ensorcelants. Tout à l'heure, quand elle avait ouvert la porte et qu'il avait aperçu son décolleté, il avait eu envie de la repousser dans sa chambre pour pouvoir l'embrasser et caresser tout son corps jusqu'à en perdre la raison.

Au lieu de quoi, ils étaient dans son restaurant préféré, à faire comme s'ils n'étaient pas irrésistiblement attirés l'un par l'autre. Ses yeux se posèrent sur sa bouche tandis qu'elle lui parlait de son enfance à Las Vegas. Il adorait sa façon de s'humecter de temps en temps les lèvres, et ça ne faisait qu'attiser son désir. Elle le troublait, et ce, depuis le premier soir, quand elle essayait de s'armer de courage pour aller parler à son père.

D'ailleurs, où était sa mère dans tout ça ?

— Je sais qui est votre père, mais votre mère, vous n'en parlez pas. Où est-elle ? Elle vit toujours à Vegas ?

— Elle est morte, dit Morgan en secouant la tête.

— Oh ! je suis désolé. Elle doit beaucoup vous manquer.

— Nous n'étions pas très proches. Elle n'a jamais été vraiment là pour moi.

— D'où votre envie que votre père fasse partie de votre vie ?

— Ça ne m'a pas vraiment manqué, dit-elle en tendant la main vers son verre.

Il sentait que Morgan dissimulait ses vrais sentiments. Elle ne serait pas venue jusqu'à Austin retrouver Henry si le fait d'avoir un père lui avait été aussi indifférent. Maintenant que sa mère était morte, elle était seule au monde. Mais il préféra ne pas insister.

— Ma mère est l'exact contraire. Pour elle, la famille compte plus que tout et elle s'est accomplie en nous élevant, mon frère et moi.

— C'est merveilleux.

Morgan baissa les yeux, et il vit qu'elle était triste. Il changea de sujet.

— Parlez-moi de votre premier petit ami.

— Subtile transition, dit-elle avec un petit rire. Je n'en ai pas vraiment eu, sauf si on compte Victor Nelson. Et il n'y a pas grand-chose à en dire. C'était un intello fou de cinéma qui essayait de me voler des baisers à la bibliothèque.

— Très excitant. Et vous n'avez jamais fait le mur pour aller en boîte de nuit avec une fausse carte d'identité ?

— Non, dit Morgan en secouant la tête. J'étais très sage parce que j'étais bien décidée à avoir une meilleure vie que celle de ma mère. Vous, en revanche, quelque chose me dit que vous avez beaucoup fait la fête.

— Eh, oui. Je ne peux pas le nier, j'aime m'amuser. Mais à l'époque, j'avais un compagnon de virée.

— Dane ?

Il hocha la tête.

— Lui et moi, nous étions des voyous. On séchait les cours, on draguait des filles et on conduisait des bolides. Nos parents étaient désespérés, et les miens ont fini par m'envoyer en pension.

— Ce qui n'a pas arrangé les choses ?

— Non, dit-il avec un sourire. Ils pouvaient juste encore moins me surveiller.

— Ne me dites pas qu'un homme aussi séduisant que vous n'a jamais été amoureux…

Jared la regarda. Il espérait qu'elle ne commençait pas à imaginer des histoires de mariage, de bébés et de jardins sagement clôturés d'une barrière blanche. Ils avaient passé un simple accord, et ça n'irait pas plus loin.

— Je ne peux pas dire que ça m'intéresse. Et vous ? Un grand amour qui s'en est allé ?

— Non. On ne peut pas dire ça.

— Alors, nous sommes bien assortis, dit-il en laissant son regard glisser vers son décolleté.

Il se pencha et recouvrit sa main de la sienne. Il avait le corps comme électrisé, mais il faisait tout pour dissimiler l'ardent désir qu'il éprouvait.

— Je crois que nous devrions commander, dit Morgan.

Il obtempéra et fit signe au serveur. On ne tarda pas à leur apporter leurs plats. Tout en mangeant, Jared s'interrogeait sur les réticences de Morgan. Pourquoi faisait-elle comme si elle ne le désirait pas alors qu'il sentait bien que c'était faux ? Leurs baisers avaient été fougueux ; il se rappelait encore le goût de sa bouche, et tout son corps réclamait davantage.

Le regard intense de Jared la brûlait, et Morgan avait du mal à respirer. Dans sa poitrine, son cœur s'emballa.

Chaleur. Désir. Besoin. Tout se mêlait, et elle sentit la pointe de ses seins durcir. La tension sexuelle entre Jared et elle était presque insupportable, et elle ne savait pas comment réagir. Elle n'était pas dans son élément, et cette fois elle ne pouvait pas tenter de masquer son malaise avec du whisky.

— Pourquoi me repoussez-vous ? demanda Jared. Il me semblait pourtant que ce soir-là, à votre hôtel, vous étiez prête à passer la nuit au lit avec moi.

Un nœud se forma dans sa gorge.

— C'était différent.

— Vous n'allez quand même pas invoquer l'excuse bidon que vous aviez trop bu ?

— Non. Mais ce soir-là, j'étais particulièrement à cran.

Elle poursuivit malgré l'air franchement dubitatif de Jared :

— J'étais bouleversée d'avoir été rejetée par Henry.

— Peut-être que les choses seraient plus claires si vous ne souffliez pas sans arrêt le chaud et le froid.

— Pardon si je vous envoie des signaux brouillés. Dans ce cas, soyons clairs. Ça n'est pas parce que j'ai accepté de faire semblant d'être votre petite amie qu'il faut vous faire des idées. Il vaut mieux que notre relation reste purement platonique, ça sera plus simple. Maintenant, si vous voulez bien m'excuser, j'ai besoin d'aller me repoudrer le nez.

Elle se leva d'un bond et courut vers les toilettes pour dames.

Morgan savait pertinemment qu'elle fuyait. Qu'elle cherchait à échapper à une attirance dont l'intensité l'effrayait. Si elle se laissait aller, il pourrait très facilement devenir son premier amant.

Et est-ce que ça serait si affreux ? demanda sa petite voix intérieure.

Il était peut-être temps d'arrêter de vivre dans la peur et de prendre enfin des risques. Parce que, si ça n'était pas vraiment de l'amour, c'était indéniablement de la passion physique.

Elle se regarda dans le miroir. Ses joues étaient rouges et son front légèrement en sueur. Voilà l'effet que Jared produisait sur elle.

Allez, reprends-toi.

Quand elle le rejoignit à leur table, Jared semblait songeur.

— Désolé si je vous ai choquée en étant aussi direct. Je vais me plier à vos conditions, dit-il en jetant un œil derrière elle. Ah, voilà le dessert. La crème brûlée de Martin est à tomber.

Morgan eut un sourire timide. Avait-elle gâché la soirée à cause de ses peurs ? Elle sentait bien qu'un homme tel que Jared n'insisterait pas longtemps si elle le repoussait sans arrêt.

Décidément, Jared ne comprenait pas l'attitude de Morgan. Il était évident qu'ils étaient très attirés l'un par l'autre, mais elle ne voulait pas le reconnaître.

Quelque chose la bloquait.

Ils avaient un peu abordé son passé, et il était curieux d'en savoir davantage. En général, quand une femme refusait ses avances, il passait sans état d'âme à la suivante, mais avec Morgan c'était différent. Et pas seulement parce qu'elle avait accepté de l'aider.

C'était autre chose. Il y avait plus. Jared ne parvenait pas à mettre le doigt dessus, mais il y avait quelque chose de mystérieux chez elle. Il fallait absolument qu'ils se revoient très vite et qu'il découvre comment fonctionnait la troublante Morgan Stewart.

Mais il allait falloir qu'il l'approche en douceur. Il lui faudrait être délicat et tendre. Écouter ce qu'elle dirait… et ne dirait pas. Ce n'était que comme ça qu'il aurait une chance de comprendre cette femme si incroyablement complexe.

Après le dîner, Jared reconduisit Morgan à son hôtel. Dans la voiture, l'atmosphère était tendue et le silence pesant. Morgan avait l'impression d'avoir tout gâché en se montrant aussi prude. Jared Robinson, l'homme le plus sexy qu'elle ait jamais rencontré, la *désirait* et n'avait pas eu peur de le lui montrer. Et elle, elle l'avait repoussé.

Pas étonnant qu'il soit en colère. Elle n'aurait pas été surprise qu'il décide de mettre un terme à leur arrangement. Personne n'avait envie de passer du temps avec une fille coincée. Pourquoi ne pouvait-elle pas être normale, comme tout le monde ?

Quand la voiture s'arrêta, Morgan constata qu'ils avaient remonté l'allée de l'hôtel. Un voiturier s'avança vers eux, mais Jared secoua la tête et ils restèrent assis dans la Porsche. Ce fut Jared qui rompit enfin le silence.

— Je suis désolé d'avoir été aussi pressant. Vous préférez que notre relation reste platonique, et je respecterai votre vœu. Mais je ne peux pas vous promettre que je ne serai pas tenté… parce que vous êtes une femme magnifique.

— Merci, dit Morgan en lui lançant un regard timide.

— J'ai pris la liberté de régler votre note d'hôtel, poursuivit Jared. J'espère que ça ne vous dérange pas. Nous n'avons pas discuté des modalités, mais, comme on ne sait pas combien de temps vous allez rester à Austin, j'ai pensé que vous pourriez loger dans un de nos appartements de fonction. Ça sera plus confortable qu'à l'hôtel.

— C'est une excellente idée, Jared.

— Bien. Je demanderai à mon assistante de tout organiser et de vous appeler.

Il sortit de la voiture et vint ouvrir la portière côté passager pour que Morgan puisse descendre.

— Il faudrait qu'on se revoie avant que vous ne rencontriez ma grand-mère, dit-il en la reconduisant jusqu'à l'ascenseur. Dans des conditions qui ne vous mettent pas mal à l'aise, qui ressemblent moins à un rendez-vous amoureux. Qu'en dites-vous ?

— C'est parfait. Vous êtes vraiment très fort pour retourner une situation.

— Et encore, vous n'avez pas tout vu, dit-il en lui adressant un clin d'œil tandis qu'elle entrait dans l'ascenseur.

Une fois les portes refermées, Morgan s'adossa à la paroi et poussa un profond soupir. Finalement, elle n'avait pas tout gâché. Jared n'avait pas mis fin à leur accord et il l'aiderait à réaliser son rêve professionnel. Alors, pourquoi avait-elle l'impression d'avoir perdu quelque chose de vital pour elle ?

- 8 -

— Alors, quand est-ce que je rencontre ta petite amie ? demanda sa grand-mère qui était arrivée sans s'annoncer chez ses parents le dimanche suivant.

Comme la journée était belle, ils déjeunaient sous le porche.

— Bientôt. Nous ne nous connaissons pas depuis longtemps, et je ne veux pas l'effrayer en lui présentant ma famille trop vite.

— Ridicule. C'est précisément pour ça qu'elle doit nous rencontrer. Pour voir si elle sera à la hauteur. Nous ne sommes pas des gens faciles d'accès.

Comme elle avait raison ! Ni sa grand-mère ni son père ne croyaient aux vertus des embrassades et des câlins. Dans leur univers, on gagnait ou on perdait. Jared se rappelait un jour quand il avait sept ans et qu'il faisait partie d'une équipe de football. Son équipe avait perdu le tournoi, mais ils avaient quand même reçu des trophées. De retour chez eux, son père lui avait confisqué sa récompense.

« Dans la vie, il n'y a qu'un seul gagnant. Et tu as perdu. Il faut que tu l'acceptes et que tu te battes pour gagner la prochaine fois. » Jared n'avait jamais oublié la leçon.

— Je viendrai avec Morgan le week-end prochain.

— Parfait. Espérons que tu n'es pas allé la pêcher dans un bar comme ton frère.

— Ne soyez pas si dure, Ruth, dit la mère de Jared. Je

sais que vous désapprouvez ce qu'a fait Chris, mais nous ne connaissons pas toute l'histoire.

— Personnellement, j'en sais suffisamment. Il a tourné le dos à l'entreprise et à la famille.

Mary Robinson se tourna vers son mari. Mais Clay n'avait pas l'habitude de s'opposer à sa mère, aussi Jared intervint-il :

— Maman a raison. Ne dis pas de mal de Chris alors qu'il n'est pas là pour se défendre.

Comment pouvait-il envisager de mêler Morgan à cette famille qu'il avait lui-même tant de mal à supporter ? Il pria pour que ce soit la Morgan pleine de courage qui avait osé affronter Henry en public qui vienne le dimanche suivant. Sinon, sa grand-mère n'en ferait qu'une bouchée.

Cet après-midi-là, Morgan emménagea dans le magnifique appartement d'angle situé au 31e étage du Residences at W Austin.

Elle était impressionnée par cet immense espace sans cloisons, au parquet de chêne blanchi, à la luxueuse cuisine avec ses plans de travail en quartz, aux hauts plafonds et aux immenses baies vitrées. Quant à la chambre principale, elle était somptueuse et dotée de sa propre salle de bains avec baignoire et douche à l'italienne.

Morgan se laissa tomber sur le canapé en cuir beurre frais et poussa un long soupir. Était-ce le genre de vie qu'elle aurait connu si elle avait grandi dans la famille Stewart ? En tout cas, il ne fallait pas qu'elle s'y habitue. Même si ses sentiments pour Jared grandissaient de jour en jour, elle ne devait pas oublier que leur accord n'était que temporaire.

Elle le trouvait charmant, drôle et sexy, mais il y avait plus chez Jared que le play-boy pour lequel il tenait à se faire passer. Finirait-il par baisser un peu la garde et lui montrer son vrai visage ? Elle espérait le découvrir lors de leur prochain rendez-vous, qu'elle attendait avec impatience. Et un peu d'inquiétude aussi. Il avait réveillé sa sensualité, mais c'était justement ce qui lui faisait peur.

Depuis que Troy l'avait agressée, elle fuyait les relations intimes. Mais sans doute un homme aussi expérimenté que Jared lui permettrait-il de surmonter ses peurs. Pouvait-elle s'autoriser à montrer ses sentiments ? Elle en doutait, parce que, ce qu'elle redoutait le plus, c'était de perdre le contrôle. D'un autre côté, quand elle était dans les bras de Jared, tout le reste disparaissait et elle se sentait pleinement vivante.

Était-ce suffisant pour qu'elle sorte de sa zone de confort ?

Jared avait envie d'étrangler le gros client dont il était obligé de s'occuper. Normalement, ça n'était pas son rôle, mais cette fois il devait jouer les agents immobiliers et les chauffeurs à travers toute la ville alors qu'il avait bien mieux à faire. Pendant que le client faisait le tour de la propriété, Jared s'éloigna pour téléphoner à sa pseudo-petite amie.

— Je suis surprise que vous appeliez en pleine journée.

— Est-ce ainsi qu'on parle à son petit ami ?

Il entendit un petit rire au bout de la ligne.

— Bon, je recommence, dit-elle après s'être éclairci la gorge. Bonjour, chéri, comment se passe ta journée ?

Jared sourit intérieurement.

— Voilà qui est mieux. Qu'est-ce que vous faites de beau ?

— Je prospecte pour trouver une entreprise qui m'intéresse. J'en ai repéré une à Los Angeles.

L'estomac de Jared se noua. Pourquoi redoutait-il tant que Morgan rentre en Californie ?

— Très bien. Vous me direz si je peux vous aider ?

— Oui. Mais je suis sûre que ça n'est pas pour ça que vous m'appelez.

— Exact, dit-il en riant. Je vous appelle au sujet de ce week-end. Je pensais qu'on pourrait se voir samedi. Il y a un endroit où j'aimerais vous emmener, mais il faudrait partir tôt dans l'après-midi. Ça vous convient ?

— Il faudra que je porte une tenue spéciale ?

— Non. C'est notre rendez-vous informel, rappelez-vous.

— C'est vrai. J'ai hâte de vous voir habillé de manière décontractée, comme tout le monde.

— De votre côté, vous pourriez profiter de notre accord pour renouveler votre garde-robe. Je vais demander à mon assistante de vous ouvrir un compte dans quelques boutiques.

— Franchement, ça n'est pas nécessaire. Je suis capable de me payer mes propres vêtements.

— Je sais, mais, en tant que ma petite amie, tout le monde s'attendra à ce que vous portiez des vêtements de créateur.

— D'accord.

Il la trouva un peu trop pressée d'accepter sa proposition, mais se contenta de prendre congé avant de raccrocher. Le gros client arrivait droit sur lui.

Quand le samedi arriva, Jared était heureux. C'était aujourd'hui qu'il devait voir Morgan. Depuis mercredi, le temps avait filé à toute allure, entre les réunions avec le CA et leur nouveau projet de Lady Bird Lake. Jared faisait de son mieux pour se montrer à la hauteur de la tâche, mais il n'avait pas l'habitude de se lever aussi tôt ni d'effectuer des journées de travail aussi longues.

Morgan l'attendait en bas de l'immeuble, vêtue d'un

jean skinny presque noir qui moulait ses formes et d'un top qui découvrait une de ses épaules et appelait clairement au flirt.

Elle monta dans la voiture et lui adressa un sourire rayonnant qui fit bondit son cœur.

— Salut.

— Salut.

Elle se pencha vers lui et, à sa grande surprise, déposa un léger baiser sur ses lèvres.

— Qu'est-ce que ça veut dire ?

— Je joue mon rôle au cas où quelqu'un nous observerait, dit-elle en saluant les voituriers de la tête.

Elle avait raison, mais il aurait préféré qu'elle l'embrasse parce qu'elle en avait envie – parce qu'il lui avait manqué autant qu'elle lui avait manqué.

— Oui. Bien sûr.

— Alors, où m'emmenez-vous ? dit-elle en bouclant sa ceinture de sécurité.

— Vous verrez bien.

Durant le trajet, Morgan lui raconta sa séance de shopping dans les boutiques de luxe d'Austin.

— Je n'en reviens pas que vous n'ayez fixé aucune limite de budget. Je n'ai jamais dépensé autant d'argent pour des vêtements.

Jared la regarda d'un air consterné.

— Pourtant, mon assistante m'a dit que vous n'aviez presque rien dépensé. Je m'attendais à davantage.

— Je ne suis pas comme ma mère, Jared. Elle n'avait qu'un but, prendre leur argent à ses amants. Je sais qu'il faut que mon costume corresponde à mon rôle, mais je m'en suis tenue au strict minimum.

Jared sentait bien que le ressentiment de Morgan pour

sa mère était très profond et jugea préférable de ne pas creuser la question pour l'instant.

— D'accord, mais si le besoin s'en fait sentir, n'hésitez pas.

— C'est gentil, dit Morgan, tout en détaillant rapidement sa tenue. Vous êtes très bien en jean et T-shirt.

— Merci, dit Jared, un large sourire aux lèvres.

La conversation était à la fois légère et fluide, et ils finirent par franchir les grilles de l'Avalon Memory Care. Morgan se tourna vers lui :

— Où sommes-nous ?

— Dans un centre où l'on soigne les patients atteints de la maladie d'Alzheimer et d'autres troubles cognitifs.

— Je ne comprends pas, dit-elle.

Jared gara sa Porsche, puis se tourna sur son siège pour lui faire face.

— Mon grand-père vit ici. Il est atteint d'Alzheimer. Au début, l'évolution a été lente. Parfois, il ne se rappelait plus qui nous étions, Chris et moi, et il nous prenait pour notre père. Alors, ils ont pris une infirmière à domicile, mais ça a empiré. Ma grand-mère ne pouvait – ne *voulait* pas – gérer la situation, et elle l'a placé ici.

Sans lui laisser le temps de poser d'autres questions, Jared sortit de la voiture et Morgan fit de même.

Il s'approcha d'elle, et elle lui toucha le bras.

— Ça doit être dur de voir quelqu'un qu'on aime s'en aller petit à petit. Je suis vraiment désolée.

— C'est vrai, c'est triste. Espérons qu'aujourd'hui il sera dans un bon jour, dit Jared en cherchant sa main.

Et Morgan le laissa enrouler ses doigts autour des siens tandis qu'ils se dirigeaient vers l'entrée du bâtiment.

— Bonjour, Jared, l'accueillit Sylvia, une des infirmières. Qui nous amenez-vous ?

— Je vous présente Morgan, ma petite amie.

— Très heureuse, dit Sylvia en lui serrant la main. Je suis vraiment heureuse que vous veniez si souvent, Jared. Je sais que c'est de plus en plus difficile.

— Je ne peux pas l'abandonner ici et l'oublier, dit Jared, d'une voix étranglée. C'est mon grand-père.

Sylvia les guida le long d'un couloir sentant l'odeur caractéristique des hôpitaux. Elle toqua à la porte de la chambre du grand-père de Jared avant d'ouvrir.

Assis dans un rocking-chair devant la télévision, son grand-père portait un pantalon en toile légère, sa chemise à carreaux bleus et blancs préférée et des mocassins. Il releva la tête, et son regard s'éclaira. Il l'avait reconnu. Jared poussa un profond soupir.

— Anthony, regardez qui vient vous voir, dit Sylvia.

— Jared ! Approche, mon garçon.

Son grand-père ouvrit les bras, et Jared lâcha la main de Morgan pour se précipiter vers lui.

— Je vous laisse, dit Sylvia avant de quitter la chambre.

Son grand-père prit le visage de Jared entre ses deux mains.

— Laisse-moi te regarder. Tu es un beau jeune homme et tu te maintiens en forme. C'est comme ça que j'ai su garder ma Ruth.

— Grand-père, je voulais te présenter ma petite amie, Morgan.

Elle s'approcha, et le vieux monsieur l'enveloppa dans ses bras, comme il faisait avec Chris et lui quand ils étaient enfants.

Un bras toujours passé autour de Morgan, son grand-père se tourna vers Jared.

— C'est une vraie beauté. Pas étonnant que tu sois tombé amoureux. Et ça m'étonnerait que tu te relèves de sitôt.

Jared regarda Morgan. Était-ce ce qui s'était passé ? Non, c'était impossible. Il était très attiré par Morgan, oui. Mais ça n'était rien d'autre.

— Racontez-moi, dit son grand-père en se rasseyant. Comment vous êtes-vous rencontrés, tous les deux ?

— À un mariage, répondit Morgan. Je me suis couverte de ridicule, et Jared est venu à mon secours.

— C'est vrai ? dit le vieil homme en lui lançant un clin d'œil complice. Je mettrais plutôt ça sur le compte de votre beauté.

— Il y avait de ça aussi, répondit Jared avec un petit sourire narquois.

Et même Morgan ne put s'empêcher de rire.

— Je suis heureux que vous ayez réussi à passer derrière les apparences. Morgan, c'est bien ça ?

— Oui, monsieur.

— Depuis qu'il est tout petit, Jared a toujours été le plus réservé. Mon autre petit-fils, Chris, est un livre ouvert. Mais avec Jared, on ne savait jamais ce qu'il ressentait vraiment. Il cachait toujours son jeu. C'est bien que vous ayez réussi à percer la carapace.

Morgan tourna les yeux vers lui, et il eut l'impression qu'elle lisait dans son âme, alors il détourna le regard. Son grand-père avait vu juste : c'était pour ça qu'elle le troublait tant. Lui qui avait dû apprendre à grandir en masquant ses sentiments se sentait mis à nu devant elle ; il *ressentait* tout plus fort. Si c'était là la vie de la plupart des gens, Jared n'en voulait pas. Il préférait rester bien à l'abri dans son monde un peu insensible, où personne ne lui demandait d'accepter ses vulnérabilités.

Morgan n'en revenait pas que Jared l'ait amenée voir son grand-père. Qu'il lui ait donné accès de lui-même à un aspect de sa personnalité qu'elle avait devinée. Il n'était pas un play-boy sans épaisseur. Il aimait profondément sa famille. Elle avait appris durant leur visite qu'il venait souvent et ne se contentait pas de quelques apparitions pour les anniversaires ou les fêtes.

Ils déjeunèrent sur la terrasse au milieu d'autres familles, puis elle les regarda disputer une partie d'échecs. Elle constata que Jared aurait pu facilement gagner, mais qu'il laissait son grand-père le battre.

Elle sourit en les voyant tous les deux front contre front. Anthony Robinson était une version plus âgée de Jared, avec ses yeux foncés, sa peau bronzée et ses dents encore bien droites et blanches. Mais c'était surtout dans leurs attitudes et leurs gestes qu'ils se ressemblaient le plus. C'était très émouvant.

Quand Anthony commença à se sentir un peu fatigué, ils le raccompagnèrent jusqu'à sa chambre.

— Morgan, dit le vieil homme une fois installé dans son fauteuil, prenez bien soin de mon garçon.

— Oui, dit-elle.

Et elle sourit parce qu'elle avait l'intention de tenir cette promesse. Puis elle se pencha et lui pressa gentiment la main.

En se tournant vers Jared, elle aurait pu jurer qu'il avait les larmes aux yeux l'instant d'avant mais qu'il s'était repris pour ne rien montrer.

— Prête à y aller ?

— Oui, dit-elle en glissant sa main dans celle de Jared.

Dans la voiture, elle se rendit compte que l'humeur de Jared était sombre.

— Ça ne va pas ? On n'est pas obligés de parler si vous ne voulez pas.

— De quoi ? De mon grand-père ? Que voulez-vous que

je vous dise ? Que je déteste le voir ici ? Que je voudrais que notre famille prenne soin de lui ?

Morgan savait bien que sa colère n'était pas dirigée contre elle.

— Je sais que c'est dur, mais au moins vous êtes là pour lui.

— Il vaudrait mieux que ça soit Chris.

— Ça suffit ! Arrêtez de vous dévaloriser, Jared. C'est vous qui lui rendez visite régulièrement. C'est vous qui vous donnez du mal pour couvrir les arrières de Chris parce qu'il est parti sans avertir personne.

Il arrêta brusquement la voiture, et Morgan se tourna vers lui. Il se pencha et écrasa sa bouche contre la sienne. Fermant les yeux, elle accueillit son baiser, d'abord doux, mais qui se fit vite plus profond, la langue de Jared venant caresser la sienne. Puis il se détacha lentement d'elle.

— Personne n'a jamais pris ma défense comme ça, dit-il d'une voix un peu rauque. Désolé d'avoir cédé à la tentation. J'avais promis de me tenir à distance, mais j'ai du mal à garder le contrôle.

— Moi non plus, je ne sais pas ce qui m'arrive, dit Morgan.

Ils repartirent et, bientôt, Jared entra dans le garage souterrain d'un gratte-ciel du centre.

— Nous allons dîner chez moi, dit Jared.

L'ascenseur les mena directement dans l'appartement de Jared, à la décoration très masculine. La vue était à couper le souffle. De toutes les pièces, on voyait la ville d'Austin, et sur la terrasse il y avait une piscine et un spa.

— Cet endroit vous ressemble, dit Morgan en admirant la vue. J'imagine que vous amenez vos conquêtes sur cette terrasse…

— … avant de les mettre dans mon lit ? acheva Jared à sa place. Désolé de vous décevoir, Morgan, mais je ne ramène jamais de femmes ici. C'est mon refuge, en quelque sorte.

— Mais…

— Vous êtes la première que j'aie amenée ici. Vous voulez boire quelque chose ?

— Avec plaisir.

Morgan avait la gorge nouée. *Elle* était la première à venir ici.

Jared revint avec deux verres remplis d'un liquide brun foncé. Elle en but une gorgée tandis que Jared la regardait avec une intensité qui la brûlait.

— Alors, quel est le menu ?

— Je n'ai rien d'un chef, mais je suis très doué pour passer des commandes. Notre dîner devrait arriver d'une minute à l'autre. Ça ne vous dérange pas ?

— Pas du tout, mais j'aurais pu faire la cuisine. Je ne suis pas mauvaise. Il a fallu que je m'y mette dès mon plus jeune âge, sinon j'aurais dû me contenter de sandwichs au beurre de cacahuète et à la gelée. Ma mère ne faisait jamais les courses ; il fallait que je m'occupe de tout.

— Vous n'avez pas eu une enfance facile.

— Non. J'espérais toujours que mon père allait venir me chercher, mais c'était idiot, bien sûr, dit Morgan en terminant son verre.

On sonna à la porte. Morgan suivit Jared à l'intérieur et regarda le chef déballer le repas qu'il avait préparé pour eux.

Une fois qu'il fut reparti, Jared et elle se servirent, mêlant sur leurs assiettes la salade aux noix de pécan et framboises avec le poulet *piccata* aux câpres.

— Ça a l'air délicieux, dit Morgan en s'asseyant à l'immense table.

— C'est vrai, répondit Jared.

Mais elle savait qu'il ne parlait pas du dîner.

Durant le repas, Jared tenta de chasser le souvenir de leur baiser dans la voiture. Cette femme magnifique le bouleversait complètement. Il ne se reconnaissait plus. Le soir de leur rencontre, il s'était conduit en parfait gentleman. Et aujourd'hui, il avait tenu à lui montrer une autre facette de lui. Lui montrer *qui* il était vraiment. Il avait voulu la présenter à son grand-père. Et ce dernier avait mis dans le mille en disant que Morgan avait réussi à percer ses défenses.

— Y a-t-il quelque chose que je dois savoir avant le dîner avec votre grand-mère demain ? Un sombre secret de famille ?

— Rien d'aussi mélodramatique, mais elle n'est pas dupe. Alors, soyez vous-même. Honnête. Directe. Et elle vous adorera.

— Espérons. Sinon, notre arrangement tombera à l'eau.

— Même si ça ne marche pas, je suis prêt à vous aider jusqu'à ce que vous vous soyez retournée.

Elle le regarda, médusée.

— Mais pourquoi feriez-vous ça ?

— Je vous apprécie, dit-il avec un sourire. Beaucoup.

— C'est réciproque.

Sa franchise était un bol d'air frais. Elle ne jouait pas, ne manœuvrait pas. Et si les choses tournaient comme il l'espérait, ils allaient apprendre à se connaître encore mieux.

- 9 -

— Ne soyez pas si nerveuse.

— Je ne suis pas nerveuse.

— Mais si, dit-il en lui prenant la main.

Morgan sentit un frisson remonter le long de son bras, comme à chaque fois que Jared la touchait.

Il sonna, et un majordome vint les accueillir.

— Antoine, je vous présente mon amie, Morgan. Morgan, Antoine travaille dans notre famille depuis des années. Où est ma grand-mère ?

— Dans le salon.

— Allez, dit Jared, c'est le moment de rencontrer la reine.

Morgan était impressionnée ; elle savait que toute cette opulence ne représentait rien pour Jared, mais, à côté de cette demeure, même la propriété de Henry faisait pâle figure.

Jared la fit entrer dans une vaste pièce, où une femme très élégante se tenait assise.

— Jared, te voilà enfin. Et vous devez être l'amie de Jared.

— Grand-mère, je te présente Morgan Stewart. Morgan, voici ma grand-mère, Ruth Robinson.

— Stewart ? Approchez, que je vous voie de plus près.

Jared lâcha sa main, et Morgan s'avança, un sourire aux lèvres.

— Enchantée de vous rencontrer, madame.

— Vous, ma chère, vous êtes bien la fille de Henry. Vous avez ses yeux et sa carnation. Mais je croyais qu'il n'avait qu'une seule fille… Fallon, il me semble.

— Grand-mère, tu deviens indiscrète.

— Je dis simplement ce que je pense. J'espère que ça ne vous dérange pas ?

— Il vaut toujours mieux se montrer honnête, dit Morgan, un peu tendue. Et donc, oui… Henry Stewart est bien mon père, même s'il n'a pas l'air de s'en souvenir. Il refuse de reconnaître mon existence, mais ça ne m'a pas empêchée de décider de porter le nom de Stewart.

— Bravo, dit Ruth avec un sourire. J'aime les femmes de caractère. Où vous êtes-vous rencontrés ? Vous ne ressemblez pas aux bimbos avec lesquelles Jared a l'habitude de se commettre.

— Morgan et moi nous sommes connus grâce à Dane, intervint Jared, la mâchoire un peu crispée.

— Ah, oui. Le jeune homme un peu tête brûlée. Je suis heureuse qu'il se soit enfin marié et stabilisé. Puis-je espérer que tu feras bientôt de même ?

— Ne pousse pas le bouchon trop loin…

— Pourtant, je trouve Morgan charmante. Venez donc vous asseoir avec moi, dit-elle en tapotant le siège à côté d'elle.

Ils bavardèrent de choses et d'autres en attendant que le dîner soit servi. En parfait gentleman, Jared tira la chaise de Morgan et attendit qu'elle soit assise avant de prendre place en face d'elle.

Pendant les deux heures qui suivirent, Ruth se montra très directe, interrogeant gentiment Morgan sur son passé – d'où elle venait, où elle était allée à l'école et où elle travaillait. Et Morgan lui répondit en toute franchise. Ce qui ne l'empêchait pas de sentir le regard plein de désir que

Jared posait sur elle. Elle se demandait s'il regardait toutes les femmes de cette façon. Avaient-elles toutes l'impression d'être la plus belle femme du monde à ses yeux ?

— Je suis d'origine modeste, dit Morgan alors qu'ils s'étaient retirés dans le salon pour boire un café. Mais j'ai toujours réussi à m'assumer. Quand j'étais à l'université, j'avais deux, parfois trois boulots en même temps pour payer les dépenses que ma bourse ne couvrait pas.

— Tu vois, Jared, dit sa grand-mère en se tournant vers lui. C'est comme ça quand on est obligé de travailler pour réussir dans la vie. Vous m'impressionnez, Morgan, et ça n'est pas donné à tout le monde.

— En tout cas, moi, j'ai jeté l'éponge.

— C'est faux, dit Morgan. En ce moment, tu travailles jour et nuit dans votre entreprise pour prouver à ta grand-mère et au conseil d'administration que tu n'es pas un bon à rien.

Ruth applaudit joyeusement.

— Bravo. Non seulement vous lui avez cloué le bec, mais en plus vous le soutenez. Surtout, dit-elle en s'adressant à Jared, fais tout ce qu'il faut pour la garder.

— J'y compte bien, dit-il en posant sur Morgan un regard possessif qui la fit frissonner de la tête aux pieds. Il est tard, grand-mère. Je vais raccompagner Morgan.

La vieille dame se leva et prit Morgan dans ses bras.

— Je suis heureuse que vous soyez venue ce soir. Avec toute la famille, nous partons dans notre propriété à la campagne le week-end prochain faire un peu de bateau, monter à cheval, pique-niquer. Je serais ravie que vous soyez des nôtres.

Jared ne laissa pas le temps à Morgan de répondre.

— Nous viendrons, bien sûr.

Morgan était contente de sa soirée. Elle avait réussi à convaincre Ruth qu'elle était bien la petite amie de Jared et elle avait l'impression que la vieille dame l'aimait bien. Et pourtant, alors que Jared l'aidait à monter dans la voiture, elle eut l'impression qu'elle avait fait quelque chose de mal.

En s'installant au volant, Jared repensa à la soirée. Il ne parvenait pas à définir en quoi Morgan était différente des autres femmes qu'il avait fréquentées, mais le fait est qu'elle avait réussi à conquérir sa grand-mère. Et ça n'avait rien d'évident. Il sentait que Ruth s'était prise d'affection pour Morgan et qu'elle admirait sa capacité à surmonter les épreuves. En plus, elle l'avait *prise dans ses bras,* ce qu'elle n'avait jamais fait avec lui.

— Jared ? dit Morgan en lui effleurant le bras. Il y a un problème ?

— Pas du tout.

— Vous ne trouvez pas que ça s'est bien passé ce soir ?

Il soupira et lui lança un regard. Morgan était particulièrement belle ce soir. Son maquillage était parfait et rendait plus sensuels encore ses grands yeux noisette et sa bouche aux lèvres pleines dont il n'avait pu détacher le regard de toute la soirée. Il sentit le désir monter dans son ventre quand il s'autorisa à contempler quelques instants ses seins, que le profond décolleté de sa robe noire, très simple, laissait deviner.

— Vous êtes une charmeuse, finit-il par dire. Vous avez conquis ma grand-mère.

— Et c'est ce que vous vouliez ?

— Oui.

— Alors, pourquoi ai-je l'impression d'avoir fait une bêtise ? demanda-t-elle, l'air désolé.

— Vous n'avez rien fait de mal, Morgan, dit Jared en démarrant le moteur pour mettre un terme à la conversation.

Il allait la raccompagner et rentrer ensuite chez lui prendre une longue douche. Le problème, c'est qu'il ignorait combien de temps il pourrait continuer à voir Morgan et à supporter de ne pas la toucher.

Comment allait-il survivre à tout un week-end avec elle dans leur maison de campagne ?

Il se gara devant l'immeuble où elle logeait et laissa le moteur tourner le temps de lui ouvrir sa portière. Il l'aida à descendre, mais s'en tint à ça. Elle leva les yeux vers lui, comme si elle attendait autre chose.

— Il vaut mieux nous dire bonsoir ici, dit Jared.

Il ne pouvait pas monter. Pas alors qu'il ne rêvait que d'une chose : lui arracher sa robe et la posséder. Il s'approcha d'elle et frotta légèrement ses bras glacés, puis se pencha et posa son front contre le sien.

— Merci pour ce que vous avez fait ce soir.

— Vous êtes content ?

— Oui, mais vous devriez rentrer, sinon je risque de mal me conduire.

— Et si j'avais envie que vous vous conduisiez mal, justement ?

— Morgan..., murmura-t-il.

Mais ses bonnes résolutions s'envolèrent à la seconde où elle se dressa sur la pointe des pieds pour déposer un baiser sur ses lèvres, promesse de bien d'autres plaisirs encore. Il l'attira contre lui et l'embrassa, heureux de la sentir tremblante dans ses bras. Sa bouche caressait la sienne, la goûtait, la fouillait. Elle écarta les lèvres, et sa langue vint s'enrouler autour de la sienne, dans un ballet frénétique.

Derrière eux, le voiturier s'éclaircit la gorge. Ça le ramena à la réalité. Ils étaient dans la rue. Il ne pouvait pas se conduire de cette manière.

— Il faut que j'y aille, Morgan. Je vous appelle très vite.

Puis il monta dans sa voiture et, tandis qu'il s'éloignait, il regarda dans le rétroviseur. Morgan était toujours debout sur le trottoir. Elle le regardait s'en aller en se caressant les lèvres d'un air songeur.

- 10 -

Depuis le dîner chez la grand-mère de Jared, Morgan était sur un petit nuage. Était-ce parce que leur relation avait pris un tour différent ? Non seulement Morgan avait convaincu Ruth, mais Jared l'avait emmenée voir son grand-père.

La veille, elle lui avait fait la surprise d'aller le retrouver au bureau pour l'emmener déjeuner. Bien sûr, ça n'était qu'un sandwich dans le parc, mais c'était le genre d'attention qu'une petite amie aurait eue. Morgan s'attachait de plus en plus à lui. Elle faisait de son mieux pour ne pas perdre le contrôle, mais elle ne pouvait pas faire comme si rien ne se passait en elle.

Plus le temps passait, plus ils avaient de mal à garder leurs distances. L'attirance sexuelle qui existait entre eux était si criante qu'il allait devenir difficile de la nier. De faire comme si de rien n'était.

Morgan était heureuse que Fallon et Ayden lui aient proposé de prendre un café avec eux. Elle n'avait pas revu Fallon depuis le jour où elle s'était rendue chez les Stewart et où elle avait fini par dire qu'elle ne voulait rien avoir à faire avec cette famille. Il allait falloir qu'elle se rattrape.

Quand elle arriva dans le *coffee-shop* où ils avaient rendez-vous, un autre membre de la famille Stewart l'attendait.

Dane.

Ses deux gardes du corps bavardaient dans le fond de l'établissement. Toujours aussi beau, Dane portait son jean noir habituel, un T-shirt et son vieux blouson en cuir. Quand Morgan entra, il retira ses lunettes de soleil et la regarda d'un air dur.

— Il va falloir que vous vous expliquiez.

— Quand êtes-vous rentrés, Iris et vous ?

— Avant-hier. Et en arrivant, on a découvert toute cette affaire de petite sœur illégitime. J'ai laissé Iris et Jayden à la maison et je suis venu directement ici. Bon sang, Morgan, ça fait plus d'un an que vous travailliez pour moi. Pourquoi est-ce que vous ne m'avez jamais dit que nous étions frère et sœur ?

— Est-ce que Fallon et Ayden vont venir aussi ? Ou c'était juste un piège pour que vous puissiez me faire la morale ?

— Asseyez-vous, ordonna Dane. Et bien sûr qu'ils vont venir. Mais avant ça, il faut qu'on parle tous les deux.

Il avait raison. Elle lui devait des excuses.

— Je suis désolée.

— Pourquoi m'avez-vous caché votre véritable identité ?

Pourquoi était-il si difficile d'affronter Dane ? Elle avait déjà raconté son histoire à plusieurs personnes, mais avec lui, ce frère qu'elle idolâtrait, elle avait l'impression d'avoir du coton dans la bouche.

— J'avais peur de vous le dire. Que vous ne me croyiez pas. Henry ne me croit pas, lui. Alors, je me suis dit que j'allais d'abord essayer de mieux vous connaître. Mais plus le temps passait, plus je vous appréciais et je vous respectais.

— Je n'ai rien d'un héros, Morgan. Moi aussi, j'ai mes défauts. Ne me mettez surtout pas sur un piédestal ; c'est difficile ensuite de ne pas décevoir les gens, dit-il en posant une de ses mains puissantes sur la sienne. Je vous ai toujours considérée comme ma petite sœur, donc, je suis heureux de vous accepter dans la famille. J'aurais seulement préféré que vous choisissiez un autre moyen.

— Je voulais juste que Henry me reconnaisse comme sa fille…

— Je ne sais pas si ça arrivera un jour ; mon père est quelqu'un de têtu. Mais en tout cas, je ferai tout pour vous soutenir.

Morgan ne put empêcher des larmes de joie de couler sur ses joues.

— Seigneur, dit une voix féminine derrière eux, ne me dis pas que tu l'as fait pleurer, Dane.

Morgan se retourna : Fallon et Ayden étaient en train de les rejoindre.

— Alors, cette lune de miel ? demanda Fallon en lançant un clin d'œil à Dane.

— Je n'ai pas vraiment envie d'en discuter avec ma grande sœur, répondit Dane avec un sourire en prenant Fallon dans ses bras. Comment va Nora ?

— Toujours furieuse contre papa. Mais au moins, elle a regagné le domicile conjugal… Même s'ils font chambre à part.

— Il l'a bien mérité, commenta Dane. Il l'a trompée. Ce à quoi elle aurait dû s'attendre, étant donné qu'il a fait la même chose à la mère d'Ayden.

Morgan regardait *ses frères et sa sœur.* Ils semblaient tellement complices. *Allait-elle réussir à trouver sa place parmi eux ?*

Comme s'il avait perçu son désarroi, Ayden la souleva de sa chaise et la prit dans ses bras.

— C'est bon d'être là tous les quatre, dit Fallon en adressant un grand sourire à Morgan.

— Si on prenait un café ? proposa Ayden en balayant le *coffee-shop* désert du regard. Mais enfin, où sont-ils tous passés ?

— Mon équipe a payé pour qu'ils restent fermés cet après-midi, dit Dane.

— Tu ne trouves pas ça un peu exagéré ? dit Fallon.

— Non. On leur a même fait signer un contrat de confidentialité.

— Ça ne doit pas être marrant tous les jours d'être toi, commenta Ayden.

— Hé, laissez-le tranquille, s'écria Morgan. Je veux dire…

Fallon fit un pas vers elle et la prit dans ses bras.

— Pas de problème, c'est ton frère à toi aussi. Tu as le droit de le défendre, dit-elle.

Elle était naturellement passé du vouvoiement au tutoiement.

— Bon, je vais prendre un café frappé, décréta Fallon, en se dirigeant vers le comptoir.

— Pareil pour moi, renchérit Ayden.

— Et toi, Morgan ? demanda Dane. Un moka, comme d'habitude ?

Morgan n'en revenait pas.

— Vous… Tu sais quel café je préfère ? Je ne savais pas que tu faisais attention à moi. Je n'étais que ton assistante, après tout.

— Avant même de savoir que tu étais ma sœur, tu étais bien plus que ça, Morgan.

Ces mots achevèrent de réchauffer son cœur, et un éblouissant sourire s'épanouit sur son visage.

Le soir même, au téléphone, Morgan raconta à Jared comment s'était passées les retrouvailles. Ils étaient restés au *coffee-shop* pendant des heures, jusqu'à ce que Fallon et Ayden finissent par devoir rentrer chez eux, auprès de leurs enfants. Quant à Dane, il était reparti pour Los Angeles, retrouver Iris et Jayden. Morgan avait alors réalisé à quel point elle avait envie d'avoir une famille à elle.

— C'est merveilleux, dit Jared. Je suis heureux que vous vous entendiez tous si bien. J'aimerais pouvoir en dire autant.

— Chris n'a toujours pas donné de nouvelles ?

— Non. Je lui ai laissé un tas de messages, mais il ne répond pas. J'aimerais tellement qu'il me dise ce qui se passe. Peut-être que je pourrais l'aider. Et en tout cas, moi, j'aurais bien besoin de ses conseils pour diriger Robinson Holdings.

— J'imagine que ça n'est pas évident.

— On peut dire ça, dit Jared avec un petit rire. Mais je n'ai pas le choix. Je suis le seul Robinson encore présent à l'appel. C'est un peu étrange d'avoir toujours été considéré comme un bon à rien et de se retrouver dans le rôle du sauveur.

— Ces capacités, vous les avez toujours eues, Jared. Il fallait peut-être ces circonstances pour que vous réalisiez votre vrai potentiel.

— Qu'est-ce qui a pu vous rendre aussi sage et avisée, mademoiselle Stewart ?

— Sans doute le fait d'avoir grandi trop vite et d'avoir dû me débrouiller seule.

— Vous n'êtes plus seule, maintenant, murmura Jared. Vous avez vos frères et votre sœur. Et vous m'avez, moi.

— Pour un temps seulement, lui rappela-t-elle.

Jamais elle n'oubliait les termes de leur arrangement. Au fond d'elle-même, elle aurait voulu sortir *pour de vrai* avec Jared… Mais il lui avait maintes fois répété qu'il n'avait aucune intention de s'engager.

— Heu… Exact. Alors ? Prête pour un week-end de réjouissances avec les Robinson ?

— Oui. J'ai hâte de faire la connaissance de vos parents.

— Parfait. Je passe vous prendre à 15 heures vendredi, histoire d'éviter les embouteillages.

— D'accord. À vendredi.

Après avoir raccroché, Morgan resta un peu songeuse. Elle avait l'impression que le ton de la conversation s'était nettement refroidi dès qu'elle avait fait allusion à la durée limitée de leur arrangement. Elle aurait aimé qu'il en soit autrement, mais il ne fallait surtout pas qu'elle s'attache trop à Jared… sinon, elle risquait de souffrir.

Elle prit une longue inspiration. *Pourquoi se mentir ?* Elle était *déjà* amoureuse de lui.

Jared était content pour Morgan. Il l'avait sentie tellement heureuse d'avoir pu passer du temps en famille. Il sentait qu'elle avait besoin de faire partie d'un cercle d'intimité. Et maintenant, elle avait ça avec les autres enfants Stewart et son neveu et sa nièce.

Il lui souhaitait d'être heureuse parmi eux parce que *lui* ne pouvait pas lui offrir tout ça. Il sentait que Morgan s'attachait à lui. Ils passaient beaucoup de temps ensemble. D'ailleurs, lui aussi commençait à se sentir lié à elle comme il ne l'avait jamais été à personne. Il pouvait parler de tout avec elle, parce que Morgan était de bon conseil et surtout très positive, ce qui lui avait cruellement manqué jusque-là. Elle le valorisait, et c'était très motivant.

Et inquiétant. Il ne pouvait pas être son héros. Ça n'était pas dans sa nature. Lui, il était un don Juan qui savait amuser une femme et lui faire passer du bon temps au lit. Mais il était incapable de proposer davantage. Du moins, aucune de ses relations n'avait jamais duré assez longtemps pour le savoir.

Comme il était beau, il avait toujours eu énormément de succès. Et dès son adolescence, il avait adoré collectionner les conquêtes féminines. Beaucoup avaient tenté de le faire changer, de le pousser à s'installer dans une relation. Et toutes avaient échoué… jusqu'à Morgan.

Elle était la plus franche, la moins calculatrice de toutes les femmes qu'il avait fréquentées. Et il ne voulait surtout pas lui faire de mal. Mais il ne pouvait pas non plus ignorer à quel point il la désirait. Quand ils étaient ensemble, son cœur battait plus vite, certes, mais tout le reste de son corps aussi réagissait. Autrement dit, ces deux jours à la campagne aboutiraient soit à le rendre fou, soit à mettre Morgan dans son lit. Et franchement, il préférait la seconde option.

- 11 -

Après une demi-heure de trajet en direction du lac Austin, ils franchirent un large portail en fer forgé avant de remonter une allée privée bordée d'énormes chênes.

— Mon grand-père a acheté cet endroit à cause de la vue, mais il voulait aussi être entouré par la nature, dit Jared. Il y a beaucoup de daims, des criques et des affleurements rocheux. Quand nous étions petits, Chris et moi, il nous emmenait faire du kayak et pêcher. Mais si vous préférez, il y a des caves à visiter dans le coin, de belles boutiques et d'excellents restaurants.

Tout en écoutant Jared, Morgan songeait au week-end qui s'annonçait. Elle n'avait pas peur de rencontrer ses parents ni de revoir sa grand-mère. Elle aimait beaucoup Ruth. Non, ce qui l'inquiétait, c'était la chambre qu'ils allaient devoir partager. Parce qu'il était bien sûr hors de question qu'elle demande à dormir seule. Et après les baisers passionnés qu'ils avaient échangés, elle redoutait ce qui pouvait arriver.

Ils passèrent devant une grande prairie où paissaient des chevaux, puis Jared gara enfin sa Porsche Cayman devant une demeure de briques et de pierres aux portes d'inspiration médiévale bâtie au bord d'un immense étang.

Sans attendre que Jared vienne lui ouvrir, Morgan descendit de voiture et contempla, bouche bée, le paysage à la fois magnifique et plein de sérénité.

— Je vous fais visiter ?

— Oh ! oui, dit Morgan, le visage rayonnant.

— Commençons par l'extérieur, dit-il en lui prenant la main.

En plus de la maison principale, plusieurs maisons plus petites parsemaient la propriété. Mais il y avait aussi un théâtre, une salle de sport avec terrain de basket, une salle de jeux, deux piscines avec spa, un immense hangar à bateaux, un terrain de base-ball, un autre de volley. Sans compter un practice de golf dominant le lac.

— J'ai l'impression d'être dans un hôtel, dit Morgan en revenant vers la grande maison.

Jared sortit une clé et ouvrit la porte principale.

— Hé ho ! cria-t-il en pénétrant dans le hall où trônait un piano demi-queue. On dirait qu'il n'y a personne. On doit être les premiers.

— Non, dit Antoine, en se précipitant à leur rencontre. Je suis désolé de ne pas vous avoir accueillis comme il se doit, mais le reste du personnel et moi sommes en train d'achever les préparatifs. Nous avons appris que votre frère Chris et son amie seraient présents.

Tout en gravissant le monumental escalier à la suite d'Antoine et de Jared, Morgan prit le temps d'admirer le plafond voûté et les lustres splendides qui y étaient suspendus. Enfin, Antoine s'arrêta devant une grande porte de chêne et l'ouvrit. Dans la chambre, elle aperçut un lit à baldaquin recouvert d'un édredon en velours gris acier et garni d'innombrables coussins. Face au lit, il y avait une belle cheminée en pierre. L'ensemble était à la fois luxueux et très douillet.

— Appelez-moi si vous avez besoin de quoi que ce soit, dit Antoine.

— D'accord, dit Jared en refermant la porte derrière lui.

Morgan balaya la pièce du regard. Il y avait bien deux élégantes chaises et une table dans un coin, mais nul autre endroit où dormir que le lit.

— Je peux dormir par terre, proposa Jared. Mais j'avoue que ça ne me tente pas vraiment. Il fait assez frais la nuit à cause du lac.

— Mais non, dit Morgan avec un sourire. C'est la maison de votre famille. Et puis, ça n'est que pour deux nuits. Je suis sûre qu'il n'y aura aucun problème.

— Descendons voir si quelqu'un d'autre est arrivé, dit Jared un peu précipitamment.

— Chris, par exemple ?

— Oui. J'ai deux mots à lui dire.

Morgan était heureuse de pouvoir s'échapper de la chambre, mais elle savait bien que le répit n'était que temporaire. Tôt ou tard, il allait bien falloir qu'ils partagent ce lit.

Jared n'avait qu'une hâte : quitter cette chambre. S'il restait ici une minute de plus, il ne pourrait plus répondre de ses actes. Passer ces deux nuits dans le même lit que Morgan allait être une véritable torture. Il la désirait ardemment, mais elle était timide comme une jeune pouliche, et, s'il la brusquait, elle s'enfuirait. Ce week-end allait mettre sa patience à l'épreuve.

— Venez, dit-il.

En bas, ils retrouvèrent sa grand-mère et ses parents dans le grand salon.

— Mon chéri, dit sa mère en se levant. Je suis si heureuse que tu sois là. Et vous devez être Morgan.

— Oui, madame.

— Je vous présente Clay, dit sa mère en désignant son père, toujours assis sur le canapé.

Ce dernier se leva et vint à leur rencontre.

— Elle est ravissante, chuchota-t-il à son fils, en lui serrant la main.

— C'est vrai, dit Jared avec un sourire.

— Nous sommes ravis que vous ayez pu vous joindre à nous, dit sa mère. Nous adorons cet endroit.

— Venez donc vous asseoir à côté de moi, Morgan, dit sa grand-mère.

Jared fronça légèrement les sourcils en voyant Morgan s'installer près de sa grand-mère.

— Et si je préfère qu'elle reste à côté de moi ?

— Nous n'avons pas beaucoup de temps pour profiter de sa présence, contrairement à toi. Alors, Morgan, que pensez-vous de la propriété ? Mon mari l'a achetée pour toute la famille il y a des années.

— Elle est magnifique, madame. Merci de m'avoir invitée.

— Oh non, appelez-moi Ruth. Vraiment, je n'en reviens pas que mon petit-fils ait pu trouver une perle telle que vous.

— Bonjour, dit une voix masculine.

Jared se retourna. C'était son frère Chris. Il se tenait sur le seuil de la porte du salon, une petite femme à la chevelure roux flamboyant à ses côtés. Accoudé à la cheminée, Jared attendait le feu d'artifice. Habituellement, c'était lui qui essuyait les foudres familiales, mais cette fois les rôles étaient inversés.

— Chris ! Où étais-tu passé ? hurla leur père.

— Bonjour à toi aussi, papa, dit calmement Chris. Maman.

Il lâcha la main de la jeune femme et vint déposer un baiser sur la joue de sa mère.

— C'est bon de te voir, dit-elle avec un pâle sourire.

La tension qui régnait dans la pièce monta d'un cran.

— J'aimerais vous présenter Kandi. Ma fiancée.

— Tu as perdu la tête ? rugit leur père. Tu abandonnes ta famille et l'entreprise que tu dirigeais pour filer avec cette… cette *fille*. Et maintenant, tu es fiancé ?

— Clay, je t'en prie, calme-toi.

— Maman a raison, dit Chris. On ne voudrait pas que tu fasses une autre crise cardiaque.

— Et qui en serait la cause ? intervint leur grand-mère. Toi ! Parce que tu déshonores notre famille.

— Grand-mère…, avertit Jared.

— Non. Laisse-la dire, dit Chris. C'est exactement pour ça que j'ai fui tout ça. Je n'en pouvais plus. J'étouffais.

— Alors, tu as foncé dans un club de strip-tease et tu l'as mise en cloque, dit leur père en désignant Kandi, dont les grands yeux étaient remplis de larmes. Et maintenant, tu veux l'épouser ?

— Oui, et j'en suis fier. Kandi est une femme extraordinaire.

Ruth soupira bruyamment.

— Je mettais tant d'espoirs en toi, Chris. Mais visiblement, j'avais misé sur le mauvais cheval. Alors que Jared, lui, a su répondre présent. Il a pris la direction de Robinson Holdings et il fréquente cette magnifique jeune femme, dit-elle en tapotant le genou de Morgan.

Cette dernière regardait Jared avec de grands yeux, visiblement très gênée d'assister à cette dispute familiale.

Chris lui aussi se tourna vers lui et lui adressa un petit sourire.

— Tant mieux si quelque chose de positif peut sortir de tout ça, dit son frère aîné, mais sachez que si l'un d'entre vous refuse de faire la connaissance de Kandi, tant pis pour vous. Ma famille et moi – il posa la main sur le ventre de Kandi qui s'arrondissait déjà un peu –, nous pouvons nous en aller.

Jared alla se placer aux côtés de son frère.

— Ne t'en va pas, Chris, lui murmura-t-il à l'oreille. Pas comme ça. Ne te précipite pas. La nuit porte conseil.

— Franchement…

— Pour moi, le supplia Jared. Je voudrais qu'on parle. Tu me dois bien ça.

Il regarda son frère droit dans les yeux et vit qu'il commençait à fléchir. Au même moment, Morgan s'approcha pour venir saluer Kandi, et, s'il avait pu, il l'aurait embrassée devant tout le monde. Il lui était tellement reconnaissant pour ce geste.

— Il faut absolument que vous visitiez cet endroit, Kandi, dit Morgan, un sourire éblouissant aux lèvres. C'est un vrai paradis. Venez, je vais vous montrer.

Il regarda sa grand-mère et perçut l'ébauche d'un sourire. Morgan venait encore de marquer un point.

Ce fut ensuite au tour de Chris et de Jared de s'éclipser. À peine étaient-ils arrivés sur la terrasse que Chris s'écria :

— Comment osent-ils traiter Kandi de cette manière ? Ils ne la connaissent même pas.

— Ne me dis pas que tu es surpris, dit Jared en croisant les bras. Ça fait des semaines que tu as disparu. C'est par les médias qu'on a appris que tu avais mis une femme enceinte, et tu débarques ici comme une fleur pour nous annoncer que vous êtes fiancés. Pas étonnant que tout le monde soit pris de court et en colère. Moi aussi, je le suis !

— Tu as fini ?

— Loin de là. Tu fréquentes Kandi depuis un certain temps. Tu aurais pu nous la présenter il y a des mois déjà. C'est toi qui as préféré garder votre relation secrète. Comme si tu avais quelque chose à cacher.

— Dis donc, je ne te savais pas aussi raisonnable.

— J'ai bien été obligé de le devenir.

— Peut-être que je me trompe depuis des années en m'obstinant à réparer tes bêtises. Finalement, il n'y a rien de mieux que de retrousser ses manches.

— Ne prends pas ce petit ton avec moi. Je n'ai pas demandé à diriger l'entreprise. Ça a toujours été ton domaine.

— Et tu t'es demandé une seule fois si j'en avais *envie* ? Tu ne t'es jamais dit qu'ils m'avaient imposé tout ça, comme ils viennent de le faire avec toi ?

Jared regarda son frère. Il avait toujours cru que Chris aimait ce qu'il faisait.

— Non, avoua-t-il. Papa et grand-mère t'ont toujours traité comme si tu étais l'élu. On ne s'intéressait pas à moi.

— Eh bien, tu as eu de la chance, répliqua Chris. Tu as pu profiter de la vie, t'amuser. Jamais je ne m'étais autorisé à me détendre un peu avant de rencontrer Kandi.

— Et vu l'état de Kandi maintenant, on peut dire que tu t'es un peu trop laissé aller, dit Jared avec un petit rire.

Chris lui lança un regard noir.

— D'accord, je n'avais pas prévu de devenir père aussi vite, mais j'en suis heureux. Kandi est une femme géniale, et je l'aime.

— Mais il n'y a pas longtemps que tu la connais…

— Fiche-moi la paix. Ils sont tous devenus dingues parce que c'est la première fois que je marche en dehors des clous. Mais, franchement, c'est plutôt de toi qu'ils devraient se méfier. Personnellement, je me demande bien qui est cet imposteur qui se fait passer pour mon frère !

— Très drôle.

— Mais oui. Finalement, c'est le noceur qui rentre parfaitement dans le moule ! C'est grâce à Morgan ? C'est elle qui fait que tu es enfin devenu adulte ?

— Tu es injuste, répliqua Jared. Tu as été très heureux

d'être le grand frère modèle tant que ça t'arrangeait. Et le jour où tu en as eu assez, tu t'es enfui.

— Tu es dans l'évitement, là, dit Chris en riant. C'est typique de ta part. Tu tiens à cette fille, et elle te fait du bien, avoue !

— Je l'ai amenée ici, non ?

— Oui. Et apparemment, elle a fait grande impression à notre grand-mère. Kandi devrait en prendre de la graine. Allez, je te propose d'aller retrouver ces dames.

— Je te suis, dit Jared, réalisant soudain à quel point il était heureux de retrouver son frère.

Mais ils avaient beau être complices, il ne se sentait pas encore prêt à lui parler des vrais sentiments qu'il éprouvait pour Morgan.

- 12 -

Il fallait qu'elle fasse quelque chose. Les Robinson étaient en train de se déchirer sous ses yeux. Alors, elle avait proposé à Kandi de lui faire visiter la propriété en espérant que ça ferait retomber un peu la pression. Elle se disait aussi que Jared profiterait de leur absence pour mettre un peu d'huile dans les rouages.

— Merci, lui dit Kandi dès qu'elles furent sorties.

— De rien. J'espère qu'en leur laissant un peu de temps ils vont se calmer.

— Ça, j'en doute. Ces gens me détestent, dit Kandi en tournant la tête vers la grande maison. Jamais ils ne m'accepteront.

— Ça, vous n'en savez rien. Peut-être que vous réussirez à les séduire, dit Morgan en ouvrant la porte du bâtiment qui abritait la salle de gym et le terrain de basket.

Comme elle un peu plus tôt, Kandi n'en revenait pas.

— C'est incroyable, hein ?

— Oui, et très différent de l'endroit où j'ai grandi.

— Pareil pour moi, murmura Morgan. Tout le monde n'a pas la chance de naître avec une cuillère en argent dans la bouche, comme Jared et Chris.

Kandi lui sourit, et Morgan espéra qu'elle était en train de l'apprivoiser un peu.

— Si vous n'êtes pas de leur monde, comment avez-vous fait pour qu'ils vous acceptent ?

— Je ne sais pas, dit Morgan en haussant légèrement les épaules. Ça a collé tout de suite entre Ruth et moi. Je n'ai pas connu mes grands-parents et je ne sais pas pourquoi, mais je me sens bien avec elle.

— Moi, j'ai grandi seule avec ma mère. J'ai toujours eu envie de faire partie d'une famille.

Morgan comprenait parfaitement ce sentiment et se demanda si c'était pour cette raison qu'elle se sentait proche de Kandi. Elle lui prit la main et la pressa doucement.

— Moi non plus, il n'y a pas longtemps que je connais les Robinson. Tout ce que je peux vous conseiller, c'est de leur donner un peu de temps. Ils finiront par comprendre.

— Ils n'ont pas le choix, dit Chris derrière elles.

Jared et lui avaient fini par les rejoindre.

— Parce que nous allons nous marier et avoir un enfant.

Kandi se précipita vers Chris et enroula ses bras autour de sa taille.

— Oui, mais je voudrais tellement qu'ils m'apprécient.

— Tout ce qui compte, c'est toi et moi, murmura Chris en se penchant pour l'embrasser.

Morgan aimait leur façon d'être ensemble. Cette tendresse. On voyait bien qu'ils s'aimaient, et Morgan avait envie de ça pour elle aussi. *Un jour.* Ce qu'elle avait pour l'instant, c'était Jared. À quelques pas d'elle, il la couvait d'un regard brûlant. Il n'y avait peut-être pas d'amour entre eux, mais en tout cas il y avait du désir à revendre.

Il ouvrit les bras, et Morgan ne put s'empêcher d'aller vers lui. Quand il les referma sur elle, elle se sentit à sa place, chez elle, protégée.

— Et si on rentrait dîner ? proposa Jared.

Morgan remarqua l'expression de terreur pure qui s'affichait sur le visage de Kandi.

— Ne vous en faites pas, vous avez des alliés, dit-elle en lançant un clin d'œil à Jared.

— D'accord, dit Chris, mais, s'ils recommencent comme tout à l'heure, on s'en va.

— Espérons que ça ne sera pas le cas, dit Jared.

Ils retournèrent tous les quatre en direction de la grande maison. Antoine les y accueillit dans le hall.

— Votre grand-mère et vos parents sont dans la salle à manger. Ils espèrent que vous allez vous joindre à eux pour dîner.

— Merci, Antoine.

L'heure qui venait de s'écouler avait permis aux plus âgés du clan Robinson de comprendre qu'attaquer frontalement Chris ne servirait à rien, et le dîner se déroula paisiblement. Ruth fut une hôtesse parfaite, même si Morgan la sentait contrariée. Clay, lui, demeura silencieux la plupart du temps. Contrairement à Mary, qui fut très bavarde et semblait être la seule à se réjouir de la nouvelle que Chris et Kandi avaient annoncée.

— Je suis si heureuse d'avoir à organiser un mariage, dit Mary au moment où le dessert leur était servi.

Chris toussota légèrement, et Morgan sentit que la famille n'allait pas apprécier ce qui allait suivre.

— Hum. Nous avions prévu de nous contenter d'un mariage civil, dit Chris. Nous n'avons pas envie d'une grande cérémonie ni d'un mariage en grande pompe.

Ruth prit une longue inspiration.

— Les Robinson se marient toujours à l'église, devant Dieu et la famille. C'est une *tradition*.

— Peut-être qu'une cérémonie très simple à l'église avec juste la famille proche…, intervint Morgan.

Elle savait bien qu'il aurait mieux valu se taire, mais elle jeta un coup d'œil rapide en direction de Kandi, l'implorant silencieusement de revoir sa décision.

— C'est très gentil, Morgan..., commença Chris, mais Kandi le fit taire en lui tapotant la main.

— Oui. On devrait pouvoir organiser ça.

— Parfait, conclut Ruth en lançant un clin d'œil complice à Morgan.

Cette dernière poussa un soupir que seul Jared entendit. Il se pencha vers elle et murmura :

— Et si nous nous éclipsions ?

— Vous êtes sûr ? chuchota-t-elle.

Jared hocha la tête.

— Si vous voulez bien nous excuser, dit-il en se levant, Morgan et moi montons nous coucher.

Tous les regards se tournèrent vers elle, et Morgan se sentit rougir. Étant donné la réputation de Jared et le fait qu'ils sortaient ensemble, ils devaient tous penser qu'ils montaient dans leur chambre pour faire l'amour.

Jared lui prit la main, et ils quittèrent la salle à manger, mais, au lieu de se diriger vers l'escalier menant aux chambres, il dit :

— Allons nous balader un peu.

Le ciel était d'un noir d'encre parsemé de milliers d'étoiles. Jared l'emmena tout au bout du salon d'été, vers un grand canapé arrondi. Il se laissa tomber dedans, entraînant Morgan avec lui. Elle se blottit tout contre lui.

— Merci pour ce soir. Vous nous avez sauvé la vie.

— Je n'ai pas fait grand-chose.

— Si, et vous le savez aussi bien que moi. L'annonce de Chris a provoqué une véritable révolution, et vous avez désamorcé la crise en éloignant Kandi le temps que les esprits se calment. Et j'ai entendu ce que vous lui avez dit. Vous vous êtes montrée amicale et accueillante.

— Être dans le conflit n'aurait servi à rien. Mon esclandre au mariage ne m'a pas particulièrement réussi avec Henry.

— Vous avez toujours envie de nouer des liens avec lui, c'est ça ?

— J'ai seulement envie de me sentir chez moi quelque part, dit-elle, la bouche sèche.

Jared la fit pivoter vers lui, puis il enveloppa son visage entre ses mains. La chaleur qu'elle lisait dans son regard l'enflamma tout entière.

— Chez vous, c'est ici, avec moi, murmura-t-il avant de l'attirer à lui et de saisir sa bouche avec la sienne.

Elle réagit avec tant d'ardeur à son baiser qu'il laissa échapper un grognement.

Cette fois, ils ne s'arrêtèrent pas. Cette fois, leur baiser devint brûlant, fébrile et passionné. Morgan sentit chez Jared une fougue qu'il avait jusqu'à présent réprimée. Mais cette fois, non. Il la serra fort contre lui, l'écrasant contre son corps, et son odeur virile mêlée à son parfum acheva de réveiller tous les sens de Morgan.

De sa bouche, les lèvres de Jared descendirent le long de ses joues et vinrent se loger dans le creux palpitant de son cou. Morgan poussa un gémissement. Et elle n'arrêta pas Jared quand ses mains se glissèrent sous son pull pour saisir ses seins. Il pinça et caressa ses mamelons jusqu'à ce qu'ils durcissent entre ses doigts. *Oh ! oui, encore*, se disait Morgan.

— Je vais te donner ce que tu veux, chuchota Jared.

Les joues de Morgan devinrent écarlates ; elle avait pensé tout haut. Elle ne fut donc pas surprise quand il remonta son pull et écarta son soutien-gorge, libérant ses seins. Morgan sentit la fraîcheur de l'air sur sa peau puis la chaleur de sa langue qui la léchait.

— Oh ! cria Morgan quand il referma sa bouche sur la pointe d'un de ses seins et se mit à aspirer avec force.

Plus la succion était puissante, plus intenses étaient les ondes qui irradiaient jusqu'au creux de son ventre.

Les mains de Jared descendirent plus bas, et elle poussa un gémissement rauque quand il se glissa à l'intérieur de ses leggings et que sa main effleura la peau de son ventre, avant de s'aventurer plus loin encore. Jamais elle n'avait laissé un homme la toucher de cette façon, mais Jared n'était pas comme les autres et, quand il écarta la fine dentelle de sa culotte, elle se mit à trembler de plaisir.

Ses doigts exploraient son intimité, et Morgan avait presque mal de vouloir plus encore – mais quoi, elle l'ignorait. Elle comprit quand il glissa un doigt en elle, et elle arqua son corps à sa rencontre. Jared reprit sa bouche et l'embrassa. Un baiser sauvage. Presque furieux. Et Morgan s'abandonna. Il avait glissé un deuxième doigt en elle, et elle jouissait en rythme avec leur mouvement de va-et-vient. Son orgasme fut si intense qu'elle hurla.

Jared couvrit son cri d'un profond baiser et continua à la caresser pendant que peu à peu son plaisir refluait, se refaisait plus doux.

— J'ai envie de toi, Morgan, murmura Jared, le souffle court.

Et, pour lui prouver à quel point, il guida sa main jusqu'à son impressionnante érection.

Ce geste ramena Morgan à ce qu'elle avait ressenti des années plus tôt, quand l'amant de sa mère, Troy, l'avait forcée à le *toucher*.

— Je ne peux pas !

Morgan se leva d'un bond, remit de l'ordre dans ses vêtements et s'enfuit en courant.

Elle savait que ça n'était pas logique, étant donné l'intimité qu'ils venaient de partager, mais elle n'était pas sûre de pouvoir surmonter ses peurs. Même pour Jared.

Jared demeura un moment silencieux. Jamais il n'avait fait fuir une femme. En général, elles ne demandaient qu'à jouir de ses faveurs. Mais Morgan le repoussait, et il avait l'impression aussi qu'elle venait de connaître son tout premier orgasme. Elle avait eu l'air surprise des réactions de son propre corps. Comment était-ce possible ? C'était une jeune femme de vingt-cinq ans. Se pouvait-il qu'aucun des hommes qu'elle avait rencontrés n'ait pu l'amener au plaisir ? Ou bien y avait-il autre chose ? Il avait senti de la peur en elle. Avait-elle subi un traumatisme lors d'une relation sexuelle ?

Était-ce pour ça qu'elle avait pris la fuite ?

Il fallait qu'il en ait le cœur net. Ne serait-ce que pour prouver à Morgan qu'il était capable, lui, de lui faire éprouver du plaisir. Il savait que ce serait merveilleux entre eux. Il l'avait su à la seconde où il l'avait vue à la réception du mariage de Dane. Il fallait seulement que Morgan baisse la garde assez longtemps pour qu'il puisse lui montrer combien ça pouvait être bon. Elle venait d'en avoir un aperçu, mais maintenant il lui tardait de lui faire vraiment l'amour.

Au lieu de retourner dans la grande maison, il vit que Morgan entrait dans une des maisons d'invités. Cela signifiait-il qu'elle préférait rester seule ? Quoi qu'il en soit, il n'était pas prêt à renoncer.

Il toqua à la porte. Morgan ne répondit pas. Alors, il tourna la poignée. Elle était assise dans le noir sur un canapé. Jared alluma la lampe sur la table basse, et une douce lumière diffuse se répandit dans la pièce. Elle semblait prête à s'enfuir à nouveau, alors il s'assit dans un fauteuil en face d'elle, pour qu'elle sache bien qu'il ne la toucherait pas si elle n'en avait pas envie.

— Que se passe-t-il, Morgan ? Pourquoi est-ce que tu t'es enfuie ? Pourtant, j'ai eu l'impression que tu avais pris plaisir à mes caresses. Je me trompe ?

Morgan secoua la tête.

— Alors, dis-moi, ma chérie. Tu peux tout me dire.

Morgan sécha ses larmes du dos de la main, puis elle leva les yeux vers lui, les cils encore humides.

— Quand j'avais seize ans, un des amis de ma mère m'a agressée.

— Quoi !

Le regard de Jared se fit aussi dur que la glace.

— Il t'a violée ?

— Non, dit-elle en secouant vigoureusement la tête. Il n'a pas eu le temps… Ma mère est rentrée avant qu'il puisse…

— Oh ! Morgan, je suis désolée. Tu n'es pas obligée de parler de ça.

— Mais si. Il faut que j'en parle. Parce que, sinon, c'est lui qui aura gagné au final en m'empêchant d'avoir une vie épanouie.

— D'accord. Raconte-moi, alors.

— Un jour, en rentrant du lycée, Troy m'attendait. J'ai tout de suite vu qu'il avait beaucoup bu.

— Continue.

— Je suis vite allée dans ma chambre, mais il m'a suivie et il a refermé la porte derrière lui. J'étais terrifiée. Il m'a jetée sur le lit et il s'est mis sur moi. Il a remonté mon T-shirt et il s'est mis à me toucher les seins, dit Morgan en se tordant les mains. Et puis, il s'est mis à se frotter contre moi. Je sentais qu'il était de plus en plus excité et… et il m'a dit de… de le toucher. Et… et il m'a dit ce qu'il allait me faire. Mais heureusement, il a entendu ma mère crier sur le palier et il s'est relevé d'un bond.

— Oh ! mon Dieu. Je suis tellement désolé, ma chérie.

— Je me suis toujours demandé si j'avais fait quelque chose qui l'avait encouragé…

— Bien sûr que non, dit Jared en prenant le visage de Morgan entre ses mains. Et dis-moi que tu le sais. Tu ne *méritais* pas ce qui t'est arrivé. Tu étais la victime.

— Je ne veux plus être une victime, dit-elle. Il m'a volé le plaisir de l'intimité avec un homme. C'est pour ça que je suis toujours vierge. Je veux retrouver ce qu'il m'a pris, et tu peux m'aider…

— Je ne comprends pas.

— Fais-moi l'amour, murmura Morgan. Aide-moi à effacer toutes ces horreurs. Fais que je ne puisse plus penser qu'à toi et au plaisir que tu me donnes.

— Non, je… Je ne peux pas, dit Jared en secouant la tête. Je suis heureux que tu aies réussi à me parler, mais je ne veux pas profiter de toi. Si je faisais ça, je serais aussi ignoble que ce type.

— Tu ne profites pas de moi. Tout à l'heure, là-bas, je te voulais. Comme le soir où on s'est rencontrés et que je t'ai fait entrer dans ma chambre. Et maintenant encore. C'est *moi* qui veux. C'est *mon choix*.

Puis elle vint s'asseoir sur lui et se pencha pour l'embrasser.

Pendant quelques instants, Jared resta sans réagir. Morgan avait vécu une expérience tellement horrible qu'accepter ce qu'elle offrait ce soir n'était pas correct.

Mais elle l'embrassait avec tant de fougue, elle avait si manifestement envie de lui qu'il n'hésita pas plus longtemps.

Lui aussi, il la voulait. Ce soir.

Il referma ses bras autour d'elle et la pressa contre lui.

- 13 -

Un frisson parcourut Morgan quand Jared réagit enfin à la passion de son baiser. Se jeter sur lui comme ça, ça ne lui ressemblait pas, mais c'était le seul moyen qu'elle avait trouvé pour le convaincre qu'elle était prête. Avec lui, elle se sentait en sécurité, pleine de désir. Et elle voulait oublier tout le reste dans ses bras.

Leur baiser était de plus en plus pressé, fougueux, et son corps se réveillait au rythme qu'imprimait la langue de Jared dans sa bouche. Jamais elle n'avait ressenti autant d'excitation. Elle pressa contre son torse puissant la pointe durcie de ses seins, et tout le corps de Jared vibra… Elle aussi était capable de lui donner du plaisir. C'était si bon de le savoir.

Soudain, Jared se leva et la porta jusqu'à la chambre, où il la déposa doucement sur le lit. Mais, au lieu de s'allonger sur elle, il resta debout au bout du lit.

— Oh non, ne t'arrête pas, murmura fiévreusement Morgan.

— Je n'ai aucune intention d'arrêter. J'ai envie de toi, Morgan. Je veux toucher, sentir, explorer chaque partie de ton corps… Mais toi, je veux que tu sois sûre aussi. Alors, on va y aller doucement.

— Je n'ai pas envie que ça aille doucement.

Jared eut un rire, dont les notes basses résonnèrent dans chacune des cellules de son corps.

— Si on commençait par se déshabiller ?

Morgan se redressa et commença à déboutonner la chemise de Jared. Son impatience le fit sourire, et il semblait heureux qu'elle prenne l'initiative. Il alla jeter sa chemise sur une chaise, quitta rapidement ses chaussures et ses chaussettes, et revint vers elle.

Morgan ne pouvait détacher les yeux de son corps magnifique, aux larges épaules et au ventre musclé. Elle lui caressa la poitrine et descendit jusqu'à la ceinture de son jean. Elle avait senti son érection pendant leurs baisers, mais maintenant elle allait enfin pouvoir *le* voir, le regarder. Elle défit sa braguette, et le jean glissa sur les hanches étroites de Jared.

— Morgan, dit-il avant de se pencher vers elle pour l'embrasser.

Sa langue vint à la rencontre de la sienne. Elle sentait son désir, et chaque partie de son corps à elle le voulait.

Jared interrompit leur baiser le temps de retirer son boxer noir. Maintenant, il était nu. Alors qu'elle était encore tout habillée. Elle se hâta de retirer son pull, et se retrouva en soutien-gorge. Sans perdre de temps, elle défit l'agrafe et il tomba, libérant ses seins.

— Tu es magnifique, dit Jared d'une voix un peu rauque.

Puis il s'avança vers elle et l'allongea avec douceur sur le lit. Morgan acheva de se déshabiller et jeta ses vêtements en tas sur le sol.

Jamais elle n'était allée aussi loin avec un homme, et pourtant elle n'avait pas peur. Pas avec lui. Il s'allongea à côté d'elle, et ses lèvres retrouvèrent les siennes. Elle avait envie de sentir sa bouche partout sur son corps, dans les endroits les plus secrets. Il releva la tête.

— Tu peux me dire d'arrêter à n'importe quel moment.

— Je sais, mais je n'ai pas envie que tu arrêtes.

D'une main, il lui pétrissait doucement un sein. Il lécha le bout érigé de son autre sein avant de le prendre dans sa bouche, de le sucer et de le mordiller, provoquant des ondes de plaisir dans tout le corps de Morgan.

Puis ses baisers légers descendirent le long de son ventre jusqu'à son nombril. Morgan savait bien ce qui allait se passer ensuite – elle avait lu des romans d'amour.

Mais, au lieu de ça, les lèvres de Jared vinrent papillonner au creux de ses genoux et sur ses cuisses, s'arrêtant juste avant ce qu'elle attendait, ce qu'elle *voulait* de toutes ses forces.

— Vas-y, je t'en supplie…

Jared s'exécuta. Il l'embrassa d'abord doucement. Puis, sentant qu'elle était en confiance, il se mit à la lécher. Cette caresse intime provoqua des spasmes profonds dans tout son corps. Morgan ferma les yeux. Son cœur battait fort dans sa poitrine, et elle ressentit un besoin violent, presque douloureux, de l'avoir en elle, mais elle ne put l'exprimer à haute voix. Le plaisir montait tellement en puissance qu'elle se mit à trembler sans pouvoir se contrôler.

Tandis que la bouche de Jared l'explorait, Morgan planta ses ongles entre les draps, à la recherche d'un point d'ancrage dans la tempête qui l'emportait. Son orgasme fut intense, et elle hurla.

Tandis que le plaisir refluait par ondes successives, Jared lui murmura :

— Ça va ?

Elle hocha la tête. Rougissant violemment, elle tenta de se couvrir le visage des mains, mais il l'en empêcha.

— Ne te cache pas de moi quand on fait l'amour. J'ai besoin de savoir si tu aimes tout ce qu'on fait ou si tu veux que j'arrête. Tu peux dire non à tout moment.

Elle se contenta de hocher la tête.

— Tant mieux, dit-il avec un sourire. Parce qu'on ne fait que commencer.

Jared faisait tout pour ralentir, pour maîtriser le besoin instinctif de son corps de dominer. Il n'avait jamais fait l'amour à une vierge, et il fallait qu'il prenne son temps pour que Morgan puisse passer toutes les étapes à son rythme à elle. Il se sentait honoré qu'elle l'ait choisi pour être le premier et il tenait à lui montrer tout le plaisir que l'on pouvait prendre entre deux adultes consentants.

Dans la poche de son jean, il prit un préservatif, le déroula sur son sexe et revint se placer entre les cuisses de Morgan.

— Tu es sûre que tu veux ?

Elle prit son visage entre ses mains et l'embrassa. Son baiser n'avait rien de timide. Il était profond, passionné. Il entra alors un doigt en elle, puis, en douceur, un deuxième. Le corps de Morgan ondulait à la rencontre de sa main. Il adorait cette sensation.

— Tout va bien ? murmura-t-il en retirant sa main.

— Hum, gémit-elle doucement.

Alors, Jared commença à entrer en elle, lentement.

— Oh…

— Est-ce que je te fais mal ?

— Non… Ne t'arrête pas…

Jared entra encore un peu plus profondément, centimètre par centimètre. C'était délicieux. Puis il sentit qu'il était tout entier en elle. Elle cria en se cramponnant à ses épaules quand il donna la dernière poussée.

— Est-ce que ça va ?

— Oui… Oh ! oui. Continue.

Jared poussa un soupir, et se mit à aller et venir doucement en elle, tout en embrassant ses seins, puis sa gorge, pour remonter jusqu'à sa bouche. Là, il poussa sa langue entre ses dents au moment où il s'enfonçait profondément en elle. Morgan arqua son bassin pour venir à sa rencontre.

— Oui, c'est bien, grogna-t-il.

C'était tellement bon d'être enfin complètement en elle que Jared en oubliait presque de respirer. Son corps aurait voulu aller plus vite, plus fort, mais Jared se contenait. Morgan n'était pas encore prête pour ça. Il fallait que sa première nuit d'amour soit à la fois intense et douce… inoubliable.

Il ne comprenait pas pourquoi cette femme provoquait tant de sensations chez lui. Pourquoi son cœur se serrait dans sa poitrine. Qu'est-ce que ça voulait dire ?

Elle ne savait pas comment, mais Morgan sentait que Jared se retenait. Et elle ne voulait pas qu'il fasse ça. Il était son premier amant, et elle adorait chacune de ses caresses. Elle voulait garder à jamais le souvenir de ce moment au cas où il ne reproduise jamais.

— Je ne suis pas en sucre, tu sais, murmura-t-elle.

Il sourit et accéléra le rythme, poussa en elle plus fort. Son corps se souleva vers lui, et la pression augmenta. Elle planta ses ongles dans le dos de Jared et serra plus fort à mesure qu'il accélérait et que son plaisir montait. Et soudain, la jouissance, intense, la submergea, l'emporta, et elle poussa un long gémissement.

Jared continua, accélérant encore le rythme en elle. Elle était à bout de souffle, mais, une fois encore, elle se sentit emportée au moment même où Jared poussait un grognement sourd. Avait-il ressenti les mêmes sensations extraordinaires qu'elle ?

Quand il se laissa retomber sur elle en l'enfermant dans ses bras comme s'il ne voulait plus jamais la laisser partir, elle adora cette sensation de sa peau contre la sienne, de son poids sur elle. Elle non plus, elle ne voulait pas qu'il quitte ses bras. Parce qu'elle était amoureuse de lui.

Malgré ce qu'elle venait d'éprouver, elle restait lucide. Elle savait qu'elle s'engageait sur un terrain dangereux. Elle avait tout fait pour résister, mais c'était trop tard. Elle était amoureuse d'un homme qui ne croyait pas à l'amour. Et pourtant, même si ses sentiments n'étaient pas partagés, Morgan savait que jamais elle ne regretterait cette première fois avec un homme qu'elle aimait.

- 14 -

Morgan se réveilla juste au moment où le soleil se levait, perçant à travers les nuages. Elle était nue, blottie contre le corps de Jared. Elle l'entendait respirer calmement, profondément, encore endormi. Ce qui lui laissait le loisir de repenser à cette nuit.

Elle n'était plus vierge. Elle n'était plus une femme frigide comme tous les hommes qu'elle avait croisés le lui avaient dit. Jared l'avait réveillée de ses baisers et de ses caresses. Elle était capable d'accueillir la brûlante attirance qu'elle éprouvait pour lui. Jamais elle n'avait senti son corps aussi fiévreux que cette nuit. Jamais elle ne s'était sentie aussi vivante. Elle avait senti tout son être s'animer alors que son corps ne faisait qu'un avec le sien. Elle l'avait senti prendre possession d'elle jusqu'au plus profond, et ce souvenir réveilla son désir.

Elle sentit quelque chose contre son ventre et comprit que c'était l'érection matinale de Jared. Cette nuit, il s'était concentré sur son plaisir à elle ; il ne lui avait pas permis de lui donner du plaisir. Et maintenant qu'elle le voyait là, les paupières closes, abandonné, Morgan eut envie d'autre chose. Elle écarta le drap et commença à le caresser, avec la main d'abord, puis avec la langue. Il bougea, mais ne sembla pas se réveiller. Ses yeux étaient toujours fermés. Peut-être s'imaginait-il qu'il était en train de rêver.

Alors, elle le prit tout entier dans sa bouche et se mit

à monter et descendre le long de son membre. Les yeux de Jared s'ouvrirent tout à coup, et il la regarda d'un air incrédule, mais Morgan ne s'arrêta pas pour autant. Au contraire. Elle était heureuse de lui faire autant de bien qu'il lui en avait fait. Mais elle sentait qu'il cherchait encore à garder le contrôle, alors elle vint titiller le bout de son sexe avec sa langue.

Jared renversa la tête sur son oreiller, et un son guttural s'échappa de sa poitrine. Tout son corps tremblait de plaisir, et Morgan continua à le caresser jusqu'à ce que son corps redevienne languide.

Alors, elle leva les yeux vers lui.

— C'était comment ?

Jared sourit en la voyant si malicieuse. Quand il s'était réveillé et s'était aperçu qu'elle l'avait pris dans sa bouche, il avait failli jouir immédiatement. Un peu plus tôt, dans un demi-sommeil, il avait senti ses mains le caresser, s'enhardir. Il avait d'abord cru à un rêve, mais non…

Qui aurait pu imaginer que sa douce et innocente Morgan pourrait lui donner autant de plaisir ? Il prit sa main et embrassa chacun de ses doigts.

— C'était extraordinaire.

Il savait qu'elle avait besoin de l'entendre pour prendre confiance en elle parce qu'il était certain qu'elle n'avait jamais fait *ça* à un autre homme que lui.

Elle eut un sourire rayonnant.

Jared ramena doucement une mèche folle derrière l'oreille de Morgan. Lui qui était habituellement si doué pour empêcher tout sentiment de s'immiscer dans ses moments de plaisir, lui qui faisait toujours en sorte que le sexe reste un jeu, il se sentait un peu désorienté. En quelques semaines à peine, Morgan lui avait fait franchir toutes sortes de frontières. Physiquement, il était comblé, mais il sentait que l'attirance qu'il ressentait était loin d'être purement physique. Et ça, ça le terrifiait.

Elle réveillait en lui quelque chose qui était toujours resté à l'état latent. Une chose qui dormait au fond de lui : le besoin d'être proche d'un autre être, pas seulement physiquement mais pour tout lui dire, pour lui confier ses espoirs, ses envies, ses peurs aussi, et pouvoir se reposer sur cette personne. Et avec Morgan, il avait découvert tout ça. Elle le comprenait mieux qu'aucune des femmes qu'il avait connues.

Bien décidé à reprendre le contrôle, il prit un préservatif, l'enfila et allongea Morgan sur le lit. Puis il l'embrassa. Profondément. Longuement.

Puis il descendit, et vint caresser ses seins de sa langue et en mordiller légèrement les mamelons dressés. Morgan gémissait doucement. Ses mains parcoururent son ventre jusqu'à son sexe qu'il écarta avec douceur, comme les pétales d'une rose, puis il glissa un doigt. Elle poussa un soupir.

Son doigt allait et venait, caressait son clitoris et presque instantanément elle jouit. Alors, il écarta ses cuisses et s'enfonça en elle. Elle l'accueillit, enroulant ses jambes autour de lui.

— Oui, comme ça, l'encouragea-t-il en poussant plus loin encore.

Puis il revint caresser son clitoris tout en accélérant le rythme de ses poussées. Morgan émit un long gémissement en s'agrippant à lui. Il sentit un intense flux d'énergie le traverser et il la pénétra encore plus vite, plus fort jusqu'à atteindre sa propre jouissance. Il poussa un bref grognement et s'écroula sur elle.

Morgan et Jared finirent par se réveiller et quittèrent le petit cottage pour rejoindre la grande maison. Après avoir fait l'amour à l'aube, ils s'étaient rendormis, et il était plus de 9 heures quand ils s'engagèrent dans l'escalier menant aux chambres. Chris, lui, était en train de descendre.

— Tiens, tiens, dit-il avec un sourire entendu. Regardez qui voilà. J'espère que vous avez passé une bonne nuit.

Il dévala le reste des marches en riant.

Rouge comme une pivoine, Morgan se hâta de franchir les derniers mètres qui les séparaient de leur chambre. Elle espérait ne croiser personne d'autre qui remarquerait qu'ils portaient les mêmes vêtements que la veille. Elle poussa un profond soupir quand Jared referma enfin la porte derrière eux.

— Tu n'as pas à te sentir gênée, Morgan. Ce qui s'est passé cette nuit est tout à fait naturel. Ma famille sait que nous sommes ensemble.

— Je sais, mais…

— Il n'y a pas de *mais*. Tu es avec moi, et tout le monde sait que nous couchons ensemble. Maintenant que nous avons commencé, je n'ai plus envie de m'arrêter, dit-il en posant un baiser sur ses lèvres.

— Ne commence pas. Nous n'avons pas le temps, dit Morgan en le repoussant gentiment. On a sans doute manqué le petit déjeuner, et je meurs de faim.

— D'accord, fit-il, faussement contrit. On prend une douche, d'abord ?

Une demi-heure plus tard, Morgan arriva très gênée dans la salle à manger. Elle n'aurait jamais cru qu'une douche puisse être une expérience aussi sensuelle.

La salle à manger était déserte, et les domestiques

étaient déjà en train de débarrasser. Ils étaient sur le point de s'en aller quand Antoine entra.

— Bonjour, dit-il en souriant. Voulez-vous prendre un petit déjeuner ? Je peux demander qu'on vous prépare quelque chose de rapide.

— Je prendrai volontiers une omelette, dit Morgan. Avec quelques légumes. Et aussi une tasse de café, s'il vous plaît.

— Parfait. Jared ?

— Pareil, répondit Jared en tirant la chaise de Morgan.

C'est alors que Ruth entra dans la pièce, en tenue de tennis, raquette à la main.

— Vous êtes enfin levés, dit-elle. Je commençais à croire que vous alliez passer tout votre temps tous les deux plutôt qu'avec nous.

Morgan se sentit mortifiée et ne savait quoi répondre, mais Jared réagit rapidement.

— Mais non. Nous étions juste fatigués. Je te rappelle que je travaillais hier.

— Fatigués ? sourit malicieusement Ruth. Bien sûr.

Elle se tourna vers Morgan et lui proposa de venir jouer au tennis avec Mary et elle.

— Non, merci. Je n'ai pas encore pris mon petit déjeuner. Nous nous verrons plus tard, d'accord ?

— Mais oui, dit Ruth avant de s'éclipser en lançant un clin d'œil à Jared.

Quand elle fut sortie, et qu'Antoine eut à son tour quitté la pièce après leur avoir servi du café, Morgan regarda Jared avec de grands yeux.

— Elle sait.

— Grand-mère n'est pas née d'hier. Elle sait ce qui se passe entre un homme et une femme lorsqu'ils sont aussi attirés l'un par l'autre que nous.

— Est-ce que c'est toujours aussi… intense ?

Jared la regarda par-dessus sa tasse, et Morgan ressentit une douce crispation au creux de son ventre.

— Pas toujours, mais nous sommes très compatibles *sexuellement*.

Elle détourna les yeux pour échapper à son regard hypnotique.

— Qu'est-ce que tu as envie de faire aujourd'hui ?

— Tu veux une réponse sincère ? dit-il avec un regard gourmand. Hum… On pourrait faire une randonnée ou du canoë. Ou bien une balade à cheval. Comme tu veux…

— On peut se joindre à vous ?

Ils se tournèrent vers Chris. Kandi était à côté de lui, habillée d'une sorte de combinaison de pilote plus adaptée à une sortie en boîte qu'à une journée à la campagne.

— Bien sûr, dit Jared.

— Je propose qu'on fasse du canoë. On verra bien qui gagne.

— D'accord, dit Jared. Il y a longtemps que je ne t'ai pas mis ta raclée. On se retrouve d'ici une heure sur le ponton ?

— Ça marche.

Morgan adorait voir les deux frères ensemble. Elle savait qu'être sans nouvelles de Chris avait inquiété Jared, et elle espérait que ce week-end allait arranger un peu les choses. Les Robinson étaient des gens bien, même s'ils auraient pu se montrer un peu plus gentils les uns avec les autres. Évidemment, c'était facile à dire pour quelqu'un d'extérieur.

Elle s'imaginait très bien au sein de cette famille, mais Jared ne voulait pas d'une véritable relation avec elle. Une fois leur petite comédie terminée, chacun repartirait de son côté. Ce serait difficile parce que Jared était son premier amant et qu'il tiendrait toujours une place spéciale dans son cœur pour lui avoir appris comment donner et recevoir du plaisir.

Faire l'amour avec lui, ça n'était pas seulement deux corps qui se faisaient mutuellement du bien. C'était bien plus que ça. Ils avaient partagé une intimité qu'elle n'avait jamais connue avec personne. Chaque baiser, chaque caresse l'avait liée à lui. Elle était désormais plus proche de Jared que de quiconque. Elle s'était confiée à lui et lui avait parlé de son passé. Comment aurait-elle pu ne pas l'aimer ?

- 15 -

Il y avait des années que Jared n'avait pas autant ri que cet après-midi-là. Après avoir récupéré chacun leur canoë et leurs rames, les deux frères avaient aidé Morgan et Kandi à embarquer.

Un des jardiniers devait jouer les arbitres.

Chris démarra en trombe, tandis que Jared adoptait un rythme plus régulier, réservant son énergie pour la durée. Chris était devant, et Morgan lui cria d'aller plus vite.

— Ne t'inquiète pas. Je sais ce que je fais.

Et c'était vrai. Après avoir effectué une boucle, ils revinrent vers le ponton. À ce moment-là, Chris était déjà fatigué. Jared donna alors sa pleine puissance, et ils finirent avec plus de dix minutes d'avance. Il aida Morgan à sortir du canoë.

— C'était génial ! s'écria-t-elle, en le prenant dans ses bras et en lui donnant un baiser pour le féliciter.

Mais Jared avait envie de plus que ça. Et ce, depuis que Morgan avait écourté leur partie de plaisir sous la douche.

Le baiser devenait vraiment très intense quand Chris et Kandi arrivèrent enfin. Jared libéra Morgan et enlaça sa taille.

— Tu as gagné, s'exclama Chris. Mais uniquement parce que tu es plus jeune.

— Quand tu veux pour une revanche, rétorqua Jared.

Je suis même prêt à te laisser cinq minutes d'avance au départ.

Tout le monde éclata de rire.

— Et si on buvait quelque chose ? Je meurs de soif. Désolé pour toi, ma chérie, dit Chris en caressant le ventre de Kandi, mais, pour toi, ce sera un jus de fruits.

De retour à la grande maison, ils retrouvèrent les aînés après leur partie de tennis.

— Vous voilà enfin, les enfants, dit Ruth. J'ai cru que vous nous aviez abandonnés.

— Jamais de la vie, grand-mère, dit Chris en l'embrassant sur la joue.

Jared et Morgan s'assirent sur un petit sofa, tandis que Chris et Kandi prenaient place à côté de Ruth.

— Qu'est-ce que vous faisiez de beau, les enfants ?

— Je rappelais à Chris qu'il est un vieux croulant.

Son frère lui lança un regard noir.

— Ils ont fait une course de canoë, expliqua Kandi. On s'est bien amusés, mais mon pauvre nounours a perdu.

Jared manqua s'étouffer. Il détestait ces petits noms ridicules. Il aimait beaucoup Morgan, mais il n'était pas près de lui donner un surnom aussi ridicule. Il avait des choses bien plus intéressantes à faire avec elle.

— Je suis ravie que vous vous plaisiez ici, dit sa mère. Ruth et moi voulions partir faire un peu de shopping pendant que les hommes pêchent. Nous aimerions beaucoup que vous veniez avec nous pour apprendre à mieux nous connaître.

— Vraiment ? dit leur grand-mère en haussant un sourcil.

Chris la rappela à l'ordre d'un regard.

Le visage de Kandi s'éclaira.

— Oh ! oui. J'adorerais. En fait, je n'ai pas très bien choisi ma garde-robe pour un week-end loin de tout.

— Tu es magnifique, chérie, dit Chris.

L'amour était vraiment aveugle, songea Jared. Cette combinaison de pilote en jean était vraiment de mauvais goût. Heureusement que Morgan avait de la classe, elle.

Après un déjeuner détendu où on leur servit une salade aux fruits de mer accompagnée de pain croustillant et d'un pinot gris, les femmes partirent en ville tandis que les hommes se préparaient pour la pêche. Il y avait longtemps que Jared, Chris et leur père n'avaient pas passé un après-midi ensemble. Armés de leurs sièges de toile, de leurs cannes, de leurs hameçons, de leurs appâts et de bouteilles d'eau, les trois Robinson mâles prirent le chemin du ruisseau.

Une fois leurs lignes installées, ils s'assirent pour attendre. Heureusement, Chris avait eu la bonne idée d'emporter une glacière pleine de bières. Jared en prit une, la décapsula et avala une gorgée.

— Je suis content qu'on soit enfin tranquilles, commença leur père. Tu vas peut-être pouvoir nous expliquer comment tu t'es retrouvé fiancé à Kandi.

Le visage de Chris se durcit.

— Je vous préviens, si vous commencez tous les deux, je rentre à la maison.

— Arrête, dit Jared. On veut juste comprendre. Comment est-ce que vous vous êtes rencontrés ?

Chris soupira, un peu plus détendu.

— J'ai rencontré Kandi parce qu'un de nos clients voulait voir un spectacle de strip-tease. J'avoue que ça n'est pas mon truc, mais, quand j'ai vu Kandi sur cette scène, je suis immédiatement tombé amoureux.

— Tu confonds désir et amour, fiston. Ça arrive souvent, tu sais.

— Réagis, Jared. Tu m'as bien dit que tu avais tout de suite été sous le charme en rencontrant Morgan, non ? demanda Chris.

— C'est vrai, mais c'est différent, objecta Jared.

Il songea que Chris et Kandy étaient fiancés, eux. Et s'il demandait à Morgan d'être sa fiancée ? Enfin… sa *fausse* fiancée. Il ne pouvait pas lui offrir plus que ça. D'ailleurs, pourquoi cette seule idée lui faisait-elle battre le cœur plus vite ?

— Finis ton histoire, reprit-il.

— Après avoir raccompagné le client, je suis retourné au club. Au début, Kandi ne voulait pas qu'on se voie parce que j'étais un client, mais j'ai réussi à la convaincre de prendre le petit déjeuner avec moi. Et puis, une chose en entraînant une autre…

— Tu es sûre qu'elle n'en veut pas à ton argent ?

— Papa…, intervint Jared, mais Clay leva une main.

— Je n'ai pas fini. Une jeune femme exerçant ce genre de métier pourrait être tentée. Tu pèses des millions de dollars.

— Elle n'est pas avec moi pour mon argent. D'ailleurs, elle a accepté de signer un contrat prénuptial.

— Je suis agréablement surpris, admit leur père en se frottant la joue. Mais j'y croirai quand je le verrai. Ce que je veux dire, Chris, c'est que tu devrais peut-être prendre exemple sur Jared. Il a trouvé la perle rare avec Morgan. Elle a de la classe, elle est cultivée et pas désagréable à regarder.

— Merci, papa, dit Jared.

— Mais elle est du genre qu'on épouse, poursuivit son père. Est-ce que tu es prêt à gérer ça ?

Heureusement, une des lignes se mit à bouger, ce qui lui évita de devoir répondre. Ils avaient pris quelque chose. Tout comme Morgan avait capturé son cœur.

Morgan ne s'était pas doutée qu'elle devrait consacrer une partie de son week-end à jouer les médiatrices entre les Robinson et Kandi, mais c'était précisément ce qui se passait.

Pour Ruth, apprendre à mieux se connaître consistait visiblement à bombarder de questions la pauvre Kandi, qui avançait en terrain miné. Morgan faisait de son mieux pour la soutenir, mais ça n'était pas évident. Ses pensées n'arrêtaient pas de retourner vers le cottage où Jared lui en avait tant appris sur son propre corps.

Après tant d'années à nier ses besoins, elle avait des papillons dans le ventre et attendait avec impatience de se retrouver seule dans leur chambre avec l'homme qu'elle aimait. Mais lui, que ressentait-il pour elle ?

De la tendresse ?

De l'affection ?

Où n'était-ce que du désir ?

— Morgan, ma chérie, l'appela Ruth. Venez par ici. J'ai trouvé une robe divine pour vous.

Morgan alla vers la vieille dame en souriant. Elle n'avait pas connu ses grands-parents. C'est tout juste si elle avait eu une mère… Alors, être chouchoutée par Ruth lui réchauffait le cœur. Celle-ci lui montra une robe en soie verte absolument fabuleuse… dont le prix était exorbitant.

— Ça sera magnifique avec vos yeux, approuva Mary.

— Nous la prenons, dit Ruth à la vendeuse.

— Pas question, dit Morgan en secouant la tête. C'est bien trop cher.

— Mais non, dit Ruth en faisant signe à la caissière.

Nous la prenons. Et vous, Kandi, il faut aussi qu'on vous trouve quelque chose.

Kandi haussa les épaules en regardant autour d'elle.

— Ce n'est pas vraiment mon style.

— Vous voulez dire, de porter des vêtements élégants ? dit Ruth.

— Ruth ! s'écria Mary.

— Je suis désolée. Mais, ma chère, si vous voulez épouser mon petit-fils, il va falloir changer de style. Parce que, ça – elle désigna le pantalon zébré, le bustier et le blouson de cuir de Kandi –, ça n'est vraiment pas possible. Vous feriez honte à Chris et à toute la famille.

— Oh ! s'écria Kandi en portant une main à sa bouche avant de s'enfuir de la boutique.

— Pourquoi êtes-vous si dure, Ruth ? demanda Morgan. Tout ça est nouveau pour elle.

— Pour vous aussi, mais vous êtes déjà comme un poisson dans l'eau. Il faut qu'elle apprenne elle aussi.

— Et ça viendra avec le temps, dit Mary. Je vais aller lui parler. Lui expliquer que tout le monde dans la famille ne pense pas comme *vous*.

Ruth soupira et tendit sa carte de crédit avant de se tourner vers Morgan.

— Ai-je vraiment été aussi dure ?

— Oui. Ne faites pas de Kandi votre ennemie. Au contraire, faites-en une alliée. Sinon Chris risque de s'en aller. Ce n'est pas ce que vous voulez ?

— Bien sûr que non, dit Ruth en caressant la joue de Morgan. Vous êtes merveilleuse. Mon petit-fils a de la chance de vous avoir rencontrée, et je suis heureuse que vous fassiez partie de la famille.

Morgan eut l'impression qu'on lui plantait un couteau dans le cœur ; elle ne faisait pas partie de leur clan.

Qu'allaient-ils tous ressentir le jour où ils apprendraient la vérité ? Se mettraient-ils à la détester comme ils détestaient Kandi ?

Quand elles rentrèrent à la propriété, elles trouvèrent les hommes très contents d'eux ; ils avaient pris des achigans à grande bouche et des rayés. Pendant que le chef préparait les poissons pour le dîner, chacun monta dans sa chambre pour se changer.

Dès que leur porte fut refermée, Jared voulut prendre Morgan dans ses bras, mais elle se dégagea et sortit sur le balcon. L'air s'était rafraîchi, et c'était parfait pour elle. Elle repensait à ce que lui avait dit Ruth. Elle détestait mentir à cette famille. Elle avait accepté dans un premier temps pour avoir le temps de se retourner. Parce qu'il fallait qu'elle se rende à l'évidence, jamais Henry ne voudrait d'elle dans sa vie.

— Que se passe-t-il ? demanda Jared en la rejoignant sur le balcon.

Il l'emprisonna entre ses bras, plaçant ses mains sur la rambarde, de part et d'autre de son corps. Elle chercha à ignorer sa présence dans son dos, mais c'était impossible.

C'était Jared. Son odeur agissait comme un aphrodisiaque sur elle.

— Je réfléchissais à la façon dont tout ça va finir.

— Arrête, murmura-t-il dans son cou. Pense au moment présent.

Il l'attira à lui, et elle sentit son érection contre ses fesses. Il se pencha et commença à l'embrasser à la base du cou, juste sous son oreille ; il avait découvert que c'était son point sensible.

— Jared… On ne peut pas. Pas maintenant. Tout le monde nous attend.

— Oh si, on peut, dit-il en la poussant pour la plaquer contre la façade.

Avant qu'elle ait pu l'en empêcher, Jared avait relevé sa jupe. Puis il lui attrapa les cheveux et se jeta sur sa bouche comme un affamé.

Elle défit le bouton de son jean, descendit sa fermeture Éclair et fit glisser son caleçon. Le sexe de Jared jaillit. Elle ne voulait qu'une chose : l'avoir en elle. Jared fut plus rapide qu'elle et sortit un préservatif de sa poche.

— Désolé, dit-il, j'ai envie de toi depuis ce matin, alors ça va être rapide et un peu brutal. Plus tard, on fera ça doucement et lentement.

Et il la posséda, là, contre le mur. Et une fois encore, elle eut l'impression que son corps explosait dans mille directions différentes. Il hurla son nom, et elle aussi cria dans la nuit. Et ce fut fini. Heureusement qu'il la maintenait plaquée contre le mur, sinon elle se serait effondrée par terre. Elle avait les jambes flageolantes d'avoir pris un plaisir si fort, de se sentir si libre.

— Ça t'a plu ? demanda Jared avec un large sourire.

— À ton avis ?

- 16 -

Le dimanche après-midi arriva trop vite, et Morgan était triste que ce soit déjà la fin du week-end. Elle avait aimé ce moment avec Jared et sa famille. Le dimanche matin, ils étaient tous partis à cheval. C'était la première fois qu'elle montait, mais Ruth avait insisté la veille pour lui acheter un pantalon d'équitation, une chemise à manches longues et des bottes de cavalier.

Ça avait été une balade facile. Même Kandi, qui n'était jamais montée à cheval non plus, avait réussi à tenir en selle. Ils s'étaient ensuite arrêtés pour un délicieux et très joyeux pique-nique où tout le monde s'était montré de bonne humeur.

Puis ils rentrèrent à la grande maison et chacun chargea ses bagages dans sa voiture pour retourner en ville. Morgan n'avait aucune envie de repartir. Elle se sentait à sa place avec les Robinson. Et elle souffrait de savoir que ça n'allait pas durer.

— À quoi penses-tu ? demanda Jared.

— Notre contrat va bientôt se terminer.

Il se tourna vers elle.

— Je croyais que j'avais chassé ces idées-là sur le balcon. As-tu tellement hâte de te débarrasser de moi ?

— Bien sûr que non, répondit-elle un peu trop vite.

Elle aurait dû se protéger au lieu d'avouer ses vrais sentiments.

— Tant mieux. Parce que je n'ai pas envie que ce soit fini.

Elle remarqua qu'il serrait son volant un peu trop fort.

— Je te signale que tu n'es pas le seul à décider.

— Je sais, murmura-t-il. Il suffit que tu le demandes et on arrête tout de suite.

Morgan croisa les bras et regarda par la vitre de la voiture. Elle savait que Jared ne voulait pas s'engager, mais elle aurait cru qu'il avait un peu d'affection pour elle quand même, ne serait-ce que parce qu'il avait été son premier amant. Le *seul*. Elle ne voulait pas d'un autre homme, mais visiblement, pour lui, elle n'avait rien d'irremplaçable.

Elle remarqua que Jared ne tournait pas pour entrer dans sa résidence au moment où ils passèrent devant.

— Où est-ce qu'on va ? demanda-t-elle.

— Chez moi, répondit-il sans la regarder.

Il ne fallait pas qu'elle aille chez lui. Elle avait peur de ce qu'elle pourrait laisser voir de ses sentiments.

— Écoute, c'est la fin du week-end et tu travailles demain. Il vaut mieux que tu me déposes chez moi.

Il jeta un regard vers elle, mais elle ne put déchiffrer son expression.

— Je préférerais que tu viennes, mais, si tu veux, je fais demi-tour et je te ramène.

Morgan avala sa salive. Il lui laissait le choix. Ou pas ? N'était-il pas en train de la manipuler pour obtenir ce qu'il voulait ? Peut-être, mais au fond, ce qu'elle voulait, c'était être avec lui.

— D'accord.

Le reste du trajet se fit en silence, et ils n'échangèrent pas un mot dans l'ascenseur. Une fois chez lui, Jared posa leurs sacs sur le sol et se tourna vers elle.

— Excuse-moi.

Morgan le regarda, incrédule. Jared n'était pas du genre

à s'excuser. Toujours très sûr de lui. Et pourtant, à cet instant, il semblait un peu perdu.

— Tu t'excuses pour quoi, au juste ?

— Pour ce que je t'ai dit tout à l'heure. Ou plutôt pour la manière brutale dont je l'ai dit. Ce qui se passe entre nous me plaît, et je n'ai pas envie que ça finisse. Voilà, tu es contente ?

— Que tu te sois excusé ? dit Morgan en s'avançant vers lui et en enroulant les bras autour de son cou, même si son cerveau lui criait de s'enfuir à toutes jambes.

— Non. De m'avoir obligé à avouer mes sentiments.

Le lendemain matin, assis à son bureau, Jared restait les yeux fixés sur son écran. Cela faisait une heure qu'il était devant le même rapport, et il n'y comprenait toujours rien. Son esprit ne cessait de revenir au moment où il avait réveillé Morgan d'un baiser un peu avant l'aube. Ensuite, il était descendu entre ses cuisses et l'avait caressée de sa langue jusqu'à ce qu'il l'entende gémir de plaisir. Et puis, il l'avait retournée sur le ventre et l'avait prise par-derrière, pétrissant ses seins tout en pénétrant son sexe humide. Elle avait hurlé son nom, et ensuite seulement il avait pu sombrer dans le sommeil.

Le problème, c'était qu'avec Morgan le sexe n'était pas juste du sexe. Mais il préférait se dire que ça n'était que ça. Même si c'était génial. Ça n'était *que du sexe*.

Il n'avait ni envie ni besoin de s'encombrer du conte de fées que Morgan désirait sans aucun doute. Il ne voulait pas s'engager. Alors, pourquoi doutait-il soudain de tout ce qu'il avait toujours pensé à ce sujet ?

— Ça fait drôle de te voir derrière ce bureau, dit la voix de Chris.

En costume gris et cravate, son frère se tenait sur le seuil de son bureau. *Son ancien bureau à lui.*

— Ça me fait bizarre à moi aussi. Qu'est-ce qui t'amène ?

— Tu t'es dit que, maintenant que tu étais rentré, Jared n'avait qu'à s'éclipser ? demanda leur grand-mère, qui venait d'arriver derrière Chris.

— Pour être honnête, oui. Je me suis dit qu'il serait heureux de retourner aux frasques de sa vie d'avant.

— Cette période de sa vie est terminée maintenant qu'il a rencontré Morgan.

L'air dubitatif de son frère n'échappa pas à Jared.

— En fait, j'ai adoré m'impliquer davantage dans Robinson Holdings et je n'ai pas l'intention de partir, dit Jared, aussi surpris que l'était son frère d'être d'accord avec leur grand-mère.

— Et moi dans tout ça ?

— Nous pouvons partager les responsabilités. Tu l'as dit toi-même, c'est trop lourd pour une seule personne. Et moi, je tiens à avoir une vie en dehors du travail.

Jared ignorait si cette vie inclurait Morgan, mais il ne le saurait jamais s'il choisissait la même voie que celle que Chris avait suivie.

— Je dois dire que tu continues de m'impressionner, Jared, dit Ruth. Je suis fière de toi.

— Merci, dit Jared avec un sourire.

— Et moi aussi, dit Chris. Je serai honoré de travailler avec toi, frérot.

— C'est gentil d'être venue, dit Kandi quand Morgan et elle se retrouvèrent dans la boutique d'articles pour bébés.

— C'est normal, répondit Morgan. Ça me fait plaisir d'être là.

— Je suis angoissée. Pas d'avoir le bébé, mais de ne

jamais m'intégrer dans la famille de Chris. Toi, tu as l'air de leur plaire. Peut-être que tu peux me donner des tuyaux.

— Sois toi-même, dit simplement Morgan. Ruth est brutale, mais, une fois qu'on la connaît, c'est quelqu'un de chaleureux.

— Je ne sais pas… Elle a passé son temps à critiquer mes tenues le week-end dernier…

— Si tu veux t'intégrer, tu vas devoir changer un peu de garde-robe. Je ne te dis pas de perdre ta personnalité, mais de faire un peu plus sobre. Moins de petits hauts trop courts et de pantalons moulants léopard.

— C'est comme ça que j'ai eu Chris, dit Kandi avec un sourire malicieux.

— Mais ça n'est pas comme ça que tu le garderas. Si tu veux, je peux t'aider à choisir quelques vêtements.

Ce soir-là, après un dîner à emporter arrosé d'une bouteille de vin, Morgan raconta à Jared sa journée avec Kandi. Elle était heureuse de pouvoir passer cette soirée en tenue décontractée à bavarder de petites choses, comme un vrai couple.

— Ça n'est pas parce que tu es ma petite amie qu'il faut te sentir obligée de passer du temps avec elle, dit Jared.

— Je sais, mais je l'aime bien. D'une certaine façon, elle me rappelle ma mère. Peut-être que je pourrai l'aider à apprivoiser ta grand-mère…

Tout à coup elle réalisa qu'il avait dit qu'elle était sa petite amie, pas sa *fausse* petite amie.

— Franchement, ça m'étonnerait que grand-mère change d'avis. Elle est très têtue.

— Pourtant, toi, tu as réussi à la faire changer de point de vue, répondit Morgan avec un large sourire. En quelques semaines, tu as réussi à la convaincre que tu étais capable de diriger Robinson Holdings. Kandi arrivera peut-être aussi à la faire fléchir.

— Je suis son petit-fils. De la famille.

— Je suis sûre qu'avec un peu de pratique Kandi pourra surmonter…

— … son absence de classe ?

— Tu es dur.

— Mais j'ai raison. Et ne cherche pas à la changer. Chris est tombé amoureux d'elle telle qu'elle est. C'est à eux de régler ça.

— Désolée, dit Morgan en baissant les yeux. Je cherchais juste à aider.

— Viens là, dit-il en la prenant sur ses genoux. Tu n'as rien fait de mal. C'était adorable et c'est ce que…

Il s'interrompit au milieu de sa phrase, la poussa sur le côté, se leva d'un bond et quitta la pièce sans un mot.

Dans la salle de bains, Jared se passa de l'eau sur le visage.

Qu'est-ce qui lui arrivait ? Il avait failli dire : « et c'est ce que j'aime chez toi ».

Aimer. Ce mot ne faisait pas partie de son vocabulaire avec les autres femmes. Alors, pourquoi maintenant ?

C'était elle. Morgan.

Pour la première fois, il avait oublié de dresser des barrières entre ses émotions et une femme. Avec Morgan, il avait laissé ses sentiments prendre le pas, et il ne savait plus comment les faire taire.

— Est-ce que tout va bien ? demanda Morgan de l'autre côté de la porte. C'est quelque chose qu'on a mangé ?

Bien sûr, elle croyait qu'il s'était intoxiqué… Comment aurait-elle pu imaginer qu'il s'était enfui parce qu'il avait peur des émotions qu'elle faisait surgir à la surface ?

— Ça va. J'arrive tout de suite.

— D'accord.

Il l'entendit s'éloigner et prit une longue inspiration.

Il avait cru pouvoir jouer sur les deux tableaux : garder Morgan sans se faire prendre. Mais il s'était trompé. Il n'était pas du genre à s'engager et ne le serait jamais. Morgan méritait un homme capable de lui donner son cœur, capable d'aimer. Et cet homme, ça n'était pas lui. Il devait la laisser s'en aller.

Il se redressa.

Juste une dernière nuit. C'était tout ce qu'il s'accorderait. Ensuite, il trouverait peut-être un moyen pour que chacun d'eux puisse avancer, continuer sa vie sans l'autre.

Mais en sortant de la salle de bains, il trouva Morgan allongée nue sur le lit, offerte, et tout projet de dire adieu à cette femme magnifique s'envola d'un coup.

Il prit juste le temps d'enfiler un préservatif avant de l'embrasser fougueusement et d'entrer en elle.

Son plaisir fut immédiat et si intense qu'il eut envie de fermer les yeux. Mais c'était impossible. Il voulait pouvoir contempler Morgan alors qu'ils jouissaient ensemble… peut-être pour la dernière fois. Après l'amour, ils restèrent enlacés, et Jared s'endormit dans ses bras.

- 17 -

— Merci d'avoir accepté de me voir, Fallon, dit Morgan quand sa sœur vint la rejoindre dans un bar à vin du centre.

Elle avait besoin de se confier à quelqu'un au sujet de ses sentiments pour Jared. Elle aimait beaucoup Kandi, mais elle n'avait pas eu envie de lui parler de ça.

— Ça m'a fait plaisir que tu m'appelles, dit Fallon en se calant confortablement sur la banquette avant de prendre une gorgée de vin. J'espérais qu'un jour tu te sentirais assez à l'aise pour ne pas voir en moi juste une sœur mais aussi une amie.

— Ce soir, j'ai bien besoin d'une amie…

Depuis cette soirée tranquille, passée sur le canapé autour d'un plat à emporter, comme un vrai couple, Jared se montrait distant. Elle ne l'avait pas vu de la semaine. Il lui avait dit qu'il était submergé de travail, mais Morgan avait l'impression que c'était une fausse excuse.

Avait-elle fait quelque chose de mal ?

S'était-il déjà lassé d'elle ?

Elle aurait pensé que non, pourtant. Il avait eu l'air tellement comblé après lui avoir fait l'amour ce soir-là. Elle était complètement perdue.

— Raconte, dit Fallon en se penchant vers elle. Qu'est-ce qui se passe ?

— Tu sais sûrement que je sors avec Jared Robinson…

Fallon hocha la tête.

— Oui, et j'avoue avoir été surprise. Jared est plutôt du genre furtif avec les femmes.

— Je sais, dit Morgan avec un pâle sourire. Il est connu pour ça.

— Tu n'as pas idée du nombre d'histoires scabreuses dans lesquelles Dane et lui se sont fourrés plus jeunes.

— Il m'en a parlé avant de me demander d'être sa fausse petite amie.

— Comment ça ? demanda Fallon en fronçant les sourcils.

Morgan lui expliqua les détails de leur accord, les problèmes que Jared avait eus pour se faire accepter par le conseil d'administration, les exigences de sa grand-mère.

— Oh ! ma chérie, dit Fallon en lui prenant doucement la main. Tu n'avais pas à faire ça. Ayden et moi, ou même Dane, nous t'aurions aidée à trouver du travail ou nous t'aurions donné tout ce dont tu avais besoin.

— Quand Henry m'a rejetée, j'ai décidé de me débrouiller seule, sans l'aide des Stewart. C'est pour ça que j'ai accepté sa proposition. Mais quand on s'est mis à passer du temps ensemble, j'ai compris qu'il y avait autre chose.

Fallon leva un sourcil.

— Je crois que je l'aime, dit tranquillement Morgan. Et pour être honnête, je crois bien que je l'ai aimé à la minute où il est venu à mon secours au mariage quand je me suis humiliée devant notre père. Ce soir-là, j'ai bu plus que de raison et je me suis littéralement jetée à sa tête, mais il n'en a pas profité.

— Encore heureux, répliqua vivement Fallon.

— Écoute, il a été très clair dès le début concernant notre petit marché. Sauf qu'à un moment donné notre relation est devenue plus intime.

— Et tu as couché avec lui ?

Morgan hocha la tête.

— Tu vois, c'était la première fois que je…

Elle ne put achever sa phrase, trop gênée d'avouer qu'alors elle était encore vierge.

— Que tu couchais avec un homme ? acheva Fallon à sa place. Est-ce que Jared a profité de toi ? S'il a fait ça, je t'assure qu'il va le regretter.

— Non, je le désirais et ça a été merveilleux, dit Morgan en secouant énergétiquement la tête. Il a été patient et doux. Et depuis… depuis, c'est tout simplement merveilleux. Enfin, c'est ce que je croyais. Mais ces derniers jours, je sens que Jared s'éloigne.

— Et tu as peur qu'il se soit lassé de toi ?

— Oui.

— Oh ! ma chérie, ça arrive parfois. On ne finit pas toutes avec notre premier amant. Et c'est sans doute mieux, ils nous aident juste à passer une étape. Et, connaissant Jared, s'il met de la distance entre vous, c'est peut-être une façon de mettre un terme à votre relation sans avoir à te le dire.

— Mais je ne veux pas que ça finisse entre nous, s'écria Morgan en chassant les larmes qui jaillirent de ses yeux. Je l'aime.

— Et tu le lui as dit ?

Elle secoua la tête.

— Et lui ? Il les a prononcés, ces trois petits mots ?

— Non.

— Je ne veux pas te faire de peine, mais Jared n'est pas du genre à s'engager. À se marier.

Morgan savait que Fallon avait raison, mais elle n'en avait pas moins mal.

— Allez, viens là, dit Fallon en l'enveloppant dans

ses bras. Je sais que tu as l'impression que c'est la fin du monde, mais je te jure que tu t'en remettras.

Morgan, elle, n'en était pas sûre. Comment pouvait-on se remettre de son premier amour ?

Morgan eut finalement des nouvelles de Jared le soir même. Elle était dans son appartement et s'apprêtait à aller se coucher avec un bon bouquin quand son téléphone sonna.

— Allô ?

— Je suis désolé d'avoir été aux abonnés absents cette semaine, Morgan.

— Je comprends. Tu étais occupé.

En fait, elle ne comprenait absolument pas, mais que pouvait-elle dire d'autre ? Elle n'avait aucune envie de se ridiculiser en lui montrant à quel point elle avait besoin de le voir.

— Je sais que je te préviens un peu tard, mais j'ai oublié de te parler du gala de charité que ma grand-mère organise chaque année pour lever des fonds pour la recherche contre la maladie d'Alzheimer. C'est samedi, et j'aimerais que tu viennes avec moi.

Non.

Juste au moment où elle avait décidé de tirer un trait sur lui, il revenait à la charge. Elle avait envie de répondre *non*. Elle avait sa fierté quand même ! Mais, même s'il l'avait négligée toute la semaine, il savait bien qu'elle ne pourrait pas refuser, étant donné l'importance que cette cause avait pour lui.

— Morgan ?

— Oui ?

— Tu veux bien ?

Elle ne répondit pas immédiatement. Son cerveau lui disait d'en finir maintenant tant que c'était encore possible, mais son cœur lui disait d'être là pour l'homme qu'elle aimait, même si elle devait encore plus souffrir après ça.

— Je viendrai, oui.

Elle l'entendit pousser un soupir de soulagement.

— Merci. Ce sera habillé, alors achète-toi ce dont tu as besoin.

— D'accord.

— Bon. Je passerai te prendre samedi vers 18 heures. Ça te va ?

Au ton de sa voix, elle devinait que cette conversation était aussi pénible pour lui qu'elle l'était pour elle.

Comment deux personnes pouvaient-elles être si étrangères l'une à l'autre après avoir été si proches ?

— Parfait.

— Bon. Bonne nuit, alors, dit-il avant de raccrocher.

Le cœur de Morgan se serra. Il avait raccroché tellement vite. Il ne pouvait même pas supporter de discuter avec elle quelques minutes alors qu'une semaine plus tôt il semblait si passionné.

Elle devait être vraiment nulle pour qu'il ne veuille plus d'elle.

Morgan balança son téléphone et se jeta sur son lit. Tout ça, c'était sa faute à elle. Elle avait accepté le marché. Leur relation devait rester platonique. Mais elle s'était laissé attirer dans la vie de famille de Jared. Et dans son lit. Et maintenant, elle ne voyait plus comment se sortir de tout ça.

Les yeux rivés sur le téléphone de son bureau, Jared se sentait minable. Il était froid et distant avec Morgan alors qu'elle ne le méritait pas. Elle n'avait rien fait de mal. Elle avait fait tout ce qu'il lui avait demandé. Plus, même. Elle s'était prise d'affection pour sa grand-mère, et toute sa famille l'adorait.

Et elle avait apporté une joie dans sa vie qu'il n'avait jamais connue avant. Il souriait. Riait. Tout ça, grâce à Morgan. *Elle* était en train d'en faire quelqu'un de meilleur. Jamais il ne s'était impliqué autant dans son travail. Dans sa vie.

Se retrouver brusquement à la tête de Robinson Holdings l'avait obligé à mûrir d'un coup. Avant ça, il avait juste laissé passer les années, courant sans but précis d'une distraction à l'autre. En devenant P-DG, il avait compris qu'il pouvait être utile à sa famille. Qu'il avait de la valeur et qu'il ne se résumait pas à être un *bad boy*.

Sa rencontre avec Morgan avait été l'autre élément déclencheur. Ce soir-là, au mariage de Dane, son côté protecteur s'était révélé. Jamais il n'aurait pu s'imaginer que c'était dans sa nature, mais, grâce à Morgan, il était bel et bien devenu un preux chevalier. Il l'avait protégée contre ce sale type à la soirée, s'était occupé d'elle quand elle avait été malade et l'avait mise sagement au lit. Il l'avait empêchée de compromettre la réputation de sa famille en se livrant à cette blogueuse. Tout ça, il l'avait fait parce qu'*elle* faisait ressortir ce qu'il y avait de meilleur en lui.

Et puis, lors du week-end à la campagne, leur relation avait pris un tour prévisible. Ils étaient trop attirés l'un par l'autre pour que ça n'arrive pas. Elle s'était confiée à lui et lui avait permis d'être le premier homme à lui faire l'amour. Et ça avait été extraordinaire. Au-delà de ses espérances, de ses rêves les plus fous.

Toute cette semaine, il avait passé des nuits blanches à se remémorer les moments où ils avaient fait l'amour. Et ça lui avait fait mal. Tout ça le déroutait complètement, et il ne savait pas comment gérer la situation. Il l'avait repoussée en espérant pouvoir se l'ôter de la tête…

La tactique d'évitement avait plutôt bien fonctionné jusqu'au moment où sa grand-mère lui avait rappelé que le gala avait lieu samedi. Il avait un peu honte, étant donné la façon dont il l'avait traitée, mais il *fallait* qu'elle soit là. Pas seulement pour sa grand-mère, mais pour *lui*. Chaque année, ce gala devenait plus insupportable parce que son grand-père s'éloignait de plus en plus et que Jared n'y pouvait rien.

La présence de Morgan serait un réconfort à un moment où il en avait particulièrement besoin. Il savait qu'il se conduisait mal, qu'il aurait dû mettre un terme à tout ça pour que Morgan puisse trouver un homme digne de son amour. Parce qu'il se doutait qu'elle avait des sentiments pour lui. Et il était vraiment triste de ne pas *pouvoir* l'aimer en retour.

Une fois que la soirée serait passée, il la libérerait de leur contrat. Il n'avait pas le choix puisqu'il ne voulait pas s'engager…

- 18 -

Morgan était bien décidée à rester calme et détendue. Et surtout à ne pas se faire d'idées. À ne pas se remettre à rêver parce qu'elle allait passer cette soirée de gala au bras de Jared. Tout ça n'était qu'un mirage.

En arrivant en bas de sa résidence, Jared s'était montré distant et s'était contenté d'une remarque polie sur la magnifique robe longue Dior aux reflets métalliques et aux fines bretelles qu'elle avait achetée l'après-midi même.

Elle avait gardé ses cheveux lâchés, et ils tombaient en larges boucles le long de son dos. Comme après ses achats et le salon de coiffure il ne lui restait que très peu de temps, elle s'était maquillée elle-même, mais elle était contente du résultat jusqu'à ce que Jared pose un regard froid sur elle. Lui était tellement beau dans son smoking que le cœur de Morgan se serra dans sa poitrine.

Dans la limousine qu'il avait louée, elle s'assit aussi loin que possible de Jared. Elle ne pouvait ni le regarder ni le toucher, parce que, au fond d'elle, elle savait que ce qu'il y avait eu entre eux était de l'histoire ancienne.

Le gala avait lieu à l'hôtel Ella, un splendide et vénérable établissement dressé au milieu d'une immense pelouse et orné d'un escalier monumental menant à la galerie qui courait tout autour du bâtiment. On aurait presque pu s'attendre à voir Scarlett O'Hara apparaître.

En fait de Scarlett, ce fut Ruth Robinson, très élégante

dans sa robe longue, qui les accueillit en la prenant dans ses bras.

— Ma chérie, vous êtes éblouissante, dit-elle en lui caressant la joue. N'est-ce pas, Jared ?

Quand il la regarda, elle faillit s'arrêter de respirer et elle s'en voulut que ça ait tant d'importance pour elle. Un serveur leur offrit du champagne. Morgan prit une coupe et la vida avant de la reposer sur le plateau.

— Oui, répondit Jared.

Ce fut ensuite au tour des parents de Jared de venir la saluer, suivis de Chris et de Kandi. Chris était très beau dans son smoking bleu marine et, étonnamment, Kandi portait une robe fourreau fendue sur le côté à la fois très simple et très chic. Elle avait écouté ses conseils, ce qui fit sourire Morgan et lui rappela combien ces gens étaient devenus importants pour elle en si peu de temps.

— Venez, dit Ruth en lui passant un bras autour de la taille.

Morgan fut soulagée de pouvoir s'éloigner de Jared. Elle n'avait aucune envie qu'il s'aperçoive de la peine qu'il lui faisait en étant aussi froid.

— Est-ce que tout va bien, ma chérie ? demanda Ruth.

— Oui, dit Morgan avec un sourire un peu contraint.

— Que se passe-t-il ? Est-ce que mon petit-fils vous a fait de la peine ?

— Non.

Ce qui se passait entre elle et Jared ne concernait pas Ruth. Elle ne voulait pas la mêler à ça, ni raviver les tensions au sein de la famille Robinson alors que les choses avaient l'air de s'arranger.

Elles arrivèrent vers un petit groupe rassemblé dans un coin de la véranda.

— Bonsoir, dit Ruth, j'aimerais vous présenter Morgan

Stewart. C'est la petite amie de mon petit-fils, et je l'aime beaucoup.

Tous les regards se tournèrent vers elle, et sa gorge se noua. Son père et Nora faisaient partie du groupe, et elle espérait qu'il n'y aurait pas d'esclandre.

Mais elle s'inquiétait pour rien. Henry fit comme si elle n'existait pas. Nora, quant à elle, se contenta de passer Morgan aux rayons X de son regard avant de prendre congé, immédiatement suivie de son mari.

Morgan se tendit. Il n'avait pas besoin de le dire pour qu'elle comprenne le message, Henry la détestait.

— Si vous voulez bien m'excuser, je vais aller me repoudrer le nez, dit-elle en s'éclipsant rapidement.

Elle traversait rapidement la salle de bal en essayant de contenir ses larmes quand une silhouette se dressa sur son passage.

— Morgan, est-ce que ça va ?

C'était Jared. Mais elle ne voulait pas le voir. Pas maintenant. Elle avait besoin de respirer un peu. Morgan sortit à toute allure, et à travers le brouillard de ses larmes elle aperçut un petit panneau indiquant les toilettes. Après avoir traversé une galerie décorée d'œuvres d'art contemporain, elle se retrouva enfin dans un luxueux espace réservé aux dames doté d'un petit salon.

Elle s'effondra dans un fauteuil et prit un mouchoir en papier sur la table basse. Pourquoi avait-il fallu qu'*il* soit là ? Elle aurait pu supporter cette soirée et la froideur de Jared, mais, voir son père qui refusait de la reconnaître, c'était trop.

Les larmes se mirent à couler le long de ses joues. Qu'est-ce qu'elle faisait ici ? Pourquoi s'imposait-elle toutes ces épreuves ? Elle aurait dû quitter Austin à la minute où Henry l'avait repoussée. Mais non, il avait fallu qu'elle se laisse entraîner dans la vie de Jared. Et maintenant qu'il avait eu ce qu'il voulait, elle ne l'intéressait plus.

— Ne me dites pas que vous pleurez après tout ce que vous avez fait.

C'était Nora Stewart. Elle se dressait devant elle, furieuse et royale dans sa longue robe rouge au profond décolleté. Morgan se redressa sur son siège.

— Qu'est-ce que vous me voulez ?

— Je veux que vous retourniez dans le trou d'où vous venez et que vous laissiez ma famille tranquille. Il n'y a pas de place ici pour vous.

— J'ai tout à fait le droit d'être ici, au contraire. Je suis la fille de Henry.

— Vous êtes une erreur, corrigea Nora. Un moment de faiblesse.

Ainsi, Nora admettait la vérité !

— Et vous lui avez pardonné de vous avoir trompée ? demanda Morgan d'un ton incrédule. Pourquoi ?

— En dépit de tout ce que tout le monde pense de moi, j'aime Henry. Nous avons passé toute notre vie ensemble, et je ne vais pas laisser une étrangère détruire ma famille.

Morgan se leva d'un bond ; elle n'allait pas se laisser intimider.

— C'est ma famille aussi. Je n'ai rien demandé.

— Et pourtant, vous avez fait un esclandre au mariage de Dane et ensuite vous êtes venue mendier jusque chez nous, répondit Nora, les bras croisés.

— Je reconnais que j'aurais pu choisir un meilleur moment, soupira Morgan, mais je ne savais pas si Henry accepterait de me recevoir, sans parler de me croire. Et devinez quoi ? Il me déteste comme il déteste Ayden.

Nora soupira.

— Henry ne vous déteste pas, mais, quand il vous voit,

ce sont ses erreurs, ses échecs qu'il voit. Henry ne vous acceptera jamais. Vous devriez quitter cette ville. Et vous accrocher à Jared Robinson, un don Juan notoire, ne fera que vous briser le cœur.

— Ne vous mêlez pas de ma relation avec Jared.

— Comment faire, alors que vous vous affichez dans toute la ville ? Mais jamais il ne vous épousera. Je le connais depuis qu'il est enfant et il se lasse de tous ses jouets. Très vite. Vous n'êtes qu'une passade. Rien de plus. Je vous aurai prévenue, dit Nora avant de quitter la pièce.

Une fois seule, Morgan se rassit et se couvrit le visage de ses deux mains. Cette soirée était une catastrophe. Non seulement Jared l'avait repoussée, mais son père aussi. Et d'après Nora, ça ne pouvait pas s'arranger. Elle était une *erreur*, et à chaque fois qu'il la voyait Henry était ramené au fait qu'il avait trompé sa femme et qu'elle était le résultat de cette trahison. Les hommes qui comptaient le plus dans sa vie ne voulaient pas d'elle.

Il fallait qu'elle s'en aille. Le plus dignement possible. Elle se leva, se dirigea vers le lavabo et tenta de réparer les dégâts. Elle réussit à rafraîchir un peu son maquillage, mais elle avait toujours les yeux rougis et pleins de tristesse. Ensuite, elle appela un taxi. La voiture était tout près et serait là dans quelques instants. Elle allait s'en aller discrètement sans que personne ne la voie.

Elle ouvrit la porte et s'engagea dans le couloir menant à la sortie. Jared était là, adossé au mur.

— Morgan ? dit-il en tendant la main pour lui toucher la joue.

— Ne me touche pas !

— Qu'est-ce qui s'est passé là-dedans ? Qu'est-ce que Nora t'a raconté ?

Sans répondre, Morgan continua à marcher, mais une

jeune femme rousse lui bloqua le passage. C'était Ally, la chroniqueuse mondaine.

— Morgan ? Heureuse de vous revoir.

— Excusez-moi, dit Morgan, en essayant de passer.

— Attendez, dit Ally. Vous aviez une histoire à me raconter l'autre fois et j'aurais dû rester pour l'écouter. Mais comment aurais-je pu savoir que vous étiez la petite sœur de Dane Stewart ? Enfin, peu importe, je tiens mon scoop : vous sortez avec Jared Robinson, le célibataire le plus célèbre d'Austin.

— Je n'ai rien à vous dire. Laissez-moi passer.

— Peut-être que vous ne voulez pas confirmer que vous sortez avec lui, mais vous voudrez peut-être commenter mon dernier scoop en date. Il semble que Jared ait eu un enfant de l'amour avec une de ses ex, Samantha Russell, qui vit désormais dans la misère.

— Un enfant ? rugit Jared. Vous êtes complètement folle, Ally. Je savais que vous aviez tendance à broder, mais, ça, c'est un tissu de mensonges !

— Ah, bon ? demanda Morgan en se tournant vers lui.

Ally sourit d'un air satisfait en admirant son œuvre.

— Eh oui, Jared a un enfant. Il ne vous l'avait pas dit ? Un commentaire, peut-être ?

— Je m'en vais, dit Morgan en la bousculant avant de s'élancer dans le hall.

Elle ne s'arrêta qu'après avoir dévalé le grand escalier extérieur. Une fois dehors, elle aperçut le taxi et se précipita pour y monter, mais Jared l'avait rattrapée.

Il lui saisit le bras.

— Morgan, je t'en prie, ne pars pas comme ça.

Il avait l'air vraiment désespéré, mais Morgan s'en moquait bien.

— Laisse-moi m'en aller.

— Je ne peux pas. Pas comme ça. Pas alors que tu es si en colère contre moi.

— Qu'est-ce que ça peut te faire ? s'écria-t-elle en dégageant son bras. Tu m'ignores depuis une semaine, et ce soir je viens ici pour *toi* et tu me traites comme une intruse. Comme mon père. Mais c'est fini, je ne supporte plus tout ça. Je mérite mieux.

— Morgan…

— Ne t'excuse pas. J'étais partie prenante dans cet accord. Il était temporaire, et je l'ai accepté. Mais un enfant ? Seigneur, comment as-tu pu abandonner ton propre enfant ?

Elle saisit la poignée de la portière, et se glissa dans la voiture, mais Jared l'empêcha de fermer.

— Elle ment, Morgan. Jamais je n'abandonnerais un de mes enfants. Jamais. Ça, au moins, je te supplie de le croire.

— Va au diable, dit-elle en claquant la portière.

La dernière chose qu'elle vit quand la voiture démarra fut Jared qui la regardait, l'air profondément triste.

C'était fini entre eux et, maintenant qu'elle savait que Jared avait été capable d'abandonner son enfant, Morgan était convaincue qu'elle venait de prendre la meilleure décision de sa vie.

- 19 -

Il la laissa partir.

Il n'aurait pas dû. Elle avait l'air si désespérée. Parce qu'il l'avait maintenue à distance pendant toute la semaine, et ce soir aussi. Mais, s'il avait fait ça, c'était pour son bien, pas pour la blesser. Il n'était pas assez bien pour elle, mais il n'était pas le monstre que prétendait Ally.

Quand la portière du taxi se referma, il eut l'impression que son trésor le plus précieux lui était arraché.

Il retourna vers la salle de bal d'un pas pesant.

— Jared, qu'est-ce que c'est que cette histoire d'enfant ? Mais qu'est-ce qui se passe dans cette famille ? D'abord ton frère et maintenant toi ? s'écria sa grand-mère dès qu'elle le vit.

Sur son visage, il lut non pas de la gêne mais de la déception.

— C'est faux.

— Tu en es sûr ?

Ses parents les rejoignirent à ce moment-là, et son père fut le premier à dégainer.

— Jusqu'à Morgan, tu multipliais les aventures, je te rappelle.

Chris, qui venait d'arriver avec Kandi, prit la défense de son frère.

— Jared n'aurait jamais commis une bêtise pareille.

— Je vous le répète, je n'ai pas d'enfant, dit Jared si

fort que plusieurs personnes tournèrent la tête vers eux. Et si j'en avais un, jamais je ne permettrais qu'il grandisse loin de moi. Je vais vous le prouver, à vous et au monde entier, s'il le faut.

Sa mère poussa un soupir de soulagement, mais son père semblait toujours sceptique.

— Dis-moi que tu me crois, grand-mère.

Elle ne répondit pas et balaya la salle de bal du regard.

— Où est Morgan ?

Jared baissa la tête.

— Elle est partie.

— Parce qu'elle croit à cette histoire ? dit sa grand-mère. Si ta petite amie y croit, comment ne pas penser que c'est vrai ?

— Morgan n'est pas ma petite amie.

Sa grand-mère fronça les sourcils, et toute sa famille resta bouche bée.

— Qu'est-ce que tu veux dire ?

Il était temps de tout avouer. Il en avait assez de ce secret.

— J'ai demandé à Morgan de faire semblant d'être ma petite amie pour que grand-mère et le conseil d'administration se sentent plus en confiance.

— Je ne peux pas le croire, dit sa grand-mère en secouant la tête. Ce que j'ai vu entre vous était bien réel. Morgan t'aime, j'en mettrais ma tête à couper.

— Je crois aussi, dit Jared en baissant la tête, mais je ne la mérite pas.

— Pourquoi nous as-tu menti ? demanda sa mère.

Il vit que cette fois, même elle, elle lui en voulait.

— Je voulais juste prouver à tout le monde que je pouvais être comme Chris et que j'étais capable de diriger l'entreprise, soupira Jared. Grand-mère avait dit que le conseil d'administration préférerait un homme installé, alors…

— Alors, tu as entraîné Morgan dans tes mensonges, termina sa grand-mère. Et maintenant, elle a des sentiments pour toi, mais tu t'es fait rattraper par un scandale. Seigneur, Jared, quand comprendras-tu enfin ?

Elle tourna les talons et quitta la pièce, bientôt suivie par ses parents. Kandi s'était éloignée pour laisser un peu d'intimité aux Robinson, et Jared se retrouva donc seul avec Chris. Il était heureux que son frère soit là, une fois de plus, pour le soutenir.

— On peut dire que tu as fait fort, cette fois.

— Je sais. C'est un vrai gâchis. Qu'est-ce que je vais faire ?

Chris passa un bras autour des épaules de Jared.

— Pour commencer, tu vas éclaircir les choses concernant ce bébé. Et ensuite, tu iras la récupérer.

— Morgan ? dit Jared en secouant la tête. Non. C'est fini. Elle croit que j'ai eu un enfant et que je l'ai abandonné, comme son père l'a fait avec elle. C'est terminé entre nous.

— Il faut que tu lui parles. Que tu réussisses à la convaincre. Je t'ai vu avec Morgan. Tu es différent. Meilleur. Grâce à elle. Tu as besoin d'elle.

Jared hocha la tête. Il doutait que Morgan lui ouvre sa porte et accepte de l'écouter, mais il ne le saurait pas avant d'avoir essayé. Il espérait seulement ne pas lui avoir fait mal au point que la situation soit irrécupérable.

Morgan avançait au radar. Elle était comme ça depuis la veille. Elle ne savait même plus comment elle était sortie du taxi pour regagner son appartement. Mais une fois la porte refermée, elle s'était effondrée sur le sol et avait pleuré toutes les larmes de son corps. Ensuite, elle était allée dans sa chambre, avait fermé les volets, avait coupé son téléphone et s'était roulée en boule dans son lit. Elle avait besoin de dormir.

Sauf que son sommeil avait été très agité. Elle avait rêvé de Jared. De son sourire. De son rire. De son corps quand il lui faisait l'amour. Mais tout ça était fini. Tout ça n'avait été qu'une illusion. Un mensonge.

En se réveillant, Morgan avait pris une décision : elle allait quitter Austin. Elle irait dans un coin tranquille, le temps de réfléchir. Elle ne voulait bien entendu rien devoir à Jared, pas même un emploi. D'ailleurs, elle comprenait maintenant que ça n'était pas pour ça qu'elle était restée à Austin aussi longtemps. C'était parce qu'elle était tombée amoureuse de lui.

À midi, elle avait terminé de faire ses bagages et elle avait prévu de laisser la clé au concierge en passant. On avait déjà descendu ses valises. Morgan avait jeté un dernier coup d'œil à l'appartement et allait descendre avec son bagage à main quand la sonnette retentit. Elle savait qui c'était.

Jared.

En allumant son téléphone ce matin, elle avait trouvé des messages de Ruth, de ses frères et de sa sœur qui voulaient prendre de ses nouvelles. Jared aussi avait laissé une demi-douzaine de messages. Elle n'avait pas répondu.

Mais il fallait qu'elle l'affronte une dernière fois, alors elle ouvrit la porte.

— Rien de ce que tu pourras dire ne m'intéresse.

— Il faut qu'on parle.

— C'est inutile, dit Morgan en rentrant dans l'appartement, où Jared la suivit.

En respirant son odeur épicée, son cœur se serra. Mais elle ne voulait pas que ses émotions prennent le dessus.

— En plus, j'étais sur le point de partir, ajouta-t-elle.

Jared regarda son petit bagage.

— Tu t'en vas ?

— Oui.

— Où ça ?

— Quelle importance ? Va plutôt t'occuper de ton enfant.

Les yeux de Jared se voilèrent.

— Je n'ai pas d'enfant, Morgan. C'est ce que je suis venu t'expliquer. Ally a menti. Je n'ai pas d'enfant avec Samantha. C'est un buzz médiatique qu'elles ont monté de toutes pièces. Je suis allé voir Samantha et j'ai exigé un test de paternité.

— Bravo, dit Morgan en attrapant son sac et en se dirigeant vers la porte. Je suis sûre que ta famille sera soulagée. Moi, j'ai un avion à prendre.

— Tu ne peux pas partir comme ça.

— Tu m'as clairement fait comprendre que tu n'étais pas intéressé. Ça n'a pas dû être très amusant pour toi, une femme aussi peu expérimentée… Mais c'est bon, maintenant, j'ai compris. Alors, laisse-moi m'en aller avec un tant soit peu de dignité.

Elle ouvrit la porte, se dirigea vers l'ascenseur et appuya sur le bouton. Jared la suivit.

— Tu ne m'accordes même pas le bénéfice du doute ? Après tout ce qui…

La porte de l'ascenseur s'ouvrit, et Morgan monta. Jared fit de même. Ils descendirent en silence.

Arrivés en bas, Jared prit son bagage et marcha à côté d'elle jusqu'à la porte de l'immeuble. Là, il s'arrêta.

— Ne t'en va pas, la supplia-t-il. Reste. Je suis sûr qu'on peut tout arranger.

— Je ne veux plus jamais te voir, Jared. Ça fait trop mal.

Elle n'en pouvait plus. C'était insupportable. Elle lui arracha le bagage des mains et se précipita dehors en courant sans regarder où elle allait. Elle vit une voiture déboucher, mais n'eut pas le temps de l'éviter. La dernière image qu'elle vit tandis qu'elle était projetée dans les airs, ce fut l'expression horrifiée de Jared. Après tout devint noir.

En voyant Morgan se faire percuter puis retomber sur la chaussée, Jared resta comme figé sur place une ou deux secondes. Puis il courut vers elle. Elle était par terre, inconsciente, et du sang coulait de sa tête.

Il savait qu'il ne fallait pas la bouger.

— Appelez une ambulance ! hurla-t-il.

Le voiturier était déjà en train de téléphoner, et le conducteur de la voiture venait vers lui.

— Vous, dégagez de là !

— Je suis désolé, s'écria l'homme. Je ne l'ai pas vue ! Elle a surgi devant ma voiture. J'ai essayé de…

— La ferme ! Je me fous de vos excuses, le coupa Jared.

Tout ce qu'il voulait, c'était que Morgan s'en sorte, mais elle ne bougeait pas. Il ne pouvait pas concevoir qu'elle quitte cette terre, qu'elle l'abandonne à tout jamais, qu'elle ne sache jamais ce qu'il venait de comprendre…

Il se pencha vers elle et murmura :

— Je t'aime.

- 20 -

— Mais qu'est-ce qui s'est passé ? Comment va Morgan ? s'écria sa grand-mère en s'élançant vers lui dans la salle d'attente du St. David Medical Center, suivie de ses parents et de Chris et Kandi.

Jamais il ne l'avait vue dans cet état.

— Je ne sais pas, dit Jared en secouant la tête. Ils sont en train de lui faire tout un tas d'examens, un électro, des radios…

— Oh ! mon Dieu ! dit la vieille dame en s'effondrant dans un fauteuil.

— Est-ce qu'on peut faire quelque chose ? demanda Chris.

— Morgan a été tellement gentille avec moi, dit Kandi, les larmes aux yeux. C'est trop affreux.

Jared s'éloigna et alla près de la fenêtre, regardant dehors d'un air absent. Il sentit une présence derrière lui.

— Pardon, mon fils. J'ai été dur avec toi l'autre soir. Et je vois maintenant que je me suis trompé. Tu as changé. Tu tiens à cette fille.

— C'est bien plus que ça, papa. Je l'aime. Jamais je n'aurais cru pouvoir ressentir ça pour quelqu'un. Mais quand j'ai vu la voiture la percuter, je… j'ai cru que…

Son père le prit par les épaules et le serra contre lui.

— Ne prononce pas ces mots. Ne les pense même pas. Morgan est forte. D'accord ?

Jared hocha la tête.

— Je me sens tellement coupable. C'est à cause de moi qu'elle s'en allait.

— Et tu as raison de te sentir coupable, dit une voix féminine.

Jared leva les yeux. C'était Fallon. Et à côté d'elle, son mari, Gage, et Ayden et sa femme, Maya.

De l'ambulance qui les amenait à l'hôpital, il avait appelé ses parents puis Dane. Son ami avait été bouleversé d'apprendre ce qui s'était passé et avait promis de venir au plus vite. Il avait aussi dit qu'il préviendrait son frère et sa sœur.

— Fallon, dit Chris en s'avançant vers elle. Tu es injuste de dire ça. Ça n'est pas Jared qui conduisait la voiture qui a heurté Morgan.

— Mais il lui avait fait du mal avant, insista Fallon, les yeux pleins de colère.

— Les rumeurs concernant le soi-disant enfant de Jared sont fausses.

Jared était reconnaissant à son frère de le soutenir, mais Fallon avait raison. C'était à cause de lui que Morgan était dans cet état. S'il n'avait pas été là, elle n'aurait jamais eu cet accident.

— Pardon, dit Jared en sortant précipitamment de la salle d'attente.

Il ne savait pas vraiment où il allait, mais il avait besoin de respirer un peu. Tout le monde dans cette salle d'attente avait de l'admiration pour Morgan et se demandait comment elle avait pu se compromettre avec un pauvre type comme lui. Elle avait cherché à s'en aller parce qu'elle avait toutes les raisons de croire aux rumeurs. Il était un sale type.

Du moins, il l'était avant de la rencontrer.

Marchant sans but précis, il finit par arriver devant la

petite chapelle de l'hôpital. Il poussa les portes et entra. Il n'y avait personne. Juste quelques bancs vides et une croix.

Jared n'était pas pratiquant, mais il décida de s'asseoir sur un banc quand même. En fermant les yeux, il revoyait le sourire de Morgan. Son image était gravée dans son cœur, et il ne pouvait plus imaginer la vie sans elle.

Joignant les mains, il baissa la tête et se mit à prier pour que Morgan survive. Ils avaient encore tellement de choses à se dire. Il l'aimait. Il avait eu peur de se l'avouer, mais il ne pouvait pas nier la vérité plus longtemps. Elle était tout ce qu'il avait toujours voulu sans le savoir. Et il devinait qu'elle avait des sentiments pour lui. Peut-être pas de l'amour, mais au moins de l'affection. Et qu'à partir de là ils pourraient construire une vie ensemble.

En revenant dans la salle d'attente, Jared eut la désagréable surprise d'y trouver Henry et Nora Stewart.

— Qu'est-ce que vous faites là, Henry ? gronda-t-il. Vous n'avez pas arrêté de rejeter Morgan, de nier qu'elle était votre fille, de refuser d'apprendre à la connaître. Alors, je vous repose la question : qu'est-ce que vous faites là ?

Il vit que Fallon se levait mais que son mari, Gage, la repoussait doucement sur sa chaise. Il se moquait bien que Fallon soit en colère. Morgan n'était pas là pour se défendre ; c'était à lui de le faire.

Henry baissa la tête, puis finit par répondre :

— Tu as raison, Jared. Pendant longtemps, je n'ai pas su qu'elle existait, mais, une fois que je l'ai su, je me suis mal conduit avec elle. J'ai été le plus mauvais des pères pour elle, mais aussi pour Ayden. Je n'ai jamais aimé admettre mes erreurs, que je pouvais me tromper, mais je le fais maintenant. Je suis sincèrement désolé et, si Morgan s'en sort, je serai un meilleur père.

— C'est un peu trop tard, dit Jared. Et si…

— Je t'interdis de dire ça, s'écria sa grand-mère. Elle *va* s'en sortir, un point c'est tout.

Jared hocha la tête et s'assit à côté de sa grand-mère. Ils étaient nombreux à prier pour Morgan, et Jared espérait que ça suffirait.

Jared courait aussi vite qu'il pouvait dans les couloirs de l'hôpital. Il venait de recevoir un SMS de Chris lui annonçant que Morgan était réveillée. Et bien sûr, il avait fallu que ça se passe pendant le court laps de temps où il s'était absenté.

Le laboratoire l'avait appelé pour lui dire que les résultats du test de paternité étaient disponibles. Jared savait qu'ils étaient négatifs, mais avait préféré se déplacer en personne pour récupérer les résultats. Il voulait pouvoir les montrer à Morgan quand elle se réveillerait. Pour lui prouver qu'il n'était pas comme Henry et que jamais il ne songerait à abandonner un de ses enfants.

Et bien sûr, les résultats étaient conformes à ce qu'il imaginait.

Ils indiquaient avec une probabilité de 100 % qu'il ne pouvait pas être le père de l'enfant de Samantha. Dans la foulée, il avait appelé le patron d'Ally et avait menacé de porter plainte pour diffamation si le site du blog ne publiait pas une rétractation. Avec le temps, tout ça finirait par être oublié, mais Jared était fou furieux parce qu'il avait failli perdre Morgan à cause de cette histoire sordide.

Il était profondément soulagé qu'elle soit sortie du coma, mais il aurait aussi voulu être le premier à la voir à son réveil. Cela dit, rien ne garantissait qu'elle serait heureuse de le voir.

Allait-elle se rappeler qu'elle lui avait dit que c'était fini entre eux et qu'elle ne voulait plus jamais le voir ?

Il espérait qu'elle aurait oublié, mais, dans le cas contraire, il comptait bien la convaincre que jamais il ne la quitterait. Il avait tellement hâte maintenant de pouvoir lui dire qu'il l'aimait.

Avant d'aller la rejoindre dans sa chambre, il passa par la salle d'attente. Sa famille et les Stewart étaient tous là.

— Jared ! Dieu merci, Morgan s'est réveillée, s'écria sa grand-mère avec un immense sourire.

— Je sais et je vais aller la voir tout de suite, mais d'abord j'ai une chose à vous dire, dit-il en baissant les yeux vers l'enveloppe qu'il avait à la main. Ce sont les résultats du test qui prouve que *je ne suis pas* le père de l'enfant de Samantha.

Il remarqua que Fallon levait les mains vers le ciel, en signe de remerciement.

— Je n'ai jamais douté de toi, dit Chris en le serrant contre lui.

— Nous, si, dit Ayden en jetant un coup d'œil à Fallon et à Dane. Mais je suis heureux que nous nous soyons trompés.

Il se leva et vint serrer la main de Jared.

— Merci, dit ce dernier. Maintenant, si vous voulez bien m'excuser… j'ai quelqu'un à aller voir.

Quand il arriva devant la chambre de Morgan, la porte était à moitié ouverte et, à sa grande surprise, il vit Henry et Morgan dans les bras l'un de l'autre. Il ne voulait pas les déranger, mais Henry l'aperçut et lui fit signe d'entrer.

— Entre, Jared. Je crois que cette jeune personne a envie de te voir.

Henry se releva, et le regard de Jared croisa celui de

Morgan. Après avoir tant espéré qu'elle se réveille, il crut que son cœur allait exploser de joie.

— Bon, je vais vous laisser un peu tranquilles, dit Henry.

Jared était incapable de parler et se contenta de hocher la tête. Il n'osait pas non plus s'avancer vers le lit.

— Est-ce que tu comptes rester planté là-bas longtemps ? demanda Morgan.

Il s'empressa de venir s'asseoir dans le fauteuil placé à côté du lit.

— Morgan, je… je suis si heureux que tu ailles bien.

Elle se contenta de hocher la tête.

— Tu te rappelles ce qui s'est passé ?

— Pas vraiment. D'après les médecins, la mémoire peut me revenir. Par petits bouts ou pas du tout. Mais ça m'est égal. Je n'ai pas particulièrement envie de me souvenir que j'ai été percutée par une voiture, dit-elle avec un léger rire. En revanche, je me souviens t'avoir dit que je quittais Austin pour toujours.

— J'espérais que tu aurais oublié cette partie-là…

— Impossible, soupira Morgan. Et je sais qu'il faut qu'on parle, mais d'abord je voudrais te remercier.

— Mais pourquoi ?

— D'avoir appelé ma famille. C'est grâce à toi s'ils sont tous là. Henry – je veux dire, mon père – m'a dit que tu avais appelé Dane et qu'il avait averti tous les autres. Comme tu as pu le voir, maintenant je vais avoir la famille que j'ai toujours tant voulue. Alors, merci.

— Tu as déjà une famille, Morgan. Moi et tous les Robinson. Je t'en supplie, dis-moi que tu le sais.

Morgan regarda les magnifiques yeux sombres de Jared. Il semblait ne pas avoir beaucoup dormi ces derniers jours. Lui qui était toujours si soigné ne s'était pas rasé et il portait un simple T-shirt blanc et un jean noir. Mais pour elle, il n'avait jamais été aussi sexy.

Elle avait été déçue quand elle ne l'avait pas vu avec les autres un peu plus tôt, mais il était là maintenant et elle en aurait pleuré de joie.

— Quand je me suis réveillée et que j'ai vu que tu n'étais pas là…

— Ma chérie, dit-il en bondissant du fauteuil pour se rapprocher d'elle. Je suis resté à tes côtés jour et nuit ; les médecins et les infirmières n'en pouvaient plus. Si je me suis absenté un petit moment, c'est pour ça.

Il sortit l'enveloppe du laboratoire de sa poche.

— Qu'est-ce que c'est ? demanda Morgan en fronçant les sourcils.

— Les résultats du test de paternité. Qui prouvent que je ne suis pas le père.

— Je sais, dit Morgan en baissant les yeux.

— Ah, bon ? Mais tu disais…

— J'étais blessée, j'avais mal, dit-elle en levant vers lui des yeux pleins de larmes. Je… je croyais que tu ne voulais pas de moi, et c'était plus facile pour moi de croire à ça… Mais je te connais, Jared. Je sais que tu n'es pas le genre d'homme qui abandonnerait son enfant. Je le *sais*.

Elle leva la main et vint lui caresser la joue.

— Merci, dit-il, avec un immense soupir de soulagement. Dans ce cas, peut-être es-tu prête à croire autre chose…

— Peut-être, dit-elle.

— Je t'aime, Morgan.

Une joie immense l'envahit, mais elle voulut s'assurer qu'elle n'entendait pas des voix.

— Quoi ?

— Je t'aime, répéta-t-il en plongeant son regard dans le sien. *Je suis amoureux de toi.* Tu es la première chose à laquelle je pense le matin et la dernière chose à laquelle je pense le soir avant de m'endormir. Et cet amour est si fort qu'au début j'ai eu peur. Et j'ai pris mes distances parce que je croyais que je n'étais pas à la hauteur de tes rêves. Je pensais que je n'étais pas un homme assez bien pour une femme aussi belle, aussi douce et aussi merveilleuse que toi.

— Oh ! Jared…

— Je n'avais jamais été amoureux avant toi, Morgan. J'ai fait n'importe quoi la semaine dernière, mais maintenant je sais ce que je ressens. Quand j'ai vu cette voiture te percuter, le monde est devenu gris d'un seul coup et j'ai su que je ne pourrais pas vivre un seul jour sans toi. J'ai compris combien la vie est précieuse et que je ne voulais plus en perdre une seule minute. Je me suis juré que, si tu t'en sortais, je t'avouerais mon amour. Parce que, quand je suis avec toi, mon monde est plus lumineux, rempli d'amour.

— Je ressens la même chose pour toi, dit Morgan en souriant à travers ses larmes. Moi aussi, je t'aime. Et je crois que je t'ai aimé à la seconde où on s'est rencontrés. Si quelqu'un m'avait dit qu'on pouvait tomber amoureux au premier regard, j'aurais répondu à cette personne qu'elle avait regardé trop de comédies romantiques. Mais c'est vrai. Je le sais, je l'ai vécu.

Jared prit le visage de Morgan entre ses mains et posa son front contre le sien. Ils restèrent longtemps comme ça, sans parler, et Morgan sentit une immense joie se répandre dans tout son être. Puis Jared releva la tête et la regarda dans les yeux, jusqu'au fond de son âme.

— Est-ce que tu serais d'accord pour envisager de passer le reste de ta vie avec moi ? Je veux rester à tes côtés maintenant et pour toujours, et ça ne changera jamais.

Il posa un genou à terre et prit sa main :

— Morgan Stewart, me feras-tu l'honneur de devenir ma femme ?

— Oui, oui, oui, dit-elle en se penchant pour le relever.

Et tous les appareils de surveillance se mirent à biper. Mais elle s'en moquait. Elle prit le visage de Jared entre ses mains et le couvrit de baisers.

Épilogue

Trois mois plus tard

— À Jared et à Morgan ! dit Henry en levant son verre après la cérémonie de mariage qui avait eu lieu au manoir des Stewart.

— À Jared et à Morgan, répéta tout le monde en chœur.

Jared fit tinter son verre contre celui de Morgan, et elle leva les yeux vers lui, rayonnante de bonheur.

Il espérait que cette journée avait été à la hauteur de ses rêves. C'était un mariage intime où n'étaient réunis que les Stewart, les Robinson et quelques amis très proches.

Elle portait une robe de créateur magnifique au bustier incrusté de cristaux et à la jupe de tulle aérien… que Jared avait hâte de lui enlever quand ils seraient enfin seuls tous les deux.

— Soyez heureux !

Jared y comptait bien. Il se rapprocha de Morgan et déposa un baiser sur ses lèvres.

Ils furent interrompus par Dylan, son neveu, qui tirait sur le smoking de Jared. Morgan le regarda prendre le petit garçon dans ses bras. Il ferait un père merveilleux un jour.

Comme son père à elle, Henry, qui l'avait conduite jusqu'à l'autel tout à l'heure. Leur relation avait radicalement changé depuis l'accident. Henry avait tenu parole ; depuis, il avait été présent et avait veillé à se rapprocher de chacun de ses enfants. Après l'hôpital, elle était allée s'installer chez Jared, mais elle rendait visite à Henry le plus souvent possible et leurs liens se resserraient chaque jour davantage.

Elle regarda Jared, et ils n'eurent pas besoin d'échanger un mot. Main dans la main, ils s'éclipsèrent. Ils avaient hâte que leur nuit de noces commence.

Ils montèrent dans une Bentley, et une demi-heure plus tard ils arrivaient à la maison de campagne des Robinson. Pour eux, c'était un lieu chargé de souvenirs. C'était l'endroit où ils s'étaient aimés pour la première fois.

Cette nuit-là aussi, ils s'aimèrent avec passion, et quelques semaines plus tard son médecin confirma à Morgan qu'elle était bien enceinte.

Elle portait l'enfant de Jared.

Ne manquez pas dès le mois prochain

dans votre collection

PASSIONS

l'intégrale de la nouvelle série

De retour au Texas

Quand les éléments s'en mêlent, la flamme du désir n'est pas en reste…

Une série intégrale à découvrir en juillet 2021

Retrouvez prochainement,
dans votre collection

PASSIONS

Ce secret entre eux, de Karen Booth - N°929

Dani n'a jamais pu apaiser sa colère contre Cole Sullivan, son ancien petit ami, et elle sait que jamais elle ne pourra lui pardonner non plus. Six ans plus tôt, ce dernier lui a brisé le cœur... Cependant, de retour à Royal pour le travail, elle ne peut plus continuer à lui cacher le secret qui les lie intimement, les jumeaux nés de leur amour, comme elle ne peut davantage nier le désir brut qui coule dans ses veines en sa présence, bien malgré elle...

Un chantage si imprudent, de Joss Wood

« Ne l'épouse pas, Emily. Tu le regretterais. » Quoi que Matt Velez, l'homme qui l'a rejetée il y a six ans, dise ou fasse, Emily n'a pas le choix : elle doit épouser Nico Morris. Ce n'est pas l'amour qui la pousse à se marier avec lui mais bien l'odieux chantage qu'il exerce sur elle à cause de photos compromettantes prises aux dépens de son père. Pourtant Emily rêverait de se réfugier entre les bras protecteurs de Matt, même si le bien-être de sa famille doit rester prioritaire...

Un candidat si charmant, de Jules Bennett - N°930

Depuis que le fond d'investissement Black Crescent cherche un nouveau P-DG, Haley, assistante de direction, reçoit de nombreux cadeaux de la part des candidats. Mais l'un des prétendants au poste se détache du lot : Chase Hargrove. Ce dernier déploie tout son charme pour attirer son attention. En plein doute, Haley ne peut faire taire la petite voix qui la tiraille : Chase la séduit-il parce qu'il la trouve vraiment désirable ou uniquement parce qu'elle a l'oreille de son patron ?

Pour une nuit avec son rival, de Katherine Garbera

Au mariage de sa nièce, Piper passe une délicieuse soirée en compagnie de Brian Cooper. Le désir entre eux est toujours aussi palpable, pourtant il est hors de question pour Piper d'envisager une relation avec lui ! Tout d'abord, leurs familles ont toujours été rivales. Mais, plus encore, Piper est désormais d'une extrême prudence en amour, car elle refuse de souffrir à nouveau à cause d'un homme...

Au cœur de la tempête, de Sara Orwig - N°931

SÉRIE : DE RETOUR AU TEXAS TOME 1

Qui est donc ce bel inconnu qu'Ava a sauvé d'une terrible tempête? Il a perdu la mémoire et a oublié jusqu'à son nom ! Le temps que la météo se calme, Ava décide de le recueillir chez elle pour qu'il se repose et renoue avec ses souvenirs. Mais la seule présence de cet homme suffit à ébranler l'univers d'Ava, fait de solitude et de quiétude. Ce trouble nouveau pourrait-il redonner de la saveur à sa vie, ou la plonger dans un tourment sans fin ?

Un si brûlant désir, de Sara Orwig

SÉRIE : DE RETOUR AU TEXAS TOME 2

Claire est désespérée : un incendie a ravagé son ranch, et elle se trouve piégée par les flammes ! Heureusement, Jake la sauve à temps et lui propose son hospitalité. Claire a bien du mal à l'accepter car Jake est son ennemi de toujours, mais, après avoir tout perdu, elle ne peut certainement pas refuser. Pourtant, depuis qu'ils sont réunis dans la cabane de Jake, le désir crépite dangereusement entre eux, faisant taire les querelles familiales… pour le moment.

Un play-boy énigmatique, de Janice Maynard - N°932

SÉRIE : LES HÉRITIERS DE STONE RIVER TOME 3

Frances ne sait pas si elle a bien fait d'accepter la mission que lui a confiée Zachary Stone consistant à tester la sécurité informatique de son entreprise… Le play-boy qu'elle a autrefois rencontré au lycée est aussi séduisant que difficile à cerner. Frances en a pourtant bien conscience : elle doit se concentrer sur sa mission et juguler l'attirance qu'elle ressent pour lui…

Mariée à son patron, de Jayci Lee

Natalie doit absolument décrocher une promotion et s'installer à New York si elle veut obtenir la garde de sa nièce orpheline. Pour cela, il lui faut convaincre son patron, le magnétique Garrett Song, de lui donner une chance. Quelle n'est pas sa surprise alors quand elle découvre la proposition de Garrett : il accepte à condition qu'elle devienne… son épouse !

Promesse aux Caraïbes, de Kate Carlisle - N°933

Ellie, abasourdie, tente de se ressaisir. Aidan lui a-t-il vraiment dit qu'il est prêt à lui faire un enfant ? Aidan, son patron ? D'accord, un bébé c'est ce qu'elle veut à tout prix et, elle le lui a annoncé, elle va abandonner pour cela sa carrière sur l'île d'Alleria et rentrer aux États-Unis. Mais tout ce qu'Aidan veut, lui, c'est la garder ici, en raison du rôle essentiel qu'elle joue dans son entreprise. Accepter sa proposition? Inconcevable. Et pourtant...

Un mari à tout prix, de Fiona Brand

Face à l'ultimatum auquel elle est confrontée, Eva enrage : si elle ne se marie pas dans le mois, elle ne touchera pas l'héritage de son père... Pressée de trouver un époux au plus vite, elle déchante pourtant en constatant que tous ses prétendants sont mis en déroute par un homme. Et pas n'importe lequel ! Kyle Messena, son amour de jeunesse. Reste à savoir s'il est animé par les sentiments qu'il éprouve à son égard ou par le simple désir de lui faire du mal...

Le rêve d'une mère, de Michelle Celmer - N°934

Sierra n'a jamais été aussi émue. Retrouver ses bébés, qu'elle a été contrainte de confier à l'adoption quelques mois plus tôt, est un bonheur infini. Un bonheur fragile, hélas ! Car, si elle a réussi à se faire embaucher comme nounou de ses propres enfants, le plus dur reste à faire. En effet, Cooper Landon, le tuteur des jumelles, ignore son identité et ne doit surtout pas découvrir la vérité...

Le dilemme d'un patron, de Rachel Bailey

Un rendez-vous avec la délicieuse Faith... voilà qui n'est pas pour déplaire à Dylan, curieux de découvrir quels mystères se cachent derrière la silhouette de rêve de l'inconnue. Mais Dylan comprend qu'il s'est lourdement trompé... Faith n'a aucune intention de le séduire, elle est simplement l'une de ses employées et souhaite mettre en avant son travail ! Dommage que la politique qu'il a lui-même instaurée interdise les relations entre collègues...